LEUCHTFEUER DER FREIHEIT

DER KODEX DES HELDEN
BUCH 4

A.R. KNIGHT

KAPITEL 1
ÜBERFALL

OPFERE DAS GANZE, um einen Teil zu retten.

Aegis starrte grimmig auf die Worte, die seine Tochter Celice auf seinem Tama hinterlassen hatte, so codiert, dass der Bildschirm des Armbands sie jedes Mal anzeigte, wenn Aegis darauf blickte. Er wischte den Satz weg, um die Pläne sehen und sie den zwanzig Wartenden im Frachtraum des Flugzeugs projizieren zu können.

Zuerst sprang ein Schiff aus seinem Tama hervor und dann aus dem verlinkten Projektor, den Celice in den langweiligen Heckbereich des Flugzeugs eingebaut hatte. Sie hatte auch genug Teile und Leute gefunden, um das propellergetriebene Flugzeug zum ersten Mal seit Aegis' Geburt in die Luft zu bringen.

Zwei Piloten saßen im Cockpit und steuerten die kombinierte Paragon- und normale Angriffstruppe über den tiefen, dunklen Pazifik. Ihr Ziel lag nur noch wenige Minuten entfernt, genug Zeit für einen letzten Blick darauf, wie sie Ziran, dem Unternehmen, das die Welt stahl, Schaden zufügen würden.

Nein, nicht stahl, eroberte. Mit Gewalt nahm.

»Nach letzter Zählung«, begann Aegis und versuchte, zu

viele schlaflose Nächte aus seiner Stimme herauszuhalten, »hat Ziran fünf Drohnen auf dem Schiff. Noch ein Trupp aus Weicheiern dahinter.«

»Standardbefehle?«, fragte Particle, ein Paragon, der seinen Wert mit einem Sturmgewehr öfter bewiesen hatte, als Aegis zählen mochte.

»Standardbefehle.« Aegis ließ seinen Blick über die Kämpfer schweifen. Sie trugen jetzt alle schlichtes Schwarz, Schutzausrüstung und taktische Ausrüstung, die sie überall bekommen konnten. Keine Paragon-Blautöne mehr. »Normale, meldet, wenn ihr eine Drohne seht. Greift nicht an. Eure Aufgabe ist es, zu den Kontrollen zu gelangen und das Boot in unsere Richtung zu wenden.«

Denn die Paragons brauchten diese Vorräte. Waffen, Nahrung, alles, was genutzt werden konnte. Aegis beobachtete, wie sich die Projektion des Bootes in der Mitte des Frachtraums drehte. Das Leck deutete an, dass sich möglicherweise etwas Interessanteres im Laderaum dieses Schiffes befand. Celice wollte es so dringend untersucht haben, dass sie ihren Vater persönlich um diesen einen Einsatz gebeten hatte.

Er würde es für sie beschaffen.

Die beiden Trupps, zur Hälfte Paragon und zur Hälfte normal, teilten sich auf und legten ihre Fallschirme an. Vorne schalteten die Piloten das Warnsignal ein. Aegis machte sich bereit und versuchte, seine stürmischen Gedanken zu beruhigen.

Genau wie in alten Zeiten. Ein weiterer Einsatz, schwierige Chancen, aber solche, die er, Aegis, der Beschützer des Volkes und eine lebende Legende, überwinden konnte. Er war stärker denn je aus dem Nahtoderlebnis zurückgekehrt und würde es heute Nacht erneut beweisen.

Nur hatte Aegis es Tag für Tag und Stunde für Stunde bewiesen, seit Mila und der Heiltank im Keller der Fabrik Aegis wieder zusammengeflickt hatten. Er hatte Hunderte von Drohnen zerschmettert, Angriff um Angriff in den zwei Monaten seit Mynx' Verschwinden und dem Seitenwechsel ihrer Maschinen angeführt.

Für all diese Mühe hatte Aegis verdammt wenig vorzuweisen.

»Fast am Absprungpunkt«, sprach Aegis in sein Tama, als er seine Position am Ende des Frachtraums einnahm, wo sich die Rampe jeden Moment senken würde. »Alles okay zu Hause?«

»Konzentrier dich, Dad«, sagte Celice.

»Ich wollte nur sehen, ob du aufpasst.«

»Ziran hat noch nicht alle Augen. Ich hab einen körnigen Feed, aber werd nicht leichtsinnig. Du bist zu weit draußen für Verstärkung.«

Mit einem Quietschen, das das Alter des Flugzeugs verriet, öffnete sich die Tür. Die Luft zerrte an Aegis, pfiff durch sein kurz geschnittenes Haar und den Dreitagebart. Hinter ihm ertönten Klicks, als sein Team ihre Ausrüstung überprüfte und Position bezog.

»Solange wir Evakuierung haben«, sagte Aegis.

»Sie ist in der Nähe«, antwortete Celice. »Hoffen wir, dass du sie nicht brauchst.«

»Hoffen wir.«

Das Licht über Aegis leuchtete grün auf. Champions zögerten nicht, also führte Aegis den Weg an, stampfte die Rampe hinunter und sprang in einen silbernen Nachthimmel. Unter ihm breitete sich das Schiff lang aus, seine Positionslichter ein Leuchtfeuer gegen das schwarze Wasser.

Ein vertrauter Rausch erfasste Aegis, als er fiel, Sekunden tickten in seinem Kopf, während der Fall seine Arme, Beine und seinen Magen durchrüttelte. Das Team folgte ihm, sprang ab und öffnete ihre Fallschirme wie befohlen.

Aegis griff nicht nach seinem.

Kontaktlinsen in seinen Augen, verbunden mit Aegis' Tama, fluteten Daten in seine Netzhaut, während er fiel. Das

Schiff, in neongrün hervorgehoben, wurde größer, während ein Höhenmesser in der oberen rechten Ecke seines Sichtfeldes herunterraste. Container, gestapelt übereinander, dominierten die Oberfläche des Schiffes, Stahltürme mit schmalen Lücken zwischen den Reihen. Das Tama fand und markierte Drohnen und patrouillierende Wachen in diesen Lücken mit blutigem Rot. Ein düsteres Weihnachten.

Als der Zähler zweitausend erreichte, zog Aegis den Fallschirm. Aufflammend, zog der Schirm Aegis zurück, obwohl die Löcher, die über den Stoff verteilt waren, den Schwung des Champions aufrechterhielten. Er hatte sie selbst in einem meditativen Moment früher am Tag geschnitten und kannte die genaue Anzahl aus einer Zeit lange bevor die Paragons existierten.

Damals kontrollierte das US-Militär Aegis' Absprünge. Damals sagten sie Aegis, wie er effizient sein sollte, wie er die Überraschung maximieren konnte. Nicht allzu viele Jahre später wandte Aegis dieses Training gegen seine Besitzer. Kämpfte und gewann seine Freiheit.

Aegis zog seine Knie an und lenkte den Fallschirm in Richtung einer Landung auf einem Containerturm. Das gerippte Metall schimmerte silbern unter Mond und Sternen, gerade klar genug für Aegis, um bei der Landung abzurollen. Der Aufprall erschütterte seine Knie, ließ Aegis' Zähne aufeinanderschlagen, als er über den Container schlitterte. Seine rechte Hand bewegte sich instinktiv, löste den Fallschirm, als Aegis den Purzelbaum beendete, und ließ die Leinwand in die Nacht flattern.

Seine Ankunft blieb nicht unbemerkt.

Alarme sprangen schnell an, neue und blinkende Lichter flammten über das ganze Schiff auf, während jemand über Lautsprecher Befehle bellte. Diese Begleiterscheinungen spielten im Hintergrund, während Aegis sich auf eine unmittelbarere Bedrohung konzentrierte: zwei Drohnen, die ihn zu beiden Seiten des Containers flankierten.

Diese Maschinen, überarbeitete Gladiatorendrohnen, sahen aus wie Bratpfannen mit ein paar zu vielen Griffen. Richtungsstrahlen sprühten aus ihren Basen, während tödliche und nicht-tödliche Waffen diese Metallarme übersäten. Die Drohnen hatten jetzt eine weiße Beschichtung, überzogen mit einem orangefarbenen Ziran-Logo, um sicherzustellen, dass Aegis genau wusste, wer auf ihn schießen würde.

»Du hast mir vorher besser gefallen«, sagte Aegis zu dem näheren der beiden, der sich in der Mitte des Schiffes befand.

Das schwarze Metall und die blaue Paragon-Farbe *hatten* tatsächlich cooler ausgesehen.

Er machte zwei große Schritte, um die Breite des Containers zu überqueren, und sprang von dessen Kante. Heiße Energie empfing ihn, eine weitere Ziran-Modifikation. Azurblaue Blitze begleiteten den Schmerz, als sich Aegis' taktische Ausrüstung als unfähig erwies, der Hitze standzuhalten. Die Verbrennungen erreichten jedoch nicht das gleiche Ausmaß wie das harte Metall, das sich in Aegis' Herz bohrte.

Und Laser konnten den Schwung des Paragons nicht aufhalten.

Aegis traf die Drohne hart und schleuderte die Maschine rückwärts, während ihre Düsen versuchten, die zusätzlichen Kilos auszugleichen. Die Aufgabe der Maschine wurde noch schwieriger, als ihr Kamerad, der Aegis weiterhin mit Energie beschoss, kein Problem mit Friendly Fire zu haben schien. Weiße Platten verfärbten sich schwarz, als die Energie ihr Ziel traf und Aegis folgte, während er in die Mitte der drei Meter langen Drohne kletterte.

Eine Uhr tickte in seinem Kopf, und als sie auf null stand, schlug Aegis mit beiden Fäusten nach unten und gab seinen Aufstieg auf. Seine Hände durchbrachen die weichere Konstruktion der Drohne in ihrer Mitte, wobei zackige Fragmente Aegis' Haut aufschnitten.

Der Champion knurrte den Schmerz weg.

Die Drohne folgte ihrer Programmierung und drehte sich um. Der Zug richtete die Düsen der Drohne nach oben und schickte die Maschine in Richtung des Schiffsdecks. Aegis versuchte, seine Hände zu befreien und wegzukommen. Sein Anzug und seine Haut verhakten sich in Metall und Drähten. Aegis zog seine Knie hoch, stieß sich mit den Füßen ab und befreite sich, als die Drohne aufschlug.

Das Schiffsdeck knirschte, als die Drohne und ihr menschlicher Pfannkuchen auftrafen. Die Platten knickten ein, als der Schwung der Maschine ein Deck überwältigte, das nicht gerade für einen aufprallenden Champion gebaut war. Aegis spürte, wie der Stahl unter seinem Rücken nachgab, sich gegen seine Schultern bog und unter seinem Kopf zerriss, als die Drohne ihn hindurchdrückte. Die Maschine selbst blieb stecken, da ihre Peripherie nicht das nötige Gewicht hatte.

Aegis landete auf einem rostroten Gitter und starrte auf den funkenden, lädierten Kadaver der Drohne. Sein Körper zuckte und zitterte, während sich die Zellen selbst reparierten. Mit einem Stöhnen setzte sich Aegis auf und streckte seinen Hals nach links und rechts. Sein Anzug hing in kaum mehr als Fetzen herab, und der Aufprall hatte seinen Gürtel und die zusätzliche Ausrüstung irgendwohin geschleudert, wo Aegis sie nicht sehen konnte.

Die Augen des Champions fanden jedoch viel anderes. Der schmale Flur des unteren Decks hätte eigentlich der Ort sein sollen, wo die Wachen ihre Nächte verbrachten oder als zusätzlicher Laderaum für Zirans Spielzeuge diente. Stattdessen sah Aegis helle blaue Linien, die den Gang von Boden bis Decke zu seiner Linken durchzogen, in Richtung der Schiffsbrücke.

An den Wänden um ihn herum hingen hastig angebrachte Schilder, Plastiktafeln, die gegen das grüngraue Metall geworfen waren. In fetten weißen Buchstaben auf rotem Grund warnten sie davor, weiterzugehen. Vor Aufregung und Beschwerden.

Vor Anomalie-Fähigkeiten.

»Bist du am Leben, Aegis?«, kam Particles Stimme über das Tama, während Schläge, Schüsse und mindestens eine knisternde Explosion durch die neueste Öffnung im Deck drangen.

»Am Leben und in Bewegung«, antwortete Aegis und stand auf. Seine eigene Fähigkeit hatte verhindert, dass die Drohne ihn tötete, aber Aegis spürte die Schmerzen, als er aufstand. Er würde Tage brauchen, um wieder in Kampfform zu kommen. »Hier unten ist etwas Seltsames.«

»Toll. Hier oben gibt's normale und gefährliche Dinge, falls du verfügbar bist?«

Aegis richtete seinen Blick ruckartig auf die funkende Drohne. Richtig. Erst das Schiff einnehmen, dann konnte er später herausfinden, was sich unten befand. Die verlockende Aura des Ganges ignorierend, wandte sich Aegis der näheren Wand zu und schlug eine Delle auf Hüfthöhe hinein.

Er tat es noch einmal, einen Meter höher.

»Bin unterwegs«, sagte Aegis und nickte seinem Werk zu.

Aegis trat zurück, machte einen einzigen Schritt und sprang. Sein rechter Fuß traf den verbogenen Metallhalt und gab Aegis genug Hebelkraft, um sich einen Handgriff zu schlagen und seinen linken Fuß zu sichern. Mit Blick auf die Drohne ging Aegis in die Hocke, gab sich so viel Schwung wie möglich und sprang.

Seine Hände griffen nach oben und fassten einige zerbrochene Deckplatten, deren rasiermesserscharfe Kanten die Schnitte, die Aegis bereits auf der Mission gesammelt hatte, noch vermehrten. Keine würden Narben hinterlassen, alle würden bis zum Ende des Tages verschwunden sein. Der Schmerz wurde ausgefiltert, Erfahrung und Fokus taten ihre Arbeit, um den Champion weiter klettern, drücken, schlagen und reißen zu lassen, bis er wieder den Nachthimmel sah.

Feuer unterbrach nun die Sternenpracht.

Um Aegis herum landeten Paragons und Kommandos,

ihre Fallschirme lösten sich, als die vereinte Truppe auf Drohnen und Ziran-Wachen traf, die ihnen entgegenstürmten. Ein übermotivierter Soldat zu Aegis' Linken umrundete einen Stapel Frachtcontainer, der von blauweißen Scheinwerfern angestrahlt wurde. Der Mann richtete sein Gewehr – eine längst verbotene Art, aber Ziran musste wohl einen Vorrat gefunden haben – auf einen anderen Paragon, eine ergraute Frau, die sich gerade aus ihrem Anzug erhob.

»Deckung!«, schrie Aegis und rannte auf den Wachmann zu.

Das Geräusch der Waffe verriet, dass Aegis es nicht rechtzeitig schaffen würde. Die Fähigkeit des Paragons sagte, dass es keine Rolle spielte.

Der Wachmann, der den Abzug gedrückt hatte, fand sich plötzlich fünf Meter weiter vorne wieder, wobei die abgefeuerte Kugel ihn in den Rücken traf. Er war nicht gelaufen, nicht vorwärts gerannt, sondern einfach dort erschienen. Aegis blinzelte, als der Mann zusammenbrach, blickte zum Paragon und erhaschte ein Zwinkern.

Aegis wollte seufzen, aber mehr Ziele näherten sich der Landezone. Wäre dies eine echte Paragon-Operation gewesen, eine mit mehr Planung und eingespielteren Teams, hätte er gewusst, wozu der Paragon fähig war. Er hätte gewusst, wo er sein musste, um ihre Fähigkeiten zu nutzen.

Stattdessen hatte er Sekunden mit Verteidigung verschwendet, wo keine nötig war.

Die alten Zeiten waren so viel besser gewesen.

Drei weitere Wachen folgten der ersten und riefen den Namen ihres gefallenen Kameraden. Diesmal, als Aegis der Paragon-Frau zunickte, verstanden sie einander. Die Wachen visieren Aegis an, hoben ihre Waffen.

Und ein Gott stand unter ihnen.

Aegis schlug schnell und endgültig zu, erledigte einen Wachmann mit jeder Faust und den dritten mit seiner Stirn in einem knirschenden Schlag. Er kniete sich hin und hob ein Gewehr von dem bewusstlosen Wachmann auf.

»Gib mir einen Schuss, Particle«, sagte Aegis.

Die Anomalie, die ihren Ausguck auf der Spitze eines Containerhügels eingenommen hatte, riss Aegis' Blick zu einer Drohne, die in der Nähe des Schiffshecks Chaos verursachte. Die Normalen, die später eintrafen, landeten am Heck des Bootes, in der Nähe der Brücke. Die Drohne nutzte dies aus, ihre Waffen arbeiteten daran, die eintreffenden Fallschirme und ihre Ladung mit glitzerndem Feuer zu besprühen.

»Von hier aus kann ich das nicht treffen«, erwiderte Aegis und begann zu rennen.

»Dann komm näher ran.«

Aegis hob eine Hand, während er lief, in der Hoffnung, dass sein neuer Partner verstehen würde. Kleinere Containertürme säumten den Raum zwischen Aegis' Landeplatz und der Schiffsbrücke, einige glühten auf, als Drohnenfeuer oder Paragon-Fähigkeiten ihr Ziel verfehlten. Zwischen und um die Blöcke herum führten Ziran-Wachen, Drohnen und Paragons einen gefährlichen Tanz auf.

Einen Tanz, für den Aegis keine Zeit hatte, sich anzuschließen.

Er sprang, und Aegis spürte, wie der Paragon-Partner ihn vorwärts schleuderte, einmal, zweimal und ein drittes Mal. Er bewegte sich zwischen den Stößen weiter, fiel wieder zu Boden. Der letzte Schub schleuderte Aegis gegen einen weiteren Wachmann und schickte den Soldaten fliegend gegen einen roten Container. Aegis erging es nicht viel besser, er verlor den Halt und stolperte in eine Rolle.

Die zumindest verstand Aegis.

Der Champion beendete die Rolle mit einem Aufsprung, um den Schwung beizubehalten. Jede verstreichende Sekunde kostete seine Verbündeten mehr Leben. Der Rausch verengte Aegis' Blickfeld und verdrängte seine schmerzenden Knochen.

Die Wächterin, die selbst den Kopf schüttelte, taumelte vom Frachtcontainer, dessen Rot den unteren Teil eines zweigestapelten Stahlbehälters bildete.

»Schlechte Idee«, sagte Aegis und sprang erneut.

Die Wächterin blickte gerade noch rechtzeitig auf, um zu sehen, wie Aegis auf ihren Schultern landete, sich abstieß und sie zurück zu Boden schickte. Der Schwung brachte ihn nach oben, gerade genug, damit sein Partner – hatte ihre Fähigkeit eine Reichweite? – Aegis noch höher katapultieren konnte. Er flog über die Container hinweg und landete auf der anderen Seite in der letzten ebenen Fläche vor der Brücke.

Ein Helikopterlandeplatz, besetzt.

Die Rotorblätter des weiß-orangen Fahrzeugs drehten sich bereits, die Piloten saßen im Cockpit und die Türen schlossen sich gerade. Aegis erhaschte einen Fuß, der auf der gegenüberliegenden Seite des Hubschraubers verschwand. Aegis wollte hinterherstürzen, wollte es, bis Particle seinen Blick zurück auf die Drohne und ihre anhaltende Verwüstung lenkte.

»Prioritäten«, sagte Particle. »Wir können uns später um den Hubschrauber kümmern.«

»Nicht, wenn er entkommt«, knurrte Aegis, aber er rannte trotzdem daran vorbei, umrundete den Landeplatz und eilte zur Brücke.

Als er vorbeilief, tat der Hubschrauber, was Hubschrauber eben tun: Seine Rotoren drehten sich schneller, und das Fahrzeug hob in einem rasanten Aufstieg von der Schiffsoberfläche ab.

»Sollen wir ihn runterholen?«, fragte Particle, als Aegis über ein Geländer sprang, die Drohne nur wenige Meter entfernt.

Und riskieren, Menschen zu töten, die auf der Schiffsoberfläche kämpften? Wer wusste schon, was sich im Hubschrauber befand?

»Finde einen Weg, ihn zu verfolgen«, antwortete Aegis. »Sekundäres Ziel.«

Vor ihm drehte sich die Drohne um, ihre scheibenförmige Gestalt zeigte Einschlagspuren, wo verzweifelte Normale versucht hatten, sie zu bekämpfen. Über und hinter der Drohne, wie seltsame Wolken, schwebten weitere Normale herab, ihre Fallschirme flatterten.

Leben retten. Das war es, was Champions taten.

Aegis hob sein gestohlenes Gewehr und hielt den Abzug gedrückt, während er auf die Drohne zurannte. Kugeln prasselten hervor, trafen ihr Ziel mit bunten Funken und sonst nichts. Die Drohne erwiderte das Feuer, ihre eigenen Blitze verbrannten Aegis' nackte Haut. Mehr Schmerz, den es zu ignorieren galt.

Die Drohne musste entschieden haben, dass ihre Angriffe nicht viel bewirkten, denn sie beschleunigte auf Aegis zu. Springend traf Aegis die Drohne in der Luft und zielte auf das Zentrum der Maschine, dieses verwundbare Schaltungsnest, das nach einer Kugelerlösung bettelte. Nachdem er sich an der letzten Drohne die Haut aufgeschnitten hatte, stand das Durchschlagen von Metall nicht mehr ganz oben auf Aegis' To-Do-Liste.

Nicht, dass es die Drohne interessierte. Sie wich aus, als Aegis sprang, und drehte ihre Kante, um Aegis im Bauch zu erwischen. Seine Beine unter der Drohne, seine Arme, die rechte Hand noch immer das Gewehr umklammernd obenauf, versuchte der Champion, Luft zu bekommen und scheiterte. Seine Lungen konnten sich nicht ausdehnen, während die Drohne sie beide in einer wilden Beschleunigung über das Schiff schob.

Verzweiflung übernahm die Kontrolle. Aegis hielt den Abzug des Gewehrs gedrückt, während die Geschwindigkeit der Drohne ihn an ihre Vorderseite presste. Aus dieser Nähe prallten die Gewehrkugeln immer noch ab, aber einige fanden weichere Stellen und fraßen sich in das Innere der Drohne. Die Maschine änderte ihren Plan, als sie Aegis' Feuer spürte, reagierte viel zu verdammt clever und bremste hart.

Aegis' Schwung trug ihn von der Drohne weg, er flog hinaus aufs Meer. Während er fiel, zielte er mit dem Gewehr nach oben und feuerte den Rest des Magazins in die nach unten gerichteten Düsen der Drohne. Aegis schlug hart auf dem Wasser auf, dessen Kälte schnell eindrang, als der Champion versuchte, Luft zu holen. Über ihm verschwanden erneut diese hellen Sterne.

Die Ursache diesmal?

Ein riesiger Feuerball, wo die Drohne gewesen war.

»Wir haben das Schiff gesichert und führen jetzt die Aufräumarbeiten durch«, sagte Particle, während Aegis in den Wellen schaukelte. »Bist du das da draußen, Champion?«

»Gute Arbeit«, antwortete Aegis. »Ich werde eine Abholung brauchen, Particle. Und ein Handtuch.«

Während Drohnenteile um ihn herum ins Wasser klatschten, blickte Aegis zum Schiff hinüber. Ein weiterer Überfall, ein weiterer Sieg. Aber es würde Ziran nicht aufhalten.

Noch nicht.

KAPITEL 2
DIE ROUTINE

KAT WARTETE AUF FÜNF PIZZEN, die in einer speziellen Tasche verstaut waren, um sie während der Fahrt warm zu halten. Sie saß an einem fettigen, teigfarbenen Tisch über Fliesen, die ihrer Meinung nach zuletzt vor einem Jahrzehnt geputzt worden waren. Matschige, geschmolzene Schneehaufen paarten sich mit dem Fernseher, der in der Ecke hing und wartenden Kunden Unterhaltung bot. Ein Schwätzer bellte durch eine weitere Razzia, die früher am Morgen auf einem Ziran-Frachter stattgefunden hatte.

Die Paragons waren wieder am Werk und griffen in ihren letzten zappelnden Momenten auf Terrorismus zurück.

Zwei Monate nachdem die Drohnen die Seiten gewechselt hatten, hatten die Paragon-Jahre bereits einen Platz in der entsetzten Geschichte eingenommen. Kats Existenz als Trackerin wurde neben der Vergangenheit der Menschheit als Albtraum-Regime eingeordnet, als hätte sie an Türen geklopft, um die Familien darin zu zerstören. Dass die Paragons Anomalien sicher hielten und Normale noch sicherer, blieb ungesagt.

Alles andere würde riskieren, die Maschinen draußen zu verärgern.

Kat zog die graue Kapuze über ihren Kopf, ungeschnittene Ponyfransen trieben um ihre Augen und zerschnitten die Sicht hinter der Theke, als sie sich vom Fernseher abwandte. Unbewaffnete Maschinen, beaufsichtigt von normalen Menschen, wirbelten Pizzateig auf, hackten Tomaten, die in verdichteten Gärten im Hinterhof des Restaurants angebaut wurden. Dieser Ort behielt seine Qualität, wo es wichtig war: beim Essen. Außerhalb der Kruste war es ihnen egal.

Was es perfekt für eine ehemalige Trackerin machte, die versuchte, ihren verbotenen Freunden etwas zu Mittag zu besorgen.

Minuten später, mit der Pizzatasche auf dem Rücken, gesellte sich Kat zu einem bestimmten Welpen, der draußen im nassen Gras grub. Braun und frisch freigelegt, hatten Chicagos Rasen noch nicht ihre Frühlingskraft gefunden, und wenn es nach Seeker ginge, würden sie es auch nie. Der Husky schien jede Gelegenheit, ein Loch zu graben, als eine anzusehen, die man nicht verpassen durfte, egal wie oft Kat versuchte, ihm Nein zu sagen.

Zugegeben, sie war nicht gut darin.

»Hier«, sagte Kat und reichte ihm mehrere Peperoni-Scheiben, die der Besitzer des Ladens ihr mitgegeben hatte. Eine kleine Geste, die sicherstellte, dass sie eine Stammkundin blieb, obwohl der Mann nicht wusste, dass Kats Auswahl an Mittagsoptionen begrenzt war.

Seeker schnappte sich den gelieferten Leckerbissen, dann einen weiteren und einen dritten, bevor Kat eine leere Handfläche zeigte. Der Husky wandte seine Augen zurück zur Pizzeria und schnaubte.

»Maßhalten, mein Freund«, sagte Kat, machte sich auf den Weg den Bürgersteig entlang und zog Seeker mit sich.

Eine Kapsel huschte vorbei und beförderte Menschen in ihrer getönten Kugel zu unbekannten Zielen. Die kugelförmige Kapsel auf Rädern machte nichts weiter als ein ohrenkitzelndes Summen, während sie vorbeifuhr, die Reifen knirschten lauter als die Batterien, die sie antrieben. Kat hätte eine gerufen, hätte sich Blocks erspart, die sie durch die kühle Luft laufen musste, außer dass Kapseln nicht privat waren.

Ziran würde zuhören.

Ziran hörte jetzt immer zu.

Kats Arme schwangen beim Gehen, ihr linker überholte den rechten, seine Leichtigkeit war immer noch eine neue Empfindung. Das Tama, das dort gewesen war, war weg, zusammen mit dem Armband, das es gehalten hatte. Eine kleine Platte saß auf ihrer Haut, verdeckt von einem langen Ärmel, und wartete darauf, angeschlossen zu werden. Es würde noch viel länger warten müssen. Auf keinen Fall würde Kat sich in nächster Zeit ein von Ziran hergestelltes Gerät anschnallen.

Weed, der Paragon, der jetzt als Chicagoer Anführer fungierte - als ob so etwas wirklich noch existierte -, hatte immer noch sein Tama und behauptete, Ziran hätte nicht alle Paragon-Systeme infiltriert. Aegis, der von den Toten zurückgekehrte Champion, hatte anscheinend auch eins und war noch nicht aufgespürt worden. Trotzdem hatte Kat das Gefühl, dass Ziran seine Karten dicht an der Brust hielt.

Wenn dein Feind zufrieden damit war, seine Position preiszugeben, warum ihn nicht lassen?

Die Sonne verblasste schnell, ein plötzlicher Schatten, der nicht zu einer vorbeiziehenden Wolke gehörte. Kat sah die Reflexion in einem nahen Fenster, als sie ging, eine Gladiator-Drohne, die ihren LKW-großen Körper die Allee entlang bewegte. Eine normale Patrouille, die Kat noch vor ein paar Monaten sicher und geschützt gefühlt hätte. Jetzt wandte sie ihr Gesicht ab, beugte sich hinunter, als wolle sie die Schnürsenkel ihrer Stiefel binden.

Ziran kannte ihr Gesicht. Wexley kannte ihr Gesicht. Er hatte jetzt vielleicht höhere Prioritäten, aber Kat vermutete, dass er irgendwann hinter ihr her sein würde.

Oder war das nur ihre Eitelkeit, die da sprach? Wexley

hatte jetzt eine Welt zu bekämpfen. Er erinnerte sich wahrscheinlich nicht einmal daran, dass Kat existierte. Er würde sich nicht die Zeit nehmen, Drohnen auszusenden, um sie zu finden.

Kat behielt ihre Kapuze trotzdem auf.

Fünf Blocks später, in einer zerlumpten Wohngegend, wo einstöckige Ranches von jahrhundertealter Bauweise zeugten, die lange vernachlässigt worden war, während das Geld anderswohin abwanderte, hob Kat einige von Seekers Hinterlassenschaften auf und ließ ihren Blick schweifen.

Trotz all der Umwälzungen machte die Menschheit weiter. Die Leute nahmen Züge und Kapseln zu ihren Arbeitsplätzen oder richteten sich in Heimbüros ein. Kat konnte Köpfe sehen, die in den Fenstern der Vorderzimmer an Monitore geklebt waren. Einige wenige gesellten sich zu ihr auf den Bürgersteig, oft in ihre Tamas murmelnd, während sie ihre Besprechungen zu Fuß abhielten. Niemand tat das, was Kat tun wollte: laut herausschreien und fragen, ob alle den Verstand verloren hatten.

Sie hatte gesehen, wozu Anomalien fähig waren. Hatte ihre Familie an eine verloren, als sich die Zellen ihrer Schwester auf die falsche Weise verbogen und Kats Eltern, ihr Haus und die Schwester selbst ins nächste Leben beförderten. Kat hegte keine besondere Liebe für die Menschen, die mit Fähigkeiten geschlagen waren, aber sie hatte sich in dem Haus, das die Paragons gebaut hatten, ein Zuhause geschaffen. Es hatte funktioniert, es war sauber und klar gewesen.

Jetzt marschierte Chicago nach einer ängstlichen Trommel, überwacht und gehorsam gegenüber einem Maschinenschwarm, der von seinen Bürgern verlangte, weiterzumachen. Ihre E-Mails zu senden, ihre Berichte einzureichen und die Wirtschaft in Bewegung zu halten, ohne darüber nachzudenken, wer wirklich davon profitierte.

»Mir hat es besser gefallen, als ich nur einen anderen

Trottel fangen musste«, sagte Kat und bog in eine Einfahrt ein, deren Risse zum Unkrautbefall verdammt waren.

»Wen nennst du hier Trottel?«, rief Smoke, ein Paragon, der den Nicht-Uniform-Look angenommen hatte, um in Loungewear herumzulungern, von der Zementveranda des Hauses.

»Niemanden«, erwiderte Kat, während sie den Rucksack von ihrem Rücken schwang und ihn neben der Tür fallen ließ. »Das Mittagessen ist serviert.«

»Ist es diesmal heiß geblieben?« Smoke beäugte die Pizzaschachtel mit etwas zwischen Verlangen und Ekel. »Wenn ich das schon wieder essen muss, dann-«

»Du kannst es gerne selbst holen.«

Kat wartete nicht darauf, dass Smoke eine Erwiderung fand, und ging hinein, Seeker tappte ihr hinterher. Beide wussten, dass Smoke sich nicht weit vom Haus entfernen würde, wo eine Drohne sie möglicherweise gut in den Blick bekommen könnte. Die Maschinen schienen Paragon-Gesichter auf einen Blick zu erkennen – wie Weed das mit seiner Weigerung zu glauben, dass Ziran Zugriff auf das Paragon-System hatte, unter einen Hut brachte, konnte Kat nicht begreifen – und reagierten auf einen potenziellen Fang mit Eifer.

Wenn Hilfe eintraf, fanden die Anomalien nicht einmal mehr Leichen.

Drinnen herrschte improvisierter Elan. Ungleiche Paare saßen über Bildschirmen gebeugt, die auf provisorischen Tischen aufgestellt waren, Stromkabel bildeten ein Fußfallenlabyrinth, das jeden unaufmerksamen Neuankömmling zu Fall bringen konnte. Anomalien und Normale, die wenigen, denen die Paragons genug am Herzen lagen, um sie zurückhaben zu wollen, wimmelten durch den Raum. Im Hintergrund summte eine Spülmaschine, und tiefer im Haus setzten die Waschmaschinen ihre ständigen Vibrationen fort.

»Wo ist Weed?«, fragte Kat einen Mann, der direkt hinter

der Tür stand und seine Augen auf das große Fenster an der Vorderseite gerichtet hatte.

Der für diese Stunde eingeteilte Wachmann, Smokes Stellvertreter für die Schicht.

»Im Besprechungsraum«, sagte der Mann, ohne Kat auch nur eines Blickes zu würdigen. »Sie lassen nicht locker.«

»Bei all den Erfolgen in letzter Zeit, warum sollten wir auch?«

Der Mann runzelte die Stirn, bot aber nichts weiter an, um auf Kats Sarkasmus einzugehen. Humor starb schnell, nachdem die Drohnen die Seiten gewechselt hatten, trotz Kats Wiederbelebungsversuchen. Nicht, dass sie damit aufhören würde: Ein wenig Lachen war das Einzige, was sie bei Verstand hielt.

Das und die Hoffnung auf ein Zeichen.

Der Besprechungsraum wäre überall sonst ein Witz gewesen. Eine rissige Kopfsteinpflasterterrasse im Hinterhof verbarg sich nun unter einem erbeuteten limonengrünen Partyzelt, einem schreienden dekorativen Fehlschlag, den man aus der Not heraus akzeptiert hatte. Kat hielt ihre Kritik zurück: Ihre eigene Wohnung, die nun brach lag, nachdem sie entdeckt hatte, dass Drohnen sie dort überwachten, hätte jede Designprüfung nicht bestanden.

Sie vermisste allerdings Tap. Die Surfer-KI, die ihr Leben dort gemanagt hatte, war ein ständiges Vergnügen gewesen. Existierte Tap noch und unterhielt sich mit einer leeren Wohnung? Fragte sich, wo die Frau geblieben war, die täglich verspätete Brunchbestellungen aufgegeben hatte?

Seeker lenkte Kats Aufmerksamkeit auf die Versammlung, eine solide Sechs-Personen-Veranstaltung, die sich vor ihnen entfaltete, als Kat durch die hintere Schiebetür trat. Weed hielt Hof, ein mit dem Tama des Mannes verbundener Projektor warf einen Bauplan gegen eine alte schwarze Kreidetafel. Kat erkannte das Layout nicht, aber die Worte oben, die *Kraftwerk* lauteten, beantworteten die Frage deutlich genug.

»Warum? Wenn wir das treffen, legen wir die nördlichen Vororte für drei Tage lahm«, sagte Weed, der trotz seines struppigen Aussehens aufrecht vor seinen Untergebenen stand. Calvin hatte erwähnt, dass er den Mann mochte.

Calvin.

Kat presste für einen Moment die Augen zusammen. Öffnete sie wieder im Gleichgewicht.

»Und warum ist das wichtig?«, fuhr Weed fort. »Jeden Tag, an dem sie keinen Strom haben, jeden Tag, an dem der Betrieb gestört ist, bringen wir sie wieder auf unsere Seite. Dies ist ein langer Krieg, und wir werden ihn mit kleinen Siegen gewinnen.«

Da Kat nur Rücken sah, konnte sie nicht erkennen, ob Weeds Publikum den Mann ernst nahm, aber als Weed sie alle entließ, um sich auszurüsten, sprangen die fünf Mitglieder des Rookery-Trupps – Weed und Beth, die Elemental-Anführerin, die sich die Macht in diesem Ort teilten, hatten sich für Chicagoer Wahrzeichen als Truppnamen entschieden – auf, um ihre Ausrüstung zusammenzusuchen.

»Die Bevölkerung so lange nerven, bis sie euch zurückhaben will?«, sagte Kat und ließ Seeker los, damit er durch den Hof tollen konnte.

Weed, der die Projektion wegwischte, kratzte sich an der Nase und zuckte mit den Schultern. »Es ist ein Versuch wert. Vor allem hält es uns in Bewegung.«

»Und bringt euch da draußen um.«

»Besser das, als hier herumzusitzen. Zumindest versuchen wir etwas, und wir sind nicht allein. Aegis-«

»Hat ein weiteres Boot genommen. Rate mal, wie viele Ziran da draußen hat?«

»Weißt du es?«

Kat ließ sich in einen Klappstuhl fallen, dessen steifes Polster genau null Komfort bot. »Natürlich weiß ich es nicht, aber es müssen mehr als eines sein.« Sie schüttelte den Kopf, blickte auf. »Irgendwas?«

Weed verzog das Gesicht, schüttelte ebenfalls den Kopf. »Wir haben nichts Neues gehört. Gordon hat sich seit einer Woche nicht gemeldet.«

Der Fährtenleser war mit einigen Anomalien auf einer Mission verschwunden, um herauszufinden, warum genau verschwundene Paragons und Elementals eben das waren: verschwunden. Die Drohnen hätten, angesichts Wexleys und Zirans wiederholter Erklärungen, dass Anomalien vernichtet werden sollten, von Kugeln durchsiebte Leichen auf den Straßen hinterlassen sollen. Stattdessen schienen die Anomalien einfach zu verschwinden.

Kat hatte genug Romane gelesen und genug Filme gesehen, um reichlich Ideen zu haben, wo sie sein könnten, was passieren könnte, aber bisher hatte niemand eine Spur gefunden.

Calvin war einer von ihnen gewesen. Weed beschrieb den Tag, als Kat im Krankenhaus unter einem betäubenden Medikamentenrausch lag, um sie durch eine dringende Notoperation zu bringen. Calvin und einige andere Paragons, einschließlich Weed, versuchten, das Ende der Welt mit einem Angriff auf ein Drohnen-Reparaturzentrum im Süden Chicagos aufzuhalten. Die Mission war ein Erfolg, wobei Calvin die einzige Verlustmeldung war.

Feuer und Drohnen überall, sagte Weed. Sie konnten nicht sehen, was mit Calvin geschah, konnten nicht riskieren, zurückzugehen, um ihn zu retten.

Kat hatte Lob, dem Paragon, der die Hin-und-Her-Sprünge bei der Mission machte, trotzdem einen kräftigen Schlag verpasst. Jetzt verließ er Räume, sobald sie eintrat, und Kat verspürte nicht den geringsten Anflug von Reue darüber.

»Also, die Pizza ist da?«, sagte Weed nach einem langen Atemzug.

Der Mann hatte wenigstens den Anstand, verlegen auszusehen, als er fragte.

»Wenn du ein Stück willst, solltest du dich beeilen«, antwortete Kat. Weed nickte ihr zu und folgte dem Rat.

Über ihnen starb der Sonnenschein erneut, diesmal auf die langsamere, natürlichere Art. Regentropfen folgten und trafen die Plane mit hohlen, platschenden Schlägen. Kat starrte auf die Kreidetafel und versuchte, etwas Bedeutungsvolles in ihrer leeren, schwarzen Oberfläche zu finden.

Zumindest Seeker, der nach den Tropfen schnappte, hatte Spaß.

Der Regen wurde zu einem Wolkenbruch, so heftig, dass selbst Seeker unter der Plane Schutz suchte. Das prasselnde Unwetter machte so viel Lärm und vernebelte den Hof derart, dass Kat die Tasche, die über den Zaun flog, erst bemerkte, als ein Körper folgte. Seeker bellte, als Kat aufstand, ihre Hand verschwand unter ihrer Jacke zu der Stubbnase-Pistole, die sie jetzt immer bei sich trug. Waffen fühlten sich falsch an in einer Paragon-Welt, aber seltsam richtig in der neuen Dystopie, bereit, das Leben eines Feindes genauso leicht zu beenden wie Kats eigenes, sollten die Umstände zu sehr aus dem Ruder laufen.

Seekers Bellen ließ Kat die Hand zurückziehen, der Ton deutete weniger auf einen Einbruch als auf eine Rückkehr hin. Sie zog ihre Kapuze wieder hoch, verließ die Deckung und rannte über den Hof zu dem Körper, ihre Stiefel versanken bereits im durchnässten, matschigen Gras.

Gordon Holyoak sah aus, als hätte er einige Feinde gefunden. Blaue Flecken übersäten sein Gesicht, und Kat sah die Kopfhaut des Mannes, wo einige Haare aggressiv fehlten. Seine Kleidung wies Risse und Löcher auf, einige gingen bis zu blutigen Linien in der Haut des Spurensuchers durch.

»Lebst du noch, Mann?«, fragte Kat, kniete sich über ihn und nahm Gordons Gesicht in ihre Hände.

Seine Augen ließen die Spannung nicht lange bestehen und flatterten bei ihrer Berührung auf. Stoppeln konkurrierten mit Schlamm um den Platz in Gordons Gesicht, obwohl der Regen Letzteres in braune Flüsse verwandelte, als Kat Gordon hochzog. Seeker sprang um sie herum, bellte und half nicht im Geringsten.

»Hey«, sagte Gordon, die Worte ein Flüstern über dem Regen. »Kannst du meine Tasche holen?«

Kat ließ Gordon über ihre Schultern hängen, bückte sich und hob die Reisetasche auf, die sich in dem Schlammgrubenhof eingenistet hatte. Sie legte ihren linken Arm um Gordons Taille und drehte sich zum Haus zurück.

Dahinter standen, einige mit erhobenen Waffen und andere mit ausgestreckten Armen, bereit, welche Magie auch immer ihre Zellen ihnen gegeben hatten, einzusetzen, Weeds und Beths improvisierte Armee, oder zumindest die etwa fünfzehn, die bereit waren mitzuspielen. Weed und Beth standen an ihrer Spitze, beide mit verschränkten Armen, die Augen spähten unter der Plane hervor.

»Vielleicht etwas Hilfe?«, rief Kat. »Es ist Gordon, und er ist verletzt?«

»Wie ist er über den Zaun gekommen, Kat?«, fragte Beth.

Die Frau, eine Elemental-Anführerin und jemand, mit dem Kat nichts dagegen hätte, ein paar Runden in einem Kampf ohne Regeln zu gehen, nahm die neue Welt an, als wäre sie ein neues Outfit. Sie zog die Katastrophe um sich wie einen Mantel und nutzte sie, um Fehler zu verdecken, stolzierte um ihre dezimierten Truppen herum wie eine Savante, die mit genug Mut und Dreck die Elementals und ihre enttäuschten Paragon-Freunde wieder an die Spitze bringen könnte.

Als Kat erwähnte, dass Beth hinter unzähligen Angriffen auf Paragon-Eigentum gestanden und Kat selbst beinahe mit einem schmutzigen Anomalie-Trick getötet hätte, hatte Weed nicht viel mehr getan, als sich abzuwenden. Sie brauchten jetzt jede Anomalie, ungeachtet ihrer Vergangenheit.

Also nahm Kat die Befehle ihrer potenziellen Mörderin

entgegen und führte sie mit einem erzwungenen Lächeln nach dem anderen aus.

Warum?

Weil der Aufenthalt hier ihre einzige Chance auf etwas anderes als die Straße bot. Sie hatte ihr Leben den Paragons gegeben, und sie hatten es ihr mit einer Karriere vergolten, die sie ihr Eigen nennen konnte. Hatten einen gebrochenen Teenager wiederbelebt und ihr beigebracht, wie man kämpft, wie man eine abtrünnige Anomalie aufspürt, wie man einer Wand von Arschlöchern wie dieser in die Augen sieht und geradewegs durchschlägt.

»Er hat sich selbst hochgezogen«, sagte Kat. »Ich habe es gesehen.«

»In diesem Zustand?«, fragte Weed.

Gordon richtete sich auf und zischte dabei. »Alles ich. Hätte aber nichts dagegen, aus diesem Regen rauszukommen?«

Weed und Beth zogen eine gepaarte Grimasse, die niedlich gewesen wäre, wenn Kat nicht in Erwägung gezogen hätte, ihre Waffe zu ziehen und beiden einen Bauchschuss zu verpassen. Der Paragon-Anführer, der möglicherweise tief in sich ging, fand sein Herz und winkte Kat und Gordon vorwärts. Als Kat und ihr Freund vorwärtsgingen, folgten mehrere Anomalien Beths Signal und lösten sich aus der Linie. Sie zogen an Gordon vorbei und gingen zum Zaun. Eine andere tauchte mit einem flötenartigen Geräusch in der Luft auf und flatterte wie ein Blatt in den Wolkenbruch hinauf.

Ein riskanter Zug, eine so offensichtliche Fähigkeit im Freien einzusetzen, aber besser als das ganze Haus einem möglichen Hinterhalt auszusetzen.

Weed und Beth wollten eine sofortige Nachbesprechung, aber Gordon lehnte ab und behauptete, eine Chance zum Säubern und für erste Hilfe habe Vorrang. Kat half dem Spurensucher die Treppe hinunter in einen weiten Keller, der mit geschickten Anomalie-Fähigkeiten erweitert worden war, um sich unter den gesamten Hinterhof zu erstrecken. Die Elementals, die einige Erfahrung im Bau improvisierter Stützpunkte hatten, teilten die neue, kalzifiziert-weiße Kammer in verschiedene Räume auf, einschließlich eines Drei-Betten-Mikrohospitals.

Gordon ging von der Dusche ins Bett, wobei Kat half, Verbände anzulegen. Seeker, ihr offensichtlicher Beschützer, rollte sich durchnässt zu ihren Füßen zusammen, die blauen Augen wachsam.

»Du bleibst still«, sagte Kat, als die Stille sie aufzufressen drohte. Gordon hatte kein Wort gesagt, außer wiederholten Dankesworten, während die Erholung voranschritt. »Ich lasse dich damit noch eine Minute durchkommen, dann drehe ich durch.«

Gordon lachte einmal, dann wandte er sein zerschlagenes Gesicht Kat zu: »Ich rede nicht, weil ich versuche herauszufinden, was ich sagen muss.«

»Da liegt dein Problem. Du kannst es nicht überdenken. Sprich einfach, Gordon. Wer hat dir das alles angetan und warum? Bist du wieder mal vor einem Mädchen davongelaufen?«

Noch ein Lachen, dieses Mal trauriger.

»Es ist nicht wer, Kat. Es ist was. Ich habe nicht alles herausgefunden, aber ich habe genug gefunden. Ich habe einen Standort.«

»Einen Standort wofür?«

»Für die Anomalien«, sagte Gordon, ein Lächeln umspielte seine Lippen. »Sie leben, Kat. Calvin lebt.«

KAPITEL 3
FAMILIENLEBEN

RHIMES PIRSCHTE sich unter Palmwedeln an das Zielobjekt heran. In der LA-Hitze erwies es sich als kniffliger als in Chicago, Kleinwaffen unter einem weiten Hemd und Shorts zu verstecken, aber der Agent und sein Team kamen zurecht. Auf der gegenüberliegenden Straßenseite näherten sich drei Söldner, die Rhimes' vierköpfiges Team vervollständigten.

Sie sicherten die Hauptwaffen ab: ein Metall-Duo, das durch die Nachbargärten huschte. Die Tracker-Drohnen, kakerlakenartige Roboter mit reichlich scharfen Kanten, würden die Vorhut bilden.

Rhimes war es völlig egal, die Eröffnungsverantwortung abzugeben. Jeder Angriff barg in seinen ersten Augenblicken die größte Gefahr, wenn Pläne schiefliefen und sich Geheimdienstfehler offenbarten. Besser, Roboter zu riskieren, die täglich zu Hunderten produziert werden konnten, als ein einziges normales Leben.

Zumindest war das, was Rhimes Wexley erzählte, der nicht widersprach.

»Letzte Überprüfung«, sagte Rhimes. »Alles klar?«

Seine drei Agenten bestätigten mit einem Klicken, und die

beiden Drohnen, die irgendwo links von Rhimes hinter einem weißen Zaun saßen, folgten mit ihrer eigenen Zustimmung. Ihr Ziel, ein zweistöckiger Bungalow mit modernem Design, ganz in Creme und dunklem Holz gehalten, lag vor ihnen und schien wie die meisten Häuser in dieser Wohngegend verlassen zu sein.

Wenn dem nur so wäre.

»Lasst es uns erledigen«, sagte Rhimes und löste den Einsatz aus.

Er griff in sein locker geknöpftes Hemd und zog eine Kombiwaffe aus dem Schulterholster. Doppelläufig und von ihm selbst entworfen, ließ Rhimes die Fabrik diese Babys so schnell produzieren, dass Zirans gesamte Streitmacht damit ausgestattet werden konnte. Ein kleiner Schalter wechselte die Waffe zwischen tödlich und nicht-tödlich, eine Unterscheidung, die mit jedem Tag wichtiger wurde, da Adrianas Einfluss Wexleys blutigere Instinkte verdrängte.

Rhimes wusste nicht, was Adriana mit ihren Gefangenen machte, aber zumindest hielt sie die Zahl der Todesopfer niedrig. Jede Revolution forderte ihre Opfer, aber Wexley wollte diese Drohnen schnell zur Anomalie-Hinrichtung einsetzen, bis Adriana ihn vom Gegenteil überzeugte. Nicht ganz die Gesellschaft der Chancengleichheit, die Zhan-Yo gepredigt hatte.

Ungeachtet dessen stellte Rhimes die Pistole auf Betäubung und näherte sich dem Haus in leichtem Trab. Zu seiner Rechten sah er, wie seine Agenten in ein anderes Haus eindrangen, das von seinen bestochenen Besitzern für den heutigen Einsatz zur Verfügung gestellt worden war. In wenigen Sekunden würde Rhimes Deckung vom Dach haben. Noch schneller würden die Drohnen drinnen sein.

Die Tracker-Drohnen hatten ihre eigene tödliche Neigung, aber sie würden ein Nervengas priorisieren, das den Körper des Opfers für genügend Stunden in einen statischen Schock versetzen würde, um sie dorthin zu bringen, wo Adriana sie haben wollte.

Wo das war, wusste Rhimes nicht. Er hatte nicht gefragt. Genug Anomalien konnten Gedanken lesen, sodass Rhimes sein eigenes Leben so weit wie möglich auf einer Need-to-know-Basis hielt.

Ein Hubschrauber summte über ihnen hinweg und übertönte das Geräusch der Tracker-Drohnen, als sie durch die rückwärtigen Fenster des Hauses schnitten. Rhimes beobachtete den Einbruch auf seinem Tama, während er hinter einer geparkten Kapsel auf der Straße nahe dem Haus in Deckung ging. Jetzt begann der heikle Tanz zwischen der Beobachtung des Fortschritts der Drohne und der Bereitschaft seiner eigenen Augen, falls die Anomalien beschließen sollten, die Flucht zu ergreifen.

Andererseits würde es genug Lärm geben. Anomalien bewegten sich nicht leise.

Auf dem Bildschirm des Tama sah Rhimes klare Videoaufnahmen, als die Tracker-Drohnen hineinkrabbelten. Seine gewählte Ansicht schwenkte zur Seite, als die Maschine die Wand zur Decke hinaufkletterte, bereit, auf jeden eintreffenden Körper herabzustürzen. Die zweite Drohne überquerte schnell die Küche und positionierte sich an einer Wand gegenüber den Glastüren, wo jeder, der zur Untersuchung kommen würde-

Da. Ein Mann, der einen Kaffee hielt, als er in den Raum stürmte, mit weit aufgerissenen Augen. Er drehte sich um, rief etwas zurück ins Haus und bemerkte die Drohne, die über einen Meter lang an der Wand klebte.

Der Pfeil, abgefeuert aus einem Gelenk am vorderen rechten Bein der Drohne, eines von sechs messerartigen Gliedmaßen, steckte im Hals der Anomalie. Der Mann taumelte einen Schritt zurück, ließ den Kaffee fallen und stürzte dann in die sich ausbreitende braune Pfütze. Rhimes zuckte zusammen, als der Kopf des Mannes auf den Fliesen aufschlug. Wahrscheinlich würde das eine heftige Gehirnerschütterung geben.

Andererseits würde er das der Möglichkeit vorziehen, dass die Anomalie ihre Fähigkeit einsetzen konnte.

Die Drohnen hielten ihre Position und warteten darauf, dass der neue Köder wirkte. Wie viele konnten sie ihrer Sammlung hinzufügen? Geheimdienstinformationen, die von denselben Tracker-Drohnen und Luftüberwachung gesammelt wurden, deuteten darauf hin, dass mindestens fünf Anomalien – allesamt Elementar-Mitglieder – hier lebten.

»Bewegung im ersten Stock«, kam ein Summen von Rhimes' Zweitem bei der Mission, der die Deckung vom Dach aus gab. Brielle hatte einen Schalter, um den Rhimes sie beneidete, sie wechselte in Sekundenschnelle von einer redegewandten Philosophin zu einer strikten Scharfschützin, und jetzt hatte sie ihr Kompetenzspiel eingeschaltet. »Soll ich schießen?«

»Nur beim Ausgang«, antwortete Rhimes. »Lass die Drohnen ihre Arbeit machen. Je leiser, desto besser.«

In den paar Monaten seit der Übernahme – Wexley versprach immer noch, einen offiziellen Namen für den Moment zu finden, als Ziran die Paragons weltweit stürzte, aber er hatte es noch nicht getan – schwankte die zivilisierte Gesellschaft zwischen offener Panik und anhaltendem Unglauben, dass sich überhaupt etwas in ihrem Leben geändert hatte. Märkte, Produktion und der gute alte Alltag brauchten ihre Zeit, um sich einzupendeln, aber als die Sonne jeden Morgen weiter aufging, erinnerten sich immer mehr Städte, Länder und Regierungen an das Vorher und kehrten dazu zurück.

Offener Krieg in den Straßen drohte dieses empfindliche Gleichgewicht zu stören, so sagten Wexley und seine schattenhaften Hintermänner. Rhimes musste leise, fokussiert und scharf sein. Die Anomalien ausschalten, die Leute ihre Latte holen lassen. Ein Gleichgewicht.

Zwei weitere Gestalten tauchten in den Drohnenkameras auf. Gemeinsam, ohne Getränke in den Händen, betrachteten der Mann und die Frau, beide jenseits der Lebensmitte, das gefallene Ziel und warteten. Rhimes ließ seine Finger über den Tama gleiten und zoomte auf das Paar. Die Drohne, die die Aufnahme machte, hatte sich an die Decke gequetscht, hinter einem Ventilator versteckt, aber sie würde entdeckt werden, wenn die beiden es wagten, länger als eine Sekunde nach oben zu schauen.

Bei genauerem Hinsehen sah Rhimes, was er vermutet hatte: Die Finger der Frau bewegten sich, als würde sie in der Luft Klavier spielen. Die Augen des Mannes hatten einen entrückten Ausdruck, wie im Schock. Rhimes tippte auf den Tama und sendete einen anderen Befehl an die Drohnen.

Kein Warten mehr. Zeit, in die Offensive zu gehen, bevor die Anomalien ihren Unsinn zu Ende brachten.

Sein Tama vibrierte. Ein Anruf von außen. Den würde er jetzt nicht annehmen.

Stattdessen hob Rhimes die Waffe, umrundete das Auto und ging auf die Haustür zu. Sonnenlicht glitzerte auf den Dachrinnen. Zwei wirbelnde Spatzen flatterten vorbei, ahnungslos. Einige Kinder planschten und schrien in einem Pool auf der anderen Straßenseite. Rhimes blieb fokussiert und blickte den Lauf entlang auf die rosarote Tür.

Sie öffnete sich. Ein Gesicht, das noch ins Haus zurückblickte, als die Tür weit aufschwang. Der ältere Mann. Rhimes feuerte. Die obere Kammer zischte und knallte leise, zusätzlich gedämpft durch das Design der Waffe. Der Mann zuckte, als Rhimes' Schuss ihn zwischen den Schultern traf.

Wexleys Hauptmann beschleunigte und fing an zu rennen, als etwas Großes im Inneren zusammenbrach, Metall auf Holz schabte. Das Tama vibrierte erneut. Hinter Rhimes hörte er weitere Schritte. Seine beiden Agenten zur Verstärkung.

»Zweiter Stock«, sagte Brielle. »Teenager an den Fenstern.«

»Anomalien?«, fragte Rhimes, als der Mann, den er angeschossen hatte, auf die Zementveranda stolperte.

Rhimes erreichte den Mann, als dieser sich umdrehte, stellte seinen linken Fuß gegen die Ferse des Opfers und warf ihn zu Boden. Kurz bevor der Kopf der Anomalie unsanft mit dem Beton Bekanntschaft machte, schob Rhimes seine linke Hand darunter. Er erntete einen Kratzer an den Knöcheln für die Mühe, aber die Anomalie hinterließ keine blutige Spur, sondern blinzelte stattdessen mit verschwommenen Augen zu Rhimes auf, während die betäubenden Drogen ihre Wirkung entfalteten.

»Unklar«, sagte Brielle. »Sie sind zusammen. Drei.«

»Das sind mehr als gemeldet«, sagte Rhimes und zielte wieder auf die offene Tür. Ein kurzer Blick auf sein Tama zeigte zwei verpasste Anrufe und Störungen in den Drohnen-Feeds. »Familie?«

»Du stellst Fragen, die ich nicht beantworten kann.«

Rhimes signalisierte seiner Verstärkung zu warten und die Öffnung zu beobachten, während er nach drinnen ging. Die Tür als Deckung zu seiner Linken nutzend, blickte Rhimes nach rechts, als er eintrat. Ein Esszimmer, frische Blumen in Glas auf dunklem Holz. Stühle ordentlich platziert. Gerahmte Fotos an der Wand, lächelnde Kinder. Niemand wartete auf ihn.

»Kannst du sie treffen?«, sagte Rhimes und fischte in seinem Gürtel nach Hilfe. Vage Kunst hing an der türkisfarbenen Innenwand zu seiner Linken, die Tür deckte seinen Rücken, die beiden draußen deckten die Tür und Brielle tat, was sie auf dem gegenüberliegenden Dach tat.

Der Grundriss des Hauses flackerte in seinem Kopf. Die Treppe müsste hinter ihm, rechts sein. Wenn die Kinder zappelig würden, würden sie Lärm machen.

»Kann ich«, sagte Brielle. »Sie haben die Tür geschlossen. Einer öffnet das Fenster. Soll ich?«

Die Betäubungsgeschosse waren für Erwachsene dosiert,

nicht für Kinder. Traf man jemanden, der zu klein war, könnten die Drogen sie dauerhaft außer Gefecht setzen. Die Jüngeren waren möglicherweise nicht einmal Anomalien – Kräfte wurden nicht immer vererbt. Das musste man abwägen gegen die Möglichkeit, dass einer eine jugendliche Bombe war.

Seine Leute schützen. Ziran konnte später immer behaupten, die ganze Familie hätte Fähigkeiten gehabt.

»Los«, sagte Rhimes. »Und ruf den Notarzt.«

Es war ein eigenes Risiko, unschuldige Hilfe ins Spiel zu bringen, bevor er den Ort gesichert hatte, aber Rhimes mochte denken, dass er sich noch nicht verloren hatte.

»Mach ich.«

Rhimes schwenkte um den Eingang zum Esszimmer und deckte die Öffnung, die in die Küche führte. Weicher cremefarbener Teppich traf auf bronzefarbene Fliesen, wo die Küche begann, die Keramik wurde von den goldenen und blauen Flüssigkeiten aus den Drohnen überschwemmt. Es sickerte nach links, jenseits des Trockenbaubogens, wo Rhimes nicht sehen konnte.

Erneut zersplitterte Glas, als Brielle ihre Schüsse abgab.

»Bewacht die Ausgänge«, sagte Rhimes und klickte zweimal, um klarzustellen, dass der Befehl an seine beiden Agenten am Boden ging. Sie würden sich aufteilen, einer hinten und einer vorne, während er das Innere säuberte. »Niemand verlässt das Grundstück.«

»Der Notarzt ist unterwegs«, sagte Brielle, ihre Stimme kühl, fast fröhlich. »Zwei erledigt. Der Dritte versteckt sich hinter dem Bett.«

Rhimes näherte sich dem Kücheneingang. Er lauschte und hörte funkelndes Zucken. Die letzten Atemzüge einer Drohne, Funktionen, die um ihr Leben kämpften. Er überlegte, ob er rufen sollte, der Kapitulation eine Chance geben sollte. Das würde seine eigene Position verraten, könnte aber die Frau verschonen, oder seine Agenten, oder ihn selbst.

Stattdessen blickte Rhimes in die Küche und schaute nach rechts, wo die Mikrowelle, ein glänzendes neues Modell, ihm gute Dienste leistete: Ihre Glasfront bot eine verzerrte Spiegelansicht ins Wohnzimmer, wo zwei lange, glänzende Körper Drohnen zeigten, die schon bessere Tage gesehen hatten. Niemand sonst stand bei ihnen.

Rhimes holte tief Luft, umarmte die vorsichtige Angst, die ihn in solchen Momenten immer heimsuchte, und ging durch den Bogen.

Die Drohnen zeigten ihren Untergang: Ein langer, gewundener Schnitt zog sich durch ihre Bäuche, weniger wie ein Schwert und mehr wie ein Maler mit einem rasiermesserscharfen Pinselstrich. Ihre Innereien verstreuten Schaltkreise und Kühlmittel überall und verdammten das Haus zu einer Renovierung, sobald dieses Abenteuer vorbei war. Die zweite Drohne, die sich an die Decke geschmiegt hatte, hatte bei ihrem Fall einen Couchtisch zertrümmert und dem Chaos Holzsplitter hinzugefügt. Ein Fernseher hing über einem Kamin, die Wände waren mit weiteren Familienfotos bedeckt.

Kinderzeichnungen hatten ihren Platz am Kühlschrank hinter ihm. Gute sogar: kräftige Wachsmalstriche.

Rhimes ging vorwärts, rollte seine Füße ab, die Waffe erhoben.

»Der Dritte ist markiert«, sagte Brielle. »Er ging zu seinen Geschwistern. Notarzt in drei Minuten hier.«

Rhimes klickte zur Antwort. Die Wand zu seiner Linken umschloss die zentrale Treppe des Hauses. Er folgte ihr bis zum Ende, streifte um die Kante zum letzten Quadrat. Ein halbes Bad rechts, Tür offen und niemand drin. Das Wohnzimmer leer bis zum Ende.

Nur das Treppenhaus ging nach oben. Er wollte fragen, ob jemand die Frau gesehen hatte, aber das wäre sinnlos. Seine Crew hätte gesprochen, sie waren gut. Ein Blick hinter Rhimes bestätigte, dass sein Agent einen Platz im Hinterhof nahe dem Pool hatte, die Waffe nach oben gerichtet. Jedes Fenster abgedeckt, jede Tür im Blick.

Zeit zu reden.

»Gib auf«, rief Rhimes. »Deine Familie ist ausgeschaltet. Ob sie überleben, liegt an dir!«

Keine Antwort. Rhimes gab ihr drei Herzschläge, dann machte er einen weiteren Schritt zur Treppe. Ein rosiges Klingeln lenkte seine Aufmerksamkeit nach rechts, zu diesem Fernseher. Jemand schaltete ihn ein. Der Bildschirm zeigte eine Auswahlseite, Symbole in Hülle und Fülle. Rhimes erkannte eines, das oben aufleuchtete und eine Verbindung mit jemandes Tama signalisierte.

Sie wirbelten durch die Symbole, trafen eines und dann ein anderes, und Rhimes spürte, wie seine Angst in Resignation schmolz. Ein ausgewähltes Video begann abzuspielen. Kinder, wahrscheinlich die von oben, lachend und um den Pool rennend. Eltern, beide in weiß-blauen Paragon-Uniformen, teilten ein Getränk mit ihren zivil gekleideten Großeltern. Die Punkte verbanden sich, wie sie es immer taten.

»Dann rette deine Enkelkinder«, rief Rhimes die Treppe hinauf. »Sei nicht egoistisch.«

Er konnte der Frau nicht sagen, dass sie sich selbst retten würde, dass sie sie wiedersehen könnte. Er würde keine falschen Versprechungen machen, nicht jetzt.

»Tür öffnet sich«, sagte Brielle. »Kinderzimmer. Sie ist es, aber ich habe keinen Schuss. Sie bleibt hinter dieser Tür.«

»Ich gehe hoch«, erwiderte Rhimes.

Eine Ahorntreppe, helles Holz mit einem Teppich in der Mitte. Fröhliches Türkis, passend zu den Wänden, dem Poolwasser an einem sonnigen Tag. Eine tote Lampe hing über ihm. Urlaubsfotos zu beiden Seiten, so dicht gedrängt, als könnte die Familie keinen nackten Fleck ertragen. Rhimes bewegte sich weiter, jetzt schnell, und räumte den Flur, gerade rechtzeitig um zu sehen, wie die Frau durch die Tür vor ihm rechts ging.

»Schieß!«, sagte Rhimes.

Die Trockenbauwand zu seiner Rechten spaltete sich auf, eine flackernde grüne Linie schnitt in Richtung Rhimes durch. Er fiel zurück, rutschte aus und rollte die Treppe hinunter, landete auf dem Rücken mit nach oben gerichteter Waffe.

Ein Knall hallte durch die Luft. Laut, scharf.

»Sie ist erledigt«, sagte Brielle. »Jesse auch.«

Rhimes schwang sich auf die Füße, stürmte die Treppe hinauf und bog mit erhobener Pistole in den Raum ein. Drei Teenager lagen bewusstlos im Zimmer verstreut. Poster eroberten die Wände, ein ungemachtes Bett bildete den Mittelpunkt des Raumes. Das Ziel lag darauf, eine tödliche rote Blüte breitete sich unter ihr aus. Hinter ihr durchbrachen scharfe Schnitte die Hauswände und zogen sich bis in den Hof hinunter, wo Jesse, Rhimes' dritter Agent bei dieser Mission, seine untere Hälfte verloren hatte.

Rhimes ließ die Pistole sinken, beobachtete, wie medizinische Kapseln heranrollten und weitere Drohnen von oben hereinströmten.

So viel zum leisen Vorgehen.

Brielle erwischte ihn auf dem Weg nach draußen. Das Ziran-Büro im Zentrum von LA diente inzwischen weit mehr als nur der Telekommunikationsbranche, seine Stockwerke auf und ab waren von den Kräften besetzt, die die Normalen an der Macht hielten. Rhimes war in einen glasummantelten Aufzug geschlüpft, bereit für den dreißigstöckigen Abstieg zu den Duschen, einem Spind und dann einem kurzen Spaziergang zur nächsten Bar.

Er würde drei Runden brauchen, um heute Nacht schlafen zu können.

»Ich hatte keine mehr übrig«, sagte Brielle, als sie neben ihm stand und eine weiß-orange Ziran-Jacke trug. Immer die Loyalistin.

»Wir tragen zwei pro Ziel«, sagte Rhimes. »Wenn du-«

»Die Kinder, Rhimes. Sie bewegten sich, ich habe meine

Betäubungsschüsse aufgebraucht. Ich hätte nicht geschossen, aber sie ging auf Jesse los, und ich dachte, du wärst als Nächstes dran.«

Rhimes beobachtete, wie die Büros vorbeizogen. Immer noch voll, als der Nachmittag in den Abend überging. Menschen, die hart an der Revolution arbeiteten. Einige wohl dabei, eine Geschichte über das zu spinnen, was Rhimes gerade getan hatte. Eine Anomalie-Familie, die terroristische Akte plante, von edlen Ziran-Agenten ausgeschaltet.

Allesamt Helden.

»Du hast die richtige Entscheidung getroffen«, sagte Rhimes. »Ich werde den Ärger auf mich nehmen.«

Wexley würde nicht glücklich sein, dass sie die Frau verloren hatten. Oder besser gesagt, Adriana würde nicht glücklich sein. Sie wollte sie lebend, und Wexley gab ihr das, solange die Anomalien von den Straßen verschwanden.

Er hatte mit Wexley die Ziellinie überquert, aber das Spiel ging weiter. Jetzt stempelte er die Uhr, drückte den Abzug und wartete auf das Ende.

»Beim nächsten Mal machen wir es besser«, sagte Brielle.

»Jesse nicht.«

Brielles Lippen pressten sich zusammen, als der Aufzug im Erdgeschoss ankam. Rhimes ging hinaus, steuerte auf den Umkleideraum zu. Brielle folgte ihm bis zur Tür, drückte ihre Hand dagegen, als Rhimes sie öffnen wollte.

»Ich mache mir Sorgen um dich«, sagte Brielle. »Du bist in letzter Zeit nicht du selbst.«

Rhimes trat zurück, gab der Umkleidetür etwas Raum im Tausch gegen einen Topf mit einem Farn. Seine Hände blieben in den Taschen seiner altmodischen schwarzen Lederjacke. Die Pistole, nachgeladen, hing an seiner Brust.

»Wer ist das schon? Du?«

»Bei allem Respekt, Rhimes, es geht hier nicht um mich.« Brielle wartete, als hätte sie Rhimes ein Tablett präsentiert, auf das er seine Gefühle laden sollte.

»Es war ein schlechter Tag. Eine schlechte Woche. Wir haben gerade einen Agenten verloren, und ich brauche einen Drink.«

Brielle drehte ihr Gesicht ganz leicht, verengte ihre Augen: »Ich verstehe. Ablenkung. Hab ich selbst schon gemacht. Aber wenn du dich öffnen willst, kannst du mich jederzeit anrufen.«

»Danke«, erwiderte Rhimes. »Kann ein Mann jetzt duschen gehen?«

»Du brauchst es wirklich«, sagte Brielle, dann gab sie Rhimes einen kurzen Schulterdruck und ging weg.

In der Umkleide entledigte sich Rhimes seiner Kleidung und fand die Dusche. Er stellte die Temperatur hoch und wartete, bis der Dampf jeden Winkel füllte, das Wasser aus mehreren Düsen rauschte. Niemand sonst teilte den Raum mit ihm, sei es, weil Rhimes den richtigen Zeitpunkt erwischt hatte oder weil er wie schlechte Gesellschaft aussah.

Er überprüfte es trotzdem und bestätigte, dass der Raum leer war, bevor er sich im Dampf vergrub. An seinem linken Handgelenk, das sich dank des smarten Ziran-Designs gegen das Wasser behauptete, betrachtete Rhimes sein Tama. Ein Wischen brachte den Bildschirm, hell genug, um ihn in den Wolken zu sehen, wenn Rhimes ihn nah heranholte, zu den Nachrichten.

Der Mann hatte zweimal versucht anzurufen, dann eine Nachricht geschickt. Ein Ort, eine Zeit und eine Bitte.

Die Toten waren wieder zum Leben erwacht, und sie wollten Burritos.

KAPITEL 4
AUF DEM WIND

CASSIDY WARF DIE LEERE, der winzige Realitätsriss schnitt mehrere Stränge und ihre hängenden, rosa-weißen Drachenfrüchte zu Boden. Schon wieder Nachtisch. Hinter ihr beobachteten drei Teenager.

»Kontrolle«, sagte Cassidy und ließ die Leere sich auflösen. »Das ist das Erste, was ihr lernen müsst, egal was ihr tun könnt.«

Die Teenager starrten sie an, und Cassidy fragte sich, wie viel sie verstanden. Englisch war nicht ihre Sprache, und sie hatte in den paar Monaten, die sie hier in der Wildnis verbracht hatte, nur die Grundlagen des Thai gelernt. Trotzdem schienen die Kinder ihre Absicht zu verstehen, und ihr Nicken gab etwas Hoffnung, dass all diese Demonstrationen nicht nutzlos waren.

Denn wenn sie es wären, könnte sich Cassidy gleich ins Meer werfen.

Drei weitere kleine Leeren beendeten den Fruchtvorrat des schlanken Kaktus, und das Quartett füllte seine behelfsmäßigen Rucksäcke. Der Rückweg verging in Gesprächen, die Teenager unterhielten sich miteinander und Cassidy schlug die Mücken weg, die jeden Schritt plagten. Im Lager würden zumindest Netze und Rauch die Insekten auf ein erträgliches Maß reduzieren.

Irgendwann, beharrte Apinya, würde Cassidy die Viecher gar nicht mehr bemerken.

Über ihnen spendeten der Mond und seine begleitenden Sterne Licht für den Spaziergang. Wann immer sie dem Pfad vor ihr vertrauen konnte, ließ Cassidy ihre Augen nach oben wandern und suchte nach sich bewegenden Punkten zwischen den Himmelskörpern. Jedes vorbeifliegende Flugzeug brachte etwas Hoffnung und etwas Verzweiflung mit sich.

Ein Traum, dass sie vielleicht nach Pacifica zurückkehren und ihre Kinder sehen könnte.

Keine wirklichen Kinder mehr – inzwischen definitiv älter als die Anomalie-Teenager, die ihr folgten – Cassidy wusste nicht, wie ihre Familie auf die neue Ordnung reagiert hatte. Die neue Gesellschaft.

Ziran änderte ständig den Namen der Übernahme, testete das Branding und entschied, was bei einer verwirrten, verängstigten Bevölkerung am besten ankommen würde, die, wenn sie irgendwie den Anomalien im Lager ähnelten, mehr als alles andere Stabilität wollten. Nach den Drohnen zu urteilen, die täglich über ihnen patrouillierten, plante Ziran, diese Stabilität durch Völkermord zu erreichen.

Apinya wollte ein Flugzeug finden. Sie hatten den Plan gefasst, nachdem sie vor Monaten aus Bangkok geflohen waren, erfüllt von Rachsucht und Tatendrang, nur um festzustellen, dass die Flughäfen von mörderischen Maschinen überrannt waren. Apinyas Gesicht hatte, wie das aller Paragons, ein Ziel auf sich. Cassidy und Thane versuchten es einmal alleine und setzten darauf, dass ihr Exil-Status sie durch Zirans Netz schlüpfen lassen würde.

Das hatte mehrere Leben gekostet und den kleineren Flughafen von Bangkok für drei Wochen lahmgelegt. Apinya sagte, er könne die Feuer vom Lager aus sehen, Kilometer weit im Norden.

Also hatten sie beschlossen, auf die anderen Champions zu setzen. Auf Anomalien, die näher an der Fabrik waren und die Rettung bewerkstelligen konnten, die Welt retten würden, während Cassidy einigen Waisen beibrachte, wie sie sich nicht mit ihren genetischen Wundern selbst umbrachten.

»Hier«, sagte Cassidy, zog eine Drachenfrucht heraus und warf sie zu einem dünnen, alten Mann, der von Mückenstichen übersät war. Er saß auf einem Baumstamm nahe einem kleinen Feuer und starrte in die Flammen, als ob darin die Antworten auf all seine Probleme zu finden wären. »Sie ist köstlich.«

Thane fing die Frucht mit einer Hand auf, warf einen Blick darauf, als Cassidy sich auf einen Baumstumpf in der Nähe plumpsen ließ. »Es ist dasselbe, was wir die ganze Woche jeden Abend hatten.«

»Ich hab die Kakteen gefragt. Sie wollen nichts anderes wachsen lassen.«

»Schade.«

Thanes Feuer befand sich nahe dem Zentrum, mit einer spiralförmigen Ausbreitung, die sich viele Meter in alle Richtungen erstreckte. Das Lager war in den Monaten gewachsen, als Apinyas Boten Anomalien-Gemeinschaften in ganz Südostasien fanden und sie aufforderten, hierher zu kommen, um Zuflucht zu suchen. Cassidy fragte sich, wie die Drohnen sie noch nicht gefunden hatten, keinen massiven Angriff gestartet hatten, aber Apinya schien sich nie Sorgen zu machen.

Vielleicht hatte er eine andere Anomalie in der Hinterhand, die die wachsende Gruppe versteckt hielt. Wie auch immer, sie zählten jetzt mehrere Tausend, und Cassidy vermutete, dass bald jemand einen Fehler machen würde.

»Wenn sie uns finden«, sagte Cassidy zwischen Bissen in

die schwarz gesprenkelte, weiche Frucht, »werden wir dann wieder fliehen?«

»Kämpfen«, sagte Thane, ohne von seiner Frucht oder dem Feuer aufzublicken. »Apinya hat es bereits entschieden. Er glaubt, wir können genug Drohnen zerstören, um standzuhalten. Als Symbol für die Welt dienen.«

»Und dann?«

»Sterben. So endet der Weg. Jede Drohne, die Ziran herstellt, ist eine tödliche Waffe. Die meisten Anomalien haben nutzlose Fähigkeiten. Von all denen, die wir hier versammelt haben, wären weniger als hundert in einem Kampf hilfreich.«

»Was ist mit dem ganzen Optimismus auf der Insel passiert?«, fragte Cassidy.

»Ich bin optimistisch, wenn es sich lohnt. All meine alten Pläne sind wertlos, entworfen für eine Welt, die nicht mehr existiert. Ich kämpfe darum, einen Weg zu einer neuen zu finden.«

Cassidy hätte die düsteren Worte vielleicht abgetan, wenn Apinya oder eine andere Anomalie sie gesagt hätte. Von Thane kommend, besonders in seinem jetzigen, ausgemergelten Zustand, konnte sie nur auf den Schmutz schauen und ihn mit ihren Füßen scharren. Die dünnen Sandalen, von einigen Anomalien mit praktischen Fähigkeiten geflochten, hielten weder den Schmutz von ihren Zehen fern noch konterten sie Thanes Pessimismus.

Der Mann sah so weit, obwohl er keinen einzigen Schritt laufen konnte. Er würde jetzt tief in Gedanken versunken sein, von einem Szenario zum nächsten hetzen und nach einer Chance suchen. Variablen, die sich in einem Wahrscheinlichkeitsmixer vermischten und aufspalteten. Thane hatte es einmal als intellektuellen Adrenalinrausch beschrieben, der nicht endete, bis ihn etwas aus seinem süßen Bann riss.

Vorerst überließ Cassidy Thane seiner halb gegessenen

Frucht und dem Feuer. Sie beendete ihre und blickte zu ihrem Zelt hinüber, einem flachen Ding, das dennoch dazu diente, sie während der immer heißer werdenden Tage zu beschatten. Die Einheimischen sagten, in nur wenigen Monaten würden sie den Monsun haben, mehr Regen, als Cassidy sich vorstellen konnte, der das Lager und alles drumherum ertränken würde.

Zumindest würde es dann kühler sein.

Apinya hielt Hof im Zentrum des Lagers und erreichte mit solcher Leichtigkeit und zu jeder Zeit einen Zustand der Zen, dass Cassidy den Champion mied, wann immer sie konnte. Er nahm die Katastrophe mit einer ärgerlichen Anmut hin und nahm eine weise Haltung ein, während er neu ankommenden Anomalien Paragon-Maximen und Meditationstechniken beibrachte. Cassidy erinnerte sich an die Zeit, als die Welt Apinya für einen Psychiker hielt, einen Manipulator, der Träume und Wünsche für jeden verändern konnte. Apinya besänftigte Schurken, flößte Zögernden Mut ein und inspirierte ganze wissenschaftliche Felder auf Konferenzen.

Cassidy wusste das - sie hatte Simulcast-Streams gesehen, in denen Apinya Lehrern auf der ganzen Welt Motivation gab, das Beste für jeden Schüler zu geben. Sie hatte damals seine Berührung in ihrem Geist gespürt, eine leichte, flüchtige Sache, die dennoch die Frustration über die Finanzierung von Unterrichtsmaterialien, über die Klassenclowns und ihr eigenes Referendarsgehalt wegspülte. Das Gefühl verflüchtigte sich innerhalb eines Tages, aber Cassidy kehrte oft dazu zurück, erinnerte sich an die Empfindung und umarmte sie, wann immer das Benoten und die Unterrichtsstunden zu viel zu werden schienen.

Jetzt verbreitete Apinya sein gezieltes Evangelium an drei Personen.

Cassidy neigte den Kopf, als sie sich näherte, und versuchte, die Gruppe zu identifizieren. Sie schienen uniformiert zu sein und standen alle, während Apinya sprach. Das

Feuer des Champions hinter ihm war zu Kohlen heruntergebrannt. Vernachlässigt, eine Seltenheit. Apinya pflegte sein Feuer groß zu halten, als Motivator, als Signal, dass im Herzen des Lagers noch immer ein Champion lebte.

Apinya bemerkte Cassidys Annäherung, bevor sie sich ankündigte. Der Champion war mit Thane im gleichen Alter, aber während Thanes Körper die Spuren tausender Kämpfe trug, Jahrzehnte ausgezehrt mit wenig Nahrung und Pflege, hatte Apinya einen lebhaften Glanz. Der Mann trug kein Haar mehr auf seinem glatten Kopf, aber Falten hatten kaum Fortschritte in seinem Gesicht gemacht, und drahtige Muskeln umspannten die gesunden Glieder, die aus Apinyas grasgewebtem Gewand ragten.

»Genau wenn wir sie brauchen, erscheint sie«, sagte Apinya, als Cassidy ins Licht schlurfte. »Cassidy, triff unsere drei neuesten Freunde.«

Cassidy gab dem Trio, das sich nun umdrehte, einen Wink. Sie hielt ihre Hände - immer flüsternd, immer bereit, eine Leere zu werfen - an ihren Seiten. Als sie die Neuankömmlinge genauer betrachtete, sah Cassidy Prüfungen. Ihre Uniformen wiesen Risse und Flecken auf, und ihre Gesichter waren mit blauen Flecken und Schnitten übersät. Der junge Mann links hatte ein völlig zugeschwollenes Auge.

»Sie kommen aus der Stadt zu uns«, sagte Apinya.

Noch mehr? Cassidy dachte, jede Anomalie in dieser Nähe wäre inzwischen aus Bangkok geflohen. Sie hielt ihre Frage zurück und ließ stattdessen eine hochgezogene Augenbraue für sie sprechen.

»Sie sind auch dort erst kürzlich angekommen«, fuhr Apinya nach einer geplanten Pause fort. »Mit einem Paragon-Jet. Es scheint, als ob unsere Freunde von jenseits des Meeres unsere Hilfe möchten.«

»Wenn sie mit einem Jet eingeflogen sind, wo ist er dann?«, fragte Cassidy und weigerte sich, Hoffnung aufkeimen zu lassen. »Ihr seid doch nicht im Sumpf gelandet?«

»Wir wurden von Drohnen zum Landen gezwungen«, sagte der einäugige Mann und offenbarte dabei seine kanadische Herkunft. »Wir haben damit gerechnet. Der Jet ist in einem Stück und sicher.«

»Dieser hier«, sagte Apinya und nickte in Richtung des sprechenden Mannes, »hat eine ziemlich wunderbare Fähigkeit.«

»Können wir ihr vertrauen?«, sagte die Frau und blickte zu Apinya zurück. »Uns wurde gesagt, wir sollen dich und nur diejenigen holen, die du für nützlich hältst. Es gibt nicht viel Platz.«

»Nicht viel Platz?«, fragte Cassidy. »Im Jet?«

»Es scheint, als wären die Paragons nicht ganz so zufrieden damit, unsere Welt sterben zu lassen, wie ich dachte«, sagte Apinya. »Aegis ist zu uns zurückgekehrt, und er braucht Hilfe.« Apinya runzelte die Stirn und deutete auf das Lager. »Allerdings fürchte ich, dass wir eine Panik auslösen könnten, sollte die Existenz dieses Jets allgemein bekannt werden.«

»Weil die Leute dieses Paradies vielleicht verlassen wollen?«

»Weil ein solcher Jet dich weit weg bringen kann«, sagte die Frau. »Wir fliegen nur nach Pacifica.«

»Worauf warten wir dann noch?«, fragte Cassidy, während die ersten hoffnungsvollen Schübe ihre Unterdrückung durchbrachen. »Apinya, du weißt, wen es sich lohnt mitzunehmen. Lass uns gehen.«

»Darin liegt das Problem«, sagte Apinya. »Wir können nicht. Der Jet ist nicht mehr unter unserer Kontrolle.«

Thane bewegte sich schneller, als Cassidy erwartet hatte. Nach dem Treffen mit den Piloten bestand die Anomalie darauf, die Mission sofort zu beginnen. Ein Trupp sollte den Jet befreien und mit ihm zurück nach Pacifica fliegen. Die

Drohnen würden zweifellos warten, aber bei einem schnellen genug Angriff könnten sie besiegt und der Jet benutzt werden, bevor Verstärkung eintraf.

Apinya versuchte, die Aktion mit einer bürokratischen Litanei zu verzögern, einer Odyssee in politische und andere Möglichkeiten, die über das Lager hereinbrechen würden, sollte er zusammen mit den mächtigeren Anomalien der aufstrebenden Gesellschaft verschwinden.

Thane knurrte daraufhin. Cassidy hatte eine bessere Antwort.

»Du bist ein Champion für die Welt, Apinya«, sagte Cassidy. »Zumindest ist das, was du uns gesagt hast, als du und deine Freunde alles, was wir kannten, auseinandergerissen und durch das ersetzt habt, was ihr wolltet. Du hast die Verantwortung zu handeln.«

Ob es Cassidys Worte oder die kombinierten Blicke der zehn anderen Anomalien waren, die die stärkste Gruppe des Lagers bildeten - Daw und Kamnan unter ihnen -, die den Champion überzeugten, Apinya gab nach. Mit der Zeit, die in den frühen Morgen tickte, schwamm frischer Kaffee durch die Gruppe, während sie packten, Ideen für die Befreiung des Jets von den Drohnen entwickelten und letzte Grüße an Freunde und Familie richteten, die sie zurücklassen würden.

Cassidy hatte ihre eigenen Abschiede zu sagen, weckte die Waisen auf, die sie und Thane vor so vielen Wochen aus dem Dorfhaus gerettet hatten, und überbrachte ihnen ein Dankeschön, ein ermutigendes Wort und eine letzte Zeile.

»Ihr kommt nicht zurück?«, sagte die junge Frau, die die Gruppe anführte, die in ihrer eigenen Zeltenklave zusammengeblieben war. Ihre müden Augen konnten etwas Traurigkeit nicht verbergen, hier und da tropfte eine verirrte Träne herab.

Cassidy war ihre Ersatzmutter geworden, eine Rolle, in die sie im Laufe der sumpfigen Tage und Nächte im Dschungel immer mehr hineingewachsen war. Langeweile vermischte sich mit dem Wunsch einer ehemaligen Mutter, die verirrten Kinder ihren Weg in einer harten Welt finden zu sehen, die nur noch härter werden würde. Jetzt würde sie sie dem großen Lager übergeben, und Cassidy hoffte inständig, dass sie nach Apinyas Weggang in dem Chaos ihren Platz finden würden.

»Die Paragons, die noch hier sind, werden nicht wissen, was sie mit euch allen anfangen sollen«, sagte Cassidy. »Lasst euch von ihnen nicht eure Entscheidungen abnehmen. Hört zu und entscheidet dann selbst. Vertraut eurem eigenen Urteil. Haltet zusammen.«

»Du klingst wie diese Poster in der Basis«, witzelte einer von ihnen.

»Diese Poster hatten die richtige Idee«, schoss Cassidy zurück. »Wenn wir gewinnen, kommt und sucht mich. Ich werde dafür sorgen, dass ihr bekommt, was ihr braucht.«

»Und was, wenn du es nicht schaffst?«, fragte ein Junge, dessen Stimme klang, als wäre Cassidys Untergang mehr oder weniger sicher.

»Dann werdet ihr euch auf euch selbst verlassen müssen, so wie ihr es schon die ganze Zeit tut«, sagte Cassidy. »Aber mir wird nichts passieren.«

Ob Cassidy das selbst glaubte, spielte keine Rolle.

Die Fahrt zum kleineren Flughafen Don Mueang im Norden Bangkoks hätte die ganze Nacht in Anspruch genommen, wäre da nicht die zweite Pilotin im Trio gewesen. Die junge Frau ließ die vierzehn Mitglieder im Dunkeln am südlichen Rand des Lagers zusammenkommen. Sie versammelten sich, vorsichtig und müde, mit improvisierten Rucksäcken und leuchtenden Seelen. Cassidy spürte die Nervosität, als sie sich mit Thane zusammenschloss, der Anomalie, die etwas Wut aufbrachte, um sich in ein gesundes Gleichgewicht zu bringen.

Nervosität, aber keine Angst. Diese Paragons, diese Anomalien, waren nach Wochen des Versteckens im Schlamm und Morast bereit für einen Kampf.

Auch Apinya hatte sich verwandelt. Jetzt in einem eher missionstauglichen Hemd und einer Hose gekleidet, hielt der Champion seinen allgegenwärtigen Gehstock und seine Zunge im Zaum, schwieg, außer um der Pilotin die Erlaubnis zu erteilen, als die letzte Anomalie eingetroffen war.

Die Pilotin, die ein Feuerzeug hielt und dessen Flamme zur Navigation nutzte, stellte sich in die Mitte der Gruppe.

»Bleibt still«, sagte die Pilotin. »Das könnte eine Minute dauern, und wenn es beginnt, wird es sich seltsam anfühlen. Versucht nicht auszuflippen.«

»Ist das eine Erklärung?«, murmelte Thane.

»Sie redet wie du«, sagte Cassidy.

Thane lachte schnaubend.

Eine Brise, ein seltenes Vergnügen so tief im Dschungel, rauschte durch den Wald. Bäume bewegten sich, Blätter raschelten, und Cassidy spürte, wie die kühlere Luft ihr schweißnasses Haar küsste. Küsste und dann einfach hindurchfloss. Ihr Körper füllte sich mit dem Wind, fühlte sich gleichzeitig leicht und diffus an, ihre Arme und Beine weniger wie Gliedmaßen und mehr wie Schatten, Empfindungen, Träume.

Unter ihr, um sie herum, konnte Cassidy Thane und all die anderen spüren, selbst als der Boden, auf dem sie gestanden hatten, verschwand. Bäume flogen vorbei, Cassidy rauschte um sie herum, über Farne und unter das Blätterdach, bis sie mit einem Aufwärtsschub über die Blätter stieg. Nur war sie nicht wirklich da, zumindest soweit sie es beurteilen konnte.

Sie konnte auch niemand anderen sehen. Der untergehende Mond, die Sterne und eine weite dunkle Strecke, die mit den sich nähernden Lichtern Bangkoks endete. Die Brise trug sie – trug sich selbst? Cassidy schien keinen Körper mehr zu haben – mit Sprintgeschwindigkeit nach Süden. Viel schneller als das Durchqueren des dichten Blattwerks.

Schwebend fand sich Cassidy damit ab, die Reise zu genießen. Bewusste Gedanken konnten sich nicht bilden, stattdessen dominierten Empfindungen, als ihr Windselbst zur Stadt floss und, nachdem sie deren Randbezirke passiert hatte, zu den blinkenden Landebahnen des Flughafens.

Dort, isoliert auf einer Betonpiste abseits anderer Flugzeuge, stand ein schlanker Paragon-Privatjet. Er zeigte die weiß-blauen Farben der Paragon und glänzte unter Scheinwerfern. Vier Drohnen umgaben ihn, zwei Gladiatoren am Boden und ein paar Patrouillenmaschinen, die in der Luft schwebten. Eine fähige, wenn auch nicht starke Verteidigung.

Cassidy bekam keine Warnung. Die Brise fegte sie zum Flugzeug hin und sie fand sich in einem stolpernden Lauf wieder, als die physikalischen Gesetze wieder griffen. Cassidy wäre gefallen, hätte sie nicht nach den hinteren Rädern des Jets gegriffen, um sich festzuhalten.

Sie war langsam gewesen.

Die Rufe kamen schnell, präzise, als die Paragons um sie herum wieder Gestalt annahmen und ihre Pflicht taten. Cassidy sah Daw flackern, als ein Paragon reine gelbe Dolche auf den nächsten Gladiator schleuderte. Die Bolzen trafen die weiche Drohne und zerbarsten in wütende Knistern, die das Metall der Maschine wegfraßen. Sie begann sich zu drehen, um eine funktionierende Waffe in Stellung zu bringen, nur damit Thane, jetzt mehrere Meter groß und brüllend, den metallenen Schädel des Gladiators zu Brei zerquetschte.

Über ihnen versuchte eine Luftdrohne gegenzusteuern, ihre Waffen fuhren hoch, nur um von den nahen Scheinwerfern, die wie riesige Keulen schwangen, aus der Luft geschlagen zu werden. Der Paragon, der diesen Schaden anrichtete, saß in der Hocke am Fuß des Jets, die Augen geschlossen und die Hände an die Schläfen gepresst.

Der zweite Gladiator fand sein Feuer und schickte Kugeln und Schlimmeres in Richtung des Jets. Er ignorierte die Paragons, um ihre Fluchtmöglichkeit zu zerstören. Cassidy sah die Geschosse das Flugzeug treffen und nahm in diesem Moment an, der ganze Plan sei verloren, nur um dann nichts zu sehen. Absolut nichts. Jeder Angriff, der das Flugzeug traf, schien zu verschwinden, als wäre er in eines von Cassidys Löchern gesaugt worden.

Oh. Richtig.

Sie spürte den Ansturm in ihren Fingern und warf ihre rechte und linke Hand nach vorn. Jedes Loch hinterließ beim Verlassen ihres Körpers einen kalten Schauer. Hitze ersetzte diesen Schauer schnell und ließ ihr Gesicht erröten, als die Löcher den zweiten Gladiator trafen und die einzelne Drohne in einen dreiteiligen Schrotthaufen verwandelten. Hinter ihr hörte Cassidy die andere Luftdrohne auf den Beton krachen, ein tödliches grünes Feuer fraß sich durch ihr Inneres.

»Sollen wir gehen?«, verkündete der einäugige Mann, der neben dem Eingang des Jets stand.

»Bitte«, antwortete Apinya.

Die Pilotin berührte den Jet, zitterte und lächelte, als sich die Einstiegstür des Flugzeugs nach unten öffnete. »Sie ist jetzt bereit.«

Cassidy, die sich neben einem schrumpfenden Thane aufbaute, konnte nur blinzeln.

Anomalien. Immer für eine Überraschung gut.

KAPITEL 5
PLANUNG IM VERBORGENEN

DIE MÜTZE ERDRÜCKTE SEINEN KOPF, knallrot und mit dem Logo eines LA-Teams, das Aegis weder kannte noch interessierte. Er trug sie zusammen mit einer schlichten Pastelljacke, einem Hemd und einer Jeans - ein Outfit wie gemacht für eine Strandbar. Die Wellen waren nicht weit entfernt, die Morgensonne hinterließ ihren goldenen Abdruck auf den weißen Schaumkronen, ihr ständiges Rauschen wurde nur von Namen unterbrochen, die in die Luft geschrien wurden. Das Getränkeausgabesystem des Kaffeestands fügte der Frühstückscrew auf der Promenade null Charme, aber viel Effizienz hinzu - eine Gruppe, die stetig wuchs, während Aegis jene Paragons, die etwas taugten, für seinen Kampf rekrutierte.

Unter seinen Turnschuhen befanden sich abgeschliffene Holzplanken, und Aegis ertappte sich dabei, wie sein Blick nach unten wanderte und die Lücken ausmachte, durch die weißer Sand zu sehen war. Krabben und Möwen, die auf Krümel warteten, bewegten sich geschäftig zwischen der erwachenden Menge, die in einer ungeordneten Schlange stand.

Früher in Manhattan, in seinem großen Turm, hätte Aegis

sein Getränk schon fertig vorgefunden, wenn er aus der Dusche kam. Warm und perfekt zubereitet. Jetzt wartete er hinter Leuten, die sich auf ihre Schicht im Einzelhandel vorbereiteten, und den wenigen Frühaufstehern, die bereit waren, die Angebote zu nutzen, sobald die Geschäfte an der Promenade öffneten. Entlang des Strandes winkten Schilder von den Schaufenstern und kündigten Angebote in großen, runden Zahlen an.

Die Paragons mochten wanken, Ziran und seine Konzern-unterstützer mochten dabei sein, eine neue Weltordnung zu installieren, aber Badeanzüge und Souvenirs mussten trotzdem verkauft werden. Die Wirtschaft musste weiterlaufen.

»Vergiss meinen Mocca nicht«, sagte Celice, ihre Stimme drang an Aegis' Ohr. »Mit dem extra Schuss.«

Aegis blickte auf und verzog das Gesicht angesichts der Leute, die noch vor ihm standen. Celice ging besser mit ihrer Situation um als er. Sie schnappte sich anstehende Herausfor-derungen und verwandelte sie in To-dos, verteilte Aufgaben und sorgte dafür, dass sie erledigt wurden, während Aegis... nun, während Aegis in der Schlange für Kaffee wartete.

Es war vor Jahrzehnten einfacher gewesen, mit seinem rechtschaffenen Geist die Welt als korrupt und chaotisch zu erklären. Er hatte vor den Kameras gestanden, sein Gesicht strahlte zu all den leidenden Menschen hinaus, und verkün-dete, dass eine Lösung kommen würde. Die Kriege, die Armut, der Hunger würden alle enden, dank der Paragons und ihrer übermenschlichen Retter.

Hinter ihm, am Strand, riss sich ein Kind von seinen Eltern los, einen Drachen in der Hand. Der rot-grüne Vogel und seine begleitende Schnur stiegen in die Luft und ritten geschickt auf der Brise. Sie schienen glücklich genug. Sicher genug. Genau wie so viele, als die Paragons ihr Versprechen hielten.

Warum erhoben sich dann so wenige im Protest? Wo

waren die Normalen, die bereit waren, an Aegis' Seite zu springen und für die bessere Welt zu kämpfen, die er geschaffen hatte?

»Willste mal deine Bestellung eingeben, Kumpel?«, sagte ein Typ mit müden Augen, der hinter ihm stand.

Anscheinend bewegten sich die Schlangen schneller, als Aegis sich erinnerte. Andererseits war es lange her, dass er in einer gestanden hatte.

Vielleicht war er zu privilegiert.

Der Bildschirm akzeptierte Aegis' Tippen und wies ihn in fröhlichem Ton an, seine Schulden zu begleichen. Aegis hielt sein Tama an das Terminal, und dieselbe Stimme gratulierte 'Reed' zu seiner erfolgreichen Zahlung. Mathieu und Celice hatten das zusammengebastelt, Konten und Personas erstellt, die mit dem plötzlichen Bedürfnis der Paragons nach Geheimhaltung einhergingen.

Als sie Aegis fragten, wie sein neuer Name lauten sollte, hatte der Champion seinen ursprünglichen vorgeschlagen. Er hatte seinen Geburtsnamen seit der Annahme von Aegis nicht mehr öffentlich verwendet. Die Regierung hatte, um seine Familie und Freunde zu schützen, alle Hinweise auf Aegis' früheres Leben getilgt. Es schien sicher genug, aber seine Tochter bestand auf etwas anderem. Etwas Zufälliges, etwas, bei dem niemand eine Verbindung zwischen seinen Silben und der Person, die sie schützten, ziehen konnte.

So stand 'Reed', das zufällige Rätsel, zur Seite und wartete auf seine Bestellung. Sein Tama meldete sich, vibrierte mit einem weiteren Ruf, einer weiteren Nachricht. Er konnte sie hier nicht annehmen, nicht mit so vielen Menschen in der Nähe, die es hören könnten, aber er konnte lesen. Die kleinen Botschaften stapelten sich auf dem handgelenkgroßen Bildschirm, einige detaillierten die Operationen des Tages, andere die gestrigen Ergebnisse aus der ganzen Welt.

Angriffe auf Ziran-Einrichtungen, Verteidigungsmanöver

zum Schutz der Paragons und anderer Anomaliegruppen. Stiche und Blocks, Stöße und Abwehr.

Er erkannte das Spiel, denn vor nicht allzu langer Zeit war Aegis auf der anderen Seite gewesen.

Die Paragons schnitten die Welt schnell ab, stürzten die großen Akteure und zwangen den Widerstand in den Untergrund. Genau wie heute schauten die Menschen sich um und entschieden, dass es sich nicht lohnte, zu den Waffen zu greifen, solange sie ihre Familien ernähren und ihre Häuser behalten konnten. Besonders wenn der Feind kein wahnsinniger Fremder war, sondern Nachbarn mit genetischen Zufällen.

Guerillas kämpften trotzdem zurück. Kleine Aktionen, Attentatsversuche. Aegis selbst fing eine Scharfschützenkugel mit der Wange, die ihn für einen Nachmittag außer Gefecht setzte. Schließlich, Schritt für Schritt, zerschlugen die Paragons und ihre Anführer die Zellen und zementierten ihre Kontrolle.

Würde Ziran ihnen dasselbe antun?

Über ihnen schwebte eine Gladiatordrohne, ganz in Weiß und Orange, den Farben Zirans. Allgegenwärtig waren diese Dinger jetzt.

»Reed?«, fragte eine Frau und hielt einen Getränkehalter zusammen mit ihrer eigenen Bestellung. »Es wurde schon seit ein paar Minuten aufgerufen.«

Um zu den Paragons zu gelangen, brauchte es keine geheimen Codes, keine fantastischen Anstrengungen. Aegis schlenderte durch einen Strandmodeladen, direkt nach hinten. Der Laden war offiziell noch nicht geöffnet, aber die unverschlossenen Türen ließen Aegis so leicht hinein, wie sie ihn vor Minuten hinausgelassen hatten. Im hinteren Bereich, zwischen Sandalenregalen und Schwimmflügeln für Kinder, wartete eine dünne Tür mit der Aufschrift »Nur für Mitarbeiter«.

Aegis warf einen Blick auf den Knauf. Er ließ seine Lippe

zu einem kleinen Lächeln hochziehen, als er zurückschaute und sich vergewisserte, dass die Badekleidung jegliche Sichtlinien blockierte. Der Champion trat vorwärts durch die Tür und kam auf der anderen Seite heraus, der Laden war längst verschwunden.

Über ihm, wo normalerweise eine Decke wäre, erstreckte sich ein konstantes, tiefblaues Leuchten scheinbar bis in die Unendlichkeit. Um Aegis herum wuselten Menschen, die ihre Tamas oder einander beobachteten. Klicken und Schnappen ertönte, als Trupps sich an Regalen entlang dunkler Wände bewaffneten. Neongrüne Schilder markierten Ein- und Ausgänge wie den, den Aegis gerade benutzt hatte.

Einige führten zu Hotels mit Paragon-freundlichen Besitzern, wo Anomalien sich ausruhen konnten. Andere führten zu Restaurants, zu Fitnessstudios, zu allen anderen Orten in einem Umkreis von etwa hundert Kilometern, die ein Paragon möglicherweise aufsuchen wollte. Verbundene Kabel liefen aus einer dimensionalen Tür, um Strom und Internet zu beziehen und es überall an die Technik im Inneren zu verteilen.

Pocket, die Anomalie, die den Raum erschaffen hatte, lag in dessen Mitte. Aegis ging mit den Getränken zu ihr und bahnte sich seinen Weg durch die überfüllte Weite zu dem Bereich, den seine Tochter für die Paragon-Aufklärung beansprucht hatte. Der Anblick von Pocket raubte Aegis sein Lächeln: Sie war mit stabilisierenden Medikamenten vollgepumpt, an IVs und Katheter angeschlossen, in einem ewigen Schwebezustand gehalten, um diesen Ort am Leben zu erhalten.

Wie oft hatte Pocket Orte wie diesen geschaffen, kleiner, aber genauso fokussiert, um den Paragons eine Plattform für einen Angriff zu geben? Sogar um sich auf eine bestimmte Show vorzubereiten? Pocket würde ihre Leute auswählen, ihre Standorte auswählen und die physischen Grenzen der Welt dehnen, um Raum zu schaffen. Danach würde sie durch einen Ausgang gehen, tief ausatmen, und das Miniatur-Reich, das sie erschaffen hatte, würde zu nichts verblassen.

Über Pockets Kopf, an einen großen Bildschirm gebunden, den sie hereingeschleppt hatten, tickte ein Zähler in türkisfarbenen Zahlen herunter. Aegis beobachtete ihn und rechnete im Kopf mit.

»Ein Tag noch und wir ziehen wieder um«, sagte Celice, schnappte sich ihr Getränk vom Tablett und beäugte es. »Du warst an einem Automaten, Dad? Schon wieder?«

»Es ist gleich da«, erwiderte Aegis. »Einfach.«

»Was du aus irgendeinem Grund mit gut gleichsetzt.«

Aegis zeigte auf den Zähler. »Ich setze es mit Zeit gleich. Haben wir den nächsten Standort schon ausgesucht?«

»Es gibt eine Wohnsiedlung zurück Richtung Stadt«, antwortete Celice. »Es gibt genug Leerstände, sodass wir nicht viel Konkurrenz haben sollten.«

Einen Ort zu finden, der sich nicht über mehrere hundert neue Bewohner wunderte, die über Nacht auftauchten, erforderte Arbeit, besonders wenn sie den Prozess alle ein oder zwei Wochen wiederholen mussten. Länger auf der Liege und Pocket würde es vielleicht nicht überleben. Nachdem sie sich ein paar Tage ausgeruht hatte, spross die Dimension empor und ihre Überfälle konnten wieder beginnen. Eine notwendige Pause.

Wenn sie ihre Dimension mit allen darin zusammenbrechen ließe?

Nicht einmal Aegis' Heilkräfte würden ihn dann retten.

»Und der nächste?«, fragte Aegis.

»Die nächsten drei«, sagte Celice. »Wir werden besser darin.«

Seine Tochter behielt eine fröhliche Stimmung bei, eine harte Kehrtwende von dem, was, wie man Aegis erzählt hatte, ihr Verhalten gewesen war, während Aegis im Behälter saß. Seine überraschende Genesung dominierte ihre Vater-Tochter-Beziehung, wobei Celice versuchte, Aegis in jede

Hinterzimmer-, Nicht-Kampf-Rolle zu stecken, die sie finden konnte. Als ob Aegis aus Glas zurückgekehrt wäre.

Aegis folgte Celice zurück zu ihrem Arbeitsplatz, einer Computerfülle mit Monitoren, die alle durch Ausgaben rasten, die Aegis nicht entziffern konnte. Er kannte sich mit einem Tama aus, aber Celice operierte in einer anderen Sphäre. Eine, die immer Ablenkungen zu finden schien.

»Hier sind die heutigen Ziele«, sagte Celice, wie sie es jeden Morgen gesagt hatte, seit der Krieg wirklich begonnen hatte, seit sie nach Nordamerika zurückgekehrt waren. Sie wischte über einen Monitor, der Bildschirm wechselte zu fünf Spalten, aufgeteilt in Reihen, jede detaillierte ein anderes Ziel. »Ein guter Satz heute, minimales Risiko. Ziran versucht sich anzupassen, aber es geht langsam. Als wären wir keine Priorität.«

»Weil wir keine sind«, sagte Aegis.

»Wenn du jetzt sagen willst, dass sie an die Welt denken und wir klein denken, werde ich sauer.«

Aegis schüttelte den Kopf, »Letzte Nacht, auf dem Boot. Ein Hubschrauber hob ab mit Menschen darin. Es waren auch Zellen dabei.«

»Leere.«

»Du weißt, wie sie beschriftet waren.«

Celice drehte ihren Stuhl herum, neigte den Kopf zu ihrem Vater, »Wir wissen, dass Ziran Anomalien mitnimmt, wenn sie können. Das ist keine Überraschung.«

»Aber sie über See zu transportieren?« Aegis lehnte sich an Celice vorbei, zeigte auf einen anderen großen, breiten Bildschirm, der Aktionsberichte von Medien, von Menschen zeigte, die Dinge auf ihren Tamas aufnahmen. »Siehst du das alles? Die Teams, die Ziran herumschickt? Warum etwas riskieren, wenn eine Drohne ein Ziel aus der Ferne eliminieren könnte?«

»Deine Superschurken kommen zurück, um dich zu

verfolgen, Dad«, sagte Celice. »Nehmen wir an, Ziran nimmt Anomalien mit. Wohin und wofür?«

»Ich will es herausfinden. Füg es der Liste hinzu.«

»Höher als Nummer eins?«

»Nein. Das bleibt.«

Mynx und Mila hatten oberste Priorität. Die Champions, zuletzt in der Fabrik gesichtet, waren seit Zirans Übernahme nicht mehr gesehen worden. Mynx würde niemals freiwillig die Fabrik und ihre Drohnen aufgeben, ihren Stolz und, wenn nicht Freude, so doch Obsession. Celice und Matthias hatten Leute, die jeden Kanal scannten, jeden Feed beobachteten. Aegis hatte Anomalien, die Gedanken lesen konnten, so nah an der Fabrik, wie der Champion es wagte, in der Hoffnung, nützliche Gedanken von einem verirrten Mitarbeiter zu stehlen.

Bisher nichts.

»Ich will wieder angreifen«, sagte Aegis.

Celice rollte mit den Augen, tippte auf ihrem Tama. Ein Anrufbildschirm tauchte auf, innerhalb einer Sekunde beantwortet von einem Mann, der Aegis in den Rücken gestochen hatte.

»Bist du hier?«, fragte Celice. »Kannst du rüberkommen und meinen Vater vom Abgrund wegziehen?«

»Dreimal«, sagte Zhan-Yo und traf sie an einem schmalen Konferenztisch. Pockets Mikrodimension hatte nicht viel für Privatsphäre, also stand der Tisch mit den dazugehörigen Stühlen abseits, aber ohne Wände, ohne Türen. Der Boden unter ihnen hatte einen violetten Heiligenschein, der sie von der ansonsten dunklen Umgebung der Dimension abhob. »Wir haben es dreimal versucht und es ist immer gescheitert. Es hat immer Leben gekostet.«

»Wir sind bei jedem Versuch weiter gekommen«, sagte Aegis und warf Zhan-Yo, Celice und Mathieu einen Blick zu. Eine ganz andere Crew als die Champions, mit denen er früher zusammengearbeitet hatte, als die Welt in der Krise war, aber abgesehen von ihm selbst kämpften die anderen Champions in ihren eigenen Regionen gegen Ziran. »Beim nächsten Mal könnten wir durchbrechen.«

»Weiter?«, sagte Mathieu. »Aegis, wir haben es nicht mal durch die Vordertür geschafft. Ziran hat den Ort undurchdringlich gemacht, nicht zuletzt, weil du klargemacht hast, dass die Fabrik unser einziges echtes Ziel ist.«

»Hey«, sagte Celice, und Aegis sah, wie ihre Hand zu Mathieus Handgelenk wanderte.

»Weil es tatsächlich unser einziges wahres Ziel *ist*«, entgegnete Aegis. »Die Fabrik stellt den Großteil der weltweiten Drohnen her. Sie werden alle von innerhalb dieser Mauern gesteuert. Wenn wir sie einnehmen, ist Zirans Vorhaben vorbei.«

Zhan-Yo hob einen Finger, nahm dann sein Tama und wischte vom Bildschirm auf den Tisch. Namen wurden aufgelistet, aufgeteilt nach Standorten. Zhan-Yo fuhr mit einem Finger über sein Tama und mehrere Namen leuchteten auf, darunter einer, der Aegis knurren ließ, bevor er sich fing.

»Ich werde das nicht bestreiten«, sagte Zhan-Yo, »aber ich war schon in deiner Position, Aegis. Ich wollte den Kampf schnell beenden, war aber nicht darauf vorbereitet, es zu erreichen. Stattdessen bin ich auf halbem Weg stehen geblieben und habe alles ruiniert.«

»Wenn du von der Bombe sprichst, dann hast du recht«, erwiderte Aegis.

»Papa.« Celice spielte weiterhin die Vermittlerin.

»Wir können die Fabrik nicht in unserem jetzigen Zustand einnehmen«, sagte Zhan-Yo und nickte Celice respektvoll zu. »Wir brauchen mehr Hilfe, und ich arbeite daran, sie zu bekommen. Es kommen Verstärkungen, die das Gleichgewicht zu unseren Gunsten verschieben können.«

Aegis zeigte auf einen Namen: »Thane? Das ist deine Vorstellung von einem Trumpf? Er wird versuchen, uns umzubringen, sobald er hier reinkommt.«

»Apinya sieht das anders.«

»Apinya? Du hast mit Apinya gesprochen?« Aegis starrte Zhan-Yo hart an, die Hände auf den Tisch gepresst. Dass dieser Mann, dieser Mörder, hinter Aegis' Rücken-

»Papa«, sagte Celice, diesmal lauter. »Können wir draußen reden?«

Die Meeresbrise kühlte Aegis' Temperament. Zurück auf der Promenade, mit Kaffee in der Hand, spazierten Vater und Tochter einen Pier entlang, der über die Wellen hinausragte. Blauer Himmel, Sonnenschein, Salzwassergeruch. Lachende Familien, ein paar Angler, die ihre Köder in die Brandung warfen.

»Er übernimmt die Kontrolle«, fuhr Aegis fort und beharrte trotz Celices ständiger Gegenargumente auf seinem Standpunkt. »Jetzt geht Zhan-Yo hinter meinem Rücken vor und bringt die anderen Champions auf seine Seite.«

»Er macht das, worin er gut ist«, sagte Celice. »Das tun wir alle. Zhan-Yo kennt sich mit Strategie aus. Du weißt, wie man Leute richtig hart schlägt.«

»Danke dafür.«

Celice grinste: »Es warst auch beim letzten Mal nicht nur du, weißt du.«

Sicher, aber als Aegis und die anderen Champions sich zusammentaten, waren sie im Aufstieg begriffen. Die aufständische Kraft, sicher ihrer Sache und ihres unvermeidlichen Sieges. Aegis konnte der Bannerträger sein, war es gewesen, während Mynx, Apinya und die anderen sich um die Feinheiten kümmerten.

Und Celices Mutter war auch dabei gewesen, kämpfte an seiner Seite und stellte sicher, dass Aegis nicht die dummen Dinge tat, auf die er zu oft zurückgriff. Genau wie Celice es jetzt tat.

»Wir haben damals auch Fehler gemacht«, sagte Aegis und fand eine leere Stelle, an der er seine Ellbogen auf das Holzgeländer stützte. »Kompromisse, die etwas Glanz kosteten, im Austausch für sauberere Siege. Weniger Tote. Ich möchte das nicht wiederholen.«

»Darum geht es bei Thane?«

»Wir haben ihn zuerst als Hammer benutzt. Er und ich stürmten gemeinsam hinein, das stumpfe Instrument, das Paragon-Gerechtigkeit an jeden auslieferte, der sich unserer Kontrolle widersetzte.« Aegis rieb sich das Kinn. Er hatte sich nicht rasieren müssen, seit Mila ihre Sache getan hatte. Stärker als je zuvor, vielleicht, aber sein Körper hatte sich verändert. »Deine Mutter beruhigte ihn nach den Einsätzen, brachte ihn wieder in einen stabilen Zustand.«

Celice blieb still.

»Es funktionierte gut, bis es nicht mehr funktionierte«, sagte Aegis. »Wir dachten, wir hätten sie alle, bis ein Idiot mit einer Waffe beschließt, es sei Zeit, schießend abzutreten. Deine Mutter hatte Thane in den Armen, beruhigte ihn, als die Kugeln trafen. Ich weiß nicht, wie viele, es spielte keine Rolle. Er hatte ihr den Hals gebrochen, bevor der Mann aufhörte zu schießen.«

Selbst Mila konnte niemanden von den Toten zurückholen. Sie hatte es trotzdem versucht. Es dauerte nicht lange, bis die Champions sich trennten. Zu viel Trauma und nicht genug Zeit zum Heilen.

»Nicht seine Schuld.«

»Ich weiß«, sagte Aegis. »Ich weiß, ich weiß, ich weiß. Verdammt. Aber er ist unberechenbar, Celice. Er könnte jedem dasselbe antun. Dir. Mir.«

»Wenn wir nicht in diese Fabrik kommen«, sagte Celice, »wird eine Drohne das tun, was Thane vielleicht tun könnte. Ziran wird die Paragons vom Planeten tilgen und die Anomalien gleich mit. Zhan-Yo hat recht, es zu versuchen.«

Aegis legte eine Hand auf die Schulter seiner Tochter: »Dann bleibst du, wenn es soweit ist, von diesem einen fern. Von ihnen allen. Ich habe deine Mutter begraben und ich werde dich nicht begraben.«

KAPITEL 6
GESPRÄCHE BEIM ABENDESSEN

CHICAGO SCHRUMPFTE IM RÜCKSPIEGEL. Seine großen Gebäude, eine Skyline, ohne die Kat seit so vielen Jahren nicht mehr gewesen war, verschwanden mit dem Regen. Die Autobahn, überfüllt mit Pods, die in synchronisierter Effizienz dahinrasten, schoss zum Horizont und darüber hinaus. Sie würden so weit und noch weiter fahren.

Gordon, verarztet und ruhend, saß schlafend neben Kat. Sein Atem kam mit dem verräterischen Rascheln, das eine kommende Erkältung andeutete, eine, die Kat weder bekommen wollte noch Möglichkeiten hatte, sie zu vermeiden. Getrennte Pods für eine Reise quer durchs Land zu nehmen, erschien dumm, Erkältung hin oder her, und ein Flugzeug wäre noch dümmer gewesen.

Die Drohnen hätten Gordon erschossen, wenn er auf einem Flughafen aufgetaucht wäre. Dann hätten sie vielleicht auch Kat erschossen, einfach nur so.

Gordon hatte keinen genauen Ort, aber er hatte eine grobe Vorstellung. Eine Region, die er aus dem Ping eines Trackers ermittelt hatte. Gordon hatte die Geschichte zurück im kleinen Haus verkauft, mit Paragons und Elementals um ihn herum, die erfahren wollten, wohin ihre Freunde verschwunden waren.

Er war um Zirans Hauptquartier herumgelaufen und hatte versucht, einen Weg hinein zu finden, der nicht damit endete, dass sein Inneres nach außen gekehrt wurde. Eine Anomalie – Gordon vermutete, dass es sich um einen unzufriedenen Paragon handelte – setzte ihre Kräfte gegen eine Drohne ein, beschädigte sie mit einem ätzenden Spray und zog Aufmerksamkeit auf sich. Als die Drohnen herabsanken, ortete Gordon seinen Ping, rannte vorbei, während er Panik vortäuschte, und klebte den Ping auf die Anomalie.

Drohnenfeuer streifte Gordon, als der Mann floh, aber die Maschinen hatten mit dem Paragon alle Hände voll zu tun. Rutschend und gleitend von einem Pod zum nächsten, von einer Seitenstraße zur anderen, schlug sich Gordon blutig seinen Weg zurück.

»Und der Ping ist?«, fragte Beth, das Elemental, das am Fußende der Liege über Gordons Beinen aufragte.

Eine Ecklampe konnte nicht mit den Computermonitoren und ihrem spritzenden blauen Licht mithalten. Das Leuchten quetschte sich zwischen dem Schulter-an-Schulter-Kreis hindurch und traf Gordon mit einer gestreiften Schattensilhouette.

»Noch in Bewegung«, sagte Gordon. »Bewegt sich schnell nach Westen.«

»Moment mal«, meldete sich Weed neben Gordons rechter Seite zu Wort. »Du hast gesagt, die Anomalien leben. Ein Ping sagt dir das nicht.«

»Aber ihre Richtung schon«, sagte Kat und ersparte Gordon ein paar Atemzüge. »Wenn sie die Anomalien einfach nur töten würden, warum sie dann weit weg von der Stadt fliegen? Ziran muss sie für irgendetwas wollen.«

»Du stellst eine gewagte Vermutung an«, sagte Beth.

»Hi, ich bin deine Realität. Ich bin verzweifelt und brauche einen großen Wurf, um die Dinge herumzureißen, also wie wäre es, wenn wir einfach mit dieser Idee mitgehen?«

»Weil wir es uns nicht leisten können, Träumen nachzujagen«, sagte Weed. »Aegis hat uns unsere Befehle gegeben. So viel wie möglich stören und behindern, bis er und die anderen Champions die Dinge in Ordnung bringen.«

»Ich sage die Wahrheit«, protestierte Gordon und sah so erbärmlich in diesem Bett aus.

»Niemand zweifelt an dir.« Weed zuckte mit den Schultern. »Ich kann nur keine Leben riskieren, um einer Drohne nachzujagen, die schon über den Mississippi hinaus ist.«

»Dann musst du das nicht«, sagte Kat. »Tu mir nur einen Gefallen: Behalt meinen Hund im Auge.«

Kat beobachtete ihr Tama, auf dessen kleinem Bildschirm ein Video lief. Tap, die KI ihrer Wohnung, hatte es ihr vor Wochen geschickt, die Aufnahme war von vor Monaten. Die KI hatte einen programmierten Reflex, glückliche Momente aufzuzeichnen, Dinge, die Kat vielleicht noch einmal erleben wollte. Auf ihrem Tama spielte Calvin mit Seeker. Kat war nicht da – wahrscheinlich bei einem Elemental-Treffen –, aber die Anomalie und Kats Hund tanzten durch die Wohnung und spielten mit einem Spielzeugseil. Calvin lachte, zog den Husky auf, dem das überhaupt nichts ausmachte.

Ein rührseliges Video, ein kitschiges. Nichts, wofür sich Kat von sich aus entschieden hätte, wofür sie sich vor ein paar Monaten entschieden hätte.

»Andererseits, was hat sich nicht verändert?«, murmelte Kat.

Um sich herum spürte Kat ihren Anzug, sein Gadget-Arsenal, das in ihre Handgelenke, an ihre Taille, Beine und auf ihrem Kopf ruhte. Jedes Objekt gekauft und integriert, um genau diese Anomalien zu fangen, wie es Zirans Drohnen jetzt taten. Damals hatte sie es für das Geld getan. Als Mittel zum Überleben.

Und jetzt?

Sie konnte sie für etwas ein wenig Wichtigeres als Reps einsetzen.

»Sind wir schon da?«, fragte Gordon und setzte sich auf.

»Die Vororte?«, erwiderte Kat. »Die hast du verpasst.«

»Oh nein.« Gordon schüttelte den Kopf und schaute auf die Autobahn. Auf den Bildschirm des Pods, der die lächerlich vielen Stunden anzeigte, die es bis nach LA dauern würde. »Ich nehme an, du hast kein Kartenspiel mitgebracht?«

Der Ping verortete Gordons Anomalie weit nördlich der Stadt, aber selbst Kats leichtsinnige Natur schlug nicht vor, zwei Menschen gegen das zu schicken, was auch immer Ziran dort tat. Kat schätzte, dass die Drohnen, die all diese Anomalien bewachten, in die Hunderte, Tausende gehen mussten.

Konnte Mynx' Fabrik eine Million dieser Dinger herstellen?

»Hatte nie eins«, sagte Kat.

»Was, Karten?«, erwiderte Gordon. »Nie? Nicht mal als, keine Ahnung, Souvenir?«

»Mit wem sollte ich spielen? Seeker?«

»Ich war nicht immer weg.«

Kat ließ einen Mundwinkel hochgezogen, als sie zurück auf ihr Tama blickte, wo das Video mit Calvin und Seeker in einer weiteren Wiedergabe zurücklief.

»Und du schienst nie so traurig«, fuhr Gordon fort.

»Ich war nicht traurig, und ich bin es jetzt auch nicht«, erwiderte Kat. »Nur weil ich mich nicht dafür entschieden habe, so zu sein wie du, heißt das nicht, dass mein Leben kein gutes war.«

Gordon hob die Hände, »Frieden, Kat. Das ist keine kurze Reise, und ich möchte sie nicht mit Streiten verbringen.«

»Wie wär's dann mit Planen?«, sagte Kat.

»Für etwas, das wir nicht kennen oder verstehen?«, sagte Gordon. »Mein *Plan* war es, einen guten Blick auf den Ort zu werfen und von da aus weiterzusehen.«

»Angenommen, du hast recht«, Kat wischte das Video auf dem Tama weg und lehnte sich gegen den Sitz zurück. »Ich weiß nicht, Gordon. Wie möchtest du die Reise verbringen?«

»Filme?«, Gordon nickte zur Konsole der Kapsel. »Ich glaube, da sind ein paar tausend drauf. Weiß gar nicht mehr, wann ich zuletzt einen gesehen habe.«

»Ich habe im Krankenhaus genug gesehen.«

Das waren düstere Tage gewesen. Gordon schaute ab und zu vorbei, aber mit dem Zusammenbruch der Paragons waren alle und alles angespannt gewesen. Kat, größtenteils bewegungsunfähig, musste sich entscheiden, ob sie das Chaos annehmen und in den düsteren Nachrichten versinken oder allem entfliehen sollte. Sie hatte Letzteres getan, besonders als Calvin nie antwortete und Gordon sagte, er könne die Anomalie nicht finden.

Es war einfacher zu entkommen, eine Fantasiestunde nach der anderen.

»Ja«, sagte Gordon. »Aber ich wette, du hast meine Favoriten noch nicht gesehen.«

Kat schloss ihre Augen und ließ ein Lächeln über ihre Lippen huschen. »Okay Gordon, such einen aus. Überrasch mich.«

Zu Gordons Verteidigung sei gesagt, dass die Komödien-Drama-Mischungen auf seiner Kapselliste die Tagesreise zu einer schnellen Angelegenheit machten. Während die Kapsel die Kilometer herunterspulte, verstrickten sich Kat und Gordon in lächerliche Angelegenheiten, ihr Gelächter, absurde Einsätze und herzerwärmende Schlussfolgerungen milderten die Kanten der Reise, bis die Kapsel am ersten Nachtzielpunkt einfuhr.

Lincoln, eingebettet in die kargen Felder Nebraskas, schien von der Revolution weitgehend unberührt. Die Universität dominierte, obwohl Gordon die Kapsel anwies, sich an den Stadtrand zu halten. Kat hätte vorgeschlagen, in dem verdammten Ding zu schlafen, wären da nicht Gordons eigene Wunden gewesen. Verbände mussten gewechselt, Duschen genommen werden.

Und wenn sie ehrlich war, schien es ein guter Deal zu sein, in einem richtigen Bett zu schlafen statt auf einer gemeinsamen Couch.

Das Kettenhotel, das die Kapsel aussuchte – Gordon gab ihr Rep-Budget ein und sie wählte entsprechend – verzichtete auf alles Persönliche und ließ das Paar über einen Bildschirm am Eingang einchecken. Die Schlüssel fielen in einen Schlitz, zusammen mit einer abgestandenen Empfehlung, das vollautomatische hauseigene Restaurant des Hotels auszuprobieren.

»Einfach entzückend«, sagte Kat, als sie einen charakterlosen Flur entlang zu ihrem zugewiesenen Zimmer gingen. »Warum reise ich nicht öfter, wenn es so viel Spaß macht?«

»Hey, komm schon«, sagte Gordon. »Die Filme waren doch nicht so schlecht, oder?«

»Sie waren in Ordnung«, sagte Kat und ließ den Zynismus fallen. »Danke.«

»Oh, danke mir noch nicht.« Gordon strich mit dem Schlüssel über das Schloss und öffnete die Tür zu einem weiteren seelenlosen Raum. Zwei Betten erwarteten sie, zusammen mit dem üblichen Fernseher und Blumendrucken an den Wänden. »Wir haben noch zwei weitere Tage davon vor uns.«

Zwei längere Tage, aber zumindest würde die Landschaft interessanter sein. Kat hielt an diesem Gedanken fest, als sie sich abwechselnd duschten, ihre spärlichen Koffer nach neuer Kleidung durchsahen und schließlich wieder nach draußen gingen, um etwas zu essen zu finden. Ihre Kapsel stand an ihrer Ladestation und saugte Strom. Gordon steuerte darauf zu, bis Kat eine Hand auf seinen Arm legte.

»Ich steige erst morgen wieder in das Ding«, sagte sie. »Wie wäre es dort drüben?«

Ihr Hotel thronte über einem klassischen Autobahnviertel, mit wenigen Häusern und vielen Ketten. Die Drive-by-Industrie florierte noch mehr mit Kapseln, da Reisen billig wurde und niemand Reps für Benzin oder Autoversicherungen verschwenden musste. Kats Vater hatte, als sie noch klein war, auf diese seltsamen Oasen als eine Zukunft-Vergangenheit-Mischung hingewiesen.

Die Zeit nimmt nicht alles mit. Zumindest nicht sofort.

Dann grinste er und bat Kat, einen Ort auszusuchen, dorthin würden sie gehen, alle vier. Lächelnd, lachend und-

»Weißt du schon, was du bestellen willst?«, sagte Gordon, die laminierte Menükarte auf dem weiß gesprenkelten Tisch zwischen ihnen. »Die Burger sehen gut aus. Ist es zu klischeehaft, einen Milchshake und Pommes zu bestellen?«

»Niemals«, antwortete Kat.

Sie selbst hatte die Dessertgetränke im Auge gehabt. Das Restaurant war kein Diner, sondern eher eines, das sein Menü mit Trends aus ganz Amerika füllte. Zu viele Seiten, zu viele Optionen und zu viel Atmosphäre.

Von außen sah das Restaurant – *Americana* – wie ein lustiger Ort aus, mit Neon und Erinnerungsstücken entlang seiner Holzverkleidung. Nummernschilder, alte und neue, bedeckten die Wände. Signierte Fotos verschiedener Prominenter, von denen Kat die meisten nicht kannte, schmückten den Eingang. Gordon vermutete, dass sie nicht echt waren, aber wer wusste das schon und wen kümmerte es.

Zumindest bedienten hier echte Menschen, auch wenn es die einzigen im Lokal zu sein schienen. Kat überprüfte erneut ihr Tama. Erst neun. Nicht gerade spät, aber dann wieder lief sie nach Chicago-Zeit. Vielleicht nahm man das in Nebraska anders.

Oder vielleicht ... Kat bemerkte eine Bewegung, schaute auf, als eine Person, die definitiv nicht der junge Mann war, der sie platziert hatte, auf sie zukam. Dieser Typ sah doppelt so alt aus wie Kat, trug Ohrringe und silbernes, nach hinten gekämmtes Haar, das zu seiner Kochschürze passte. Eine lange Brandnarbe zog sich den rechten Arm des Mannes hinauf, gut sichtbar, als er beide Handflächen auf ihren Tisch legte.

»Ich weiß nicht, wer ihr seid, aber ich weiß, was ihr seid«, sagte der Mann. »Und ich will euch hier nicht haben.«

Gordon sah verblüfft aus, als könne der Tracker niemals solche Unhöflichkeit erwarten. Kat hatte jedoch in Chicagos dunkleren Ecken herumgespielt, wo Höflichkeit selten der Realität entsprach. Die lange Zeit in der Kapsel hatte sie auch aufgewühlt, also als die Forderung des Mannes drohte, Kats Schalter umzulegen, gab ihr die ganze aufgestaute Energie den Anstoß.

»Wer, glaubst du, sind wir?«, sagte Kat, pflanzte ihren Ellbogen auf den Tisch und ihr Kinn auf ihre Hand und starrte den Mann an.

»Tracker haben eine bestimmte Art zu gehen«, antwortete der Mann. »Eine Art, sich umzusehen, die mir nicht gefällt.«

»Weil du eine Anomalie bist, die unter dem Radar operiert?«

Der Mann seufzte, richtete sich auf und nickte zur Restauranttür, »Ich habe euch gebeten zu gehen.«

»Komm schon, Kat«, begann Gordon, bevor Kat ihn abwinkte.

Ohne sich zu bewegen, neigte sie den Kopf zum Koch, »Was ist dein Problem, Kumpel? Du weißt, dass Tracker nicht mehr im Einsatz sind. Wir sind jetzt nichts. Nur normale Menschen. Wie du.«

Der Mann schüttelte den Kopf, bevor Kat fertig war. »Es ist mir egal, was ihr jetzt seid. Leute wie ihr haben meine Freunde in die Paragons getrieben. Ihr denkt nicht nach, ihr zieht einfach eure Abzüge. Behauptet, es sei alles zum Guten.« Er hielt inne, zeigte nun zum Ausgang. »Bitte, geht einfach.«

Gordon versuchte es erneut, und diesmal ließ Kat ihn gewähren. Gemeinsam rutschten sie aus der Nische. Der Koch gab ihnen Platz. Gordon nutzte die Gelegenheit, aber

Kat stellte sich, nachdem sie aufgestanden war, dem Mann gegenüber. Sie las in seinen Augen aus dieser Nähe, in den Linien seines Gesichts. Hier sprach nicht Wut, sondern Erfahrung, erschöpfte Erfahrung.

»Es tut mir leid wegen deiner Freunde«, sagte Kat und winkte dann mit dem Arm in Richtung des ruhigen Restaurants. »Bist du sicher, dass du uns rauswerfen willst? Sieht nicht so aus, als hättest du viel Kundschaft.«

»Das ist nicht dein Problem.« Der Mann errötete, mehr in seinem lederartigen Hals als irgendwo sonst.

»Lass uns gehen, Kat«, flüsterte Gordon.

»Nee, noch nicht«, sagte Kat und verschränkte die Arme. »Weißt du, was man als Tracker schnell lernt? Menschen zu lesen, zu verstehen, wann sie lügen, wann sie etwas verheimlichen.«

Der Mann verschränkte ebenfalls die Arme, Kat nachahmend. »Verschwindet.«

»Was ist deine Fähigkeit?«, fragte Kat. »Jedes Mal ein perfektes Medium-Rare hinzubekommen?«

Gordon packte Kat und drehte sie herum. »Was machst du da?«

Kat befreite sich, machte einen Schritt Abstand zwischen sich und Gordon und dem Mann, ein menschliches Dreieck zwischen den Sitzecken.

»Sie sind alle Anomalien, Gordon«, sagte Kat und zeigte auf den Mann, die Empfangsdame und den Jungen, der sie zu ihrem Tisch geführt hatte. »Wie wär's mit allen in der Küche auch?«

Jetzt verschwand die Röte des Mannes, seine kräftigen Arme fielen herab. Sein Kopf schüttelte sich erneut, aber ohne Überzeugung.

»Warum ist das wichtig?«, fragte Gordon. »Wen interessiert es, ob sie-«

»Weil sie sich verstecken, Gordon«, sagte Kat. »Sie verstecken sich hier, anstatt zu kämpfen. Die Paragons sterben jeden Tag, und sie könnten die Hilfe gebrauchen. Stattdessen macht dieser Typ hier Milchshakes mit, was, fünf? Zehn Anomalien?«

»Vierunddreißig«, sagte der Mann und richtete sich auf. »Alles Flüchtlinge vor euren Paragons oder den Drohnen, die danach kamen. Wir wollen nichts mit eurem Krieg zu tun haben.«

»Mein Krieg?«, Kat lachte, und fühlte, wie sich ein leicht verrückter Unterton einschlich. »Hast du keine Geschichte gelernt? Weißt du nicht, was mit Leuten passiert, die nicht aufstehen, wenn ihre Nummer aufgerufen wird?«

Gordon schaute zwischen den beiden hin und her, völlig verloren. Solange er ruhig blieb, war es Kat egal. Calvin, genauso ein Flüchtling wie diese Leute, hatte sich in den Kampf gestürzt. Dass dieser Typ es wagte, so viele Anomalien an der Seitenlinie zu halten ... es erschien nicht fair. Selbst wenn ihre Fähigkeiten auf dem Schlachtfeld nutzlos wären, könnten sie immer noch kochen, putzen, Dinge für die Paragons reparieren, die kämpfen konnten.

»Ich weiß, dass die örtlichen Paragons alle an dem Tag starben, als Ziran die Macht übernahm«, sagte der Mann. »Ich weiß, dass einige nicht mehr aufwachten, als die Drohnen ihr Gebäude in die Luft jagten. Ich weiß, dass sie uns dasselbe antun würden. Es ist nicht die mutigste Entscheidung, aber wir haben Kinder hier. Mütter, Väter, Familien. Sie gehören nicht in diesen Kampf.«

»Vielleicht haben sie keine Wahl«, schoss Kat zurück, und wieder zuckte der Mann mit den Schultern.

Der Koch schien nicht nachgeben zu wollen. Er rief nicht zum Handeln auf, hatte keine Erleuchtung darüber, mit seiner Crew zum nächstgelegenen Widerstandszentrum aufzubrechen. Kat könnte sich nicht als Diplomatin bezeichnen, und sie hatte nichts mehr zu sagen.

Stattdessen gab sie Gordons Drängen nach, und die beiden verließen das Restaurant. Sie hielten bei einem anderen, von Robotern betriebenen Ort an und schnappten sich etwas scharfes Essen zum Mitnehmen, während sie im Dunkeln zu ihrem Hotelzimmer zurückschlenderten.

»Du musstest dich mit dem Typen anlegen?«, fragte Gordon, als sie es sich gemütlich machten. »Du musstest das wirklich?«

»Ich weiß nicht warum«, sagte Kat und starrte auf ihren gebratenen Reis, als könnte er einige Antworten bereithalten. »Ich habe mich noch nie zuvor als Teil von etwas gefühlt. Nicht bis jetzt, und wenn ich uns alle in diesem Haus zusammengepfercht sehe, wie wir ums Überleben kämpfen, während diese Leute einfach an der Seitenlinie sitzen?«

»Es ist ihre Entscheidung, Kat. Ihr Leben, ihre Wahl.«

»Sie entscheiden sich falsch.«

»Die Paragons haben versucht, Entscheidungen für sie zu treffen, und sieh dir an, was passiert ist? Vielleicht ist das der Grund, warum wir überhaupt hier sind.«

»Die Paragons?«

Gordon nickte, und zum ersten Mal dachte Kat, dass er vielleicht Recht haben könnte. Aegis und seine Champions, ihr starrer Kodex. Sie war durch ihre normalen Gene drumherum geschlüpft, aber für diese Anomalien hatte sich nicht wirklich etwas geändert. Vorher wurden sie von Trackern gejagt. Jetzt von Drohnen.

»Was machen wir dann, Gordon? Helfen wir den falschen Leuten?«

»So wie ich das sehe«, sagte Gordon und brach billige Essstäbchen auseinander, »holen wir unseren Freund zurück.«

Das war zumindest eine Sache, für die Kat sich begeistern konnte.

KAPITEL 7
BEFÖRDERUNGEN

DAS BETRETEN des Hauses einer anderen Person machte Rhimes nervös. Allerdings bemerkte er seine Nervosität kaum, als er durch die dicken Türen ging, die die Fabrik von Mynx' persönlichem Zuhause trennten. Die großen Barrieren waren so fremd im Vergleich zu normalen Büroräumen, Häusern, überall, dass sie dazu neigten, die Gedanken wegzuwischen.

Rhimes, ausgelaugt und erschöpft von dem gestrigen Angriff, hatte den Tag mit Nachbesprechungen und Büroarbeit verbracht und verzichtete auf taktische Ausrüstung zugunsten eines lockeren grauen Anzugs. Keine Holster, keine Waffen, also passierte er den Scan von Wexleys persönlichem Gladiator. Die Drohne stand groß direkt hinter den Türen und musterte Rhimes auf ihre unerbittliche Art.

»Siehst du? Alles gut«, sagte Rhimes zu der Maschine.

Die Drohne antwortete nicht, außer dass sie mit allen vier Armen Rhimes nach vorne winkte. Dennoch glitt, als Rhimes die ersten sanften Schritte machte, ein summender Begleiter vom Rücken des Gladiators, um ihm zu folgen. Bereit und willens mit einem betäubenden Pfeil oder, sollte die Situation eskalieren, einem tödlichen, nahm die schwebende Drohne ihre Position einen Meter hinter Rhimes' Kopf ein.

Sicherheit hatte in diesen Tagen oberste Priorität, da alle Anomalien Wexley ganz oben auf ihrer Zielliste hatten. Zunächst, noch bevor sie die Fabrik angegriffen hatten, wollte Rhimes wissen, was Wexley für diesen Teil geplant hatte.

Wie verteidigt man sich gegen Menschen, die jeder sein könnten, überall sein könnten, eine Stadt mit einem bösen Blick dem Erdboden gleichmachen könnten?

Die Antwort, laut Wexley, war, sicherzustellen, dass sie zu verdammt ängstlich waren zu handeln. Dann, während die Anomalien zögerten, die Drohnen einzusetzen, um sie zuerst zu fangen oder zu töten. Bisher funktionierte die Strategie, wenn auch einige Paragon-Zellen sich weigerten zu sterben.

Rhimes führte die Hartnäckigkeit auf Aegis' Wiederauftauchen zurück. Die Wiederbelebung des Champions gab den sich auflösenden Paragonen ein Rückgrat, drängte sie von einem desorganisierten Rand zurück in eine lästige Kraft. Als Wexley Rhimes die Besprechungsanfrage schickte, ging Rhimes davon aus, dass die fortlaufende Kampagne das Hauptthema sein würde.

Hoffentlich würde das Treffen kurz sein. Rhimes hatte noch etwas vor.

Mynx' Haupthaus hatte einen sauberen, milden Luxus. Ozeandesign vermischte sich mit einer desinteressierten Effizienz zu einem weißen, glasgefüllten und hellen Inneren. Weiche Hölzer und aufwendige Teppiche. Gerahmte Schwarz-Weiß-Fotos aus den glorreichen Tagen der Champions. Mynx hatte sogar ein paar Magazincover, diese Druckartefakte, beleuchtet aufgehängt. Nicht so viele, dass es klischeehaft wirkte, aber genug, um einem Besucher zu zeigen, dass der Gastgeber einen Ruf hatte.

Dieser Gastgeber saß gerade in einer Röhre tief unter der Fabrik. Rhimes schätzte, dass weniger als fünf Personen Mynx' endgültigen Standort kannten oder ob sie überhaupt noch lebte. Er war selbst hinuntergegangen, um sie anzusehen, teilweise um das Gefängnis des Champions zu begutachten und sicherzustellen, dass es sie nicht so bald freilassen würde. Teilweise auch, um eine Legende anzusehen, ohne auf sie schießen zu müssen.

Denn trotz all des Geredes, trotz all der Hoffnungen und Träume, die von Zhan-Yo vorangetrieben und jetzt von Wexley aufgegriffen wurden, kämpften sie immer noch gegen die Menschen, die Rhimes' Welt jahrzehntelang definiert hatten. Aegis und seine Crew mochten sich zu Diktatoren entwickelt haben, aber am Anfang waren sie wahre Helden. Sie flogen um die Welt und manchmal darüber hinaus, um Gefahren abzuwenden, wo immer sie auftauchten.

»Lässt du dich ablenken?«, fragte Wexley und winkte Rhimes zu sich an die Schiebetür, die zur großen Veranda führte. »Ich würde dir sagen, du sollst dich dem hingeben, worüber du nachdenkst, aber wir haben heute wenig Zeit.«

»Wenig Zeit?«, fragte Rhimes und folgte Wexleys Richtung nach draußen, wo die Meeresbrise sich mit der warmen Sonne vermischte.

Die Veranda beherrschte eine Nische zwischen den steilen Klippen und ihrem Meereskollegen. Ein geschnitzter Pfad führte von der weißen Holzplattform hinunter zum Sand und den Wellen dahinter, während dahinter Steine und spärliche Bäume eine Barriere zwischen dem Haus und den mahlenden Zahnrädern der Fabrik bildeten.

Wexley hatte einen passenden Look, ein loses Hemd flatternd, seine Sonnenbrille dick und die Haare zu einer aggressiven Scheibe gestylt. Rosenrote Verbrennungen störten das Bild jedoch, zogen sich an den Armen und der Brust des Mannes hoch und runter, sichtbar durch den dünnen Stoff des Hemdes. Der Preis des Sieges, nannte Wexley es.

Eine Anomalie hätte diese Narben in jedem größeren Krankenhaus beseitigen können, aber bisher hatte Wexley sie belassen.

»Aegis und seine nervige Crew haben letzte Nacht ein weiteres Schiff angegriffen«, sagte Wexley. »Fünf weitere kamen unbehelligt durch, aber trotzdem. Er ist eine Plage.«

»Wir versuchen, sie aufzuspüren.« Rhimes griff auf die Worte zurück, die er auf der Fahrt hierher geübt hatte. »Sie bewegen sich oft und nicht auf Arten, die wir verstehen.«

»Weil sie eine Anomalie haben, die ihnen hilft. Das ist immer die Antwort, Rhimes. Wenn jemand heute betrügt, liegt es nicht daran, dass er clever ist, sondern weil er jemanden gefunden hat, der die Regeln ohne Mühe brechen kann.«

»Richtig«, sagte Rhimes und nahm das sprudelnde Wasser an, das Wexley ihm hinhielt. Ein halb gegessener Lachssalat zierte den langen Glastisch der Veranda, eingebettete Bildschirme zeigten Nachrichten rund um den Teller. »Wir werden sie schließlich finden.«

»Deshalb habe ich dich hergerufen«, sagte Wexley. Der Anführer Zirans und damit, per Erweiterung, der Welt, winkte mit seinem eigenen Glas in Richtung Ozean. Grimmige graue Formen bewegten sich am Horizont, Ziran-Frachter, die Teile zur Fabrik brachten. »Ich brauche nicht, dass *du* Aegis findest. Ich brauche dich, um diese Bemühungen zu überwachen. Ich brauche dich, um meine Sicherheit zu managen. Ich brauche dich, um über diesen Planeten zu blicken, den wir nun kontrollieren, und sicherzustellen, dass es so bleibt.«

Rhimes kämpfte darum, einen neutralen Gesichtsausdruck zu bewahren, während Wexley sprach. Er wartete, bis der Mann pausierte, las das wissende, leichte Lächeln auf Wexleys Gesicht und wusste, dass Wexley erwartete, dass Rhimes genau das sagen würde, was er im Begriff war zu sprechen.

Aber die Wahrheit war die Wahrheit.

»Ich bin kein Manager«, sagte Rhimes.

»Du führst einen Trupp sehr gut«, sagte Wexley. »Damals

in Chicago hast du unser gesamtes externes Unternehmen geleitet. Du kannst dich nicht als etwas anderes als einen Manager bezeichnen.«

Rhimes öffnete den Mund, und Wexley legte seine freie Hand auf Rhimes' Schulter.

»Das ist der Moment, wo du Ja sagst«, sagte Wexley. »Es gibt niemanden, dem ich vertraue, der das hier handhaben kann. Ich werde dich nicht draußen im Feld haben, wo irgendeine Anomalie Glück haben könnte. Du wirst hier sein, in der Fabrik, und mit mir zusammenarbeiten, um eine bessere Zukunft zu gestalten.« Wexley stellte sein Glas ab, nahm die Hand von Rhimes' Schulter und bot ihm die andere zum Handschlag an. »Sichere dir deinen Platz in der Geschichte, Rhimes. Sei mein General.«

Mit der Drohne und ihren tödlichen Waffen, die hinter ihm summten, tat Rhimes das Einzige, was er tun konnte: Er schlug ein.

Wexley wartete nicht lange, um seinen General an die Arbeit zu setzen. Sobald der Handschlag endete, explodierte Rhimes' Tama mit eingehenden Nachrichten. Alle waren vorprogrammiert und versetzten Rhimes in Initiativen, die sich über den ganzen Globus erstreckten. Es gab Angriffe zur Beseitigung von Elementals in London, eine koordinierte Cyber-Tracking-Aktion in China, die darauf abzielte, Paragon-Kommunikationsmethoden auszuschließen, und natürlich Drohneneinsätze auf jedem Kontinent zu überprüfen.

Am wichtigsten? Die noch lebenden Champions finden und sicherstellen, dass sie so schnell wie möglich tot oder gefangen waren.

Als er die Fabrik verließ, rief Rhimes eine Kapsel und legte einen bestimmten Kurs fest. Er wischte die kreischenden Forderungen an seinem Handgelenk weg und lehnte sich in die dünnen Sitzkissen zurück, während LAs Stadtbild vorbeirollte.

Er hatte bei Ziran als Wachmann begonnen, eine Möglichkeit auf niedrigem Niveau, seine militärische Erfahrung in einer Welt zu nutzen, die keine Militärs mehr brauchte. Kompetenz erklimmt Leitern, und schon bald fand sich Rhimes vor dem Büro ganz oben wieder. Er traf eine Frau namens Sylvie, als sie ein Einzelgespräch mit Zhan-Yo verließ. Sie musterte ihn, nahm ein kleines Notizbuch heraus, schrieb einen Ort und eine Zeit auf eine Seite, riss sie heraus und händigte sie ihm aus.

Jetzt lag Sylvie irgendwo in dieser Stadt begraben und Rhimes wandte einen Trick an, den sie ihm beigebracht hatte: Nimm nie eine Kapsel direkt dorthin, wo du hinwillst.

Rhimes verließ diese einige Blocks entfernt, aber noch innerhalb des rauen Bau- und Abrissgebiets. Das vor Monaten zerstörte Stadion absorbierte immer noch LAs Industrie in seine Beseitigung und Erneuerung, Drohnen und Menschen gleichermaßen schwärmten um die Baustelle, ihre Spuren hinterließen sie in Form von Warnschildern, Absperrband und geschlossenen Geschäften.

Nicht dass die Flaggen Rhimes' Ziel abschreckten. Der Mann saß auf einer Bank, einen Burrito in der Hand und eine Tüte mit Rhimes' eigener Wahl hielt einen Platz auf der sonnengebräunten Holzbank frei. Auf der anderen Seite einer für den Verkehr gesperrten Straße verbarg sich das zertrümmerte Gerippe des Stadions hinter Gerüsten, Planen und sich bewegenden Körpern, sowohl mechanischen als auch menschlichen. Megafone vermischten sich mit anonymen Pieptönen und der lauten Tagesmusik, die überall die Arbeit begleitete. Die Tagschicht ging in die Nacht über, die Aufräumarbeiten ein Rundumgeschäft.

Rhimes nahm Platz, richtete seine Jacke und hielt den Blick geradeaus. Zhan-Yo neben ihm lehnte sich in seinem Strohhut nach vorne, sein dünnes blumenbedrucktes Hemd und die weißen Shorts zeigten knubbelige Knie, die Beine ein wenig geschrumpft von ihrer Zeit im Versteck. Eine Sonnenbrille verbarg die Augen des Mannes, Salsa bildete eine tropfende Linie an seinem Kinn und landete auf einer gut platzierten Serviette auf seinem Schoß.

»Lange nicht gesehen«, sagte Zhan-Yo.

»So lange auch wieder nicht«, erwiderte Rhimes. »Sag mir, dass du einen anderen Grund hast, mich herzubitten, als Burritos.«

»Willst du so dringend einen?«

Zhan-Yos Stimme knisterte, Verve verbarg sich hinter den Bissen. Wenn Wexley kalte Effizienz bot, klang Zhan-Yo wie der wahre Revolutionär, immer nur einen Atemzug von einer epischen Rede entfernt.

»Einen Burrito?«

»Einen Grund, ihn zu verlassen«, antwortete Zhan-Yo.

»Es ist nicht das, was ich erwartet habe«, sagte Rhimes. Kein Grund, Dinge vor Z zu verbergen. Der Boss war immer scharfsinnig gewesen, was seine Mitarbeiter anging, wenn auch nicht immer seine eigenen Ziele. »Du denkst, du hast gewonnen, und dann stellst du fest, dass es so viel mehr gibt und es so viel schlimmer ist.«

»Schlimmer?«

Rhimes griff hinüber, schaute in die Tüte. Ein Burrito, etwas Chips. Er nahm Letztere heraus, knabberte das Salz. Wünschte, er hätte etwas Wasser mitgebracht.

»Ich werde nicht mehr sagen, bis ich herausfinde, was du vorhast«, sagte Rhimes. »Niemand hat ein Wort von dir gehört seit London.«

»Hast du davon erfahren?«

»Die Welt sah, wie du auf eine Plattform gestellt wurdest, dein Kopf kurz davor, eine Reise anzutreten.«

»Als es nicht passierte, wechselte ich die Seiten.«

Der Boss fuhr fort, während Rhimes von seinen Chips zum Burrito wechselte und sich in das Adobo-Hähnchen vertiefte. Zhan-Yo schilderte eine Reise voller Heimlichtuerei über den Atlantik und die breite amerikanische Mitte, um hierher zu gelangen. Not zementierte Bündnisse zwischen ihm und Aegis, zwischen den Paragons, die sie finden konnten, und den Normalen, die einst gekämpft hatten, um sie zu untergraben.

»Die meisten Menschen wollen Gleichheit, Freiheit«, sagte Zhan-Yo. »Sie wollen keine vollständige Zerstörung oder Völkermord.«

»Wexley würde es Kontrolle nennen.« Rhimes wischte sich die Hände und den Mund ab. Es war ein verdammt guter Burrito gewesen. »Es ist schwer, lebende Bomben frei herumlaufen zu lassen.«

»Ein Mensch muss keine Anomalie sein, um Schaden anzurichten.« Zhan-Yo nickte zu dem offensichtlichen Beweis vor ihnen. »Aegis und ich sind ein Anfang. Wenn Wexley überzeugt werden könnte, wenn wir die Razzien und die Drohnenangriffe stoppen würden, könnten wir eine gemeinsame Welt aufbauen.«

»Wenn Wexley überzeugt werden könnte, was zu tun? Alles aufzugeben?«

Zhan-Yo lehnte sich auf der Bank zurück, blickte zur Sonne und einer Drohne, die über ihnen dahinflog, »Jeder hat seine Motivationen. Was sind deine?«

»Ich bin Ziran beigetreten für einen Job. Ich habe dir für eine Sache geholfen. Ich habe mich nie für eine Ausrottung eingeschrieben, aber genau das ist es. Ich werde nicht behaupten, ein Idealist zu sein, aber ich dachte, es ginge um mehr als nur um eine Leichenzahl.«

»Wenn du Wexley daran erinnerst, sieht er die Dinge vielleicht wie du. Auf seinem jetzigen Kurs gibt es kein Entkommen. Er wird entweder verlieren oder gewinnen, aber so oder so wird er ein Monster sein.«

»Okay, also was soll ich tun? Einfach reingehen und sagen: Hey, Kumpel, wie wäre es, wenn du mal für 'ne Minute runterkommen und die ganze Sache abblasen würdest?«

»Nicht du.« Zhan-Yo griff in die Brusttasche seines Hemdes, die mit einer pfirsichfarbenen Orchidee verziert war.

Er zog ein weiteres kleines Notizbuch heraus, genau wie das, das Sylvie benutzt hatte. Er riss eine Seite heraus, ohne vorher darauf zu schreiben, und reichte sie Rhimes. »Sie.«

Ein langweiliger Name, eine interessante Adresse. Ein Pflegezentrum in Chicagos nördlichen Vororten.

»Wer ist das?«, fragte Rhimes.

»Sie wird es dir sagen«, antwortete Zhan-Yo und stand auf, beide Arme hoch über seinen Kopf streckend. »Sie hat den Schlüssel, um Wexley lange genug aufzuhalten, damit er vielleicht umdenkt.«

»Sie muss ja etwas Besonderes sein.«

»Das ist sie ganz sicher. Bleib in Kontakt, mein Freund. Vielleicht können wir verhindern, dass es noch viel schlimmer wird.«

Zurück in der Fabrik blickte Rhimes sich in einem leeren Büro um. Der Raum öffnete sich zu einem Blick über die geschäftige, brodelnde Drohnenetage und war, angesichts der verschiedenen Haken an der Decke, ursprünglich für Prototypenarbeit konzipiert worden, bevor er seine jetzige Bestimmung erhielt. Keine Kunst hing an den Wänden, nur ein vorgefertigter Schreibtisch und ein rollender schwarzer Stuhl nahmen die Mitte ein.

Ein Tama-Anschluss und ein Monitor warteten auf ihn.

Als der Nachmittag sich dem Ende zuneigte, arbeitete Rhimes die Nachrichten und Einsatzberichte in Windeseile ab. Er delegierte mit unbehaglicher Geschwindigkeit und orientierte sich dabei an Wexleys Anweisung zu befehlen, nicht selbst zu handeln. Anfangs hörte Rhimes die Fragen in den Antworten der Leute, die Verwirrung über seinen Tonwechsel. Gespräche wurden von Pausen durchsetzt, als Rhimes' Partner, Agenten und Techniker dessen übliche Übernahme von Verantwortung erwarteten, die dieses Mal ausblieb.

»Geht nicht«, sagte Rhimes, als Brielle fragte, warum er nicht persönlich einen Einsatz leiten würde. »Wexley hat meine Stellenbeschreibung geändert. Er befördert mich, und jetzt befördere ich dich.«

»Glaubst du, ich bin bereit, ein eigenes Team zu leiten?«, fragte Brielle.

»Wenn ich das nicht glauben würde, würde ich dich nicht fragen.«

»Wo wirst du also sein? Hinter einem Schreibtisch?«

Rhimes seufzte, griff in seine Tasche und zog Zhan-Yos Zettel heraus. Er las die Adresse erneut. In den letzten Stunden hatte er Tod-und-Gefangennahme-Befehle für Anomalien auf der ganzen Welt unterzeichnet. Keiner davon hatte ihm auch nur die geringste Befriedigung verschafft. Er hatte für etwas kämpfen oder dafür bezahlt werden wollen, jemanden zu beschützen.

Jetzt fühlte er sich wie der technisch fortschrittlichste Rattenfänger der Welt, der das Ungeziefer vertreibt, bevor es die Party ruiniert.

»Ich werde eine kurze Reise unternehmen«, sagte Rhimes, und als Brielle anfing, nach einem Urlaub zu fragen, unterbrach er sie. »Ich muss nur ein paar Reste im Hauptbüro aufräumen.«

»Chicago? Pack warme Kleidung ein.«

»War schon ein- oder zweimal dort.« Rhimes tippte auf seinen Tama und rief einen Pod zur Abholung. Er würde auf dem Weg die Flüge checken, es würde sicher einen Nachtflug geben. »Tu mir einen Gefallen, Brielle, und lass dich nicht umbringen.«

»Du auch, Chef. Du auch.«

KAPITEL 8
HARTE LANDUNG

ALS DER JET eine scharfe Kurve nach Norden machte, schwor Cassidy, dass die Flügelspitzen die Wellen berührten. Der Sonnenuntergang brachte den Flug in den Fokus, der Hochgeschwindigkeitsflug Richtung Kalifornien und der Fabrik näherte sich dem Ende und wurde nun, laut den Paragon-Piloten, durch starke Drohnenpräsenz unterbrochen. Ihr geplanter Landeplatz war von fliegenden Maschinen übersät, die Flugnummern und Passagierlisten eingehender Flugzeuge doppelt überprüften.

Etwas, das die Paragons trotz ihrer Anomalie-Fähigkeiten nicht fälschen konnten.

»Bleibt ruhig«, verkündete Apinya im Inneren des Jets, Worte, die allein wenig bewirkten, aber mit dem subtilen mentalen Schubs der Championin Cassidys Drang, eine Leere abzufeuern, beruhigten.

Mit Thane neben ihr schien ein weiterer Bomben-Sturzflug ins Wasser nicht ganz unmöglich.

»Du bist letztes Mal so weit geschwommen«, murmelte Cassidy zu Thane, der seine Augen auf ein tragbares Tama gerichtet hatte. Ein weiterer Artikel über Zirans globale

Reichweite, seine Vorschläge für eine Welt nach den Paragons. »Du könntest es wieder tun, oder?«

»Ja.«

Thane bot nichts weiter an und Cassidy fragte nicht weiter.

Insgesamt waren die in der Luft verbrannten Stunden ruhig verlaufen. Cassidy selbst hatte einige geschlafen, und dann hatte sie Fragen von anderen Paragons beantwortet, die noch nie über den Ozean geflogen waren. Wie Kalifornien sei, worauf sie sich einstellen sollten.

Cassidy gab ihnen ein Jahrzehnt veraltete Informationen, aber sie schienen zufrieden, und Cassidy konnte sich nichts vormachen: Es fühlte sich gut an, wieder Lehrerin zu sein, gebraucht und nützlich zu sein. Wenn ihre Schüler diesmal zufällig Erwachsene waren, älter und jünger als sie selbst und mit gemischtem Englischverständnis, dann sei es drum.

Als sich das Flugzeug der Küste Pacificas näherte, beendeten die Piloten die Unterhaltung. Turbulenzen, wahrscheinlich unnatürlich und von Ziran-Drohnenpatrouillen erzwungen, seien wahrscheinlich. Also setzten sich Cassidy und Thane, angeschnallt in ihre Sitze, Thane in seinen Tama-Bildschirm vertieft und Cassidy aus dem schmalen Fenster blickend.

Die Nordwärtskurve abgeschlossen, stieg der Jet in die Höhe, schoss nach oben und ließ die Wellen hinter sich. Cassidy verstand nicht warum, bis eine Anomalie ihr gegenüber, Daw, sich mit weit aufgerissenen Augen und festem Griff an seinem Sitznachbarn, seinem Mentor und scheinbar allgegenwärtigen Wächter, Kemnan, vom Fenster zurückzog.

»Sie haben uns gefunden«, sagte Daw, seine Stimme trug durch den Jet, dessen Innenraum ruhig war, die elektrischen Turbinen des Flugzeugs liefen leise.

»Vertraut den Piloten«, erwiderte Kemnan, der stoische Mann behielt seinen Blick nach vorne gerichtet. »Sie haben das schon früher gemacht.«

Als würde er Kemnans Worte auf die Probe stellen, schüttelte sich der Jet, schwankte nach links und rechts, während sein Aufstieg weiterging. Draußen verschmolzen die Wellen zu einer blauen Masse, einzelne Wolkenfetzen kamen in den Weg. Neue Formen schwangen ins Blickfeld, weiß-orange Flecken, die sich als verschiedene Drohnen entpuppten, als sie dem Jet nachströmten. Die Drohnenmotoren hinterließen verschwommene Streifen hinter den Maschinen selbst, unscharfe Schlieren vor dem weit entfernten Boden.

Cassidy warf einen Blick auf Thane, runzelte die Stirn. Aus dieser Höhe würden sie einen Sturz nicht überleben.

»Wir wurden gesichtet«, sagte die Hauptpilotin, dieselbe Frau, die sich ihnen allen mit dem Wind angeschlossen und sie zum Flugzeug gebracht hatte. »Jeder, der eine Drohne von innerhalb des Flugzeugs ausschalten kann, nur zu. Alle anderen bleiben angeschnallt sitzen. Es wird plötzliche Abstürze geben.«

Plötzliche Abstürze?

Durch das Fenster machten die Drohnen ihre Absichten deutlich. Cassidy sah, wie ihre Waffen sich bemerkbar machten, helle Blitze zischten am Flugzeug vorbei und darüber hinweg. Fehlschüsse, obwohl der Jet nicht gerade wendig war.

»Warnschüsse«, sagte Kemnan zu Daw, der den Mann weiterhin damit bedrängte, was sie tun sollten. »Sie werden uns zwingen, runterzugehen, wenn sie können.«

»Warum?« fragte Daw.

»Weil abstürzende Flugzeuge kein stabiles Verhalten sind«, sagte Thane und steckte das Tama in die Armlehnenfach neben sich. »Ziran will keinen abgestürzten Jet erklären müssen. Sie wollen keine Panik. Sie wollen Normalität.«

Mehr Blitze. Der Jet drehte nach Osten. Zwei Anomalien, die von Bangkok aus mitgereist waren, schnallten sich ab und gingen nach achtern. Cassidy kannte ihre Kräfte nicht, aber angesichts der Entschlossenheit in ihren Gesichtern sahen die beiden bereit aus, Drohnen zu zerstören.

Sie hätte dasselbe tun können, wenn eine offene Tür oder ein Fenster existiert hätte, um ihre Leeren zu werfen. Von innerhalb des Flugzeugs würde Cassidy jedoch nur das Flugzeug selbst auseinanderreißen. Also beobachtete sie und nickte, als einer in ihre Richtung blickte.

»Also werden sie uns nicht verletzen?« fragte Daw weiter.

»Ein Algorithmus«, sagte Thane. »Eine Uhr, die sowohl nach Zeit als auch nach Entfernung tickt. Wenn wir uns der Küste nähern, werden die Drohnen ihre Taktik ändern.«

»Und dann?«

»Dann sehen wir, wie gut diese Piloten sind.«

Kemnan warf Thane einen finsteren Blick zu: »Es gibt keinen Grund, ihm Angst zu machen.«

»Daw ist kein Kind«, Thane sah an Kemnan vorbei zu Daw. »Muss er dich beschützen?«

Daw schüttelte den Kopf und stieg aus dem Gespräch aus, indem er sich wieder zum Fenster wandte. Kemnan verfiel in ein Stirnrunzeln. Thane wandte sich als Nächstes Cassidy zu. Der Jet schüttelte sich erneut, seine Nase neigte sich nach unten.

»Habe ich das gut gemacht?« fragte Thane leise.

»Was?«

»Du und Apinya haben in den letzten Monaten deutlich gemacht, dass Loyalität mehr ist als Macht selbst«, sagte Thane. »Wenn ich hier einen Platz finden soll-«

Der Jet erstarrte, fiel. Cassidys Magen sprang ihr in den Hals, ihre Nerven flackerten auf. Sie hob sich, der Sicherheitsgurt schnitt in ihre Taille. Sie hätte vielleicht geschrien, wenn sie nur Luft bekommen hätte. Neben ihr wuchs Thane, nutzte diese Angst, um sich so unverwundbar wie möglich zu machen.

Reibungslos taute der Jet auf und fegte vorwärts, bremste seinen Fall ab und raste auf die kalifornische Küstenlinie zu.

Cassidy sah die Drohnen nun über ihnen, wie sie sich drehten, um ein Flugzeug zu verfolgen, das aussehen musste, als wäre es in einem tödlichen Sturzflug.

»Jetzt«, keuchte Thane, sein Hals verengte sich, sein Verstand kehrte zurück. »Sie werden mit voller Kraft angreifen.«

Die Drohnen taten, was Thane vorausgesagt hatte. Sie feuerten mehr weißglühende Energie ab, ergänzten diese Schüsse aber mit physischer Munition. Der Jet stoppte und startete, fror ein und taute auf in einem rasenden Sinkflug. Jedes Mal, wenn das Flugzeug stillzustehen schien, hörte Cassidy das Klirren, als Kugeln an der unzerstörbaren Hülle des Jets abprallten.

Der andere Pilot, derjenige, der den Jet damals in Bangkok unverwundbar gemacht hatte, tat seinen Teil.

Der Tanz zwischen verwundbarer Beschleunigung und stürzendem Schutz wendete sich schnell gegen die Paragons. Die Drohnen kamen näher, verstärkten ihr Feuer, und Cassidy spürte, wie ihr Magen immer längere Pausen zwischen den Aussetzern einlegte. Auch das Flugzeug rumpelte und knackte, als eingehende Schüsse durch die geschützten Sekunden schlüpften.

Zumindest brachte sie der Höhenverlust näher an die Wellen, an die sandigen Klippen, die das Festland markierten. Wieder konnte Cassidy die Schaumkronen ausmachen, konnte eine sich windende Straße mit ein paar darauf dahinsausenden Kapseln erkennen. Zurück in Thanes sicherer Absprungdistanz?

Thane jedoch würde nicht mehr als Cassidy retten können.

Dieser Gedanke ließ sie ihre Augen im Flugzeug auf und ab schweifen. Die meisten Paragons an Bord saßen in nahezu panischem Zustand da, klammerten sich an Freunde oder Partner oder Armlehnen. Daw flackerte, während Kemnan stoisch blieb, geradeaus starrte und bereit war, alles hinzunehmen, was das Leben ihm bescherte. Thane behielt einen stärkeren Zustand bei, blickte gelegentlich an Cassidy vorbei aus ihrem Fenster und murmelte vor sich hin. Apinyas Augen waren geschlossen, zweifellos in irgendwelche geistigen Manöver vertieft.

Damals auf Mynx' Insel hatte Cassidy die anderen Anomalien wie Ressourcen behandelt. Einige wurden zwar zu Freunden, ja, aber alle verstanden, dass ihr Leben zerbrechliche Dinge waren. Leicht zu verlieren inmitten eines Machtkampfs der Anomalien.

Hier?

Alle waren auf derselben Seite, übernahmen den Paragon-Mantel, um zu versuchen, einen von Drohnen gesteuerten Völkermord an Anomalien zu stoppen.

Cassidy löste ihren Gurt, taumelte auf die Füße. Thane fragte, was sie vorhabe, wohin Cassidy gehe, und sie ignorierte ihn. Sie ging direkt zum Cockpit und den vorderen Ausgängen. Die beiden Anomalien, die auf den anfänglichen Hilferuf wegen der Drohnen reagiert hatten, befanden sich neben der geschlossenen Cockpittür in Zuständen, die besagten, dass sie nicht wirklich da waren.

Die Frau saß auf dem Boden, ihre Augen geschlossen und den Kopf gegen die Flugzeugwand gelehnt. Eine dünne blutige Linie lief von ihren Ohren, aber Cassidy sah ihre Brust sich heben und senken. Ihr gegenüber stand der Mann stocksteif, die Hände über der Brust gefaltet. Trotz des Hin- und Herschwingens des Jets verlor der Mann nie den Halt, schien sich überhaupt nicht zu bewegen. Seine Augen, geöffnet, blickten durch Cassidy hindurch.

Was auch immer das Paar tat, Cassidy konnte es von innen nicht sehen. Sie ging weiter, drückte den Griff der Cockpittür und schwang sie auf. Die goldene Küste lag durch das vordere Fenster des Cockpits frei. Sandige Felsen, hohe Bäume kamen mit Geschwindigkeit näher. Kugeln und Energiebolzen zuckten um die Ränder des Blickfelds, platschten ins Meer oder zerschellten an den Felsen.

Rechts machte der Mann, der das Flugzeug unverwundbar machte, es wieder, indem er seine Arme gegen das Instrumentenpanel stemmte. Der Jet erschütterte, seine Nase zeigte nach unten, und Cassidy streckte ihre Hände zu beiden Seiten aus und drückte sich fest, um nicht nach vorne zu fallen.

»Schließ die Tür und verschwinde!«, rief die Frau links. »Du solltest angeschnallt sein, nicht hier oben!«

Der Mann befreite seine Arme, befreite den Jet, der ruckartig wieder in den Horizontalflug überging. Mehrere Alarme schrillten.

»Ihr müsst landen«, sagte Cassidy. »Wir können euch nicht beim Kämpfen helfen, solange wir in der Luft sind.«

»Wenn wir landen, werden wir überrannt«, sagte die Frau und lenkte das Flugzeug nach Süden, als es den Ozean hinter sich ließ. Jetzt würde jede harte Landung auf Fels stattfinden, nicht auf Wasser. »Es gibt kein Entkommen, wenn-«

»Es gibt keine Chance, wenn ihr uns nicht auf der Straße absetzt«, sagte Cassidy. »Tut es!«

»Was meinst du-«

»Sie hat Recht«, sagte der Mann. »Ich kann uns schützen, wenn wir aufschlagen. Wir verlieren zu viel Höhe, um weiterzufliegen.«

Ein lauterer Knall, ein wilder Alarm unterstrich Cassidys Argument. Die Frau fluchte, bemerkte, dass das Heck des Jets durchschossen worden war. Der Jet begann eine langsame Drehung, stürzte ab und drehte sich. Nirgendwo in der Nähe dieser Straße. Die Drehung schleuderte Cassidy aus ihrem Halt und warf sie auf den Boden des Jets. Glas zersplitterte, als die Drohnen, die ihren Angriff fortsetzten, ihr Ziel trafen. Kugeln durchschlugen den Rumpf, die Öffnungen zerstörten den Kabinendruck und ließen Cassidys Ohren knallen.

Irgendwo dazwischen biss sie sich auf die Zunge, der

eiserne Blutgeschmack flutete ihren Mund. Durcheinanderge-
ratene Instinkte, geprellte Muskeln. Der beißende Geruch von
Feuer kitzelte ihre Nase und brachte Cassidy wieder zu
Bewusstsein.

»Ich kann dem Baum nicht ausweichen«, sagte die Frau.
»Keine Energie mehr übrig.«

Die Leeren riefen, und diesmal antwortete Cassidy.

Sie schleuderte die erste in einem wilden Wurf, der Realitätsriss schnitt durch die Nase des Flugzeugs und traf einen
dicken Baum direkt in ihrem Sinkflugpfad. Die Leere durchtrennte den Stamm und verwandelte ein solides Hindernis in
ein loses, als der Jet von dem halb stehenden Baum abprallte.
Metall flog überall hin, und der Aufprall beschleunigte die
Drehung des Jets.

»Guter Schuss«, sagte der Mann und blickte zu ihr.
»Kannst du diese Klippe verschieben?«

Das nächste Hindernis des Jets bedeckte den Horizont,
eine beigefarbene Wand, die das Flugzeug und seine Insassen
zu Pfannkuchen zerquetschen würde. Cassidy vermutete,
dass der Unverwundbarkeits-Trick des Mannes nichts daran
ändern würde, ihren Schwung zu stoppen, und das kaputte
Flugzeug in einen Sarg verwandeln würde.

Es sei denn, Cassidy könnte den Weg durchbrechen.

Sie warf eine zweite Leere nach unten und voraus, schnitt
durch das Flugzeug unter den beiden Piloten hindurch. Ihre
Sitze ruhten plötzlich auf dem Nichts, die beiden Piloten
fielen durch das Loch und stürzten Richtung Boden. Eine
raue Landung vielleicht, aber eine Chance auf Leben. Sich
herumwirbelnd, sandte Cassidy eine weitere Leere, die durch
den Unterbau des Flugzeugs schnitt.

Metall riss und verschwand, legte die Erde Meter unter
ihnen frei. Rauch und Feuer verhüllten die Sicht, der letzte
Atemzug des abstürzenden Flugzeugs. Daw und Kemnan
fielen durch das Loch. Andere folgten, als Cassidy eine Leere
nach der anderen warf und Löcher in das Flugzeug schnitt,

bis es auseinanderbrach, ihr eigener Abschnitt wirbelte mit seinem eigenen Schwung davon.

Zumindest hatte sie eine nette Brise.

Cassidys Cockpittürrahmen überschlug sich und sie fiel frei, gesellte sich zu den Trümmern, den Körpern, als die Paragons auf die Straße zustürzten. Sie hatte gehofft, sie wären nah genug, um zu überleben, nah genug, um mit gebrochenen Knochen, aber lebendig zu landen.

Sie hatte sich geirrt: Der Baum, den sie durchtrennt hatte, stand auf einem Vorsprung, und Cassidys provisorischer Fluchtweg leitete die Menschen in einen freien Fall, hundert Meter oder mehr über dem Boden.

Fähigkeiten blitzten auf, als die Paragons versuchten, sich selbst zu retten. Cassidys eigenes Haar wehte ihr in die Augen, der Wind rauschte an ihr vorbei, und sie dachte, dieser letzte magenzerfetzende Fall würde das Ende sein.

Zumindest war sie gestorben, während sie das Richtige tat und versuchte, ihre Freunde zu retten.

Stählerne Arme wendeten eine Katastrophe ab. Cassidy, die in Gedanken ein letztes »Ich liebe euch« an ihre Kinder schickte, erlebte den Aufprall zwar hart, aber nicht lebensbedrohlich. Ein heftiger Schock durchfuhr ihre Knochen, die Luft wurde aus ihren Lungen gepresst, doch sie überlebte und öffnete die Augen.

Eine Drohne hielt sie in einer einzigen Klaue fest. Der Gladiator, ein vierarmiges Monster, hielt den unverwundbaren Co-Piloten im gegenüberliegenden Arm von Cassidy. Die Drohne grub ihre Klauen in ihre Fracht, wobei Cassidy die Schnitte auf ihrer Haut und in ihrem Rücken spürte. Sie unterdrückte einen Schrei und versuchte stattdessen, ihren Hals zu verrenken, um herauszufinden, was zum Teufel passiert war.

Die Beweise waren nicht schwer zu finden: Die Drohnen, die den Shuttle angegriffen hatten, waren eingetaucht, um seine Insassen zu retten. Fallende Anomalien wurden von metallenen Rettern aufgefangen, die Drohnen stiegen nun mit ihrer Beute wieder in den Himmel auf.

Warum hatten die Maschinen sie nicht fallen lassen?

Cassidy hatte keine Antwort auf diese Frage, aber sie hatte Leeren. Gerade als Cassidy versuchte, sie heraufzubeschwören, stieg ihre Drohne schnell in die Luft auf, was einen Leeren-Angriff in Frage stellte. Sie war gerade erst vor einem tödlichen Fehler gerettet worden, wollte Cassidy wirklich einen weiteren riskieren?

»Was geht hier vor?«, rief Cassidy.

»Ich weiß es nicht!«, antwortete der Mann, der selbst fest im Griff der Drohne saß. »Ich kann mich nicht befreien.«

»Ich habe nicht mit dir gesprochen«, sagte Cassidy, aber da die Drohne ihr keine Antwort gab, musste der Mann herhalten. »Warum hat sie uns gerettet?«

Unter ihnen verschwand die kalifornische Steilküste. Weitläufige Küstenkiefern kamen ins Blickfeld, eine wunderschöne Aussicht, wäre da nicht die Situation. Cassidy kniff die Augen zusammen und sah einige dieser Bäume schwanken und in einem Pfad umfallen, der ihnen folgte.

»Ich glaube, wir werden irgendwohin gebracht«, sagte der Mann und stellte das Offensichtliche mit gelassener Resignation fest. »Ziran fängt Anomalien ein, aber wir wissen nicht genau warum.«

Oh, toll. Cassidy hätte schön und schnell sterben können, aber jetzt würde sie stattdessen die Laborbehandlung bekommen. Thanes Geschichten über Jahre, die er in einer Paragon-Einrichtung festsaß, betäubt und allein gelassen, stiegen in ihr auf. Nicht gut, kein Leben, das sie ertragen könnte.

»Ist es okay für dich, wenn ich dieses Ding zerstöre?«, fragte Cassidy.

»Nur zu. Mir wird schon nichts passieren!«

Natürlich würde ihm nichts passieren.

Cassidy drehte sich, um einen Arm in Position zu bringen. Wenn sie die Leere genau richtig warf, würde sie vielleicht nicht sofort die ganze Drohne zerstören, vielleicht bekäme sie eine Chance zu ...

Sie schleuderte die schmale, schneidende Leere. Sie durchschnitt den Mittelteil der Drohne und ihren Hals. Funken regneten heraus, Drähte breiteten sich wie Spinnen aus, und die Maschine ging in einen steilen Sturzflug über. Genau das, was Cassidy nicht wollte.

»Noch ein großartiger Schuss«, sagte der Mann. »Scheint, als wärst du jetzt tot!«

Die Klauen der Drohne lockerten sich, als ihre Programmierung mit dem neuen abgetrennten Zustand nicht zurechtkam. Cassidy versuchte, die Klaue unter sich zu bekommen, versuchte, die metallene Masse der Drohne in den Weg zu bringen.

Später bestand Cassidy darauf, dass sie es geschafft hätte. Dass sie den Panzer der Drohne stilvoll zur Oberfläche geritten hätte.

Thane sorgte dafür, dass das nicht passierte. Ein heranstürmendes Monster, Thane schoss aus dem Wald in einem Sprung, der zu chaotisch, zu brutal war, um majestätisch zu sein. Ganz angespannte Haut und fliegender Speichel, krachte Thane in den wild um sich schlagenden Oberkörper der Drohne und umschlang ihn mit seinem Griff, als sie abstürzten. Eingeklemmt zwischen der Klaue der Drohne und Thanes massigem Selbst, fragte sich Cassidy, bei weitem nicht zum ersten Mal, wie zum Teufel ihr Leben zu diesem geworden war.

Sie landeten mit einem zerschmetternden Knall, Kiefernnadeln flogen überall umher. Schrammen fügten ihre Schmerzimpulse Cassidys neuem Repertoire hinzu, der Körper der Drohne prallte weg, Feuer und Trümmer gingen mit ihm. Thane atmete hinter ihr, wütende Schnaufer, die mit jedem Atemzug ruhiger wurden.

»Na dann«, sagte der unverwundbare Mann, während er um einen zerbrochenen Baum herumtrat. Seine Kleidung hing in Fetzen, aber der Körper des Mannes hatte nicht einen einzigen Kratzer. »Das war ja wohl Scheiße, oder?« Er verzog das Gesicht. »Ich glaube, das war auch unser letzter Jet.«

»Aegis«, knurrte Thane, als Cassidy sich wegzog, ihre Arme rieb und zum Himmel aufblickte. »Wo ist er?«

Cassidy hörte die Antwort nicht. Für den Moment spürte sie nur den Wald unter ihren Füßen, die frische Luft, die in ihre geschundenen Lungen strömte. Die Reise war eine Katastrophe gewesen, aber hier stand sie zum ersten Mal seit so vielen Jahren. Ihre Kinder waren nicht mehr in unerreichbarer Ferne. Wenn sie wollte, wenn sie die Chance bekäme, könnte sie ...

Nach Hause gehen.

KAPITEL 9

TRÜMMER

ZIRAN GRIFF DEN JET AN.

Das Notsignal kam wie aus heiterem Himmel. Aegis hörte den Bericht und riss sich von einer weiteren Planungssitzung für Schiffsüberfälle los. Die Rettungsmannschaft würde dünn besetzt sein: Pockets violett-schwarzes Versteck beherbergte weniger Anomalien als üblich, die meisten waren auf abendlichen Missionen unterwegs, um Vorräte zu sichern, Drohnen zu überfallen oder dringend benötigte Ruhe zu finden.

Celice und Mathieu jedoch hielten ihre Positionen, im azurblauen Schein der Bildschirme badend. Aegis trat hinter seine Tochter und sie musste nicht einmal fragen, warum.

»Sie haben zwei Anomalien, die die Drohnen aus dem Inneren des Jets stören«, sagte Celice und klickte zwischen den Bildschirmen hin und her. »Sie sind nicht sehr effektiv.«

»Was bedeutet 'nicht sehr effektiv'?«, fragte Aegis und versuchte zu verstehen, was er auf Celices Bildschirm sah. Ein Monitor zeigte eine schwarze Weite mit einem saphirblauen Kreuz in der Mitte, umgeben von wirbelnden roten Quadraten. Auf der rechten Seite des Bildschirms näherte sich ein großer grasgrüner Klecks. »Werden sie es schaffen oder nicht?«

»Ich glaube nicht«, sagte Celice und führte einen Finger an ihre Lippen. »Wir hätten sie weiter nach Norden lenken sollen, weg von hier.«

»Der Transport über Land birgt seine eigenen Risiken. Ziran kommt jeden Tag näher, und wir müssen uns beeilen. Können wir ihnen irgendwie helfen?«

»Nichts, was im Kampf einen Unterschied machen würde.«

»Aber danach?«

Mathieu kam von seiner Station herüber, beugte sich vor und schaute auf den Monitor, legte eine Hand auf Celices Schulter. »Wenn diese Drohnen fertig sind, wird nicht viel übrig bleiben, was man finden könnte.«

Celice runzelte die Stirn und glich ihrem Vater mit seinem verengten Blick auf Mathieu, wenn auch nicht ganz so intensiv. »Seit wann bist du so abgebrüht? Es gibt immer Hoffnung.«

»Es gibt einen Unterschied zwischen Hoffnung und Selbsttäuschung«, erwiderte Mathieu. »Nicht alles geht gut aus.«

»Für dich vielleicht«, sagte Aegis und ignorierte Mathieus Augenrollen. »Celice, besorg mir jeden, der frei ist, und eine Kapsel. Wenn es eine Chance gibt, dass Apinya lebend herauskommt, werde ich sie ergreifen.«

»Mathieu, du hast meinen Vater gehört.« Celice schob ihren Stuhl zurück und stand auf. »Besorg uns eine Kapsel.«

»Uns?«, fragte Aegis.

»Siehst du sonst jemanden hier, der bereit ist, dir in dieses Chaos zu folgen? Nein? Dann schätze ich, das ist unser Vater-Tochter-Tag.«

Aegis hätte vielleicht gelächelt, vielleicht gelacht, aber auf dem Bildschirm hinter Celice liefen die roten Quadrate zusammen. Das blaue Kreuz verlangsamte sich. Eine weitere Mayday-Warnung ertönte leise über Celices Lautsprecher.

Sein Team war in Schwierigkeiten, und Aegis war nicht da.

Sie fanden Trümmer lange vor der Absturzstelle. In einer Kapsel, die vom Ziran-Netz abgekoppelt und von einigen Elementar-Flüchtlingen so umprogrammiert worden war, dass sie manuelle Steuerung erlaubte, fuhren Aegis und Celice eine Autobahn entlang und verlangsamten, als sie an einem abgebrochenen Flügel vorbeikamen, der wie ein grober Grabstein aus dem Sand ragte. Die Sonne jagte dem Nachmittag hinterher und warf Blendlicht über den Ozean und in ihr rundes Glasfahrzeug. Die Straße selbst war völlig leer, alle normalen Kapseln waren von der Szene umgeleitet worden.

Der offiziell angegebene Grund, der über die lokalen Tamas flimmerte? Erdrutsch.

Ziran, immer gut darin, seine Spuren zu verwischen.

»Das kann man nicht gerade als gutes Omen bezeichnen«, murmelte Celice, als die Kapsel vorbeifuhr. Sie hatte ihre Hände am manuellen Steuerknüppel, einem unbeholfenen Metallarm, der aus dem Boden der Kapsel ragte. »Wenn wir anfangen, Leichen zu sehen-«

»Werden wir nicht«, erwiderte Aegis.

»Glaubst du, sie haben es alle lebend herausgeschafft?«

Die Mayday-Signale des Jets waren verstummt, als Celice und ihr Vater die Kapsel bestiegen. Der vom Wind zerzauste Pilot des Jets, übersät mit Kratzern und Glassplittern, erschien, als sie einstiegen, und erklärte das Flugzeug für verloren. Sekunden später kam Zirans Nachricht, sich fernzuhalten. Obwohl Aegis das endgültige Schicksal des Jets nicht kennen konnte, schien seine Flucht die unwahrscheinlichste Option. Die Kräfte, die einige an Bord hatten, könnten das Überleben sichern, wenn auch nicht die Unversehrtheit, und verletzte Anomalien zu Fuß hätten gegen verfolgende Drohnen kaum eine Chance.

Aber Ziran war nicht am Tod interessiert. Zumindest nicht

sofort. Und selbst eine Leiche könnte für was auch immer Ziran vorhatte, nützlich sein.

»Gefangen genommen«, sagte Aegis. »Alle von ihnen.«

»Warum genau sind wir dann hier?«

Weitere Blechsplitter säumten die Straße, Celice navigierte um sie herum. Klippen erhoben sich zu ihrer Rechten, in oranges Licht getaucht.

»Weil einige vielleicht noch kämpfen«, sagte Aegis.

»Und wir werden das Blatt wenden?«

Aegis seufzte. Celice hatte ihre Waffen, darunter neue Gewehre mit EMP-Munition, die Ziran selbst entwickelt hatte, um gegen Mynx' Drohnen zu kämpfen. Die Paragons hatten die Kugeln nachkonstruiert, nachdem sie genug davon bei Wexleys Einsätzen in Chicago gefunden hatten, und jetzt hatten alle welche an ihren Gürteln. Aegis hatte zudem seine nahezu unbesiegbaren Fäuste.

Keines von beiden würde lange gegen einen Drohnenangriff standhalten.

»Entlasten und retten«, sagte Aegis. »Sie könnten sich auch versteckt haben. Es besteht eine Chance.«

»Es besteht immer eine Chance«, wiederholte seine Tochter.

Diese Chance ergab sich nur wenige Minuten später im noch schwelenden Schatten des Jets. Der Rumpf sandte seinen schwarzen Rauch gen Himmel, während zerbrochene Felsen und gespaltene Bäume das Wrack umrahmten. Patronenhülsen und verbrannte Schlacke auf der Straße, in den Büschen und im Dreck erzählten die Geschichte des Angriffs. Nicht nur ein Flugzeugabsturz, sondern eine Vernichtung.

Und keine einzige Leiche.

»Fast unheimlich«, sagte Celice, stoppte die Kapsel und öffnete deren Kuppel. »Hier ist niemand.«

»Wir hätten ein Rettungsteam geschickt«, sagte Aegis und gesellte sich zu ihr auf den Asphalt. »Selbst wenn alle an Bord dieses Flugzeugs Feinde gewesen wären, hätten wir das Mindeste getan.«

Celice musterte ihn. »Du hättest sichergestellt, dass sie tot sind.«

»Wenn es nötig gewesen wäre, ja. Ich werde nicht vor dem zurückschrecken, was wir tun mussten, um die Welt sicher zu halten.«

»Weißt du, ich habe das alles geglaubt. Aber solche Behauptungen könnten der Grund sein, warum Wexley dich loswerden wollte.«

»Das hat nichts mit den Paragons zu tun«, sagte Aegis. »Dieser Mann will einfach nur Macht, und es gefiel ihm nicht, dass wir sie stattdessen hatten.«

Ein scharfer Windstoß zerriss die Luft und trieb den Rauch in ihre Richtung. Aegis ging vorwärts zum Wrack, ohne genau zu wissen, was er finden würde, aber in der Annahme, dass ihre Reise zumindest einen Blick verdiente. Celice folgte ihm, ihre Augen zum Sternenhimmel gerichtet, um nach Drohnenlichtern Ausschau zu halten.

»Zhan-Yo sieht das anders«, sagte Celice. »Er denkt, Wexley will wie er eine gerechtere Gesellschaft. Hast du je darüber nachgedacht, das zu tun, als du noch das Sagen hattest?«

»Wir haben die Gesellschaft gerecht gemacht«, antwortete Aegis, während er sich der Flugzeugnase näherte und mit Hilfe seiner Beine das zerbrochene Wrack beiseite schob. Keine zerquetschten Körper darunter. »Reich und Arm waren sich näher als je zuvor. Grundrechte kannten weder Hautfarbe noch Geschlecht oder Staatsbürgerschaft.«

»Sie sahen verdammt sicher Anomalien und Normale.«

»Weil man Kräfte nicht ignorieren kann. Es tut mir leid, aber das geht einfach nicht. Jeder, der einen ganzen Block dem Erdboden gleichmachen oder jede Krankheit mit einem Wimpernschlag heilen kann, muss anders behandelt werden als ...« Er versuchte, ein passendes Beispiel zu finden, das nicht beleidigend für die Frau klingen würde, die direkt vor ihm stand, eine Normale. »Du verstehst schon.«

»Vielleicht ist es deshalb ein Normaler, der jetzt die Welt regiert«, sagte Celice. »Ihr habt uns nie als Bedrohung gesehen.«

Aegis hatte darauf keine Antwort und zuckte mit den Schultern. Er sah sich noch einmal gründlich im Wrack um. Keine Beweise, keine Spuren, denen man folgen konnte. Er rief mehrmals Apinyas Namen, laute Rufe, die die Klippen hinauf und hinunter hallten.

»Sie haben jeden Einzelnen mitgenommen«, sagte Aegis, als nichts zurückkam. »Jeden verdammten Einzelnen.«

Celice hatte die Kapsel schon umgedreht, auf dem Weg zurück zu Pocket und dem alten Einkaufszentrum, das ihr derzeitiges Hauptquartier verbarg, als sich die Straße vor ihnen teilte und verschwand. Ein neues Loch, genau in der Mitte, verschlang die gelbe Linie. Celice stoppte die Kapsel und Aegis sprang schnell heraus, zog seine Drohnen-betäubende Waffe und suchte nach einem Ziel.

»Entschuldigung!«, rief eine Frau von hinten oben an der Klippe. Ein Tama – nicht ihres – leuchtete in der Nähe und tauchte ihr Gesicht in grau-grünes Licht. »Ich wusste nicht, wie ich sonst eure Aufmerksamkeit bekommen sollte.«

Winkend neben ihr erkannte Aegis Samir. Die Anomalie hatte eine nette Fähigkeit, perfekt um wertvolle Personen oder Gegenstände zu schützen. Er war der Co-Pilot bei dieser speziellen Extraktion gewesen, und seine Anwesenheit hier bedeutete ...

Aegis' Gedanken wurden leer beim nächsten Körper um den Baum. Dünn, ausgezehrt, aber so hellwach wie immer, erwiderte Thane Aegis' Blick mit einem spöttischen Starren. Egal wie sehr Aegis sich anstrengte, schien Thanes Blick zu sagen, Thane würde immer überleben, immer zurückkommen.

»Papa?«, sagte Celice und gesellte sich zu ihm außerhalb der Kapsel. »Willst du deine Waffe nicht wegstecken?«

»Das ist Thane«, antwortete Aegis. »Genau da, das ist der Mann, der deine Mutter getötet hat.«

»Der alte Kerl? Ich dachte, Thane wäre ein großes Monster?«

»Nur wenn er wütend ist.« Aegis bewegte sich, stellte sich vor Celice. »Bleib hinter mir. Ich weiß nicht, was Samir oder diese Frau hier machen, aber Thane ist kein Freund.«

Die Frau auf der Klippe, diejenige, die gerufen hatte, schien Celices Verwirrung zu teilen. Sie schaute zwischen Aegis und Thane hin und her, bevor sie die Arme hochriss und Samir vorwinkte. Der Paragon führte sie die buschigen, sandigen Felsen hinunter, während Thane genau dort blieb, wo er war, und Aegis Sekunde für Sekunde in einem Blickduell herausforderte, das so viel mehr bedeutete.

Bei ihrem letzten Treffen hatte Thane Aegis beinahe zu Tode geprügelt. Sicher, Stunden später hatten Aegis und seine Paragon-Verstärkung, einschließlich Mynx, Thane durch schiere Feuerkraft niedergestreckt, aber die Demütigung im Eins-gegen-Eins nagte noch immer. Schlimmer noch, Aegis hatte jetzt keine Verstärkung. Wenn Thane beschloss, Aegis und seine Tochter auf eine schnelle Reise ins Jenseits zu schicken, könnte Aegis ihn vielleicht nicht aufhalten.

»Celice«, sagte Aegis. »Warte nicht. Steig in die Kapsel und fahr.«

»Was?«

»Thane wird dich nicht einholen können, wenn du jetzt losfährst. Geh, und ruf dann Ziran an, wenn du nichts von mir hörst. Sag ihnen, sie sollen die Drohnen schicken. Lass ihre Armee sich an ihm zerschmettern.«

Vielleicht könnten Wexley und die Drohnen gewinnen. Dem Planeten einen guten Tod bescheren.

»Papa«, sagte Celice und machte keine Anstalten, zur Kapsel zu gehen. »Warum denkst du, dass er hier ist?«

»Woher soll ich das wissen?«

»Er steht da mit Samir, in der Nähe des abgestürzten Jets. Vielleicht hat Apinya ihn über den Ozean gebracht?«

»Niemals.«

Während Aegis sprach, erreichten Samir und die Frau den Boden. Sie warf einen Kopf schüttelnden Blick zurück zu Thane, dann schritten die beiden direkt auf Aegis zu. Samir, seine Kleidung zerfetzt, sah dennoch makellos aus. Seine neu gefundene Partnerin hingegen blutete aus Kratzern über ihren ganzen Körper, mit wenig Bedeckung durch die zerrissenen Fetzen, die als Kleidung dienten. Die Frau streckte ihre Hand aus, und als Aegis zögerte, griff Celice vor, um sie zu schütteln.

»Cassidy«, sagte die Frau.

»Celice. Ich würde sagen, es ist mir ein Vergnügen, aber ich würde euch beide lieber fragen, ob ihr wisst, was passiert ist?«

»Noch nicht«, sagte Cassidy und schnitt Samir das Wort ab, bevor der Mann in seinen Bericht eintauchen konnte. »Ich denke, es gibt erst einige Dinge zu klären.«

»Meinst du?«, erwiderte Celice und nickte Aegis zu.

»Ja, das denke ich. So sehr ich auch eine Dusche und richtige Kleidung möchte, was ich zuerst will, ist eine Entschuldigung und ein Versprechen. Von ihm und von dir.«

Thane näherte sich, während Cassidy sprach, nachdem allen klar geworden war, dass der Streit zwischen Aegis und seinem langjährigen Rivalen nicht der einzige Knackpunkt in ihrer gegenwärtigen Situation war. Die alte Anomalie hielt sich schlank, also holsterte Aegis seine Waffe und behielt mit einem Auge Thane im Blick, während er seine Aufmerksamkeit ansonsten auf Cassidys Geschichte richtete.

Ein Leben, unterbrochen durch ein Jahrzehnt auf Mynx' Gefängnisinsel. Die Worte fühlten sich unwirklich an, als Cassidy sie aussprach, und Aegis' Welt geriet erneut ins Wanken. Er hatte gedacht, als führender Champion und

Bannerträger der Paragons für so lange Zeit, dass er die Welt verstand, die Aegis und seine Freunde geschaffen hatten. Stattdessen stieß er immer wieder auf Nischen, die sich Aegis' Verständnis und Wissen entzogen.

Er wusste natürlich, dass Mynx die Insel hatte. Wusste, dass Mynx sie als Abladeplatz für Anomalien nutzte, die unmöglich oder unbequem zu töten waren. Eine lebenslange Haftstrafe für eine Atombombe. Aegis nahm an, dass die dort abgeworfenen Anomalien sich unvermeidlich gegenseitig umbrachten oder bestenfalls eine vergessene Existenz fristeten, bis Krankheit oder Zeit das Problem erledigten.

Doch hier stand jemand, der die Narben dieser Entscheidung trug. Aegis konnte sich nicht an Cassidys Verbrechen erinnern, aber die Paragon-Justiz war absolut. Wenig Mitgefühl und wenig Rechtsmittel für die Angeklagten, weil alles andere bedeuten würde, dass man riskierte, dass Anomalien außer Kontrolle gerieten. Wie viele Geschworene könnten von einer einzigen Anomalie mit bewusstseinsverändernden Kräften beeinflusst werden? Unmöglich. Wenn eine Anomalie sich nicht den Paragons anschließen wollte, dann war sie eine Bedrohung, und sie-

»Papa? Wirst du dich entschuldigen, wie sie es verlangt?«

Cassidy sah ihn mit hochgezogener Augenbraue an, genau wie eine Lehrerin, die wusste, dass er die richtige Antwort auf die Frage kannte, aber ihre Zweifel hatte, ob er sie sagen würde.

»Du willst, dass ich sage, wir hätten eine fehlerhafte Welt erschaffen«, sagte Aegis.

»Sehr gerne«, erwiderte Cassidy.

»Warum ist das wichtig? Du bist jetzt von der Insel runter, falls der Ort überhaupt noch existiert.«

»Weil ich auf Bitte deines Champions hierher zurückgekommen bin. Er will, dass wir helfen, die Paragons wieder an die Macht zu bringen, und ich bin mir nicht sicher, ob das eine gute Idee ist, da ihr ein Haufen gehässiger Arschlöcher seid.«

»Ziemlich gewagt, das zu sagen, wenn du mit dem da reist.« Aegis warf einen Blick auf Thane.

»Oh, du meinst den Typen, den du die meiste Zeit seines Lebens gefangen und unter Drogen in einem Keller gehalten hast?« Cassidy streckte die Hand aus und legte einen Finger auf Aegis' Brust. Celices Augen weiteten sich bei dieser Geste, ihre Hand wanderte zu ihrer Hüfte, aber Aegis schüttelte in ihre Richtung den Kopf. »Du hast so vielen Menschen so viel Leid zugefügt, und doch sind wir hier, dem Tod nahe, nur damit du es wieder tun kannst. Also ja, ich hätte gerne, dass du dich entschuldigst.« Cassidy holte Luft, eine leichte Röte küsste ihre Wangen, als sie ihren Höhepunkt erreichte. »Und wenn es sich anhört, als würde ich mit einem Kind reden, dann weil ich glaube, dass ich es tue. Ein Kind, das es nicht besser weiß und das erwachsen werden muss, wenn es meine Hilfe bekommen will.«

Aegis blinzelte, als Cassidy ihre Hand zurückzog und die Arme verschränkte. Der verschwundene Asphaltfleck lag zu seiner Rechten, eine Erinnerung daran, dass es vielleicht nicht der beste Plan war, Cassidy zu bedrohen, egal wie sehr Aegis seinen aggressiven Instinkten nachgeben und ihr zeigen wollte, warum es keine gute Idee war, ihn zu bedrohen.

Außerdem hatte das Herumirren in den letzten Wochen mit Pocket einen ständigen Punkt bewiesen: Die Gesellschaft schien die Zerstörung der Paragons nicht mit Verzweiflung zu betrachten. Wenn Ziran nicht besser war als die Paragons mit ihren Drohnen, waren sie auch nicht viel schlimmer. Zu sehen, wie das Lebenswerk mit einem Achselzucken von der Erde verschwand, hatte eine Art, einen zum Umdenken zu bringen.

»Du willst eine Entschuldigung«, sagte Aegis, »dann verdiene sie dir. Ich bin nicht perfekt, habe nie behauptet, es zu sein, aber Mynx hat dich aus einem Grund auf diese Insel gebracht. Dies ist deine Chance, es wiedergutzumachen, und ich bin bereit, dir diese Chance zu geben.«

»Das ist das Beste, was du bekommen wirst«, fügte Celice hinzu. »Das Beste, was ich je jemanden habe bekommen sehen, wirklich.«

Cassidy überlegte, dann ließ sie ihre Arme fallen, »Ich habe nicht gerade viele Optionen. Aber was ist mit diesem Kerl?«

Thane stellte sich neben Cassidy und starrte Aegis immer noch an.

»Du sagtest, Apinya hätte dich hergebracht?«, fragte Aegis, und Cassidy nickte. »Thane, Apinya hat *dich* hergebracht?«

»Wir hatten einen Plan«, sagte Thane langsam, seine Stimme rau und schwach. »Einen Plan, der immer noch eine Chance hat, wenn du einmal in deinem Leben schlau sein kannst.«

»Mal sehen, ob wir das herausfinden«, sagte Aegis und spürte Celices Sorge. Sie dachte, er würde jetzt einen Schlag landen. Und er wollte es, oh, wie sehr er Thane immer in den Dreck schicken wollte. Der Jet qualmte jedoch weiter um sie herum. Alle Paragons und Apinya waren verschwunden. Jetzt war nicht die Zeit für Rivalitäten und Abrechnungen. »Ich vergebe dir nicht, aber wir sind in einer schlechten Lage. Wir könnten deine Hilfe gebrauchen. Wirklich.«

»Mit einem Versprechen«, sagte Thane. »Wenn wir gewinnen, dann kommen wir frei. Akten gelöscht.«

»Das klingt nicht nach dir. Wo ist die Weltübernahme? Die großen Pläne?«

»Schritt für Schritt, Aegis.« Thanes ausgemergelte, dünne Lippen verzogen sich zu einem Lächeln. »Schritt für Schritt.«

KAPITEL 10
SPÄTES ABENDESSEN

DER SNACKAUTOMAT MACHTE keinen großen Eindruck. Da es schon fast elf Uhr war und die Wirkung des Abendessens nachließ, war Kat auf Snacksuche gegangen. Es gab Chips und Süßigkeiten im Überfluss, zusammen mit ein paar Müsliriegeln, die aussahen, als wären sie schon ein Jahrzehnt über ihr Verfallsdatum hinaus. Sie wollte etwas Gehaltvolleres, etwas mit mehr Erdnussbutter. Sie schwebte mit dem Finger über einer Auswahl, biss sich auf die Lippe und überlegte, ob das die richtige Entscheidung war. Wenn Kat es kaufte, müsste sie es essen, und dann wäre sie zu voll, um etwas anderes zu wählen, also ...

Das verdammte Restaurant ging ihr auf die Nerven. Es hatte die Stimmung des Abends sofort gekillt und sich dann durch einen schlechten Film und Gordons frühen Rückzug ins Bett gezogen. Seine Ausrede? Dass er besser ausgeruht sein sollte, wenn sie morgen den ganzen Tag darüber streiten würden.

Kein schlechter Plan.

Kat blickte auf ihr T-Shirt und ihre Pyjamahose. Ein Outfit, das sie seit Jahren nicht mehr außerhalb ihrer Wohnung getragen hatte, zierte nun den staubigen, sepiafarbenen

Hotelflur. Die Eismaschine gurgelte, vielleicht aus Missbilligung.

»Du siehst auch nicht gerade toll aus«, sagte Kat zu dem braunen, rechteckigen Kasten.

Nicht, dass es sie davon abhielt, Eis zu holen. Das Leitungswasser brauchte heute Abend alles, was Kat ihm entgegenwerfen konnte.

Auf dem Rückweg, mit Schokoriegel und Eiseimer in der Hand, fing Kat einen Lichtschein durch das Fenster am Ende des Flurs auf. Ein weißes Licht, das nicht zum Schein des Hotels passte und in einem glatten Moment verschwand. Ein zufälliger Beobachter hätte vielleicht nicht gewusst, was er gerade gesehen hatte, es vielleicht nicht interessiert, aber Kat war zu sehr konditioniert, um den Anblick nicht einzuordnen und seine wahrscheinliche Ursache zu ermitteln: eine Drohne.

Kat ließ das Eis vor ihrem Zimmer fallen, behielt den Riegel und nahm einen Bissen, während sie zum Ende des Flurs ging. Das verschmierte Fenster, gesprenkelt mit den schlammigen Überresten des Winters, bot einen beeinträchtigten Blick: Über den Parkplatz und nach links stand das Restaurant mit seinem Anomalie-Kader. Die Drohnen - Kat zählte vier - kreisten um das Gebäude. Die massigen Maschinen erinnerten an Gladiatoren, Zirans Brot-und-Butter-Maschinen für die Anomalie-Sammlung.

Zwei lösten sich von ihrer Luftüberwachung, landeten auf dem Parkplatz und näherten sich dem Eingang des Restaurants. Die Drohnen aktivierten Lichter an ihren Schultern und Brustkörben und tauchten das Neonschild in ein grelles Weiß, das jeden lauernden Hinterhalt blenden sollte. Das schwebende Paar verlagerte sich zur Rückseite des Restaurants, bevor es selbst landete und sich mit schweren Schritten näherte, die Kat hören konnte.

Jede Anomalie in Zirans neuer Welt hatte Grund zur Angst, musste damit rechnen, dass jederzeit eine Drohne auftauchen könnte, um sie zu töten oder zu entführen.

Trotzdem fiel es Kat schwer, den Angriff heute Abend mit ihrer und Gordons Ankunft in Einklang zu bringen. Zufall schien eine zu einfache Erklärung zu sein.

Sie würde keine Antworten im Flur finden.

Gordon brauchte nicht lange, um geweckt zu werden, als Kat die Drohnen erwähnte. Das Einschalten der hellen Lampen in ihrem Zimmer und das Werfen von Gordons Tasche auf sein Bett halfen auch. Aus Erfahrung zogen sie ihre Ausrüstung schnell an, bereit zu gehen, als Kat ihren Riegel aufgegessen hatte. Gordons langer, dunkler Mantel verbarg Waffen in einem Dutzend Taschen, graue taktische Hosen und Weste boten Verstecke für viele und mörderische Werkzeuge. Kats eigener weißer Tracker-Anzug, ausgestattet mit Handgelenkwerfern, einem Helm mit Kapuze und einem Visier zur Überwachung der Vitalfunktionen, stimmte Kats Temperatur auf ihr Kampfideal ab, als das Paar das Hotel verließ.

»Und du denkst, wir sind dafür verantwortlich?«, murmelte Gordon, als sie in einen ruhigen Parkplatz traten, auf dem ein paar Pods dunkel in den Parkbuchten standen, die aus einer anderen Ära übrig geblieben waren.

»Weiß nicht«, antwortete Kat, »aber ich würde es gerne herausfinden. Ich habe genug Dinge, für die ich mich schuldig fühlen kann, ohne ein paar verängstigte Anomalien mit reinzuziehen.«

Sie musste sich beeilen, um etwas zu bewirken: Die Drohnen hatten nicht auf die Tracker gewartet. Der Eingang des Restaurants - Kat konnte die Rückseite vom Boden aus nicht sehen - hatte aufgebrochene Türen, das Schild war zersplittert und sprühte Funken über einen zerschlagenen Vordereingang. Blitze schossen durch zerbrochene Fenster, knisternde Statik erfüllte die Luft, als Anomalie-Fähigkeiten Drohnenwaffen und ihre harten Schläge parierten.

»Sie kämpfen noch«, sagte Gordon und warf Kat einen Blick zu. »Letzte Chance?«

»Wir haben lange genug Leben genommen«, sagte Kat. »Lass uns ein paar retten, okay?«

Sie wartete nicht auf Gordon und rannte los. Mit einem schnellen Ruck bewaffnete Kat einen Enterhaken an ihrem linken Handgelenk. Eine weitere Bewegung ließ ihre rechte Hand zwei silberne Kugeln laden, die von den Elementaren so modifiziert worden waren, dass sie etwas Spaß mit ihren eher mechanischen Gegnern haben konnte.

Die beiden Tracker überquerten den Parkplatz des Hotels, dann die Straße vor dem Restaurant unter bewölktem Himmel. Kats Anzug meldete eine Temperatur von etwa 16 Grad und eine leichte Brise, perfekte Bedingungen für eine Auseinandersetzung. Eine Szenerie, die durch eine plötzliche, blau flammende Säule gestört wurde, die aus der Mitte des Restaurants ausbrach und in die Luft stieg. Gordon fluchte, Kat bremste ihren Lauf ab, und beide sahen zu, wie Glut aus dieser Säule flog. Keine winzigen Funken, sondern große Formen, die auf das Dach und den Parkplatz hinabglitten.

Eine landete zwei Meter vom Tracker-Paar entfernt, ihre glühende Form kühlte ab und verwandelte sich in ein Teenager-Mädchen. Hinter ihr schrumpfte die feurige Linie und verschwand, ließ nur Rauch zurück. Kat lief nach vorne und streckte eine Hand aus, um dem Mädchen aufzuhelfen. Das Feuerkind blickte in Kats Gesicht, verzog ihr eigenes in atemloser Angst, zog ihre Hände zurück und ließ sie zu glühen beginnen.

»Warte!«, sagte Kat, griff nach oben und zog ihr Visier zurück. »Mensch, siehst du? Ich bin auf deiner Seite?«

»Auf unserer Seite?«, fragte das Mädchen, schüttelte den Kopf und blickte dann zurück zum Restaurant. Die anderen Glutstücke verwandelten sich in weitere Anomalien und jüngere Kinder. Alle krabbelten zum Rand des Restaurantdaches und versuchten, herunterzukommen. »Die Drohnen sind -«

»Das verstehen wir«, sagte Gordon. »Ihr werdet sie nicht besiegen. Ihr müsst fliehen.«

»Wohin fliehen?«, das Mädchen stand auf und richtete ihre glühenden Hände wieder auf das Restaurant. »Das ist unser Zuhause.«

»Nicht mehr«, antwortete Kat. »Sind noch mehr drinnen?«

Das Mädchen nickte. In diesem Moment ertönte ein Ächzen aus dem Restaurant, und drei Gladiatorendrohnen brachen durch die Decke und landeten auf dem schwachen Dach. Anomalienkräfte, vielfältig in Licht, Ton und Farbe, sprühten in einer fluoreszierenden Welle aus panischen Händen, Köpfen und Körpern auf die Maschinen zu. Die Drohnen ließen sich davon nicht beirren und ihre eigenen Angriffe durchdrangen die Welle. Pfeile und Schlimmeres trafen die fliehenden Anomalien und trieben einige vom Dach in lange Stürze auf den Beton. Andere verschwanden hinter der Dachkante, wurden aufgegriffen und fielen.

Es spielte keine Rolle, ob noch mehr drinnen waren. Kat und Gordon würden alle Hände voll zu tun haben, die hier draußen zu retten.

»Such Kapseln«, sagte Kat zu dem Mädchen. »Wir werden sie so lange wie möglich beschäftigen.«

»Du gehst nach oben«, sagte Gordon und ging um das Mädchen herum, das immer noch verwirrt wirkte. Sie würde schon damit klarkommen, die Tracker konnten keine Zeit mehr verschwenden. »Ich übernehme unten.«

»Alles klar.« Kat klappte ihr Visier herunter, als sie auf das Restaurant zuging, dessen Programmierung bereits ideale Greifpunkte fand. »Schick mir drei Drohnen hinterher.«

»Du hast den fancy Anzug«, rief Gordon, während er nach rechts ausbrach und auf ein klaffendes Loch in der Vorderwand zielte.

Ein Anzug, der für Anomalien und nicht für Gladiatoren entworfen wurde, aber Kat hielt den Mund und feuerte trotzdem ihren Greifhaken ab. Das Stahlseil schoss aus ihrem Handgelenk und fand Halt an dem großen, nun zerbrochenen Schild, das über dem Dach hing. Kat beugte die Knie und sprang im Laufen, wobei sie ihr Handgelenk gerade genug bewegte, um den Zug des Greifhakens zu starten.

Das Seil riss Kat nach vorne und sie schwang ihre Beine hoch, sodass sie die Vorderwand des Restaurants trafen. Pumpend rannte Kat die Seite der Wand hoch, während blaue und weiße Energiebolzen über ihr glitzerten. Rufe zum Ausweichen, zum Angreifen, zum Wegrennen mischten sich mit den wiederholten Drohnenbefehlen, sich zu ergeben. Kugeln trafen mit einem weicheren Aufprall, was Kat darauf schließen ließ, dass sie gummiert waren – ein Ansatz zum Außergefechtsetz

en statt zum Töten.

Ziran wollte diese Anomalien wohl wirklich lebend haben.

Hoffentlich bedeutete das, dass Calvin noch am Leben war.

Kat erreichte die Dachkante und löste ihren Greifhaken vom Schild, während sie unter dessen Drahtgestell kroch. Vor ihr führten die Drohnen einen siegreichen Kampf gegen einen Haufen Anomalien. Neben Kat und in die entgegengesetzte Richtung sprangen Kinder vom Dach und wurden von weiteren brennenden, teleportierenden Geysiren aufgefangen. Ältere Geschwister führten die Jüngeren an und riefen ihnen ermutigende Worte zu, während sie sprangen.

Hinter ihnen verzögerten ihre Eltern und lenkten die Drohnen ab.

Kats Visier hob die Kämpfer hervor und zeigte die fünfzehn erwachsenen Anomalien, die noch kämpften, in mintgrünen Heiligenscheinen an. Die drei Drohnen in Rubinrot, jede mit ihren vier Armen zielend und zuschlagend. Die Gladiatoren marschierten vorwärts, ihre schweren Füße ließen das zerbrochene Dach bei jedem Schritt knacken und aktivierten eingebaute Düsen, wann immer Ziegel wegbröckelten.

Gegen eine trainierte Paragon-Einheit, schätzte Kat, könnten fünfzehn Anomalien gewinnen, vielleicht sogar mit Leichtigkeit, wenn ihre Fähigkeiten die richtigen Punkte träfen. Auf den ersten Blick schienen diese nicht dazu in der Lage. Sie sah einen, der orange glühendes Besteck warf, wobei Gabeln und Löffel die Drohnen trafen und zu heißer Flüssigkeit schmolzen, aber keine Spuren hinterließen und keinen Schaden anrichteten. Ein älterer Mann stieß seine Fäuste ins Nichts, seine Schläge trafen eine Drohne und nervten sie gerade genug, dass die Maschine ihn mit mehreren Pfeilen auf einmal beschoss.

Eine andere wedelte mit den Armen und erzeugte Risse in der Luft, die Pfeile aus den Drohnenkanonen auffingen und festhielten, was zumindest etwas nützte. Einige andere schleuderten ihre Fähigkeiten und tränkten die Drohnen in klebrigen Flüssigkeiten, eisigem Regen oder violetten Strahlen.

Nichts davon richtete viel mehr aus, als verheerende Aufmerksamkeit auf sich zu ziehen.

Kat konnte das besser.

Sie rannte direkt auf die Drohnen zu, die sich gleichmäßig über das Dach des Restaurants verteilt hatten. Kat klappte ihr linkes Handgelenk auf und tippte ein paar Tasten auf ihrem Tama. Ein Programm setzte sich in Bewegung und tickte einen Takt, um eine Gelegenheit zu erkaufen. Kat schnappte mit dem Handgelenk und ließ ihren Greifhaken wieder fliegen, diesmal auf die linkeste Drohne.

Der durchdringende Stahlhaken sauste direkt auf die Maschine zu, doch die Drohne sah ihn kommen, ruckte mit ihrem oberen rechten Arm in einer für Menschen unerreichbaren Geschwindigkeit und fing Kats Greifhaken.

Gut so.

Das Tama-Programm wurde aktiviert, und Kats Visier

knisterte, als jede Funkfrequenz mit gezieltem Kauderwelsch überzogen wurde. Jeder einzelne Befehl aus Mynx' Bibliothek, alle darauf ausgelegt, die Drohnen zum Aufgeben, nach Hause Fliegen oder zum Rückzug zu bewegen, wurde in jeder von den Drohnen unterstützten Sprache ausgestrahlt. Weed wettete darauf, dass Ziran nicht das gesamte Codebuch umschreiben würde, zumindest nicht alles und nicht sofort. Kat war sich da nicht so sicher gewesen, aber eine Chance war besser als gar nichts.

»Lauft, ihr Idioten!«, schrie Kat, als sie ihren Greifhaken einschnappen ließ und auf eine zögernde Drohne zuflog.

Blicke folgten ihr, als die Anomalien den kostümierten Tracker in ihrer Mitte bemerkten, oder besser gesagt, Kats Gestalt durch die brennende Luft huschen sahen. Die Trackerin hörte ein paar Rufe zum Weglaufen, zum Aufheben gefallener Freunde, und dann fand sie sich mit den Füßen auf einem vier Meter großen Gladiator wieder. Das Metallgesicht der Drohne wirkte benommen, ihre Augen leer, während sie mit der Befehlsflut zu kämpfen hatte.

Vielleicht hatte Weed recht gehabt.

Mit dem Greifhaken, der sie am Arm der Drohne festhielt, griff Kat mit der rechten Hand an ihren Gürtel. Sie zog ein neues Werkzeug heraus, das in Chicago zusammengebastelt worden war – eine dünne Batterie mit zwei Kontakten, die nur auf einen geschlossenen Stromkreis warteten. Sie hielt es in der rechten Hand, wartete, atmete und warf einen Blick zurück zum Parkplatz.

Das Mädchen erwies sich als besser als nur verängstigt: Kapseln sausten in den Raum, und die Anomalien kletterten hinein. Eltern, die vom Dach sprangen, fanden ihre Familien und schoben ihre Kinder in die Fahrzeuge. Ziran konnte die Kapseln natürlich verfolgen, also müssten sie sie bald loswerden, aber-

Das Gesicht der Drohne summte, als es sich bewegte, diese unerbittlichen Augen fanden Kat. Keine Pupillen, kein

Weiß, aber Kat spürte den Blick trotzdem. Und sie sah verdammt noch mal, wie sich ihr anderer Arm nach ihr ausstreckte.

»Fast eine Minute«, sagte Kat, als sie den Greifhaken lockerte, auf das Dach fiel und dem greifenden Arm auswich, wobei sie die Stahlleine im Griff der Drohne ließ. »Nicht schlecht, Weed.«

Sie rammte die Batterie in den rechten Fuß der Drohne, das klauenförmige, weißmetallene Ding bot ein reichliches Ziel. Kat zielte auf den Spalt zwischen den gepanzerten Lamellen, ein schmales Band, das schwer zu treffen war, wenn man nicht direkt darauf stand. Die Spitzen bissen sich fest, die Batterie tat ihr Übriges, und die Drohne erstarrte, als harter Strom ihre Drähte schmolz und ihre Transistoren überlastete.

Kats linke Schulter schwang heftig, als etwas sie traf. Der Übeltäter hüpfte von den unstabilen Dachziegeln, ein Betäubungspfeil rollte über die Schieferplatten. Die Trackerin wirbelte von der toten Drohne weg und sah, dass sich ihre beiden Kumpel auf sie konzentrierten.

»Gordon?«, rief Kat, der Anzug sendete die Übertragung an den anderen Tracker über ihre lokale Verbindung. »Hilfe?«

Acht Arme, jeder mit sehr unangenehmen Dingen beladen, feuerten.

Kat stürzte nach vorne und hoffte, die Drohnen würden etwas anderes vermuten. Der Trick misslang, als die Drohnen jede Option abdeckten, und Kat spürte zwei schwere Schläge gegen ihren Kopf und Rücken, als sie über das Dach rollte. Ihre Sicht verschwamm, ein Klingeln übertönte Gordons Antwort, und Kats Unterkörper wurde für einen schrecklichen Moment taub.

Aber ihr Schwung hielt Kat in Bewegung. Ihre Instinkte, geschärft durch zu viele Anomalien in zu vielen schrecklichen Situationen, sagten Kat, dass sie ihr linkes Handgelenk zucken lassen sollte. Der Greifhaken reagierte und brach Kat fast den Arm, schoss sie aber nach oben und weg vom Schussfeld. Kat prallte hart gegen den Arm der gebratzten Drohne und fügte ihrem geschockten Schädel weitere Sterne hinzu.

Kat dachte, sie würde irgendwann für diese Gehirnerschütterungen bezahlen, aber das wäre später. Jetzt konnte sie sterben.

Sie klammerte sich an den Arm der toten Maschine und versuchte verzweifelt, das Metall zwischen sich und die Drohnen zu bringen, während sie auf dem Restaurantdach stand, die Ziegel unter ihren Füßen bereits brüchig von ihren fallenden Brüdern. Die Gummigeschosse und die Pfeile der anderen beiden Drohnen drückten das ächzende Dach über seinen gebrochenen Rand, und die tote Drohne kippte nach hinten. Nicht die Fahrt, die Kat erwartet hatte, aber als die anderen beiden Drohnen näher marschierten und versuchten, ein klares Ziel zu bekommen, würde die Trackerin alles nehmen, um von hier wegzukommen.

Sie wollte den Anomalien helfen, nicht für sie sterben.

Der Fall dauerte nicht lange. Ein Sekundenbruchteil des Zusammenbruchs endete mit einem kreischenden, knisternden Geräusch, als Kat und ihre tote Drohne auf etwas unter ihnen aufschlugen. Etwas, das das Gewicht der Drohne nicht länger als einen Moment trug. Kat, mit schwimmendem Kopf, baumelnden Beinen und einem Visier, das ihr eine schlechte Nachricht nach der anderen mitteilte, ritt den zweiten Fall bis zum Boden, wo die Landung sie losrüttelte.

Auf dem Rücken auf der Brust der Drohne liegend, starrte Kat in einen von Lichtern überfluteten Nachthimmel. Nicht die des Restaurants, nicht die der nahen Straße, sondern die dieser beiden verdammten Drohnen. Sie ragten über Kat auf, als sie ihr Handgelenk schnappen ließ und ihren Greifhaken zurückrief.

»Kat!«, rief Gordon, seine Stimme, seine echte Stimme,

kam von der Nähe. »Danke für die Hilfe! Drohne zerquetscht Drohne!«

Acht Arme erhoben sich erneut, zielten erneut. Kat wollte sich bewegen, fand ihre Beine wie Pudding.

»Gordon?«, schrie Kat. »Hilfe?«

Sie begann eine Rolle, nach links, in Richtung der Restaurantseite und eines noch stehenden Daches. Sie brachte ihren rechten Arm quer, als ein Pfeil nahe Kats Schulter einschlug. Ein Fehlschuss, gefolgt von einem Treffer mit einem Gummigeschoss, diesmal direkt in Kats Brust. Ihr Anzug fing das Schlimmste ab, das Geschoss nahm ihr den Atem. Hustend, keuchend, drehte Kat den Kopf, um Gordon zu sehen, der auf sie zuhumpelte.

Der Tracker hatte Panik und Schmerz im ganzen Gesicht, sein Mantel war zerrissen und ein Betäubungspfeil steckte in seinem Bein wie ein schreckliches zusätzliches Glied. Hinter ihm, durch die Fenster, konnte Kat sehen, wie die Kapseln davonschossen, die Anomalien auf der Flucht.

Die Metallklaue schnitt ihr die Sicht ab, als Kat die Hitze von den Düsen der Drohne spürte. Ihre Stahlfinger schlossen sich um Kats Körper, zogen sich fest und hoben sie hoch. Gordon zog eine Waffe und feuerte eine Kugel ab. Sie prallte vom Gladiator ab, das Geschoss verschwand im Chaos. Gordon feuerte wieder und wieder, jeder Schuss ging um Kat herum, traf sein großes Ziel und richtete nichts aus, während Kats Entführer in den Himmel aufstieg.

Nach oben blickend sah Kat die brennende Reflexion in der Brust der Drohne, als die Maschine aufstieg, ihre Rüstung zerkratzt, aber immer noch gleißend weiß. Ihr Partner, funktionsfähig und wohlauf, nahm die Verfolgung auf und stieg in das einstürzende Restaurant hinab, hinter Gordon her. Hoffentlich würde der Mann erkennen, dass sie getan hatten, was sie tun mussten, und weglaufen.

Hoffentlich würde Gordon entkommen. Hoffentlich

würde Kat nicht ihre zwei besten Freunde in diesem verdammten Krieg verlieren.

»Sag mir, wohin wir fliegen«, flüsterte Kat ihrem Visier zu, während die Drohne immer höher und höher in den Himmel stieg.

Das Visier berechnete ihre Geschwindigkeit, die Batteriekapazität der Drohne und wahrscheinliche Ziele und legte eine Liste in mildem Gelb über Kats schmerzende Augen. Sie bewegten sich schnell und in Richtung Westen.

KAPITEL 11
LOYALITÄTEN

NOCH EIN CHAMPION LEBEND GEFANGEN. Wexley überbrachte die Nachricht, als Rhimes auf einem öffentlichen Flug nach Chicago über LA aufstieg. Sein Boss wollte einen Videoanruf, ein langes Gespräch darüber, was Apinyas Festnahme für ihre Strategie bedeuten könnte, aber Rhimes lehnte ab. Er behauptete, die späte Stunde und die tägliche Flut von Berichten würden jegliches Gespräch verhindern. Außerdem, argumentierte Rhimes in schnell fliegenden Nachrichten von seinem Sitz in der ersten Klasse aus, hatten die Drohnen Apinya und die anderen eintreffenden Anomalien an einen sicheren Ort gebracht. Sie hatten Zeit zu planen, zu entscheiden, wie Ziran den großen Sieg verkünden könnte.

Adriana rettete Rhimes dann, indem sie Wexley zum Feiern wegholte. Rhimes bestellte seinen eigenen Whisky, um auf die Frau und ihr Timing anzustoßen, und die Roboterwagen, die die Gänge auf und ab fuhren, lieferten das Getränk in Sekunden. Sein standardisierter rauchiger Geschmack setzte ein, als Rhimes über die Frau nachdachte, die Wexley, Ziran und ihrer Revolution so energisch beigetreten war.

Beziehungen, stimmliche Unterstützung in Meetings und

der Drang, Wexley immer weiter zu treiben, machten Wexley Adriana sympathisch, und Rhimes konnte es keinem von beiden verübeln. Die beiden passten als Powerpaar zusammen und griffen ineinander wie Zahnräder. Sobald Wexley die Fabrik gesichert hatte, übergab Adriana ihre anderen Geschäfte – Paragon-Uniformen waren nicht mehr sehr gefragt – an verschiedene Führungskräfte und zog direkt ein.

Die Anomalie-Tests waren ihre Idee gewesen, und Rhimes hatte sich nicht dagegen gewehrt. Adriana drängte sofort darauf, und Wexley gab ihr die Freigabe, gab ihr alles, worum sie bat. Sie stürzte sich von Anfang an in die Idee, sicherte Räumlichkeiten, die Drohnen, um es funktionieren zu lassen, und wies Rhimes und seine Teams an, sich auf Gefangennahme statt Tötung zu konzentrieren.

Nicht, dass es Rhimes viel ausmachte. Während er vermutete, dass die Anomalien nach ihrer Wegnahme durch sein Team nicht gerade in ein Luxushotel kamen, waren sie wenigstens keine Blutflecken an der Wand.

Adriana versorgte Rhimes und Wexley auch mit Argumenten: Die Anomalien testen, ihre Geheimnisse finden und lernen, wie man sie abschaltet. Ein Teenager, der für diese edle Aufgabe mitgenommen wurde, würde anders betrachtet werden als einer, der auf der Straße erschossen wurde. Ein anomaler Vater, der in der Nacht entführt wurde, konnte als Risiko für seine Familie, seine Nachbarschaft dargestellt werden, mit der hellen Hoffnung, dass er eines Tages geheilt und zurückgebracht werden könnte.

Gerade als Rhimes anfing zu glauben, Adriana könnte es mit der ganzen Sache ernst meinen, warf sie die letzte Zahl ein: Mit genügend Zeit könnten sie nicht nur lernen, wie man Anomalien ausschaltet, sondern auch, welche Fähigkeiten man einschalten sollte. Auswählen unter den Loyalen, denjenigen, die am meisten Gutes tun könnten, ohne Zirans Sache zu verraten.

Jetzt arbeitete Adriana eine Stunde nördlich und tat genau das, was sie gesagt hatte.

Rhimes landete und empfing einen feuchten, nebligen Chicagoer Frühlingskuss. Die Drohne tippte Rhimes auf die Schulter, und der Soldat schreckte auf, blickte zurück in ein leeres Flugzeug. Der kleine Serviceroboter kündigte etwas über Vorschriften und den nächsten Flug an, also beeilte sich Rhimes, auszusteigen, während er bereits wieder auf seinem Tama war und seine Füße ihn auf einem vielmals memorierten Weg vom Rollfeld zum Taxi trugen.

Er warf einen zweiten Blick auf Zhan-Yos gekrakelte Adresse und gab die Zahlen und den Namen in den leuchtenden Bildschirm der Kapsel ein. Die Maschine spuckte einen repräsentativen Fahrpreis aus, den Rhimes mit seinem privaten Konto abwinkte. Ziran hätte jede Kapselfahrt, die Rhimes unternahm, bezahlt, aber manche Dinge waren besser nicht in den Büchern.

Apropos, Rhimes' Tama enthielt großartiges Lesematerial. Über Nacht häuften sich Drohnen- und Söldner-Raidberichte an, die meisten legten Erfolge und Misserfolge in mehreren klar definierten Spalten dar. Leben reduziert auf Variablen, X und O auf schwarzem Hintergrund. Sie hatten letzte Nacht siebzig Prozent Erfolg erzielt, ein neuer Höchststand und eine Spitzenmarke auf der nach oben verlaufenden Kurve, die sich seit Zirans Drohnenübernahme aufbaute.

Rhimes musste nicht rätseln, warum sich die Maschinen und ihre Betreuer verbessert hatten: einfache Abnutzung. Die Drohnen konnten Nacht für Nacht ausrücken, mit Reparaturen für Schäden, die in der Fabrik und anderen rastlosen Zentren erledigt wurden. Jede Anomalie auf der Flucht brauchte hingegen Nahrung, erste Hilfe, Schlaf. Sie würden einen Überfall überstehen – wie diese Gruppe in Nebraska, die dachte, sie könnte Zirans Zugriff entkommen –, aber beim zweiten wären sie schwächer.

Beim dritten wären sie gefangen oder tot.

Die Begegnung in Nebraska fesselte Rhimes' Aufmerksamkeit, als die Kapsel sich vom O'Hare-Flughafen löste und einen straßenbiegenden Aufstieg um das Stadtzentrum begann. Der Einsatzleiter in Omaha hatte den Überfall mit einem Abzeichen für außergewöhnliche Ereignisse versehen, etwas, das Rhimes eingeführt hatte, um Paragon- oder Champion-Aktivitäten zu signalisieren. Tippend übersprang Rhimes die getippte Beschreibung und ging direkt zum aufgezeichneten Drohnenkamera-Feed.

Er sah den verdammten Film fünfmal, bei jeder Wiederholung hoffend, er würde anders enden. Kat hätte über dieses Dach verteilt sein sollen oder in der glühenden Leiche dieses brennenden Restaurants begraben. Rhimes kannte den anderen nicht, der ihr half, nur in einem Blick gegen Ende erfasst. Der Mann ging wahrscheinlich mit diesen Anomalien. Er würde aufgegriffen werden, wenn die Drohnen heute Nacht den Angriff fortsetzten.

Aber Kat?

Die Drohne hatte sie auf dem Weg zu einem Auffanglager in Kansas. Sie würden sie dort testen, herausfinden, ob Kat irgendwelche anomalen Kräfte hatte, und wenn sie entdeckten, dass sie nur eine Normale war ... Rhimes rieb sich übers Gesicht, blickte hinaus auf die Einkaufszentren, Werbetafeln, die die Sommerkonzerte ankündigten. Als Normale würde sie wegen Behinderung angeklagt werden. Weggesperrt.

Zu gut für jemanden, der ihm fast eine Kugel durch den Kopf gejagt hatte. Die einige von Rhimes' besten Soldaten in der Nähe dieses zugefrorenen Sees getötet hatte.

Ein Anruf, zwei Nachrichten, und Kats Reise änderte ihren Kurs. Keine Gefängniszelle für sie. Adriana konnte immer gesunde Körper für die Experimente gebrauchen. Kat sollte eine gute sein, fit und perfekt für ein frühes, tödliches Versagen.

Diese Schritte zu unternehmen, löste kein befriedigendes Aufblühen aus, kein wildes Lachen. Rhimes nickte zur Decke der Kapsel, zu denen, die er verloren hatte. Sie würden verstehen, würden wissen, dass Rhimes sie nie vergessen würde.

Und jetzt würden sie gerächt werden.

Zhan-Yos Adresse erwies sich als hübsch. Tief in den Wäldern und an einem anderen Seeufer gelegen, setzte die Kapsel Rhimes an einem Ort ab, der in starkem Kontrast zu dem Leben stand, das er seit … seiner Kindheit? geführt hatte. Spätfrühlingsblumen gediehen üppig, und obwohl es noch früh am Morgen war, summten bereits Köche und ihr Kaffee geschäftig umher. Der frühe Morgen präsentierte sich noch in Grautönen, und der Nieselregen benetzte Rhimes, als er die Kapsel verließ.

Rhimes ging zu den Eingangstüren und erwartete, dass sich die Schiebetüren bei seiner Annäherung öffnen würden. Stattdessen blieben sie geschlossen. Die Tochter von jemandem kam hinter ihm her, schwenkte ihr Tama in Richtung einer Kamera, die aus einem Topffarn links neben der Tür hervorlugte, und der Eingang öffnete sich. Rhimes machte einen Schritt hinter der Frau her und spielte den Nachzügler.

»Halt, bitte«, ertönte eine scharfe, kurze Stimme aus dem Nichts. »Ich nehme an, Sie haben keine Karte, sonst wüssten Sie, wie man sie benutzt?«

Rhimes trat zurück und hielt die Hände frei. Er hatte heute auf die taktische Ausrüstung verzichtet und stattdessen ein leichtes Hemd mit Knöpfen und Jeans als unauffällige zivile Tarnung gewählt. Seine Waffen und knorrigen Outfits warteten in seinem Koffer, der unten in der Auffahrt in der Kapsel stand und in diesem Moment Gebühren anhäufte.

»Ich versuche, Regina zu sehen?«, fragte Rhimes.

»Regina wer?«

»Regina Porter.«

Die Stimme verstummte lange genug, dass Rhimes sich wünschte, er hätte vorher einen Kaffee getrunken. Sein

Instinkt sagte ihm, dass Regina Porters Name mit einer langen Liste von Anforderungen verbunden war, Hürden, die es zu überwinden galt, bevor jemand sie besuchen durfte.

»Wie sagten Sie, ist Ihr Name?«, fragte die Stimme.

»Das habe ich nicht gesagt«, erwiderte Rhimes.

»Möchten Sie ihn uns mitteilen? Wir können niemanden ohne Namen einlassen. Vorschrift, verstehen Sie.«

Und hier kam der Wendepunkt. Rhimes könnte seinen Namen nennen, und er würde markiert werden. Wexley würde vielleicht sofort eine Benachrichtigung auf seinem Tama erhalten, und innerhalb von zehn Minuten würde Rhimes sich gegen die weltweit führende Firma und ihren Anführer verteidigen müssen. Wollte er sich dem allen stellen, nur weil Zhan-Yo ihm eine Notiz auf einer Bank hinterlassen hatte?

Nur weil eine Revolution für eine bessere Welt sich anscheinend in Richtung Dystopie bewegte?

»Tut mir leid«, sagte Rhimes. »Ich komme später wieder.«

Die Stimme antwortete nicht, und Rhimes flüchtete zurück zur Kapsel, quetschte sich hinein und wies sie an, ihm einen Kaffee zu holen. Wieder legte er die Hände vors Gesicht und atmete tief durch. Nicht seine Nerven, niemals seine Nerven, die ihm zu schaffen machten. Der Gedanke jedoch, dass er sich gegen Wexley wenden würde. Lächerlich. Dumm. Er hätte gar nicht erst hierherfliegen sollen.

Aber.

Nachdem Zhan-Yo Aegis getötet hatte, war Rhimes der persönliche Leibwächter des Mannes gewesen. Er hatte Zhan-Yo von einem Versteck zum nächsten eskortiert, Essen, Wäsche und alles andere besorgt, was Zhan-Yo brauchte. Sie hatten Nächte in Schlafsäcken verbracht und tagsüber die Welt von stillen Baustellen oder dunklen Bars aus beobachtet. Während Rhimes stundenlang dasitzen und kein Wort sagen konnte, erwies sich Zhan-Yo als das Gegenteil.

Als ob der Mann Rhimes' Glauben brauchte, sprudelte

Zhan-Yo immer wieder seine Vision heraus. Die Erzählung, das Ziel war nie identisch, mit Variationen, die jedes Mal eingeführt wurden, wenn Zhan-Yo seine Revolution vollendete. Dieses Mal würde es ein Komitee geben, das zufällig aus allen ausgewählt wurde, ein anderes Mal würden Anomalien und Normale ihre Führer wählen, und beim letzten Mal wurde die Varianz ganz abgeschafft: regionalisierte Repräsentation, egal ob normal oder Anomalie.

Rhimes respektierte diese letzte am meisten: Hör auf, Menschen nach etwas zu trennen, das sie nicht kontrollieren können. Hautfarbe, Sprache, Familiengeschichte, all dieser Mist spielte keine Rolle im Vergleich zu dem, was ein Mensch mit seiner Zeit anfing. Wenn man alle auf die gleiche Ebene stellte, hätte Rhimes vielleicht weniger Gründe, eine Waffe zu tragen, weniger Gründe, den Abzug zu drücken.

Das von der Kapsel gewählte Café hatte eine helle Atmosphäre, ein lokaler Ort mit Charakter und echten Menschen hinter den Theken. Die Kapsel setzte Rhimes an der Tür ab und suchte sich eine Ecke zum Einnisten. Rhimes las die Speisekarte, wählte ein Scone und einen Mokka, dann setzte er sich an einen wackligen Holztisch. Treibholz, bemalt mit kitschigen Sprüchen, überschwemmte die Wände, durchsetzt mit Familienfotos, die wohl den Besitzern gehörten.

»Hier, bitte schön«, sagte der Barista und stellte die köstliche doppelte Dosis ab.

»Eine Frage an Sie«, sagte Rhimes, bevor der junge Mann zurück zur Theke eilen konnte. Es war ja nicht so, als hätte das Café jetzt hundert Kunden.

»Ja?«

Oh, diese unbeholfene Nervosität. Rhimes vermutete, dass er auch einmal so gewesen sein musste, vor langer Zeit. Wie schnell das starb, wenn Leben von deinen Handlungen abhingen.

»Angenommen, Sie haben zwei Freunde, und sie mögen sich nicht mehr«, sagte Rhimes, und obwohl der Barista immer wieder zur Theke schaute, schien er zuzuhören. »Einer bittet Sie um Hilfe bei etwas Wichtigem, aber es würde den anderen wütend machen. Ist es das Risiko wert?«

Rhimes zuckte innerlich über seine eigene Erklärung zusammen.

»Ich weiß nicht, Sir«, sagte der Barista. »Ich denke, es hängt davon ab, wie wichtig es ist und welchen Freund Sie mehr mögen.«

Der Barista wartete nicht auf Rhimes' Antwort. Der Junge hatte nicht gerade eine weise Perle fallen lassen, aber was hatte Rhimes erwartet? Klarheit von einem Jungen, der weniger als halb so alt war wie er?

Nein, wenn er wirklich Antworten wollte, müsste er zur Quelle gehen.

Rhimes holte sein Tama hervor, wählte die Nummer und ließ es klingeln. Nach zweimaligem Läuten nahm Zhan-Yo ab.

»Ich bin hier«, sagte Rhimes.

»Und?«

»Bin noch nicht reingegangen. Sie werden es wissen, er wird es wissen, wenn ich es tue.«

»Er wird es früher oder später erfahren«, erwiderte Zhan-Yo. Im Hintergrund schwärmte statisches Rauschen, als ob der Mann ein Fenster offen hätte, während seine Kapsel über die Autobahn raste. »Du musst die richtige Entscheidung treffen.«

»Ich verstehe, er hat hier irgendeine geheime Frau versteckt«, sagte Rhimes. »Was ich nicht sehe, ist, wie das es wert sein soll, mein Leben zu ruinieren.«

»Es ist, weil sie die Worte kennen wird.«

»Welche Worte?«

»Jede Drohne hat eine Notabschaltung. Aegis hat es uns gesagt. Mynx hat sie eingebaut, aber wir haben ihre ausprobiert, und sie funktioniert nicht«, sagte Zhan-Yo. »Wexley muss sie ersetzt haben.«

»Oder gelöscht.«

Zhan-Yos Lachen kam durch, »Er hat Angst vor Anomalien, vor allem, was stärker ist als Menschen. Es gibt keine Möglichkeit, dass er die einzige Waffe entfernt hat, die er gegen die Drohnen hat. Wir brauchen diesen Passcode.«

Rhimes lehnte sich in seinem Stuhl zurück und betrachtete die Wände des Cafés. All diese glücklichen Menschen, unbekümmert von tobenden Maschinen, tobenden Anomalien.

»Ich verstehe, du benutzt es bei einer Drohne und es wird wieder geändert«, sagte Rhimes. »Es ist ein schlechter Plan.«

»Nein. Du bekommst ihn, du kommst in Zirans Hauptquartier dort rein, und du sendest ihn an alle Drohnen. An jede einzelne auf einmal. Das verschafft uns genug Zeit, um zu tun, was getan werden muss.« Zhan-Yo holte tief Luft. »Verstehst du?«

Rhimes hätte sagen können, dass Wexley mehr in der Fabrik herstellen würde, aber er musste nicht fragen. Musste nicht nachbohren, warum Zhan-Yo nicht hier draußen war mit irgendeinem Anomalie-Einsatzkommando, um diesen Job zu erledigen. Der Rest von ihnen, all diese hinterhältigen Paragons, würden die Fabrik mit allem angreifen, was sie hatten. Wahrscheinlich eine weltweite Koordination dafür, jeden Drohnen-Herstellungsort auf dem Planeten gleichzeitig angreifen.

Ein kühner Zug, vielleicht der einzige Spielzug, den sie hatten. Jetzt hatte Rhimes es. Das ganze Buch. Er könnte Wexley anrufen und er würde den Code durcheinanderbringen, ihn zufällig, unerkennbar machen. Dann wäre es ein langsames Abrutschen in ein unvermeidliches Ende.

»Warum erzählst du mir das alles?«, fragte Rhimes. »Das hast du vorher nicht getan?«

»Weil du nach Chicago gegangen bist«, antwortete Zhan-Yo. »Du hast mir bis hierhin vertraut. Ich vertraue dir im Gegenzug. Milliarden von Leben warten darauf, dass du sie rettest, Rhimes. Bitte.«

»Ich werde darüber nachdenken.«

»Denk nicht zu lange nach. Es sind Dinge in Bewegung, die wir nicht aufhalten können. Sag mir Bescheid, wenn du den Code hast.«

Rhimes beendete das Gespräch. Er starrte auf seinen Mokka, nahm das Scone und probierte einen Bissen. Süß, mit kleinen orangefarbenen Flocken. Der Barista beobachtete ihn von hinter der Theke. Vielleicht hatte der Junge das Gespräch mitgehört, nicht dass es eine Rolle spielte.

Er aß das Scone auf, trank die Hälfte des Mokkas und stand dann auf. Er ging zurück zur Theke und wartete hinter zwei Oberstufenschülern und einem gehetzten Lieferanten. Der Barista fragte, was er möchte.

»Kennst du jemanden, der gerne ein paar Reps verdienen möchte?«, fragte Rhimes.

Dieses Mal sah der Barista nicht so verwirrt aus.

KAPITEL 12

DUSCHEN UND ÜBERRASCHUNGEN

GRUNDBEDÜRFNISSE KONKURRIERTEN MIT ANHALTENDEN TRAUMATA, als Cassidy zusah, wie die Kapsel mit Aegis, Thane und Samir davonfuhr und sie allein mit Celice inmitten der Trümmer des Jets zurückließ. Sie wollte Wasser, eine Dusche, etwas, um die Schnitte zu reinigen, die sie sich beim Sturz in den Wald zugezogen hatte, und weißt du was, Cassidy hätte wirklich, wirklich gerne eine Salbe für die Narben in ihrem Kopf gehabt.

Immer wieder hatte sie den nervenzerfetzenden Schock überwunden, wenn ein Begleiter, ein Freund das Leben hinter sich ließ. Cassidy hatte die üblichen Prüfungen während des Aufwachsens durchgemacht: hier und da verstorbene Verwandte, Beerdigungen und Nachrufe und die Abrechnung mit dem unaufhaltsamen Marsch der Zeit. Nachdem Mynx Cassidy jedoch auf der Gefängnisinsel zurückgelassen hatte, wurde aus diesem Marsch ein spürbarer Sprint.

Anfangs zerfleischten sich die Anomalien gegenseitig. Verzweifelt nach jedem Vorteil suchend, oder einfach weil ihre Taten in der Zivilisation sie für alles, was einer Gesellschaft ähnelte, untauglich gemacht hatten, erforderten die auf der Insel abgeworfenen Unholde manchmal harte Maßnahmen. Dort hatte Cassidy gelernt, jemanden mit ihrer Leere zu spalten, gelernt, dem Tod ohne zu blinzeln in die Augen zu sehen.

»Es wird nie leichter«, sagte Celice, Aegis' Tochter blickte auf die noch schwelende Ruine. Die glänzenden Metalle schimmerten im Sternenlicht, die Klippen waren Obelisken in der Nacht. Celice inspizierte wie eine Detektivin, ihr Tama-Licht glitt um die Ecken, als ob sich ein Paragon unter den Felsen verstecken könnte. »Diese Missionen, selbst vor all dem, verloren wir jeden Tag Leute.«

»Bist du eine Gedankenleserin?«, fragte Cassidy und blieb auf ihrer Seite der Straße.

Der Ozean lag in dieser Richtung, eine schwarze Weite, unterbrochen von gelegentlichen beweglichen Lichtern von Schiffen, die südwärts zu den Docks von LA fuhren. Die brechenden Wellen hatten den gleichen tröstlichen Klang, den sie schon immer hatten, ein Echo aus einer Jugend, die an Oregons Küste verbracht wurde. Die Erschöpfung kam mit der Brandung herein, und sie verspürte den Drang, sich hier, direkt im Dreck, hinzulegen und in den Schlaf zu sinken.

»Nicht wirklich«, sagte Celice, »aber man müsste schon ein ziemliches Monster sein, um nach all dem nicht an den Tod zu denken.«

»Sie sind vielleicht nicht tot«, erwiderte Cassidy. Sie schrien, stellte Cassidy fest, in und über die Brise, die Wellen hinweg. Leicht zu tun hier draußen, wenn man nicht an die Wände dachte, daran, wer zuhören könnte. »Die Drohnen schienen, als wollten sie uns nicht töten.«

»Die Anomalien verlassen dieses Lager nie«, antwortete Celice und knirschte über den Boden, um Cassidy zu treffen, ihre Inspektion offenbar beendet. »Keine, die wir gefunden haben. Ziran hat ein paar gute Paragons geschnappt, starke, die es von fast überall hätten schaffen können, aber wir haben nichts gehört.« Sie warf einen Blick auf ihr Tama. »Die Kapsel ist fast hier.«

»Und dann?«

»Wir gehen zurück. Machen uns sauber. Schauen uns an, was wir gelernt haben, und planen die nächste Mission.«

»Um Apinya zu retten.«

»Und die anderen«, entgegnete Celice. »Wir haben den Jet für Apinya nach Thailand geschickt, ja, aber nicht nur für ihn allein. Wir brauchen Kämpfer. Dich und Thane und all die anderen Paragons in diesem Flugzeug.«

»Was, wenn ich müde bin?«

Celice lachte: »Dann wirst du genau reinpassen.«

Cassidy ließ die Kapsel auf halbem Weg zurück bei einem rund um die Uhr geöffneten Convenience Store anhalten. Am Stadtrand von LA hatten seine Regale Markennamen, die Cassidy erkannte. Sie hatte in Hawaii einen Vorgeschmack bekommen, aber dieser Ausflug war zu schnell, zu hektisch für jede Träumerei gewesen. Und so sehr Cassidy auch eine Dusche wollte, sobald diese Kapsel, wohin auch immer Celice sie brachte, ankam, würde Cassidy wieder angekettet sein.

Als sie mit den Fingern über die Getränke im großen Kühlschrank des Ladens fuhr, entdeckte Cassidy die, die ihre Kinder liebten. Die Logos hatten sich natürlich verändert, aber die Namen waren gleich geblieben. Die Geschmacksrichtungen auch. Sie könnte jetzt einen Einkaufswagen mit deren Lieblingen füllen, konnte sich an die Einkaufsliste erinnern, als wäre es ...

»Weißt du, warum ich darum gebeten habe, bei dir zu bleiben?«, fragte Celice, trat in den Gang und ließ Cassidy zusammenzucken. Sie überspielte es, indem sie eine Flasche – Zitrone-Limette Energie-irgendwas – herausnahm und in Celices Korb fallen ließ.

»Weil es ein Alptraum wäre, eine Kapsel mit Thane und Aegis zu teilen?«

Ein leichtes Lächeln, traurig und sarkastisch zugleich, »Er hat meine Mutter getötet, weißt du.« Cassidy hob eine Augenbraue. »Thane, meine ich. Ein Unfall.«

»Er war wütend«, vermutete Cassidy.

»Er hatte jedes Recht dazu.«

»Das ist eine verdammt beeindruckende Perspektive«, sagte Cassidy und führte Celice in einen anderen Gang, einen mit Hautpflege, Seifen, Shampoos. Wer wusste schon, was die Paragons tatsächlich in ihrem schäbigen Versteck vorrättig hatten. »Ich muss zwanzig Jahre älter sein als du, und ich glaube nicht, dass ich das so einfach loslassen könnte.«

»Hatte schon genug Rache. Es macht nicht so viel Spaß, wie es scheint, und ist auch nicht so befriedigend.«

Cassidy beschloss, dass die Jury bei diesem Urteil noch eine Weile draußen bleiben sollte. Während die Drohnen sie entführten, gab ihr das Abfackeln der Maschinen nicht gerade das Gefühl, ein rächender Engel zu sein. Nein, das würde warten, bis sie es in den Norden schaffte, bis sie ihren ehemaligen Ehemann fand und ein nettes, langes Gespräch mit ihm führte.

Das würde später kommen. Für den Moment hatte sie genug in Celices Korb geworfen, um sich sauber zu machen, um sich ein weiteres Outfit zu geben, wenn ihr erstes zu Lumpen zerfallen war, und die beiden gingen zur Kasse. Celice wischte mit ihrem Tama und sie gingen zurück auf den Parkplatz, der bis auf ihre Kapsel und eine weitere, die gerade einfuhr, leer war.

Cassidy holte ihr Getränk heraus, nickte zum Bordstein vor dem Laden und Celice verstand den Hinweis, nahm ihren eigenen Flascheneistee heraus.

»Hast du das schon mal gemacht?«, fragte Cassidy, als sie sich ihren Platz aussuchten, sich hinsetzten mit den Füßen auf dem Beton. Hinter ihnen brannten gelblich-weiße Lichter.

»Vor einem Laden sitzen?« Celice schüttelte den Kopf. »Nicht wirklich.«

»Früher sind wir Eis essen gegangen, meine Familie und ich. Es war schöner, wo wir lebten. Nicht so viele Autobahnen, nicht so viele Gebäude. Aber wir nahmen unsere Eiswaffeln und setzten uns genau wie hier an den Straßenrand.« Sie holte Luft und Celice unterbrach sie nicht, sodass Cassidy weiter in ihren Erinnerungen schwelgen konnte. »Damals fühlten sich die Paragons noch neu an. Es waren schon Jahre vergangen, aber man ändert nicht alles über Nacht.«

»Das kann man nur hoffen.«

»Wir konzentrierten uns auf die kleinen Dinge. Schule. Sport. Das Wetter oder das nächste neue Videospiel, das sie haben wollten.« Cassidy nahm einen Schluck. Es schmeckte genauso, süß und würzig, wie es immer geschmeckt hatte. »Während mein Mann und ich nachts darüber stritten, was als Nächstes kommen würde. Wie konnte man seinen Kindern von ihrer Zukunft erzählen, wenn alles in Rauch aufgehen könnte, sobald sie dreizehn wurden?«

»Dreizehn?«

»Die Tests. Die Anomalie-Prüfungen, die die Paragons mit jedem Kind durchführten.« Cassidy schüttelte den Kopf. »Ich verstand warum, wir alle taten es, oder zumindest redeten wir uns das ein.« Ein Seufzer, Cassidy biss sich auf die Lippe. »Ich war nicht da, als es passierte. Konnte sie nicht umarmen, ihnen nicht sagen, dass alles gut werden würde, weil ich auf dieser verdammten Insel war.«

Celice sagte nichts. Sie trank, sie starrte auf ihren Pod. Cassidy wartete und sprach dann, vielleicht verletzt, weil sie dachte, die beiden würden eine Verbindung aufbauen, mit einer schärferen Kante: »Nichts zu sagen?«

Ein Schulterzucken, »Die Insel ist vielleicht nicht Mynx' beste Idee, aber die Alternative? Wir wären jetzt wie Ziran. Jeden, der ein Verbrechen begeht, in eine Zelle stecken. Oder töten.« Celice stellte ihr Getränk ab, wischte über ihr Tama und rief den Pod. »Wenn das alles vorbei ist und du es durchstehst, kannst du wenigstens deine Familie besuchen gehen.«

»Ist das ein Versprechen?«

»Keins, das ich geben kann«, sagte Celice, als der Pod vorfuhr, »aber eins, das du dir verdienen kannst.«

Pockets interdimensionales Versteck hatte kein fließendes Wasser. Dafür musste Cassidy einen separaten Pod zu einem nahe gelegenen Hotel nehmen. Sie mietete ein Zimmer unter einem Namen und Konto, das Celice ihr gegeben hatte, machte sich frisch und gönnte sich einen dringend benötigten Schlaf in einem richtigen Bett, während die anderen mit der Planung begannen. In gewisser Weise war es ein Segen, nur eine Nebenrolle zu spielen: Sie konnte sich in die kühlen Laken kuscheln, während alle anderen wach blieben und versuchten, den Planeten zu retten.

Der Anruf kam lange bevor Cassidy aufwachen wollte. Die Sonne war schon weit auf ihrem morgendlichen Weg vorangeschritten, aber die gestrigen Abenteuer eigneten sich nicht zum Ausschlafen. Trotzdem sprach Celice durch das Telefon des Zimmers und sagte Cassidy, sie solle sich fertig machen und in der Lobby treffen. Nach ihrer zweiten Dusche - nicht ganz so gut wie die erste, aber immer noch erstaunlich nach so langer Zeit in den thailändischen Sümpfen - zog Cassidy sich das T-Shirt und die zerlumpte Jeans aus dem Convenience Store an und ging nach unten.

Celice, unverändert seit dem Vorabend bis auf die wachsenden Tränensäcke unter ihren Augen und die schwarze Baseballkappe auf ihrem Kopf, hatte einen Kaffee bereit, als Cassidy aus dem Aufzug trat. Mit wenig Vorrede brachte sie Cassidy durch die fade Lobby nach draußen, wo sie erwartete, dass ein Pod warten würde.

Stattdessen nichts. Ein Parkplatz mit ein paar untätigen Pods und Sonnenschein. Palmen säumten die Grenze des Hotels.

»Was, gibt es jetzt einen unsichtbaren Pod?«, sagte Cassidy. »Noch eine Anomalie, die uns mit dem Wind davonschweben lassen kann?«

»Nicht ganz.« Celice behielt ein ernstes Gesicht unter dieser Baseballkappe. »Wie ist der Kaffee?«

Cassidy trank. Ein bisschen trüb, und sie hätte ihn lieber

mit etwas Milch, aber wieder einmal würde sie nach der Insel und den Sümpfen nicht klagen.

»Der beste, den ich seit langem hatte«, sagte Cassidy und Celice nickte.

»Gut, trink weiter und folge mir.«

Cassidy zog den Becher von ihren Lippen, »Was?«

Celice ging nach rechts, in Richtung Straße und eines sonnenverbrannten Bürgersteigs. Auf der anderen Straßenseite öffneten Geschäfte, Einzelhändler nahmen die Geschlossen-Schilder ab und stellten Offen-Schilder auf. Vögel, die in Büschen verweilten, machten sich bemerkbar. Cassidy bemerkte, dass die Schuhe, die sie gestern Abend im Laden gekauft hatte, nicht besonders gut passten und bei jedem Schritt an ihren Füßen rieben.

Nicht dass die Irritation neben dem, was auch immer Celice vorhatte, von Bedeutung war.

»Der Plan«, sagte Celice, »erfordert, dass du diesen Kaffee weitertrinken, bis er leer ist.«

»Was passiert dann? Verwandle ich mich in etwas?« Bei Anomalien konnte man nie sicher sein. »Und was ist der Rest dieses Plans?«

»Kann ich dir noch nicht sagen. Es besteht immer die Chance, dass jemand deine Gedanken lesen könnte. Oder dich brechen.«

Cassidy blieb am Ende des Hotels stehen und ließ den Becher über den dünnen Farnen baumeln, die sich in der braunen Mulchschicht dort ein Zuhause geschaffen hatten.

»Du sagst es mir, oder ich kippe das jetzt sofort aus.«

»Es ist zu deiner und meiner Sicherheit.« Celice, die schon auf dem Bürgersteig war, drehte sich zu Cassidy um. »Ich weiß den Rest nicht einmal. Nur, dass ich dich dazu bringen soll, das zu trinken und in diese Richtung zu gehen.«

Von allen Ungerechtigkeiten. Wie viel hatte Cassidy für Thane getan, wie viel hatte sie durchgemacht, nur damit er all seinen Mist verfolgen konnte, und jetzt, wieder einmal, wurde sie in irgendein Schema hineingezogen. Thane musste auch dahinterstecken: Aegis kannte Cassidy überhaupt nicht, und wenn Celice den Plan nicht kannte, dann würde sie Cassidy nicht dafür anbieten.

»Wenn es hilft«, sagte Celice, »Thane ist schwach. Wirklich schwach. Er setzt alles ein, was er hat, dafür. Er sagte, du wärst die Einzige, der er für diesen Teil vertrauen würde.«

»Hat er das gesagt?«

Celice blinzelte nicht, zuckte nicht mit den Schultern, schaute nicht weg. Geradeaus mit diesen kalten Augen. Cassidy wollte zusammenzucken, dass jemand anderes genauso beschädigt sein konnte wie sie selbst. Sie zog den Kaffee vom Abgrund zurück und stürzte ihn hinunter.

Sie würde es nie ohne Hilfe nach Norden zu ihrer Familie schaffen.

»Weißt du«, sagte Cassidy, als sie den ganzen Becher geleert hatte, »wir haben den Paragons nie vertraut. Nie. Das hier hilft nicht gerade.«

»Du musst mir nicht vertrauen. Wir brauchen nur, dass du tust, was wir sagen.«

»Wieder mal, das hilft nicht.«

Aber sie folgte Celice trotzdem die Straße hinunter. Fünf Blocks, während der Tag sich aufheizte. Ein wolkenloser Himmel gab der Sonne freie Bahn, und der Stern nutzte sie. Celice sprach nicht und Cassidy forderte sie nicht dazu auf. Die Einkaufsstraßen, die Labore für Fleisch und Gemüse, wechselten sich ab, bis sie sich zu einem Park ebneten. Grünfläche, alles gepflegt und bereit, genossen zu werden.

Cassidy zählte bereits fünf Kinder auf dem Spielplatz, Eltern jagten ihnen hinterher. Celice bog in den Park ein, hielt sich aber von den Familien fern. Stattdessen lenkte sie Cassidy zu einem leeren Feld.

»Kann nicht sagen, dass ich verstehe, was hier vor sich geht?«, sagte Cassidy.

»Warte«, erwiderte Celice. »Steh hier. Bleib ruhig. Es wird dir gut gehen.«

Celice legte ihre Hand auf Cassidys Schulter, als sie die Mitte des Feldes erreichten, nickte der Anomalie zu. Dann rannte sie. Ein Spurt, der keinen offensichtlichen Auslöser hatte, bis, bis ...

Verdammt.

Sie kamen schnell angeflogen, von allen Seiten. Drei Gladiatoren von oben, zwei Tracker-Drohnen von unten, die durch die Büsche brachen. Ihre Alarme heulten, warnten Fußgänger, zurückzubleiben. Cassidy spürte, wie die Leeren in ihre Fingerspitzen sprangen, als sie sich umdrehte und versuchte zu entscheiden, welche sie zuerst zerstören sollte.

»Ergib dich«, sagte ein Gladiator, als die Drohnen sich näherten, ihre weiß-orangenen Farbschemata völlig fehl am Platz in dem natürlichen Park.

Cassidy hätte die Drohne mit einer Leere in zwei Hälften spalten können, ja müssen. Sie zuckte mit dem Arm in diese Richtung, hielt aber inne. Sie schmeckte den Kaffee auf ihrer Zunge, hörte Celice in ihrem Kopf sprechen.

Warte, bleib ruhig. Thanes Plan.

Hinter den Drohnen bemerkte Cassidy die zuschauenden Kinder, ihre Eltern, die die Kleinkinder aufhoben und wegtrugen. Wenn sie jetzt gegen die Drohnen kämpfte, bestand die Möglichkeit, dass sie sterben würde. Dass sie diesen Kindern einen Anblick bescheren würde, den sie nie vergessen würden.

»Na schön«, sagte Cassidy. »Ihr wollt mich? Ihr kriegt mich.«

Sie kamen dann langsam näher, ihre Stahlklauen rissen das Gras auf. Die Verfolgerdrohnen und all ihre Beine glänzten, die großen Kakerlaken kamen immer näher. Ein Gladiator entschied sich, die Führung zu übernehmen, und als er auf einen Meter herangekommen war, drehte sich

Cassidy in seine Richtung und zeigte ihm mit beiden Händen einen wunderschönen doppelten Stinkefinger.

Sie spürte einen Stich, einen Schlag in ihren Rücken. Die Taubheit kam schnell, ihre Knie gaben im Nu nach. Immerhin bot ihr das Gras eine weiche Landung. Immerhin fühlte sie nicht, wie die Drohne sie aufhob.

Sie sah jedoch, während ihr Blickfeld sich zu einem Tunnel verengte, wie die panischen Eltern und ihre Schützlinge zu ihr zurückblickten. Auf diesen Gesichtern sah Cassidy keinen Hass.

Aber sie sah Angst, und die richtete sich nicht gegen sie.

KAPITEL 13

REVOLUTIONÄRE

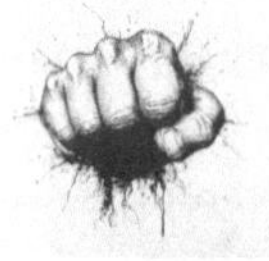

DER KALTE BASTARD SAH ZU, wie die Drohnen seine Freundin-Geliebte?-ohne ein Wort wegbrachten. Aegis, mit verschränkten Armen, erwiderte den Blick vom Restaurant auf der anderen Seite des Parks. Drinnen, hinter großen sonnenfangenden Fenstern, erkundeten die drei den Kaffee, warteten auf Eier und ließen einen Platz für Celice frei. Straßenkleidung war allgegenwärtig, kein Hauch von Paragon unter Thane, Zhan-Yo und Aegis. Der große Bösewicht selbst blieb dünn, ausgemergelt.

Thanes Rollstuhl stand in der Nähe des Eingangs, versteckt zwischen einem hohen Farn und einer gelangweilten Hostess.

»Ich habe ihr viel zugemutet«, sagte Thane schließlich und wandte seine scharfen, eingefallenen Augen wieder ihnen zu. »Sie hat alles gut gemeistert.«

»So nah an Reue und doch so weit davon entfernt«, erwiderte Aegis. »Als ob du wüsstest, was das Wort bedeutet.«

Die Fahrt zurück zu Pockets Versteck am Vorabend war eine geübte Übung in Schweigen gewesen. Samir hatte die Geschichte des Jets über die ganze Fahrt verteilt, was Aegis Gelegenheit gab, dem Piloten Fragen zu stellen und zu vermeiden, Thane zu bemerken. Kein Blick, kein Wort, kein Schulterklopfen für die Anomalie, die Aegis' Traum vielleicht retten könnte.

Denn hier sitzend und in dieser Kapsel fragte sich Aegis, ob ein Traum, der dies erforderte, es wert war, gerettet zu werden.

»Du würdest dasselbe tun und du weißt es«, sagte Thane. Seine Stimme klang zitternd, so trocken und schwach. Schwer zu verstehen, wie der Mann Aegis bei ihrem letzten Treffen besiegt hatte. »Du kannst die Welt nicht ohne Opfer verändern.«

»Große Worte vor dem Frühstück.« Aegis ließ seinen Blick durch das Restaurant schweifen, auf der Suche nach der Drohne, die die erste Runde bringen würde. Die Maschine war noch nicht aus der Küche gekommen, aber die anderen besetzten runden, mit Leinen gedeckten Plätze präsentierten Köstlichkeiten. »Aber hier sind wir nun.«

»Hier sind wir in der Tat«, sagte Zhan-Yo, stand auf und verbeugte sich kurz vor Celice, als die Frau den vierten Stuhl am Tisch einnahm. »Sind wir bereit aufzubrechen?«

»Habt ihr nicht gesehen, was passiert ist?«, fragte Celice, nahm ihre Baseballkappe ab und schüttelte ihr kurzes Haar aus. »Cassidy ist jetzt im Spiel.«

»Genauso wie mein Mitarbeiter«, sagte Zhan-Yo. »Es wird Zeit, dass wir uns selbst ins Spiel bringen.«

Aegis zeigte mit dem Finger auf Thane: »Er bleibt zu Hause. Egal was passiert.«

Der alte Mann widersprach nicht. Sagte gar nichts. Verschwand wieder in seinen eigenen Gedanken, erkundete Szenarien, die Aegis sich nicht vorstellen konnte, oder so etwas in der Art. Während all der Jahre, in denen sie Thane eingesperrt und weggedröhnt gehalten hatten, hatte Aegis gelernt, seine Abneigung für das gesprochene Wort aufzusparen, nicht für die stillen Momente.

»Er wird seinen Part spielen«, lächelte Zhan-Yo. »Jetzt ist nicht die Zeit für Groll, egal wie berechtigt er sein mag.«

Aegis grunzte, Celice verdrehte die Augen. Die Eier kamen, und das Quartett hielt sich beim Verschlingen des Frühstücks bedeckt. Sie kannten den Plan, verstanden, was als Nächstes kam.

Und man wusste nie, wer oder was vielleicht zuhörte.

Aegis ließ seine Hände über die Auswahl gleiten, die auf der gefleckten, laminierten blauen Theke ausgebreitet war. Eine Kaffeemaschine blubberte in der Nähe, ihre benachbarte Bagel-Box ein Kontrapunkt zu den Todesmaschinen, die kühl unter den Fingern des Champions lagen. Die Sonne kam von rechts herein, gedämpft durch heruntergelassene Jalousien, aber hell genug, um seine Tochter in ein gutes Licht zu rücken, während sie ihren eigenen Gürtel mit tödlichen Mitteln füllte.

»Das erste Mal gemeinsam im Einsatz«, sagte Celice und ließ ein Magazin in sein Fach klicken. Keine normalen Patronen hier - Kugeln waren schwer zu bekommen - stattdessen waren alle Magazine mit Inhalten für mechanischen Mord optimiert. »Kaum zu glauben.«

»Mein Fehler«, erwiderte Aegis. Er fand einen Schlagstock, dessen Spitze abgerundet und silbern war. Bereit, etwas Strom zu leiten. Er nahm ihn auf, drückte den Daumenschalter und spürte das Summen in der schwarzen Waffe. »Du bist schon lange bereit dafür.«

»Was lässt dich das sagen?«, grinste Celice, während sie drei Granaten an ihre Ausrüstung hängte. »War es, dass ich Zhan-Yo bis nach London verfolgt habe, dass ich ihn im direkten Kampf besiegt habe? Oder-«

»Schon davor«, sagte Aegis, und Celice bemerkte den Tonfall, beobachtete, wie Aegis den Schlagstock auf seinen Behalt-Stapel legte. »Als du Mynx nach Manhattan kommen ließest. Als du mit ihr zusammengearbeitet hast, um mich zu überzeugen, dass ich besser anfangen sollte, über die Zukunft nachzudenken.«

»Inwiefern macht mich das bereit für den Feldeinsatz?«

»Weil du darüber nachdenkst, was nach dem nächsten Schlag kommt«, antwortete Aegis. »Solange es Menschen gibt, werden wir uns gegenseitig wegen irgendetwas verprügeln. Es wird Gewinner und Verlierer geben, aber wenn du ein bisschen weiter vorausschauen kannst, wirst du öfter auf der Gewinnerseite stehen.«

»Für alle Zeiten kämpfen?« Celice seufzte. »Dad, du weißt, wie man einen schönen Moment nimmt und ihn sauer macht.«

»Vielleicht bin ich jetzt so. Sauer.«

»Ich würde es bitter nennen. Genau. Du bist ein verbitterter alter Mann.«

Aegis verzog den Mund zu einem schiefen Lächeln, sah zu Celice hinüber und winkte mit einem zweiten Schlagstock in ihre Richtung: »Pass auf, sonst gibt dir dieser verbitterte alte Mann noch eine Lektion.«

Celice streckte ihre Arme über den Kopf: »Eine Lektion in was? Griesgrämigkeit?«

Der Schlagstock flog schnell, als Aegis ihn warf, wirbelte hart auf Celices Bauch zu. Sie fing ihn, rollte sich mit der Bewegung vom Stuhl und kam stehend hoch, den Schlagstock auf ihren Vater gerichtet.

»Siehst du? Ich lasse auch nie meine Deckung fallen«, sagte Celice. »All deine Sprüche, deine Lektionen. Ich habe zugehört.«

»Das sehe ich.« Aegis nickte. »Du bist bereit.«

»Bist du es?« Celice runzelte die Stirn, kam zur Theke und gab den Schlagstock zurück. »Ich weiß, dass Mila dich zusammengeflickt hat, dass du diese Maschinen verprügelt hast, aber du hast die Fabrik schon einmal versucht.«

Dreimal. Zuerst, als sie es endlich von London nach LA

geschafft hatten, über Reisen quer durch das Land, stürmte Aegis in diese Richtung los. Er hatte sich durch einen Gladiator geschlagen, bevor er merkte, dass zwei Dutzend weitere in seinem Weg standen, bevor er erkannte, dass selbst er bei diesem Versuch im Alleingang k.o. geschlagen werden würde.

Der zweite Versuch kam koordiniert. Ein vielfältiger Angriff, bei dem sich LAs Paragonen und Elementale zu einem großen Überfall zusammenschlossen. Sie hatten die Feuerkraft, aber die falsche Strategie. Eine große Streitmacht, die anrückte und Genugtuung forderte, mit alarmierter Presse, um Zirans Untergang zu präsentieren, nur um von allen Seiten von Maschinen und Zirans menschlichen Kommandos angegriffen zu werden. Ein drastischer Rückzug, zu viele Anomalien gefangen oder getötet.

Danach war es für einen Monat still geworden. Aegis und die anderen leckten ihre Wunden, suchten weltweit nach Unterstützung. Zhan-Yo baute sein Untergrundnetzwerk wieder auf und fand sympathische Normale, die kein Gemetzel als Ersatz für die Paragonenherrschaft wollten. Diese Realität drängte Aegis zum dritten Versuch.

Denn wenn Zhan-Yo alle für seine Sache gewinnen würde, wenn der Mann, der ein Stadion in die Luft gesprengt hatte, es schaffen würde, eine weltbefreiende, kriegsbeendende Mission zu organisieren, dann hätte Aegis keine Chance mehr, die Dinge wieder in Ordnung zu bringen. Die Paragonen wären am Ende. Für immer erledigt.

Also hatte er seine loyale Crew gefunden, eine kleine Einsatztruppe von zehn Anomalien. Sie waren tief in der Nacht aus Pockets Dimension geschlüpft, hatten sich mit einer Fähigkeit den ganzen Weg bis zu Mynx' altem Haus an der Küste gegraben. Die Vordertür umgangen, direkt auf diese Treppe zugesteuert, bereit loszulegen.

Und fanden zu viel Metall, das auf sie wartete.

Das war der schlimmste Versuch gewesen. Die Verfolgungsdrohnen, die aus dem Sand zu ihren Füßen hervorbrachen, die Gladiatoren, die sich über den Klippen erhoben. Sie wussten, dass sie erledigt waren, bevor der Kampf überhaupt begann. Aegis rief zur Evakuierung auf, und sieben schafften es.

Seitdem hatte er sich ruhig verhalten und die panischen Stimmen jedes Mal unterdrückt, wenn sie sich meldeten, um zu sagen, dass er versagt hätte.

»Sie machte jeden Tag ein bisschen mehr«, sagte Aegis. Er hatte in diesem Bottich gesessen, schwebend in Chemikalien. Überall juckte es, während die Enzyme, Proteine, was auch immer, ihre Arbeit taten. »Sie kam runter, gab mir, was sie erübrigen konnte. Reeves schickte eine Drohne mit ihr runter, um Mila zurückzubringen, wenn sie fertig war.«

»Wusste nicht, dass jemand so schwer verletzt sein und trotzdem leben kann.«

»Es war nicht mein Körper, der am längsten brauchte. Mein Verstand, Celice. Mila hat nicht nur meine Knochen wieder zusammengesetzt, sondern auch mein Gehirn gefunden, sauerstoffarm und zerschlagen, und es wieder zusammengesetzt. Millionen von Synapsen.«

Aegis stützte seine Handflächen auf die Theke. Mila war auch verschwunden. Verschwunden mit Mynx. Alle nahmen an, dass die beiden Champions in der Fabrik versteckt waren.

»Bist du sicher, dass du so viele hast?«, fragte Celice, neigte den Kopf und hob eine Augenbraue.

»Hey.«

»Du steckst viele Schläge ein, Papa. Die Beweise sind düster.«

Kopfschüttelnd stieß sich Aegis zurück und ging in Richtung Wohnzimmer des Apartments. »Hör auf, auf einfache Ziele zu schießen, und mach dich fertig. Das hier ist es.«

Zhan-Yo stimmte zu, als Aegis ihm dasselbe sagte. Trotz seiner Frühstückskommentare hatte der Kämpfer, Bombenleger, Mörder und Anführer seine beiden Tachi auf dem Bett ausgebreitet. Aegis fixierte die Klingen und spürte die schneidende, rückgratzerreißende Schneide, als ob eine in seinen Rücken gestoßen würde. Das war in Chicagos dunklem Untergrund gewesen, in irgendeiner schmutzbedeckten Unterstation. Ein Hinterhalt mit Verrätern und-

»Bist du konzentriert?«, fragte Zhan-Yo und zog einen Verband um sein rechtes Handgelenk fest.

»Konzentriert?«, fragte Aegis. »Woran zum Teufel sollte ich sonst denken?«

»An Thane, zum Beispiel.«

»Vielleicht bist du es. Vielleicht bin ich abgelenkt, weil der Typ, der mir in den Rücken gestochen hat, mir Befehle gibt.«

Zhan-Yo nickte: »Ich tat, was ich für richtig hielt. Genauso wie du, als du die Paragonen geformt und die Freiheit meiner Familie zerstört hast.«

Ein altes Brodeln stieg in Aegis' Kehle auf. Die Hitze schoss ihm in die Wangen, und er spürte, wusste, dass der Streit kommen würde. Die Argumente darüber, wie Sicherheit und Wohlstand einige Opfer erforderten. Die Paragonen hatten Beweise dafür, wie viel besser die Welt unter der Führung der Champions lief, und warum konnte das nicht jeder sehen, und ...

»Der Unterschied zwischen dir und mir ist, dass wir die Mittel und den Willen hatten, es so lange zu versuchen, bis wir unseren Willen durchgesetzt haben«, sagte Aegis.

»Und zur Hölle mit jedem, der versuchte, uns aufzuhalten.«

Aegis gesellte sich zu Zhan-Yo am Fenster. Das Apartment war in einen riesigen Komplex eingebettet, einer von mehreren, die mit Beziehungen und ein wenig Nachhelfen gesichert worden waren.

»Ganz am Anfang, vor all dem«, sagte Aegis, »dienten die meisten Champions ihren Ländern. Sie wurden eingezogen, Marker, um zu zeigen, dass diese oder jene Nation die neueste Superwaffe hatte.«

»Ich weiß. Ich habe es erlebt. Ich wachte jeden Tag auf und

erwartete, dass einer von euch oder ein Land mit Abneigung gegen die Welt beschließen würde, dass es sich nicht lohnte, sie zu erhalten.«

»Dann bist du genauso paranoid wie ich.«

»Du hast uns einen Weg nach vorn gezeigt«, sagte Zhan-Yo, was einen neugierigen Blick hervorrief. »Wir tappten ideenlos umher, als Anomalien auftauchten, und dann kamst du mit der Lösung, wenn auch einer unvollkommenen.«

»Unvollkommen?«

»Ausgrenzungen schaffen Klassen, die sich schließlich gegeneinander wenden. Behalte deine Tracker, deine Paragonen, deine Anreize für Anomalien, einen stabilen Weg statt eines katastrophalen zu wählen. Aber gib uns einen Platz, etwas Macht und einen Zweck.«

»Du meinst Normale wie Wexley.«

»Du hast bereits Anomalien wie Thane.« Zhan-Yo deutete nach draußen, wo die Drohnen vorbeiflogen. »Wexley ist klug, stark und von der Welt verdreht, die du und ich mitgeschaffen haben. Wir-«

»Bitte sag nicht, wir können ihn retten. Das funktioniert nicht. Nicht, wenn es so weit gekommen ist. Ich habe seinen Typ schon gesehen. Er wird eher sterben, als aufzugeben.«

»Vielleicht, aber lass das seine Entscheidung sein, nicht unsere.«

Stunden später setzte die Kapsel sie oben im Tal ab. Ein Quartett. Aegis, Celice, Zhan-Yo und Particle. Drei Agenten und ihr Hammer. Alle hatten schmale Rucksäcke, ihre Gürtel waren mit allem Möglichen beladen.

Der Abend brach herein und verwandelte den blonden Sand und die Felsen in violett-orange Wellen. Gestrüpp knisterte im spröden Wind wie die Steine unter ihren Stiefeln. Ein Kojote bellte, nur gehört und nie gesehen. Aegis suchte nach Schlangen, fand keine.

Celice hatte eben besondere Ängste.

Particle übernahm die Führung, schritt ohne Fanfaren

los, nachdem ein Nicken von Aegis die Mission in den aktiven Zustand versetzt hatte. Zhan-Yos letzte Nachricht bestätigte, dass alles bereit war. Sein As, der in Chicago, hatte sich eine Weile nicht gemeldet, aber Zhan-Yo hatte Vertrauen. Das Ziel wusste, was zu tun war, würde die Mission ausführen.

Aegis stellte fest, dass ihm die Einzelheiten ziemlich egal waren. Noch einen Versuch auf die Fabrik, auf Wexley zu bekommen, würde reichen.

»Schnürsenkel, Papa«, sagte Celice, und Aegis blickte auf seine Stiefel. Der linke hing lose, die Schnüre schlängelten sich über den dünnen Asphalt. »Ich glaube nicht, dass wir dich stolpern sehen wollen, wenn der Kampf beginnt.«

Abgelenkt. Keine Entschuldigung.

»Vielleicht haben wir Glück.« Zhan-Yo beobachtete, wie Aegis den Stiefel zuschnürte. »Vielleicht erhalten alle Drohnen gerade ein Update, wenn wir ankommen.«

»Hoffnung und Realität sind zwei verschiedene Dinge«, sagte Aegis und schloss zu den anderen beiden auf, um Particle zu folgen. Die Fußabdrücke der Anomalie waren deutlich im Schmutz zu sehen, über und um Zweige und knisternde Büsche herum. Nicht ein einziges war gestört. »Wexley wird uns Mynx nicht ohne etwas Spaß retten lassen.«

»Wir könnten rennen.« Zhan-Yo spielte die Szene durch, joggte an Aegis vorbei, bevor er sich mit einem geschmeidigen Grinsen umdrehte. »Einfach an den Drohnen vorbei sprinten, bis wir zu den Champions kommen. Du weißt doch, wie man rennt, oder, Aegis?«

»Von dir gelernt«, erwiderte Aegis. »Wie oft haben sie dich in Chicago gefunden?«

»Hey«, unterbrach Celice sie beim Gehen. »Muss ich Jung-spund euch beide wirklich daran erinnern, erwachsen zu sein?«

»Das ist das Geheimnis«, lachte Zhan-Yo. »Je älter du

wirst, desto jünger darfst du dich benehmen. Keiner wird dir was anderes sagen.«

Sogar Aegis musste darüber schmunzeln, obwohl er nicht zustimmte. Während Milas Arbeit die Kugeln, die Prellungen und die gebrochenen Knochen, die ihn zusammenhielten, repariert hatte, wusste Aegis noch nicht, wie lange ihre Arbeit anhalten würde. Welches Feuergefecht, welcher Faustschlag oder welches Messer würde sein erneuertes Selbst durchdringen und ihm ein endgültigeres Ende bereiten.

»Okay, Z«, sagte Aegis mit einem übertriebenen Schnaufen. »Du gewinnst diesmal. Wenn die Drohnen uns verfolgen, rennen wir.« Er hob einen Finger, dessen Haut im schwindenden Licht fast glühte. »Du bleibst besser dicht bei mir, wenn das passiert, denn ich komme nicht zurück, um dich zu holen.«

»Gesprochen wie ein wahrer Champion des Volkes.«

Aegis blieb stehen, seine Fäuste waren kampfbereit. Zhan-Yo schien die Bewegung zu spüren und drehte sich um. Die Falten des älteren Mannes, die lachenden Augen und die Zigarette, die aus Z's Mund hing, nahmen die Schärfe ein wenig. Trotzdem hatte er Aegis in den Rücken gestochen.

Hatte immer noch ein Stadion voller Unschuldiger in die Luft gesprengt.

»Weißt du«, sagte Aegis, »ich fange an zu glauben, dass du nicht mehr nötig bist.«

Celice, zwischen den beiden, ließ ihre Augen hin und her wandern. Sie hätte vielleicht etwas gesagt, aber Aegis ignorierte es. Das war nicht ihr Kampf.

»Und ich wünschte, du wärst tot geblieben«, erwiderte Zhan-Yo.

Aegis machte einen Schritt nach vorne, sein Stiefel knirschte in den festgetretenen Schmutz. »Wenn ich Gatetes Party in London nicht gesprengt hätte, wäre dein Kopf auf einem Spieß.«

»Dann müsste ich dir wenigstens nicht zuhören.« Zhan-Yo

griff nach hinten und legte eine Hand auf den Griff seines Tachi. »Was für ein Wunder du doch bist, Aegis. So mächtig und so kurzsichtig.«

»Rate mal, was davon jetzt für dich wichtig wird.«

Noch ein Schritt. Celice stellte sich Aegis in den Weg und schrie beide an aufzuhören. Aegis schob sich an ihr vorbei - er würde Celice nie verletzen, niemals, aber sie würde das hier nicht aufhalten. Zhan-Yo ließ die Hand von der Klinge sinken, winkte Aegis kurz zu und rannte los.

Der Champion nahm die Verfolgung auf.

Immerhin floh Zhan-Yo in Richtung der Fabrik. Aegis konnte wohlverdiente Gerechtigkeit üben und trotzdem die Hauptmission erfüllen.

Es war ein wunderschöner Tag für einen Lauf.

KAPITEL 14
TESTSUBJEKT

DIE DROHNE HIELT MEHRMALS während der Nacht und am nächsten Morgen an und ließ Kat jedes Mal aus ihren großen Armen in einen umzäunten Bereich. Oberlichter blendeten die Sterne aus, während andere Drohnen zusahen, wie Kat Wasser, Toiletten und andere Gefangene wie sie fand. Ihre Spürinstinkte liefen auf Hochtouren, als Kat Gesichter erfasste, leere Blicke, während die anderen im Dreck standen oder lagen. Selbst ohne ihre Fähigkeiten – obwohl einige unnatürliche Narben als Beweis trugen – machten sich die Anomalien durch ihren Zustand bemerkbar: Alle waren sediert.

Die Maschinen ließen Kat in Ruhe, außer wenn ihr auserwählter Gladiator, derselbe, der sie den ganzen Weg von Nebraska hierher geflogen hatte, wieder auf der Bildfläche auftauchte. Mit aufgeladenen Batterien ragte die Drohne über Kat auf, bevor sie ihre Lichter aufblitzen ließ und ihren Arm ausstreckte. Eine weitere Etappe durch die kühle Luft.

Calvins Name flüsterte ständig in ihren Ohren, während Kat bei jedem Halt ihren Tama und die Funktionen ihres Anzugs überprüfte. Diese verrieten ihr, dass der Kurs der Drohne weiter westwärts zur Fabrik führte. Jeder wusste, dass gefangene Anomalien in ein großes Lager in dieser Richtung gebracht wurden. Ein Lager, das genau auf Kats vorhergesehener Route zu liegen schien.

Warum also versuchen auszubrechen? Kat würde für ihre Mühen von Drohnenfeuer durchsiebt werden, und selbst wenn ihr die Flucht glücken sollte, wäre sie nirgendwo mit nichts. Vielleicht wären ihre Motivationen anders, wenn sie Menschen hätte, zu denen sie zurückkehren könnte, wenn sie eine Sache hätte, der sie sich wieder anschließen könnte.

Weed und seine Crew beobachteten Seeker. Gordon folgte ihr wahrscheinlich jetzt nach Westen, sein Pod kroch entlang der Highways. Keiner von ihnen brauchte eine verletzte, verfolgte Kat, die sich abmühte.

Also kletterte Kat auf den Arm der Drohne, als diese ihn ihr anbot. Sie tat ihr Bestes, um eine bequeme Position zu finden, um sich in die Stahlfalte zu kuscheln. Ein paar Stunden Schlaf schlichen sich in die Ritzen der Reise, bis sie schließlich von der leuchtenden Sonne und dem Glitzern des Ozeans am Horizont unterbrochen wurden.

Kalifornien.

Unter ihr, hinter dünnen Mauern verschanzt, die in Eile errichtet worden waren, machte Zirans Anomalie-Lager seinen gerasterten, effizienten Eindruck. In ein Tal gequetscht, schmiegte sich das Lager zwischen zwei beigefarbene Hügel, mit einem sanft fließenden Ausgang in Richtung Ozean und einem anderen an der Vorderseite, der einen überfüllten Straßenzugang bot. Als Kats Drohne einflog, zählte sie zahlreiche Pods auf diesen Straßen, die Menschen in Zirans leicht zu erkennenden orange-weißen Uniformen ein- und aussteigen ließen.

Andere Drohnen bemerkten Kats Annäherung, kleinere Maschinen schwärmten am Himmel. Drei zogen neben Kats Träger auf, jede richtete ein olivgrünes Licht auf sie. Kat funkelte sie böse an und streckte der letzten die Zunge raus. Sie piepsten, als sie ihr Bild erfassten, dann formierten sich die drei zu einer Linie und steuerten auf die rechte Seite des Lagers zu. Kats Gladiator folgte.

Gerüste waren im weiß-orangen Lager allgegenwärtig, permanente Strukturen lösten den Planen-und-Pfähle-Ansatz ab, der Zirans Idee von der Konzeption zur Realität gebracht hatte. Die linke Seite des Lagers, eingebettet in diesen Hügel, hatte die größten Gebäude. Eines, bereits fertiggestellt, ragte mit vier Stockwerken über alles andere hinaus.

Das große Z, das auf seinem Dach eingraviert war, grell orange auf weißen Fliesen, wäre ein großartiges Ziel für etwas Spucke gewesen, wenn Kats Drohne sie näher herangeflogen hätte.

Festgetretene Erdpfade bahnten den Weg zwischen kleineren Strukturen, einschließlich großer Zeltplanen, wo Kat sich vorstellte, wie ihre Anomalie-Partner ihre Nächte verbrachten. Dieselben Anomalien verstopften jetzt die Wege, von Ziran-Wachen mit funkelnden Elektroschockern vorangetrieben. Gladiator-Drohnen standen an verschiedenen Punkten und scannten die Menge nach Anomalien, die glaubten, ihre Kräfte einsetzen zu können.

Keine tat es.

Mehr Beruhigungsmittel oder Resignation angesichts unmöglicher Chancen?

Der Gladiator ließ sich auf einem kreisförmigen Fleck nieder, nachdem er den kleinen Drohnen gefolgt war. Der Fleck lag zwischen zwei großen Zelten, eines mit A, das andere mit B in diesen großen orangen Buchstaben beschriftet. Stilisiert, natürlich, in Zirans geschwungener moderner Schriftart.

Diese Typen waren nie bereit, einfach nur basic zu sein.

Kat stieg vom Arm der Drohne, ließ ihre Maske über ihrem Gesicht. Das Display bestätigte die milden Temperaturen, ihren eigenen knurrenden Magen und dass der Anzug selbst seine Fähigkeiten nach dem Kampf in Nebraska behalten hatte. Kat hatte einige Zwischenstopps damit verbracht, an den Gelenken herumzufummeln und Ascheflecken vom Restaurantbrand abzuwischen. Die zuschauenden Drohnen kümmerte das damals nicht, und nach der Art, wie keine Maschine jetzt auf sie zukam, blieb diese Apathie bestehen.

»Du!« Ein echter, menschlicher Jemand rief in Kats Richtung, und sie sah die bewaffnete und gepanzerte Frau, die sich näherte. »Bleib genau da, wo du bist.« Die Wache blickte zur Gladiator-Drohne hoch, die große Maschine stand still. »Sedierungsstatus?«

»Negativ«, antwortete der Gladiator. »Ziel ist keine Anomalie.«

Die Wache starrte die Drohne an. Maschinen waren nicht die einzigen Dinge, die einfroren, wenn ihre Programmierung versagte. Kat sprang durch ihre eigenen geistigen Reifen: Sie war in Zirans Anomalie-Lager angekommen, aber sie war keine Anomalie. Ein normaler Mensch, der an einen Ort stolperte, an den er nicht gehörte, besonders einen wie diesen, endete in der Regel tot.

Nicht gut.

»Sie irrt sich«, sagte Kat. »Ich hab mich mit anderen Anomalien versteckt. Ich meine nur … « Kat blickte an sich herunter, ließ die Maske zurückweichen, damit die Wache, jetzt neugierig, ihr Gesicht sehen konnte. »Meine Kraft ist nicht besonders. Ich benutze sie nicht.«

Die Wächterin, die den knisternden Schlagstock auf Kat richtete, als wolle sie ihn für einen Staffellauf übergeben, schritt auf die Verfolgerin zu. Das Gesicht der Frau, sichtbar hinter dem orangegetönten Visier, verriet, dass sie alt genug war, um Kats Mutter zu sein. Faltige Augen voller Misstrauen, der Mund zu einem schmalen Strich verzogen.

»Zeig es mir«, sagte die Wächterin. »Beweis, dass die Maschine sich irrt.«

Zeig mir, was du kannst.

Kat hörte die Worte auf einem Feld. Das Gras, dem man

erlaubt hatte zu wachsen, reichte ihr über die Schienbeine. Die Luft vier Meter um sie herum in jede Richtung schimmerte, ein Effekt, der von dem Paragon herrührte, der fünf Meter vor ihr stand. Der Paragon hatte die Augen geschlossen, die blau-weiße Uniform strahlend. Ein kleiner Tisch stand zu ihrer Linken, bedeckt mit Softdrinks und Snacks.

Auf der anderen Seite des Tisches saß ein weiterer Paragon, gelangweilt, aber mit erhobenem Tama. Das Haar des Mannes stand wirr ab, ein Detail, von dem Kat nicht verstand, warum sie sich daran erinnerte, außer dass sie sich auf etwas konzentrieren musste, sich an etwas festhalten musste, während ihre Träume auf die Probe gestellt wurden.

»Ich kann nicht«, sagte Kat. »Ich weiß nicht wie.«

Ihre Eltern hatten ihr gesagt, eine Fähigkeit würde ganz natürlich kommen. Sie würde es fühlen, wie einen neuen Arm, eine neue Hand. Sie war an ihrem dreizehnten Geburtstag atemlos aufgewacht, wartend. Jetzt, eine Woche später, fühlte sie immer noch nichts.

»Das ist in Ordnung«, sagte der sitzende Paragon. »Denk dran, neunundneunzig Prozent sind Normale. Wir müssen nur bestätigen, dass es nicht latent ist.« Der Mann holte Luft, blickte zum anderen Paragon hinüber. »Führe die Tests durch.«

Das schimmernde Licht intensivierte sich, verwischte alles außer dem Gras zu Kats Füßen. Die Paragons, der blaue Himmel verschwammen. Sie hatte davon gehört, es zu Beginn des Jahres in der Aula der Schule präsentiert gesehen. Dies würde der entscheidende Moment sein.

Kat schloss die Augen, ballte die Fäuste, holte tief Luft und *hoffte*.

Zuerst kam ein elektrischer Schock. Dann ein durchdringender Schrei. Etwas stach ihr ins Bein, während ihre linke Hand taub wurde, als wäre sie mit Eis überzogen. Eine Million winziger Beine krochen über ihre Kopfhaut. Und obwohl Kat die Augen fest geschlossen hielt, konnte sie plötzlich sehen, wie ihre Familie von einer schattenhaften Gestalt mit vorgehaltener Waffe festgehalten wurde. Ihr Vater rief Kat zu, sie zu retten, das zu tun, von dem sie wusste, dass sie es konnte.

Nichts geschah. Nichts veränderte sich. Als die Sitzung endete, nahm Kat das angebotene Wasser, Süßigkeiten und einen Aufkleber mit dem blauen P der Paragons und den Worten *Ich wurde getestet* in fröhlichem Rot entgegen. Sie wartete zwanzig Minuten lang auf einem Stuhl mit anderen Kindern wie ihr, beobachtet von der Schulkrankenschwester und einer medizinischen Drohne wegen möglicher Nebenwirkungen.

Kats Zukunft floss in den großen Strom der Normalität. Keine Kräfte, kein Paragon-Leben an der Seite ihrer Eltern. Als die Krankenschwester ihr sagte, sie könne gehen, ging Kat zum Matheunterricht, wie alle anderen in ihrer Klassenstufe.

Kat trat nach der Wächterin. Traf deren rechtes Schienbein mit genug Kraft, um die Wächterin auf die Knie rutschen zu lassen. Die Verfolgerin fing den schwankenden Schlagstock der Wächterin mit beiden Händen auf, bog die Waffe und das Handgelenk der Wächterin so, dass das flackernde Ende des Schlagstocks im Helm der Frau landete. Funken zitterten, sprangen über die weiße Rüstung, und die Wächterin brach zusammen.

Die Pfeile bohrten sich in Kats Schultern, noch während die Wächterin fiel. Einer, zwei und ein dritter in ihren unteren Rücken, als die zuschauenden Drohnen in Aktion sprangen. Die Betäubungsmittel wirkten hart und schnell, und Kat schaffte es nicht einmal einen Schritt, bevor sie ihrer Wächterin in den Staub folgte.

Nur um dann nach vorne gezogen zu werden, andere Wächter kamen und zogen Kats Maske ab. Sie spürte einen anderen Stich in ihrem Nacken, einen Schub, der gegen den betäubenden Schlaf ankämpfte.

»Werd uns jetzt nicht ohnmächtig«, brummte eine härtere Stimme. »Nicht nach so einer Show.«

»Die Temperamentvollen bekommen eine Expressbehandlung«, zwitscherte eine andere Frau, jünger und mit hoher Stimme. »Die Dritte diese Woche, stimmt's, Terry?«

»Unsere Schichten kriegen immer die Guten«, stimmte der Mann – Terry? – zu, während er Kat wieder auf die Beine hob, nicht dass sie stehen konnte. Die Frau schob sich unter Kats linke Schulter, während Terry seinen Platz unter ihrer rechten einnahm. »Die Leute reden immer von Ruhe und Frieden, aber wo bleibt da der Spaß?«

Kat blinzelte, eine langsame, mühsame Angelegenheit, die durch zwei rollende medizinische Drohnen, jeweils einen Meter hoch, aufgepeppt wurde, die an ihrem Trio vorbei zur am Boden liegenden Wächterin sausten. Vor-Ort-Leistungen für das Team.

Die Wächter trugen Kat weg von den großen Zelten, in Richtung des größeren, fertigen Gebäudes auf der anderen Seite des Lagers. Auf ihre Rufe hin machten die Wächter Platz in den sich schlängelnden Anomalie-Reihen und zogen gelegentliche Blicke und wenig mehr von den Leuten mit Kräften auf sich. Kat versuchte, nach Calvin Ausschau zu halten, aber in der uniformierten Masse, mit der blendenden Sonne, schienen alle gleich auszusehen.

Seltsam, getragen zu werden, während man taub ist. Kat konnte durch den Luftzug in ihrem Gesicht spüren, dass sie sich bewegte, aber ansonsten schien es, als würde sie über das Lager schweben. Ein Geist am helllichten Tag, der niemanden heimsuchte, nichts erschreckte. Und wie ein Geist ging sie auf ihre eigene Art hinein.

Das Gebäude mit dem großen orangen Z auf der Vorderseite ragte hoch auf, sein Eingang in Reihen aufgeteilt, die von marschierenden Anomalien dominiert wurden. Wächter und Drohnen ragten mit gelangweiltem Desinteresse über ihre Untertanen, entweder faul oder zuversichtlich in ihre

Betäubungsmittel. Kat hatte nicht viel Gelegenheit zu entscheiden, was davon zutraf, bevor ihre Entführer sie am Ende der linken Reihe hatten und direkt zu einem gläsernen Vordach abbogen.

Ein Mann mit Brille lehnte sich in einem billigen schwarzen Bürostuhl zurück, der auf billigem grauen Fliesen stand. Hinter ihm warteten die hellen Korridore des Gebäudes, in denen es von Anomalien wimmelte, die in verschiedene Räume geschoben wurden. Kat fand sich gegen einen weißen Schreibtisch mit orangefarbener Zierleiste gedrückt. Bilder und Worte in einem blau-weißen Farbschema sprangen vom Schreibtisch auf und schwebten vor ihren Augen.

»Wir haben eine Neue für dich«, sagte Terry. »Sie ist temperamentvoll.«

»Was soll ich mit ihr machen?«, fragte der Brillenträger und hob seine sehr buschigen Augenbrauen über seine Brille. »Siehst du eine Lücke? Gibt es keine Schlange hinter euch, die ihr ohne jede Notwendigkeit übergangen habt?«

»Sie hat Sarah geschlagen«, sagte die Frau, die Kats rechte Schulter hielt. »Sie ist gefährlich.«

»Glaubst du, das könnte daran liegen, dass sie all diese Ausrüstung trägt?« Der Brillenträger musterte Kat. Der Blick, zunächst eine beiläufige Betrachtung wie jemand, der einen unpassenden Garten begutachtet, wurde schärfer. »Warte. Ich glaube, ich erkenne diese hier.« Der Mann beugte sich in seinem Stuhl vor, wedelte die Bildschirme mit seinen Händen weg. »Wie heißt du?«

Als Kat nicht sofort antwortete, warf der Mann den beiden Wachen einen finsteren Blick zu. »Sagt mir nicht, dass sie so sediert ist, dass sie nutzlos ist?«

»So sind die Regeln«, sagte Terry, während er Kat unter seiner Schulter im Gleichgewicht hielt. »Anomalien machen Ärger, sie werden ruhiggestellt.«

»Außer, dass sie keine Anomalie ist«, erwiderte Brillenträger. »Rhimes hat sie markiert, und Adriana hat es genehmigt. Sie bekommt den Unterdrücker.«

Was zur Hölle war der Unterdrücker? Kat versuchte, nicht den Anschein zu erwecken, als würde sie zuhören oder als würde es sie interessieren. Das war nicht schwer vorzutäuschen, wenn ihr Körper nur schlafen wollte, am liebsten gleich hier und jetzt.

»Du hast gerade gesagt, sie sei keine Anomalie? Warum bekommt sie das dann?«, fragte Terry, und Kat dankte dem Wächter im Stillen dafür, dass er ihr Problem löste.

»Terry, ist es dein Job, Fragen zu stellen?«, sagte Brillenträger und setzte das selbstgefällige Grinsen auf, das überall kostenlos mit Autoritätspositionen zu kommen schien. »Oder ist es dein Job, Befehle zu befolgen?«

Terry schlüpfte unter Kats Arm hervor und ließ sie zur Seite taumeln. Die Frau griff um Kats Taille und stabilisierte die Verfolgerin. Kat sah, wie Terry eine bestimmte Geste mit einer Hand machte, bevor er sich umdrehte und davonging, während er etwas murmelte und der Mann mit der Brille lachte.

»Raum drei ist bereit«, sagte Brillenträger und wandte sich Kats einziger Helferin zu. »Bring sie rein, schließ sie ein.«

Die Nebenwirkungen sollten minimal sein. Die Injektion würde bei der Verabreichung etwas stechen. Hatte sie noch Fragen?

Die Maschine, eine schlanke medizinische Drohne, stand auf ihren Rädern in Kats schockweißer Zelle. Kat, deren Arme und Beine mit dünnem Plastik zusammengebunden waren, blickte vom Boden zu dem zwei Meter großen Computer auf. Von außen sah die Drohne aus, als hätte jemand mit einem Messer seltsame Muster in ihre matteorangefarbene Beschichtung geritzt - Ziran-gebrandmarkt, natürlich. Die Linien bildeten kleine Abschnitte, die je nach Bedarf der Drohne aus- und einfahren konnten.

Und jetzt brauchte sie dringend eine grünlich-gelbe Flüssigkeit in Kat zu injizieren. Die Spritze mit ihrer langen Nadel fuhr aus einem dieser linierten Abschnitte aus, zielte auf Kat und wartete auf ihre Zustimmung, bevor sie hinabsank.

»Ich kann es übersteuern, wenn du nicht Ja sagst«, meinte Brillenträger. Er zeigte ein persönliches Interesse an Kats Wohlergehen, seit sie an seinem Schreibtisch aufgetaucht war.

»Werd ich nicht«, sagte Kat, die Worte kamen matschig heraus.

Ihr Hals hatte sich nicht viel erholt, und alles darunter schien noch immer abgetrennt. Kat hatte ihren Kopf, ihre Augen und ihre Ohren und sonst nichts. Wie in einem Traum, und Kat hätte nichts dagegen gehabt aufzuwachen.

»Bitte bestätigen Sie«, wiederholte die Drohne. »Ich kann ohne Ihre ausdrückliche Zustimmung nicht fortfahren.«

Die Paragons und ihre Gesetze. Anscheinend hatte Ziran es noch nicht für nötig befunden, alle medizinischen Roboter umzuprogrammieren. Zweifellos würden sie es tun. Wexley würde die Bots wahrscheinlich dazu bringen, allen Patienten einen neuen Tama-Plan mit Ziran als Teil jeder Prozedur anzubieten.

»Kat«, sagte Brillenträger. »Die Zeit läuft.«

Kat sagte dem Mann, er solle etwas Erfreuliches mit sich selbst anstellen.

»Gut.« Brillenträger zuckte mit den Schultern und gab der Drohne die Übersteuerung. »Wenn du es so willst.«

Der Stich kam ohne Umschweife. Ein schneller Piks, die Nadel drin, die Flüssigkeit folgte, dann wieder raus, wobei ein Blutstropfen Kats Arm hinunterlief. Eine andere Klappe an der Drohne öffnete sich und brachte ein winziges weißes Pflaster zum Vorschein. Die Drohne wischte den roten Tropfen ab und schob das Pflaster hoch, um die Injektionsstelle abzudecken. Der Metallarm der Maschine, ein verchromter Stab, drückte das Pflaster auf Kats Haut, damit es haftete.

Während des ganzen Vorgangs keimte in Kat Hoffnung

auf: Sie konnte es spüren. Den Stich, den Druck des Pflasters. Die betäubenden Treffer, die sie erhalten hatte, ließen nach. Die Fesseln um ihre Füße und Hände saßen locker, eine nachlässige Fesselung von Wachen, die zu sehr an Sedierung gewöhnt waren, um auf die Technik zu achten. Es würde schwierig sein, sie abzuschütteln, aber nicht unmöglich.

Ideen.

Die medizinische Drohne zog sich zurück und verschwand durch die Tür des Raumes. Brillenträger blieb, wo er war, und beobachtete Kat durch das Fenster.

»Wie schnell wirkt das?«, fragte Kat.

»Jeden Moment«, sagte Brillenträger.

»Jeden Moment?« Kat hielt ihre Stimme dick und schläfrig.

Sie schickte ein paar Testbewegungen zu ihren Beinen, zu ihren Fingern. Fand wartende Nerven, die zuckten. Fingerspitzen berührten sich, Zehen krümmten sich. Bizepse zogen sich zusammen. Die Bewegungen kamen mit Verzögerungen, langsamer und schwächer, als Kat es gerne hätte.

Aber damit konnte sie arbeiten.

Kat ließ ihren Mund offen stehen, etwas Speichel entwich, als sie ihren Kopf nach vorne fallen ließ, um ihn auf dem harten Boden ruhen zu lassen. Ihre Arme und Beine erschlafften. Ihr zusammengebundenes Haar fiel ihr über den Kopf.

»Kat?«, fragte Brillenträger. »Geht es dir gut?«

Kat murmelte etwas zurück. Zufällige Geräusche. Sanfter Unsinn.

»Was fühlst du?«

Diesmal ein Grunzen. Eines, das am Ende verklang. Kat ließ einen Krampf durch ihre rechte Seite fahren, Arm und Bein zuckten einmal heftig gegen den Boden. Die Kabelbinder kratzten. Sie spürte die kühlen Fliesen. Schmeckte das Desinfektionsmittel in der Luft.

»Kat?«

Die Zellentür öffnete sich. Schritte. Kat blieb still. Augen offen. Brillenträger beugte sich über sie, hielt seine Hand über ihren Mund, um ihre Atmung zu fühlen. Kat hielt die Luft an, wartete darauf, dass er das nächste Vitalzeichen überprüfte.

Brillenträger bewegte sich zu Kats Hals, eine langsame Bewegung. Der Mann roch nach Kaffee. Seine Kleidung war überbenutzt und unterwaschen. Ein Schreibtischtäter, nicht bereit für die Feldarbeit.

Mit anderen Worten, ein perfektes Ziel.

KAPITEL 15
AUSBRUCH

BRADENS PAUSE als Barista kam endlich. Der Junge klopfte an die Kapsel und riss Rhimes aus den Ziran-Aktionsberichten, Nachrichten und dem administrativen Kram, der seinen Morgen verschlungen hatte. Mit verschränkten Armen und einem halb lidlosen, gelangweilten Stirnrunzeln zuckte der Barista mit den Schultern, als Rhimes fragte, ob er bereit sei zu gehen.

»Na ja, denke schon«, fügte der Junge hinzu, als ob das alles klären würde.

»Ich brauche eine deutlichere Zusage«, erwiderte Rhimes, rutschte aber trotzdem auf die rechte Seite der Kapsel und machte Platz im Fahrzeug. »Wir gehen nicht einkaufen.«

»Gut, denn ich muss in dreißig Minuten zurück sein.« Der Barista steckte seinen Kopf hinein und sah sich um. »Du bist doch kein Raubtier oder so, oder?«

»Würde ein Raubtier dich bitten, ihm zu helfen, in ein Pflegeheim zu kommen? Willst du die Reps oder nicht?«

Das Geld schmierte Hände, beruhigte Verdächtigungen, und der Junge schloss die Kapseltür hinter sich. Rhimes befahl dem Gefährt loszufahren, und die Kapsel gehorchte, fuhr in die warm erleuchteten Vorstadtstraßen hinein. Ein wolkenloser Himmel spiegelte den Frühlingssonnenschein wider, eine fröhlichere Stimmung, als Rhimes für sich beanspruchen konnte. Große Bäume boten Knospen, als die Kapsel auf den bewaldeten Pfad zurückkehrte, der zum Heim führte.

Diesmal ließ Rhimes die Kapsel auf halber Strecke der Auffahrt halten, wo ein Pfad die Asphaltstraße kreuzte. Stimmen von rechts verrieten eine Wandergruppe, zu weit entfernt, um bestimmte Worte zu verstehen, aber genug, um eine entspannte Atmosphäre zu vermitteln.

»Das ist deine Chance«, sagte Rhimes zu Braden, dessen Augen größer geworden waren und dessen Arme wieder verschränkt waren. »Nichts Illegales, nichts Gefährliches. Lenk einfach ihre Aufmerksamkeit auf dich.«

»Und ich bekomme die Reps?«

Rhimes hielt sein Tama hin, Braden tippte seines dagegen. Die Überweisung ging mit einem fröhlichen Klingeln durch. Ein seltsamer Meilenstein, einen Jungen zu bezahlen, um die Drecksarbeit zu machen. Andererseits, wie oft in der Geschichte hatte sich das Schicksal durch einen unwahrscheinlichen Akteur gewendet?

Braden joggte den Pfad hinunter in Richtung der Stimmen, die Haltung des Teenagers durch die gelieferte Bezahlung verstärkt. Zirans Sicherheitschef schickte die Kapsel auf eine Fahrt und wies sie an, nach zwanzig Minuten Kreisfahrt durch die Blocks zum Eingang des Heims zurückzukehren.

Wenn Rhimes bis dahin nicht mit Wexleys Schwester entkommen wäre, würde er die Kapsel nicht mehr brauchen.

Während er den Hügel zum Heimeingang hinaufwanderte, blieb Rhimes rechts nahe den Bäumen. Der Spaziergang führte zu einer Erkenntnis, die ihm während des Fluges, der Kapselfahrten und des Deals mit Braden, dem außergewöhnlichen Barista, nicht gekommen war: Wenn Rhimes es mit Wexleys Schwester herausschaffte, wie würde er sie davon überzeugen, die Drohnencodes preiszugeben?

»Verdammt, Zhan-Yo«, murmelte Rhimes.

Der Revolutionär würde Rhimes noch umbringen.

Aber Zhan-Yo wollte keinen Völkermord. Im Vergleich zu Wexley war das genug.

Braden machte seinen Zug, als der Eingang des Heims in Sicht kam. Rhimes hörte den Jungen rufen, der auf die Idee zurückgriff, die sie besprochen hatten: Ein seltsamer Mann verfolge ihn, er brauche Hilfe und so weiter. Bradens jugendliche Stimme gehorchte, brach in hohe Falsetts, die die künstliche Ruhe um den Ort zerschmetterten. Vögel sprangen von ihren Sitzplätzen, und die Pfleger, die zuvor bereit gewesen waren, Rhimes zu tackeln, fanden sich dabei wieder, ihre Tamas zu überprüfen.

Zwei, in ihre cremefarbenen Uniformen gekleidet, eilten durch den Haupteingang hinaus. Einer warf Rhimes einen anhaltenden Blick zu, als sie vorbeirannten, aber Rhimes entwaffnete den Blick mit einem höflichen Nicken. Keine Aggression hier, nur jemand, der es noch einmal versuchen wollte.

Diese Glastüren, geschlossen und verriegelt, warteten. Der Lautsprecher saß rechts, sein schwarzer Kreis forderte Rhimes heraus, den Rufknopf zu drücken und erneut nach Regina Porter zu fragen.

Er hatte es einmal nett versucht. Kein zweites Mal.

Rhimes ging direkt auf die Tür zu. Näherte sich, bis er nur noch einen Meter entfernt war. Er pflanzte einen Fuß auf und schlug mit seinem militärtauglichen, stahlkappenverstärkten Stiefel zu. Der Tritt traf die verwundbare Mitte der Tür, splitterte sie und zerbrach das Glas in einer befriedigenden Spinnennetz-dann-Splitter-Progression. Die Scherben fielen in einem dicken Regen zu Boden.

Und Rhimes rannte. Stürmte vorwärts wie ein Lastwagen mit kaputten Bremsen.

Hinter den Doppeltüren öffnete sich die Lobby des Pflegeheims zu einem für Ruhe konzipierten Begegnungsraum.

Gepolsterte, olivfarbene Stühle, die Jahrzehnte alt sein mussten, waren um einfache runde Holztische gruppiert. Ein Oberlicht ließ etwas natürliche Farbe herein, während die Wände mit Fotografien bedeckt waren, die Bewohner zeigten, die verschiedene Sehenswürdigkeiten Chicagos genossen.

Die Lobby bot Rhimes Optionen.

Ein Aufzug zu einer zweiten Ebene befand sich zu seiner Rechten, während zwei Korridore, geradeaus und links, Möglichkeiten boten. Die Chancen wären gleich gewesen, wäre da nicht ein winziges Detail: Wexley wollte das Beste, und er wollte es effizient. Geradeaus nach hinten, der größte und beste Raum des Heims.

Die verstreuten Gäste in der Lobby – einige Familien, die mit ihren Lieben zu Mittag aßen – blickten auf, als Rhimes hindurchstürmte. Nicht einer erhob sich, um sich ihm in den Weg zu stellen, nicht einer bewegte sich, um ihn zu Fall zu bringen. Keine Helden.

Gut.

Falls das Heim Angestellte hatte, die bereit waren einzuschreiten, blieben sie verborgen, als Rhimes durch die Lobby in den Korridor ging und sich in einem Flur zwischen einem Zen-Garten und geschlossenen Türen zu Bewohnern wiederfand, die ihn nicht interessierten. Der Teppich schluckte seine Schritte und hielt alles so leise, wie Rhimes es sich nur wünschen konnte.

Am Ende teilte sich der Flur T-förmig, wobei der linke Weg einen Umweg zurück zur Lobby bot, während der rechte durch ein glänzendes schwarz-goldenes Schild, das auf Zimmer Null-Eins hinwies, Belohnung versprach. Mit einem schnellen Blick nach links, um sich zu vergewissern, dass kein Sicherheitspersonal anstürmte – keines zeigte sich –, vollführte Rhimes die Drehung so sauber, wie es seine Stiefel zuließen.

Zimmer eins und sein Starbewohner tauchten schneller auf, als Rhimes erwartet hatte. Seine rosenrote Tür und das schwarze Namensschild unterbrachen ohne Vorwarnung die beige Wand zur Linken. Es gab keinen Griff, nur einen Tama-Scanner.

Hmm.

Rufe hallten den Korridor entlang, nicht die panischen, sondern die ruhigen, kontrollierten Anweisungen einer gut ausgebildeten Crew, die auf einen Notfall reagierte. Natürlich würde Wexley seine Schwester an einem Ort unterbringen, der mit Ausbrüchen, Einbrüchen und anomalen Ereignissen vertraut war. Natürlich würden sie auf Rhimes' Überfall-und-Flucht-Aktion mit einer vollständigen, abgemessenen Reaktion antworten.

So viel zum Plan, dass Chaos Rhimes und seine Beute hier heraustragen würde. Braden der Barista hätte seine heldenhaften Bemühungen auf dem Naturpfad inzwischen beendet, also würden die Pfleger zurückkommen. Schlimmer, viel schlimmer wären Drohnen, die zur Unterstützung gerufen wurden.

Rhimes starrte die Tür an. Holte tief Luft. Sie sah stabil genug aus, aber er musste hoffen, dass das Heim irgendwo am Budget gespart und diese Dinger schwach gelassen hatte. Er setzte mit einem weiteren Tritt an, direkt über dem Tama-Scanner. Der Schlag traf das Holz, hinterließ eine Markierung und wenig mehr. Er versuchte es schnell noch einmal.

Ein Splitter fiel heraus. So groß wie Rhimes' Daumen.

Kein gutes Zeichen.

Zu seiner Linken, den Korridor hinunter, bemerkte Rhimes Schatten, die sich gegen die altmodische Wandbeleuchtung des Gebäudes bewegten. Zeit, alles zu riskieren und zu hoffen, dass diese Tritte genug Arbeit geleistet hatten, um die Tür zu schwächen.

Der Wendepunkt. Jede Mission hatte einen. Der Hebel, der entweder alles zum Scheitern bringen oder ihn zum Erfolg führen würde. Manchmal lag dieser Hebel am Ende eines Gewehrlaufs. In anderen Fällen legte Rhimes sein Schicksal in die Hände seiner Verbündeten und Feinde und vertraute darauf, dass sie die richtigen und falschen Entscheidungen treffen würden.

Meistens? Hing der Hebel von ihm ab.

Rhimes setzte seinen muskulösen Körper für den Ansturm ein, lehnte sich vor und richtete seinen Angriff genau über dem schwarzen Kreis aus, der das Türschloss markierte. Genau dort, wo seine früheren Tritte ihre Arbeit verrichtet hatten.

Die Tür öffnete sich. Schwang zur Seite, als Rhimes sie erreichte, und offenbarte eine neugierige Frau, die für einen Nachmittag drinnen gekleidet war. Rhimes nahm die Details in der hektischen Millisekunde auf, bevor er in Wexleys Schwester krachte: ihr gelocktes Haar, frisches Gesicht, verwirrte Miene. Der Blick von jemandem, der so an Routine gewöhnt war, dass er nie glaubte, sie könnte durchbrochen werden.

Sie flog einen Meter, ohne den Boden zu berühren, als Rhimes sie traf. Reginas Füße berührten zuerst den Boden, ihr Halt auf dem Teppich schleuderte sie hart genug nach hinten, dass sie aufprallte, bevor sie rutschend zum Stillstand kam. Ihr Haar breitete sich hinter ihr auf dem Boden aus, und Rhimes hörte die stockenden, keuchenden Geräusche, als Regina versuchte, Luft zu holen.

Rhimes fluchte und schob die Tür hinter sich zu. Die Bewegung ließ ihn bestätigen, dass es keinen Innenriegel gab, keine Möglichkeit für Regina, ihre Privatsphäre zu garantieren. Wexley mochte für die schönste Zelle bezahlt haben, aber dies war immer noch ein Gefängnis.

Reginas Zimmer enthielt ein Queensize-Bett, bedeckt mit waldgrüner Bettwäsche, einen einzelnen schwarzen Walnuss-Nachttisch, geschmückt mit einem gerahmten Familienfoto, das Rhimes erkannte – dasselbe hatte einen Platz auf Wexleys Schreibtisch im Hauptquartier von Ziran. Rechts dienten ein Sessel und ein Couchtisch als Gastgeber für Groschenromane, die in wackligen Reihen gestapelt waren und sich in seltsamen Winkeln gegeneinander lehnten.

Kein Fernseher, keine Tamas.

»Tut mir leid«, sagte Rhimes, als er sich Regina näherte und sich hinunterbeugte, um ihr aufzuhelfen. »Ich versuche, dich hier rauszuholen, nicht dich umzubringen.«

Sie hustete. Keuchte. Der Wind war ihr definitiv aus den Lungen geschlagen worden.

Die Tür rüttelte. Das Schloss klickte, als jemandes Tama Zugang erhielt.

Rhimes hob Regina in seine Arme, wie eine Prinzessin, wenn auch eine in Bademantel und Pantoffeln. Sie hustete erneut, aber ihre offenen Augen studierten Rhimes, als er sich in Richtung der großen Fenster an der Rückseite des Zimmers wandte.

Keine Chance, durch all diese Wachen zu kommen, aber er könnte durch all das Glas brechen. Nach draußen rollen mit nur ein paar Schnitten.

Die Tür öffnete sich. Jemand rief Rhimes zu, er solle anhalten. Die Luft nahe seinem Ohr *zischte,* und ein Betäubungspfeil blieb neben den großen Fenstern in der Wand stecken. Ob absichtlich verfehlt oder nicht, die Botschaft war klar: Rhimes würde es nicht hinausschaffen, ohne einen Treffer in den Rücken zu bekommen.

Geiseln waren keine solide Strategie. Kette einen Körper an dich, und du trägst ihn überall hin, und eine lebendige wie Regina war eine sichere Wette, sich gegen ihn zu wenden.

Besser auf Überraschung zu setzen, eine Öffnung zu finden.

Rhimes stellte Regina aufrecht hin, hob seine Hände zu den Pflegern und ihren Rufen, sich ganz langsam zu bewegen. Er wandte sich seinen Verfolgern zu, dem Quartett, das bullig aussah und nicht so sehr wütend als vielmehr begeistert, dass ihr Alltag so glorreich unterbrochen worden war. Diese Typen waren alt genug, um geschätzte Karrieren an die

Paragons und ihr Anomalie-Gesetz-und-Ordnung-Mandat verloren zu haben.

Alle vier fixierten Rhimes und seine erhobenen Arme. Vier Betäubungswaffen zielten auf seine Brust. Rhimes wartete auf den Abzug, den Schuss. Keiner kam.

»Wer hat dich geschickt?«, fragte der Pfleger rechts, der Älteste in der Crew. Interessanter als die Frage war sein Tonfall: ehrliche Neugier.

»Sag es uns«, sagte der Nächste, jünger und eifrig. »War er es?«

Oh.

»Regina?«, sagte Rhimes zu diesen stetigen Betäubungswaffen und den starren Gesichtern, die sie hielten. Das Quartett schien nicht zu atmen, aber sie neigten alle gleichzeitig ihre Köpfe, eine regelrecht unheimliche Bewegung. Rhimes versuchte, nicht zusammenzuzucken. »Was machst du da?«

»Beantworte die Frage«, sagte die Dritte, eine Frau, die mehr Zeit im Fitnessraum verbracht hatte als die ersten beiden.

»Jetzt«, knurrte der Vierte, lang und schlaksig, an die Wand gequetscht.

Eine Anomalie anlügen? Eine, die vier Pfeile gegen seine null hielt?

»Zhan-Yo«, sagte Rhimes. »Er dachte, du könntest deinem Bruder helfen.«

Nach einigen langen Herzschlägen begann das Quartett zu zittern, Zuckungen, die wie gleichzeitige Anfälle aussahen. Als ob sie darum kämpften, die Kontrolle über ihre eigenen Körper zu behalten.

»Komm schon«, sagte Regina aus eigenem Antrieb, nahm Rhimes am Arm und ging vorwärts. »Lass uns durchdrängen, bevor sie sich erinnern, wer sie sind.«

»Sich erinnern, wer sie sind?«

Regina, in diesen Pantoffeln und diesem Morgenmantel, folgte Rhimes, als er sich mit den Ellbogen seinen Weg durch die Pfleger bahnte. Sie fielen um ihn herum zu Boden, nach Luft schnappend und an ihren beigefarbenen Hemdkragen zerrend.

»Ich habe sie tief in sich selbst zurückgescheucht«, antwortete Regina, während sie den Flur entlang stampften. »Ein Vakuum in ihren Köpfen, das ich für kurze Zeit gefüllt habe.«

Hinter ihnen ertönte ein lauter Fluch, und Rhimes begann zu rennen.

»Hättest sie länger festhalten können.«

»Sie waren nett zu mir. Drückt man zu tief, gibt es kein Zurück mehr.«

Noch eine Anomalie, von der man sich fernhalten sollte.

Draußen kündigten Blinklichter an, dass die Polizei vor Ort war. Die Drohnen wären alarmiert worden. Wexley würde es bald erfahren, vielleicht wusste er es schon.

Rhimes' Tama hatte nicht ein einziges Mal vibriert, seit er durch die Tür des Pflegeheims gekracht war. Hatte Wexley in diesem Moment erfahren, dass Rhimes ein Verräter war?

Sorgen für eine andere Zeit.

»Zusammen«, sagte Regina, ihre langen, dünnen Finger umklammerten Rhimes. »Es ist lange her, dass ich das bei so vielen gemacht habe.«

Rhimes zählte fünf menschliche Beamte und zwei Drohnen. Die Drohnen schwebten an den Seiten und ließen die Beamten ihre gepanzerten Kapseln als Barrikaden nutzen. Wie die Pfleger trugen die Polizisten Betäubungswaffen, die hinter ihrer gewölbten Glasabdeckung hervorlugten, als ob Rhimes die Hölle entfesseln würde.

Er würde es nicht tun, aber Regina könnte es.

Die Polizei schrie, als Rhimes Regina nach draußen führte. Ihre Worte überschlugen sich, während die Drohnen ihre Lichter hochfuhren. Noch eine unmögliche Situation, aber vielleicht, wenn Rhimes scharf nach rechts ausweichen und Regina mitziehen würde, könnten sie ...

»Ergebt euch«, sagte Regina. »Vertrau mir.«

Welche Wahl hatte er schon?

»Nicht schießen!«, rief Rhimes. »Ich gebe auf. Ich ergebe mich.«

Die Beamten kamen vorsichtig näher. Einer übernahm die Führung und holsterte seine Betäubungswaffe unter mehr Deckung, als Rhimes je bei seinen Ziran-Missionen gehabt hatte. Der Mann hielt Handschellen bereit, und Rhimes ließ zu, dass der Beamte sie ihm anlegte.

»Du kommst auch mit«, sagte der Beamte und nickte in Reginas Richtung. »Wir haben Fragen.«

Rhimes brauchte nicht besonders gut zu sehen, um die Überraschung der anderen Beamten zu spüren. Die Art, wie sie ihre Köpfe neigten, ihre bewegenden, murmelnden Lippen deuteten darauf hin, dass ihr verhaftender Kollege gegen das Protokoll verstieß.

»In die Kapsel, ihr beide«, sagte der Beamte und schlug mit seinem Tama gegen die Maschine. Die gepanzerte Tür gehorchte, ihr dickes Glas leuchtete warnend orange. »Direkt in die Innenstadt.«

Rhimes gehorchte und Regina folgte, wobei der Beamte ihr in die Kapsel half. Die Tür schloss sich hinter ihr, was die anderen Beamten dazu veranlasste, Fragen zu stellen. Worte, die kaum herauskamen, bevor die Kapsel nach vorne ruckte, ihre Türen fest verriegelt gegen jeglichen Fluchtversuch.

Die Drohnen, ihre Beute offenbar gefangen, drehten ab in den frühen Nachmittag. Rhimes, Regina und das sanfte Surren der Kapselräder rollten in Richtung Straße.

Regina wandte sich Rhimes zu, die beiden, besonders Rhimes, füllten den einzigen Sitz der Kapsel gut aus. Wexleys Schwester schüttelte ihre Handgelenke, dann ihren Kopf. Seufzte.

»Er wird mindestens eine Woche brauchen, um sich zu erholen«, sagte Regina, ihre Augen glitten aus dem vorderen Fenster der Kapsel, ein schuldiges Gewissen versteckte sich.

»Der Beamte?«

»Er hat am Ende gekämpft. Als er erkannte, was wir taten.«

Rhimes hatte dazu nicht viel zu sagen. Er hätte an der Stelle des Beamten auch gekämpft. Nicht dass es etwas genützt hätte. Regina warf ihr schuldiges Gewissen schnell ab, griff in die Tasche ihres Morgenmantels und zog die kleine, geriffelte Karte heraus, die als Schlüssel für die Handschellen diente. Das Tama eines Beamten konnte die Dinger auch entriegeln, aber in einer digitalen Welt war eine analoge Backup-Lösung nicht schlecht.

»Hat er angefangen zu kämpfen, als er dir das gab?«, fragte Rhimes, als Regina die Karte in den schmalen Block zwischen seinen Handschellen steckte.

»Er fing an zu suchen«, antwortete Regina. Die Handschellen sprangen auf, und Rhimes rieb sich die Handgelenke. »Manchmal bemerken sie nicht, was passiert, wenn ich sie nah an dem halte, was sie wollen. Wenn sie es bemerken, suchen sie nach einem Grund. Ob sie träumen, ob sie krank sind?«

»Wie lange dauert das?«

»Bis sie sich erinnern, was ich bin.«

Rhimes beugte sich vor und versuchte, ein Ziel auf der Konsole der Kapsel einzugeben. Die Polizei hatte die Route gesperrt, mit einem schwarzen Pop-up-Fenster, das Rhimes' ID verlangte, um den Kurs zu ändern. Da er keine solche Nummer hatte, wischte Rhimes die Anfrage weg und schaute stattdessen auf die Karte, das Ziel.

»Wo fahren wir hin?«, fragte Regina.

»Zu einer nahe gelegenen Polizeiwache. Funktioniert deine Fähigkeit auch bei Maschinen?«

»Nein, das tut sie nicht.« Regina sah ihn schräg an. »Sag mal, hast du mich ohne jeglichen Plan entführt?«

»Heute improvisiere ich.« Draußen rollte die Kapsel durch die Straßen der Stadt, fügte sich in den Verkehr ein, als sie an

Einkaufszentren, Schulen und bewaldeten Parks vorbeifuhr. Rhimes klopfte mit einem Finger gegen das Glas des Kapselfensters, um die Beschaffenheit zu testen. »Zu dick zum Zerbrechen.«

»Ich sollte wohl anfangen, mir meine Geschichte zurechtzulegen«, sagte Regina und lehnte sich in das Sofa der Kapsel zurück. »Hilfe, er hat mir gedroht. Es war so beängstigend, ich wusste nicht, was ich tun sollte.«

»Passt zu dir.« Rhimes nahm sein Tama zur Hand und wischte seine Ziran-Konsole hoch. Sein Zugang würde es ihm ermöglichen, eine nahegelegene Drohne zu markieren, der Maschine zu befehlen, die Kapsel anzuhalten und ihnen eine Chance zur Flucht zu geben.

Als das Tama sich mit Zirans Servern verband, als das weiß-orange Logo in einem lebhaften Start aufblinkte, wurde Rhimes das Blut in den Adern kalt.

Ein freundliches kleines Rechteck mit abgerundeten Ecken erschien in der Mitte seines Tamas. Darin teilte ihm cremefarbener Text auf hellgrauem Hintergrund mit, was er erwartet und gefürchtet hatte zu hören.

Blockiert. Verbannt.

Gejagt.

KAPITEL 16
ANKUNFT

DER HAUPTBAHNHOF HATTE SICH VERÄNDERT. Cassidy hätte nicht überrascht sein sollen – sie war seit ihrer Kindheit nicht mehr in LA gewesen, damals ein gelungener Familienurlaub. Jetzt waren die quietschenden Züge schwebenden gewichen, deren Unterseiten von Magneten getragen wurden, während sie zu ihren Zielen glitten. Auch die Menschen, die sie bestiegen, hatten sich verändert: Köpfe gesenkt, Füße schlurfend, keine Blicke zu den Drohnen, die um den Bahnhof herumstanden oder neue Ankömmlinge einschleusten.

Ziran-Logos hingen an der gläsernen Fensterwand, riesige Banner, die vor Slogans über Wohlstand, Gleichheit und Schutz nur so trieften. Cassidy sah die Ergebnisse um sich herum, beobachtete, wie die Gruppe in den Stunden seit ihrer Abholung am Morgen anwuchs.

Die Drohne, die sie gefangen genommen hatte, hatte Cassidy vor dem Bahnhof abgesetzt und ihr einige Anweisungen zugebellt, während sie ihr eine Waffe an den Kopf hielt. Ein dünner Zaun führte Cassidy zur linken Seite des Eingangs und in den Bahnhof selbst, wo er in einer provisorischen Einzäunung endete. Goldene Pfosten mit roten Samtseilabsperrungen umgaben ihr vorübergehendes Zuhause, Dekorationen, die ihrem festlichen Zweck entrissen und in einen finsteren verwandelt worden waren.

Die Absperrung war nicht dazu gedacht, jemanden aufzuhalten, sondern nur neugierige Passanten abzuschrecken. Die Gladiatoren taten das natürlich besser als jeder Zaun. Was die Anomalien in der Einzäunung bei Cassidy betraf? Sie lungerten herum, einige saßen an der Wand, andere auf überzähligen Bänken, die in den Raum geschleppt worden waren. In der hinteren Ecke stand eine mobile Toilette, das einzige Zugeständnis an die Bedürfnisse. An der Rückwand, schön mittig, hingen an den Griffen zweier fensterloser Holztüren ein Schild mit der Aufschrift *Geschlossen*.

Auf dem Weg hinein verkündete der Bahnhofsansager in nüchternem Ton die Ankunftszeiten. Gerunzelte Blicke folgten ihr, als sie allein innerhalb der Absperrung ging, und Cassidy hatte das Gefühl, dass die Passagiere ihr Gesicht scannten, um sicher zu gehen, dass sie niemanden kannten. Sobald das bestätigt war, nickten ihr einige leicht zu, andere wandten sich ab, aber alle sahen kein zweites Mal hin.

Sie folgte den Samtseilabsperrungen zur Einzäunung, wo bereits drei Anomalien warteten. Einer hatte seinen Kopf über eine Bank zurückgelehnt. Die anderen beiden lagen ausgestreckt auf den Fliesen. Der Grund wurde klar, als der einzige Ziran-Sicherheitsmann, ein munterer junger Mann in derselben Uniform, die Cassidy früher aus Zirans Läden kannte, mit einer Pille auf sie zukam.

»Das wird dich ruhig halten, während du wartest«, sagte der Mann.

Rechts begann eine arme Seele, einen Vertrag zu erfüllen, um im Zentrum des Bahnhofs Klavier zu spielen.

»Ruhig wie die da?«

Der Mann ließ sich nicht aus der Ruhe bringen. Sein Lächeln blieb. Die Hand mit der Pille blieb auf gleicher Höhe. Die andere kratzte an seiner Nase.

»Genau«, sagte der Mann.

»Habe ich eine Wahl?«

»Die hast du nicht.«

Eine Figur auf einem Schachbrett zu sein, brachte gewisse Nachteile mit sich. Cassidy musste mitspielen. Jetzt zu improvisieren, Leeren um sich zu werfen und Chaos zu verursachen, könnte Thanes Pläne durchkreuzen. Zumindest zog Cassidy es vor, das zu denken, das zu glauben.

Diese Vorliebe ließ sie das Lächeln des jungen Mannes erwidern und die Worte finden, um zu sagen: »Na, worauf warten wir dann noch?«

Sie nahm die Pille aus der Hand des Mannes und hielt ihren Blick auf seinen gerichtet, sodass er sich gezwungen fühlte, dasselbe zu tun. Mit Cassidys linker Hand ließ sie eine Leere, eine sehr kleine, zu ihren Fingerspitzen springen. Als Cassidy die Pille zu ihrem Mund führte, schleuderte sie die Leere von ihrer Taille nach oben. Das reißende Loch fing sich zwischen Cassidys Zunge und der Pille und zappte die Kapsel ins Nichts. Die Leere zerrte an Cassidys Lippen, und ein schmerzhafter Stich kündigte an, dass ein Haar weggesaugt worden war, aber als Cassidy das Loch verschwinden ließ, behielt der junge Mann sein gerades Lächeln bei.

»Lecker«, sagte Cassidy.

»Schön, dass es dir geschmeckt hat«, antwortete der Mann, und seine Schultern entspannten sich, während die Hand erneut über den Stoppeln kratzte. »Danke, dass du keine Szene gemacht hast. Ich hasse es, die Bots rufen zu müssen.«

»Kommt das oft vor?«

Nicken. »Häufiger, als man denken würde.«

»Da wäre ich mir nicht so sicher«, Cassidy winkte hinter dem Mann in Richtung der Bänke. »Wie lange warten wir hier?«

»Bis wir das Kontingent für einen Wagen erreicht haben«, der Mann zuckte mit den Schultern. »Könnte eine Stunde dauern, könnte den ganzen Tag dauern. In letzter Zeit ist es langsamer geworden.«

»Weniger Nachschub?«

Der Mann setzte an zu antworten, schien sich dann aber daran zu erinnern, dass er tatsächlich mit eben diesem Nachschub sprach. Eine Röte spielte um seinen Kragen und er trat beiseite: »Das sagen sie mir nicht. Ich würde, äh, mir früh eine Bank nehmen. Die sind schnell weg.«

»Das glaube ich«, sagte Cassidy und nahm die Einladung an, um ihn herumzugehen.

Sie spürte die Augen des Mannes auf sich, die ihrem Gang folgten, bis Cassidy sich eine Bank aussuchte. Schiefergrau mit leichter Nachgiebigkeit, die Bank schlug die Drohnenklauen auf der Komfortskala, aber nicht viel mehr. Das Sitzen lenkte Cassidys Gedanken auf die wichtigere Frage, die während der Drohnenfahrt und der Ankunft an diesem widerwärtigen Ort am Rande gelauert hatte.

Thane wollte sie für seinen Plan hier haben. Warum?

Oder, wenn nicht hier, dann dort, wohin Ziran sie bringen würde.

Thane kannte ihre Kraft, kannte Cassidys Neigungen. Sie hatte lange Zeit auf Mynx' Gefängnisinsel verbracht. Cassidy in eine weitere Zelle zu stecken, würde keine guten Gefühle hervorrufen. Könnte sie sogar dazu bringen, etwas Unüberlegtes zu tun. Eine Reaktion provozieren.

Zirans Aufmerksamkeit auf sich ziehen.

Okay, vielleicht war ihr Part in Thanes Plan doch nicht so kompliziert.

Cassidy ließ ihren Blick noch einmal über ihre Mitanomalien schweifen, die in der Einzäunung herumlagen. Mehrere Stunden verstrichen, und Cassidy vertrieb sich die Zeit damit, die Ankünfte und Abfahrten zu beobachten, die über die riesigen Bildschirme des Bahnhofs flimmerten. Die Luft im Inneren machte einen allmählichen Wandel vom Kaffee-Gebäck-Frühstück zum fettigen Frittierfutter für die Mittagsmenge. Mehr Anomalien tröpfelten herein, alle nahmen die vom Mann angebotenen Pillen und die meisten wirkten schon benommen, bevor sie den Bissen zu sich nahmen.

Mehr als zwanzig füllten den Raum, als der Mann von Ziran pfiff und die Uhr sich der Mitte des Nachmittags näherte. Wie beim Abschluss einer Oper zog er ein Samtseil vor den Eingang des Geheges und drehte sich dann zur Menge um.

»Guten Tag, Rekruten!«, strahlte der junge Mann und winkte, anscheinend brauchte er sowohl Worte als auch Bewegung, um die Aufmerksamkeit seiner erschöpften Subjekte zu erlangen. »Wir sind bereit für eure nächsten Schritte.«

»Oh Freude«, murmelte Cassidy und versuchte ansonsten, so unscheinbar wie alle anderen zu bleiben.

Einen Zombie zu imitieren war schwieriger als erwartet. Besonders als die dunklen Holztüren aufschwangen und zwei weitere Ziran-Mitglieder – diese beiden in schwererer Ausrüstung, mit offen über die Brust getragenen Gewehren – die Gruppe durchwinkte. Die anderen Anomalien zuckten und stolperten, einige krochen. Der ursprüngliche Ziran-Begrüßer kam hinterher und weckte schlafende Gefangene mit harten Schlägen ins Gesicht.

Cassidy täuschte ihr Stolpern vor, schleifte ihren rechten Fuß und versuchte, beim Gehen auf nichts zu schauen. Die Anomalien um sie herum sahen aus, als kämen sie von überall her. Einige trugen Designerkleidung, Schmuck baumelte an den Ohren und Ringe an den Händen. Andere sahen aus und rochen wie Abwasserkanäle oder die staubigen Stadtränder. Wieder andere stanken nach Salzwasser und Gewürzen jenseits von Pacifica, als wären sie direkt von einem Ziran-Gefängnisschiff hierhergekommen.

Die Türen bereiteten Cassidy kaum auf die andere Seite vor: Ein klassisches Ambiente öffnete sich zu einer futuristischen Plattform, so neu und makellos, dass sie sich fragen musste, ob Ziran dies in den letzten zwei Monaten errichtet hatte. Das hätte sie gedacht, bis sie die verblassten Logos bemerkte, die in die Fliesen eingeprägt waren.

Paragon 'P'-Zeichen, weggeschrubbt, bis nur noch die Rillen übrig waren.

»Bist du neu in der Stadt?«, brummte ein stämmiger Mann mit Dreadlocks, der neben ihr herschlurfte. Seine Erscheinung deutete auf eine trübe Gegenwart hin, aber Cassidy sah Helligkeit in seinen Augen. »Du starrst diese Dinge an, als wüsstest du nicht, was sie bedeuten.«

»Ich weiß, was sie sind«, sagte Cassidy, während sie sich weiter auf die breite Plattform bewegten. Eine makellose Magnetschwebebahn-Trasse, ganz in Blau und leuchtend, lag in der Vertiefung vor ihnen, eine rote Warnlinie säumte den Rand. »Ich habe nur nicht etwas so Modernes hier erwartet.«

»Haben eine Menge Sachen für den Gipfel eingebaut«, seufzte der Mann mit einer dröhnenden Bassstimme. »Schade, wie das ausgegangen ist.«

Richtig. Apinya hatte das damals in Thailand erwähnt. Eine Tragödie, die Cassidy irgendwie nicht besonders bewegte. Die Paragons hatten sich genug Feinde herangezüchtet, wurde Zeit, dass einer hart zurückschlug.

»Schade, wie *das hier* ausgeht«, sagte Cassidy und ließ ihre Augen in der Gruppe hin und her wandern.

»Wusste, dass es irgendwann passieren würde«, erwiderte der Mann. »Ich heiße Vick. Du?«

»Cassidy.«

»Wie haben sie dich erwischt?«

»Hab einen Spaziergang im Park gemacht. Schlechte Entscheidung.«

Ein Lachen, ohne jede Bitterkeit. Andere Anomalien bemerkten es, einige bemühten sich, näher zu kommen. Vielleicht um zu lauschen oder einfach nur auf der Suche nach Gesellschaft vor dem Ende.

»Weißt du, wo sie mich gefunden haben?«, fragte Vick

und wartete nicht auf Cassidys Antwort auf die unmögliche Frage. »Direkt in meinem eigenen verdammten Haus. Arbeite die ganze Nacht, schmeiße Flaschen in der Apotheke, gehe nach Hause, um kurz durchzuatmen, und schon hab ich Metall im Gesicht.«

Cassidy zuckte zusammen, »Tut mir leid.«

Das Ziran-Trio, das sich verteilt hatte, um die Anomalie-Versammlung zu überwachen, kündigte an, dass ihr Zug in Kürze eintreffen würde. Cassidy bemerkte, dass der junge Mann seine Pillen gegen eine Elektroschockpistole einge-tauscht hatte, seine jungen Hände umklammerten die Waffe fest, als könnte sie ihm jeden Moment entgleiten.

Wie viele Ziran-Mitarbeiter fanden sich plötzlich in dieser Situation wieder, wie vielen wurde gesagt, sie sollten ihre Verkaufstresen, ihre Tech-Support-Kabinen verlassen, um über ihre Mitmenschen zu wachen?

Wie viele sagten nein?

»Was ist dein Ding, Cassidy?«, fragte Vick. »Hast du irgendwelche Tricks drauf?«

»Ein paar.« Die Leeren, stets bereit, kribbelten in ihren Fingern. »Und du?«

»Ein paar, sagt sie.« Vick schüttelte den Kopf und zeigte auf den Tunnel, wo ein Licht heller wurde. »Ich könnte genauso gut dasselbe sagen. Hoffe, es sind gute, da wo wir hingehen.«

»Wo gehen wir denn hin?«

Vick musterte sie, »Du bist wirklich nicht von hier. Es gibt nur einen Ort, zu dem dieser Zug fährt. Einfache Fahrt übrigens.«

»Du scheinst nicht traurig darüber zu sein?«

Jetzt verblasste Vicks Funke, nur ein bisschen. »Worüber soll man traurig sein? In den letzten paar Monaten haben sie meine Freunde, meine Familie genommen. Vielleicht sehe ich ein paar wieder, wenn ich Glück habe.«

Der Magnetschwebebahn-Zug rollte ein und kam vor

Cassidy zum Stehen. Die Türen öffneten sich und führten zu sauberen Sitzen. Vick ging direkt hinüber und ließ sich auf einen nieder. Cassidy nahm den Platz neben ihm ein. Die Ziran-Wachen folgten den Anomalien nicht in den Zug, ein kühner Zug, bis Cassidy die Decke über ihnen bemerkte: Tracker-Drohnen, ihre tausendfüßlerähnlichen Körper, hingen alle paar Meter an der Zugdecke. Es schien sicher, dass sie herabstürzen und jede mutige Anomalie in Stücke reißen würden.

Immerhin waren die Sitze gepolstert: eine deutliche Verbesserung gegenüber dieser Bank.

»Deine ganze Familie und deine Freunde waren Anomalien?«, fragte Cassidy Vick.

»Ich wurde schon vor langer Zeit aufgespürt. Der Tracker war ein guter Kerl. Verdammt, vielleicht ist er immer noch ein guter Kerl, wenn diese Typen ihn noch nicht umgebracht haben.«

»Also hast du für die Paragons gearbeitet.«

»Eher so, dass ich für jeden gearbeitet habe, für den sie es mir sagten. Das war kein Problem. Man gewöhnt sich daran, und Reps zu haben, ist nicht schlecht.«

Der Zug fuhr los, eine sanfte Beschleunigung vom Union-Bahnhof und hinauf auf die erhöhte Strecke. Cassidy erblickte die Berge, den Ozean jenseits der Gebäude zu ihrer Linken am glitzernden Horizont unter der Sonne. Sie fuhren also nach Norden.

»Deine Familie aber?«, fragte Cassidy. Die Vorstellung, dass Vicks Brüder und Schwestern alle Anomalien gewesen sein könnten ... was war mit ihren Kindern?

»Nicht meine Blutsverwandten, verstehst du?« Vick hob einen Ärmel und zeigte auf eine kleine Tätowierung. Zahlen und Buchstaben in grünschwarzer Tinte. »Das ist unsere Trace-Nummer. Unser Tracker, guter Kerl wie gesagt, hat alle seine Spuren zusammengebracht, und wir haben uns diese stechen lassen, um daran zu erinnern. Happy Hours, Baseballspiele.« Wieder ein Kopfschütteln, aber ein wehmütiges. »Du gehst rein und denkst, du wirst benutzt werden, aber stattdessen findest du Leute wie dich, die verstehen, was du durchmachst.«

»Das sind die, die Ziran mitgenommen hat? Die anderen, die dieser Tracker aufgespürt hat?«

»Jetzt weißt du, warum ich hier bin«, sagte Vick, bevor er sich von ihr wegdrehte, um aus dem Fenster zu schauen. »Ich denke, ich werde noch einen letzten guten Blick auf die Heimat werfen.«

»Du kommst vielleicht zurück.«

Wieder ein Lachen, »Nee, Cassidy. Ich hab 'ne Menge Leute mit diesem Zug wegfahren sehen. Hab nie einen zurückkommen sehen.«

Eine Stunde später schoss der Zug aus einem felsigen Tal in eine beigefarbene Ebene. Als das Fahrzeug langsamer wurde, erblickte Cassidy durch die Fenster Zäune und riesige Zelte, darunter ein mehrstöckiges Gebäude, das so solide aussah wie alles zurück in der Stadt. Ziran nahm die Sache hier draußen ernst.

In Thailand hatte es Gerüchte über die Gefangennahme von Anomalien gegeben, dass Ziran sie für wilde Experimente wollte und nicht nur zum Abschlachten. Niemand konnte verifizieren, was geschah, und in diesen Sümpfen konnte niemand etwas dagegen unternehmen, also verbannte Cassidy das Gerede in den Hintergrund. Hier aber, wo all diese Flüstereien zu etwas Realem wurden, jagte es ihr einen falschen Schauer über den Rücken.

Vick pfiff leise.

»Ich wollte nicht, dass die Paragons gewinnen«, sagte Cassidy, als der Zug in die Station einfuhr. »Ich fand sie schrecklich, was sie die Anomalien tun ließen.«

Die Türen öffneten sich mit einem Klingeln. Jemand draußen befahl allen auszusteigen. Die Drohnen an der Decke zitterten und verfolgten die Bewegungen, als die Anomalien von ihren Sitzen aufstanden. Vick zog sich auf die Füße und bot Cassidy dann seine Hand an.

»Vom Regen in die Traufe, meine Freundin«, murmelte Vick. »Vermute, darüber müssen wir uns nicht mehr lange Sorgen machen.«

Sie schlossen sich den schlurfenden Anomalien an, die den Zug verließen, und traten auf eine offene Plattform hinaus, die von Gladiatoren an den Seiten und schwebenden Drohnen oben bewacht wurde. Mehrere weitere Ziran-Soldaten – Cassidy wechselte den Begriff, weil diese Typen schwere Rüstungen trugen, nicht das Fremdenführer-Outfit des Mannes am Bahnhof – winkten die Reihe weiter und teilten sie in drei Gruppen auf. Jede ging zu einer kastenartigen Station, die von einem weiteren Ziran-Arbeiter bemannt und von einem Gladiator überwacht wurde.

Jenseits der Stationen lag das Innere des Lagers, einschließlich dieses großen Gebäudes.

»Ich würde noch nicht aufgeben«, sagte Cassidy. »Die Dinge könnten sich ändern.«

Vick nickte, legte eine Hand auf ihre Schulter und sah aus, als wollte er etwas sagen, als eine Anomalie direkt vor ihnen stehen blieb. Ein dünner Kerl, der Typ erstarrte, schüttelte dann den Kopf, die Hände flogen zu seiner Kopfhaut. Die Reihe staute sich um Cassidy, Vick und ihr Hindernis, und Vick übernahm die Führung.

»Hey, Kumpel«, sagte Vick. »Alles in Ordnung bei dir?«

Über die Schritte und die Durchsagen hinweg hatte Cassidy Mühe zu hören, was der Mann vor sich hin murmelte. Sie trat näher, hätte sich vorgebeugt, wenn Vick ihr nicht einen warnenden Blick zugeworfen und mit seiner rechten Hand ausgeholt hätte, um Cassidy zurückzudrängen.

»Ganz ruhig jetzt«, fuhr Vick langsam und gleichmäßig fort. »Versuch nicht, was du vorhast. Es ist es nicht wert.«

Der Mann schüttelte Vicks Arm ab und starrte Cassidys neuen Freund an. Der Körper der Anomalie schien sich bei dieser Bewegung zu verschieben, verschwamm und schnappte, als kämpfe er darum, seine Form zu behalten.

»Sie nehmen alle mit«, sagte die Anomalie, seine Stimme hallte, als er sprach, sein Gesicht wogte wie Wasser im Wind. »Ich kann nicht, ich werde nicht zulassen, dass sie mich auch mitnehmen.«

Vick hob die Hände mit den Handflächen nach oben zum Mann hin, und Cassidy schwor, sie sah eine dünne, türkisfarbene Linie, in der gleichen Farbe wie diese Pillen, die sich zwischen Vick und der sich verändernden Anomalie erstreckte. Sie sah eine Verbindung, die Anomalie atmete tief ein, die Augen schlossen sich, und sie sah, wie diese Verbindung mit einem knallenden Schuss durchtrennt wurde. Ein zweiter folgte, Vick und die Anomalie schlugen beide auf dem Boden auf, als die schwebende Gestalt eines Gladiators über ihnen auftauchte. Die Hitze von den Düsen der Drohne traf Cassidy, selbst als sie sich duckte und versuchte, zu Vick zu gelangen.

Eine Hand packte ihren Arm, orange, weiß und gepanzert: »Lass sie in Ruhe, oder du bist die Nächste.«

Der Wächter zog sie nach links, weg von den Körpern. Cassidy wehrte sich zunächst, spürte, wie diese Leeren nach ihr riefen, und sie hätte eine losgelassen, hätte Thanes Plan genau dort gesprengt, wenn die Gladiatorendrohne nicht beide Körper aufgehoben und zu diesem großen Gebäude weggetragen hätte.

Zwei blutige Pfützen blieben zurück, die schlurfenden Anomalien schritten ohne ein weiteres Wort um sie herum.

KAPITEL 17

ERÖFFNUNGSZUG

AEGIS ERWISCHTE den Terroristen in einer schattigen Kalksteinschlucht, einer Kluft zwischen zwei größeren Hügeln, die sein Tama in die Nähe der Fabrik platziert hatte. Zhan-Yo hatte sich rechts in einer glatten Nische positioniert, die von einem längst ausgetrockneten Bach geschaffen worden war. Der Mann hatte sein eigenes Tama draußen und starrte stirnrunzelnd auf den Bildschirm. Weiter oben lehnte Particle an einem Felsen und beobachtete sie mit einem Finger am Abzug der Waffe an ihrem Gürtel. Hinter Aegis würde Celice nachkommen, weitere Beschwerden auf der Zunge.

Sie hatte ihn in den letzten Stunden ausgepeitscht, während sie durch das Gestrüpp, den Schmutz und die Felsen gelaufen waren. Eine Litanei, die als Bitte begann und als Anklage endete. Aegis blendete sie ein und aus, ohne sich die Mühe zu machen, eine Antwort zu geben, selbst als Celices Pfeile immer wieder ins Schwarze trafen.

Nein, die Paragons waren nicht perfekt. Nein, die Champions waren nicht immer ideal.

Weiter als das würde Aegis nicht gehen. In diesen Tiefen würde er nur einen nihilistischen Wahnsinn finden.

»Er hat sie«, sagte Zhan-Yo, als Aegis sich näherte. »Rhimes macht Fortschritte. Sie sind jetzt in der Stadt.«

Der Erfolg überraschte Aegis, und er verbarg seine Überraschung mit einem studierten Blick auf den Boden, auf die paar Kieselsteine und eine einzelne müde Spinne, die versuchte, darunter Schutz zu finden. Zhan-Yos Gambit hatte seinen ersten großen Test bestanden: Rhimes hatte Wexleys Schwester aus ihrer Enklave gestohlen.

»Haben sie die Codes?«, erwiderte Aegis.

»Code. Einzahl. Und wenn sie ihn nicht hat, dann hat ihn niemand.« Zhan-Yo musterte Aegis. »Ich habe etwas Wasser übrig, wenn du möchtest?«

»Ich versuche, dich umzubringen.«

»Kann das nicht warten, bis wir die Welt vor dem Untergang bewahrt haben? Wenn du Glück hast, sterbe ich vielleicht sogar bei dem Überfall. Dann musst du dir keine Gedanken darüber machen, dir die Hände schmutzig zu machen.«

»Meine Hände sind schon schmutzig genug.«

»Papa«, sagte seine Tochter, während sie sich ihren Weg in die Schlucht bahnte. »Bitte.«

Aegis hatte seine Hände geöffnet und auf seinen Oberschenkeln ruhen. Ein tiefer Atemzug. Der Lauf war lang gewesen, anstrengender als Aegis erwartet hatte. Er hatte auch diese verdammte Sache getan, die körperliche Betätigung oft bewirkt: seine Gedanken geklärt, besonders nachdem Celice mit ihrem Gezeter aufgehört hatte. Zhan-Yo hatte das bessere Argument, die überlegene Sichtweise.

Wexley und seine Roboterarmee zu besiegen, musste Vorrang haben, und Zhan-Yo würde entweder für eine ordentliche Hinrichtung danach noch da sein, oder die Drohnen würden die Gleichung des Terroristen lösen.

»Schön«, sagte Aegis. »Du darfst vorerst leben.«

»Hurra.« Zhan-Yo blickte nach rechts. »Particle, sag mir

bitte, dass wir fast da sind. Wenn ich noch einen Kilometer laufen muss, gebe ich vielleicht auf.«

Particle stieß sich von ihrem Felsen ab und schloss sich der Gruppe an, während alle eine obligatorische Wasserpause einlegten. Aegis, Zhan-Yo und Celice waren über und über mit Staub bedeckt, aber Particle hatte sich sauber gehalten. Ihr Gang war lautlos, und nichts an ihrer Haltung deutete auf die geringste Sorge über die Streitigkeiten der Gruppe hin.

»Wir verlassen die Schlucht in diese Richtung«, sagte Particle, und Aegis spürte, wie sein Blick zum fernen Ausgang der Schlucht zuckte. »Das bringt uns über den Andockeingang der Fabrik. Er wird bewacht, aber unser Anmarsch sollte uns erlauben, uns ohne Alarm zu nähern. Wir neutralisieren die Drohnen am Eingang, rufen die Verstärkung, und dann liegt es an euch.«

Particle beendete den Satz mit einem flüchtigen Blick zwischen Zhan-Yo und Aegis, als wollten sie andeuten, dass sie nicht sicher waren, wessen Auftritt es genau war, aber definitiv nicht ihrer.

»Wenn ihr bereit seid«, fügte Particle hinzu.

»Sie sind bereit«, sagte Celice, und Aegis bemerkte, dass sie sich wieder einmal zwischen den Champion und Zhan-Yo gestellt hatte.

Clever, diese.

Aegis übernahm die Führungsposition, während Zhan-Yo und Celice die Nachhut bildeten. Particle blieb rechts vom Champion, als sie die Schlucht hinunter in Richtung des Randes schlichen. Aegis würde jede anfängliche Aufmerksamkeit auf sich ziehen, Particle würde so lange wie möglich ablenken, bis Zhan-Yo und Celice aufräumen konnten. Eine einfache Strategie, die funktionieren sollte, solange die Drohnen sie nicht in hohem Maße zahlenmäßig übertrafen.

»Sie werden ausschwärmen«, hatte Zhan-Yo in Pockets dimensionalem Versteck gesagt. Thane, Zhan-Yo, Celice,

Mathieu und einige andere drängten sich unter dem violett-schwarzen Schein über den Tisch. »Wir brauchen das.«

»Warum?«, fragte Thane.

»Wenn mein Mann die Abschaltung auslöst, müssen wir so viele Drohnen wie möglich zerstören. Nicht weil es Ziran verlangsamen wird, sondern weil es uns mehr Zeit verschafft, zu Wexley zu gelangen.«

Den Anführer nehmen, den Krieg gewinnen. Ihr Leitprinzip für diesen Angriff, für alles, was kommen würde, nachdem Aegis diese Klippe erklommen hatte. Ziran würde zusammen mit Wexley fallen, Verwirrung würde ein Chaos schaffen, das die Champions, die Paragons und alle normalen Verbündeten aufräumen könnten.

Natürlich war Ziran nicht gefallen, als Zhan-Yo verschwand. Ein anderer, schlimmerer Körper war einfach an seine Stelle getreten.

Aegis blickte zurück und sah seine Tochter. Wie Particle zu Aegis, hielt Celice einige Meter Abstand zu Zhan-Yo. Raum zum Handeln, falls es nötig sein sollte. Falls sich die Gelegenheit ergeben sollte. Jeder hier hatte seine erklärten Ziele. Aegis hatte keinen Zweifel, dass zweite, geheime Ziele unausgesprochen blieben. Er hatte Zhan-Yo hier draußen in den Felsen nicht zu Brei geschlagen, aber eine Kugel oder ein Messer in den Rücken, wenn die Lage sicher war, würde dasselbe bewirken.

Der Canyon endete in einer sich verengenden Senke. Sonnenlicht lag wie eine Kruste über allem, felsige Schatten tanzten über Aegis' Körper, als er sich dem Ende und dem blauen Himmel dahinter näherte. Der Schutz durch die hohen Wände wich spärlichem Gestrüpp, als Aegis sich geduckt herausbewegte. Jegliche Unterhaltung im Team verstummte, als die Mission wirklich begann, eine Stille, die nur vom Summen der Insekten und gelegentlichen heulenden Windböen durchbrochen wurde.

Die letzten Meter des Canyons fielen ab wie ein längst

vergangener Wasserfall und gaben Aegis Zeit, unter dürrem Gestrüpp hindurchzukriechen. Die spröden Zweige zerrten an seiner Uniform und brachen ab, während Aegis sich weiterbewegt. Seine Knie und Ellbogen rieben über den sandbedeckten, warmen und rauen Stein.

Der Rand kündigte sich nicht an, er tauchte unvermittelt auf, als Aegis mit seinem Arm die Kante ertastete. Unter ihm und in der Ferne lag das Ladedock der Fabrik mit den Gladiatoren, die es bewachten. Die beiden Drohnen beobachteten, wie Frachtbehälter und die sie bedienenden Arbeiter, unterstützt von gewöhnlicheren Maschinen, Rohmaterialien hinein- und fertige Produkte hinausbewegten: verpackte Drohnen, die auf ihren Abtransport in irgendeine ferne Region warteten.

Eine weitere Komplikation: Der Plan hatte nicht mit der Anwesenheit von Zivilisten gerechnet.

Aber kein Plan war je perfekt.

Aegis' Tama vibrierte, und der Champion warf einen Blick auf sein linkes Handgelenk, bereit, das Startsignal zu geben. Alle anderen waren in Position. Zeit, die Welt zu retten oder bei dem Versuch zu sterben.

Ein vertrautes Gefühl.

Aegis stemmte seine Füße gegen den Felsen und sprang in einen Lauf. Er stieß sich von der Kante ab und flog für einige magenflatternde Sekunden durch die Luft, bevor er unten auf der Straße abrollte. Seine Knochen brannten von der Anstrengung, aber Aegis' Fähigkeit heilte sie, noch bevor der Champion ganz aufrecht stand.

Die Ladearbeiter, ihre Hilfsdrohnen und die zwei Gladiatoren starrten ihn an. Die größeren, bewaffneten Maschinen hatten den intensivsten Blick, ihre roten Augen stachen hervor, während die Sonne sie zu Silhouetten machte. Aegis wartete auf ein Zeichen der Erkennung, bevor ihm einfiel, dass er dieses Mal nicht in Paragon-Blau gekleidet war. Heute zählte Zweckmäßigkeit mehr als Öffentlichkeitswirkung.

»Lauft«, verkündete Aegis den Menschen. »Ihr wollt nicht mehr hier sein.«

Um seinen Befehl zu unterstreichen, sprintete Aegis los, rauschte an den Arbeitern vorbei auf die zwei Gladiatoren zu. Die Wachdrohnen erkannten seine Absicht früher als die anderen, hoben ihre vier Arme und aktivierten Systeme, die für Aegis zu vielfältig waren, um sie alle zu erinnern. Das verschiedene Summen und Klicken löste endlich eine Reaktion bei den Ladearbeitern aus, die sich hastig zu ihren Kapseln retteten. Die Hilfsdrohnen zeigten keine solche Sorge, was Aegis auf eine Idee brachte.

Während er rannte, streckte Aegis seinen rechten Arm aus und packte die Seite einer kastenförmigen Lademaschine. Mit dem nächsten Schritt pflanzte er seinen linken Fuß auf und zog die ahnungslose Maschine zwischen sich und die großen Gladiatoren. Mynx' Monster passten sich geschmeidig an, hielten ihr Feuer zurück und stampften stattdessen auf mahlenden Metallfüßen vorwärts.

Es gab zwei Möglichkeiten, mit Gladiatoren umzugehen: Entweder direkt auf sie zustürmen und hoffen, dass Aegis die Stromgeneratoren in der Brust der Dinger durchstoßen konnte, oder in Deckung gehen und lang genug ausharren, bis deaktivierendes Feuer Wirkung zeigte.

Aegis hatte eine klare Präferenz.

Er drückte gegen die Ladedrohne, die ihrerseits einen Alarm wegen Verletzungsgefahr ausstieß, ein Ruf aus vernünftigeren Zeiten. Die Gladiatoren beachteten den Alarm genauso wenig wie Aegis: überhaupt nicht. Obwohl sie die Ladedrohne überragten, veranlasste Aegis' kauernder Stoß die großen Maschinen dazu, die Deckung zu räumen. Aegis spürte die Stöße, als Metallklauen in die Ladedrohne schnitten, fühlte den Zug, als ein Gladiator den armen Roboter wegriss.

Aegis stürmte los.

Die Zeit zwischen dem Erblicken eines Ziels und dem

Handeln, um es zu beseitigen, hatte Mynx vor zu vielen Nächten gesagt, lag im Millisekundenbereich. Eine Waffe zu heben und auf Aegis anzulegen, würde etwas länger dauern.

Die Gladiatoren hatten jedoch ein Problem: Hinter Aegis, in ihrem Schussfeld zusammengedrängt, waren all diese Arbeiter, die in ihre Kapseln stiegen. Fehlschüsse könnten unschuldige Kollateralschäden verursachen. Akzeptabel innerhalb bestimmter Parameter, wenn bestimmte Risiken – wie wenn Aegis selbst mehr Tote verursachen könnte – erfüllt wären.

Aegis allein? Zwei Drohnen vor einer versiegelten Festung angreifend?

Die Gladiatoren hielten ihr Feuer zurück und schlugen stattdessen nach dem Champion. Aegis hatte keine Fähigkeiten, Kugeln auszuweichen, aber schweren Schlägen zu entgehen? Das konnte er.

Die Drohne, die die Ladevorrichtung beiseite geschoben hatte, hatte ihre unteren Arme nach rechts gerichtet, wo sie den Lader verschoben hatte. Ihre oberen zwei hämmerten auf Aegis herab und versuchten, ihn platt zu machen, während der andere Gladiator sich für einen Schwung auf Knöchelhöhe hinhockte. Aegis sah die Bewegungen nicht so sehr, wie er sie *spürte*, ein Instinkt, geschärft durch so viele Duelle gegen den einen oder anderen niederträchtigen Gegner. Von seinem linken Fuß abspringend, streckte sich Aegis zu einem Hechtsprung, um über den Schwung zu springen. Die doppelten Hammerschläge kamen schneller als Aegis sich bewegte, erwischten seine Beine und schlugen Aegis' Knie auf den Beton.

Stillzustehen bedeutete den Tod, also ignorierte Aegis den nervenzerfetzenden Aufprall und duckte seine Schulter, zog seine Beine ein, um mit einer schwungerhaltenden Rolle nach vorne zu kommen. Auf dem Rücken zwischen den Beinen des rechten Gladiators liegend, starrte Aegis nach oben in den orangeweißen Metalltod.

Und trat zu.

Er hatte Wände durchbrochen, Knochen und Rücken gebrochen mit einem harten Tritt aus Beinen, die mit der Kraft gepackt waren, die damit einherging, kein Verletzungsrisiko zu haben, keine Angst vor den Konsequenzen. Aegis traf das Kniegelenk des Gladiators, eine neonorangen Scheibe, die hätte herausspringen sollen, die den Droiden in eine einknieende Kapitulation hätte zwingen sollen.

Das Bein bewegte sich nicht. Aegis fluchte.

Mynx machte immer weiter diese verdammten Upgrades, baute jede Version stärker. Jetzt konnte Aegis den Dingern nicht einmal mehr wehtun?

Der Gladiator aktivierte seine Beindüsen, hüpfte hoch und zurück von Aegis weg und setzte den Champion damit dem Zielen des anderen Gladiators aus. Keine Zivilisten in Gefahr mehr. Vier Arme, jeder mit seinem eigenen Pfeil- oder Kugelabschussrohr, rasteten ein.

»Zu spät«, sagte Aegis und hoffte, dass er es richtig getimed hatte.

Geschosse schlugen in die Seite des Gladiators ein, blaue Blitze zuckten über seinen Torso, seinen Kopf und diese Waffen. Particle und Celice feuerten von der Kante oben auf die Drohne, und Aegis ertappte sich dabei, wie er lächelte, als der Gladiator nicht feuern konnte, als die Maschine zuckte und ihre Drähte und Schaltkreise durchbrannten.

Seine Sicht schnappte um. Einen Moment lang hatte Aegis den Sieg vor Augen, und im nächsten wurde sein Hals herumgerissen, um den anderen Gladiator zu sehen, denjenigen, der den Lader beiseite geworfen hatte, wie er den Platz seines gefallenen Freundes einnahm. Arme hochgehoben, Waffen einsatzbereit.

Aegis rollte auf den gefährlichen Gladiator zu, Schulter und Brust auf dem Beton, bevor er sich mit den Armen zu einem geraden Stand aufrichtete und seine Füße ein schmales Profil bildeten. Kugeln flammten auf und beleuchteten die

Stelle auf dem Beton, wo Aegis' Kopf gewesen war. Splitter flogen umher, heiße Hülsen verbrannten Aegis' Uniform von vorn und hinten, als die Drohne ihn mit scharfer Munition in die Zange nahm.

Kein Platz mehr übrig.

Vom rechten Fuß abstoßend griff Aegis nach dem unteren linken Arm des Gladiators. Er spürte harte Einschläge, als mehrere Schüsse trafen, die Kugeln schnitten in seine Kleidung und rammten sich in die darunterliegende Schutzweste. Aegis' rechter Arm wurde taub, und etwas in seinem Unterleib presste säureartigen Schmerz durch seinen Magen, als ein Schuss aus nächster Nähe traf, aber der Zug brachte Aegis in die Reichweite der Drohne.

Selbst taub – eine Erfahrung, die Aegis öfter gemacht hatte, als ihm lieb war, durch die Hände verschiedener Schurken – arbeitete der Champion mit seinem rechten Arm, dann mit seinem linken, um den Gladiator zu erklimmen. Die große Drohne versuchte, Aegis abzuschütteln, aber er duckte sich, schwang sich und krabbelte auf den Rücken der Maschine. Trotz ihres polierten Glanzes boten die Aufsätze des Gladiators reichlich Halt. Einige Metallenden, inzwischen glühend heiß, verbrannten Aegis' Hände bei der Berührung, aber er ignorierte den Schmerz.

Es würde später Zeit genug geben, alles zu spüren.

Am Kopf des Gladiators angekommen, holte Aegis mit der linken Faust aus und schlug eine Delle in die Schädelplatte der Drohne. Zu seiner Rechten sah Aegis, wie der erste Gladiator, der immer noch Schüsse von Celice und Particle einsteckte, wieder zu sich kam. Nachdem Ziran einen Gladiator mit EMP-Munition gefangen genommen hatte, erwartete niemand in der Gruppe, hier die gleichen Ergebnisse zu erzielen. Sie mussten ihn nur lange genug aufhalten für ...

Zhan-Yo rannte von hinten rechts heran, nachdem er einen längeren Weg vom Rand zum Schlachtfeld genommen hatte.

Um eine abfallende, gewellte Stützmauer herumkommend, zahlte der Revolutionsführer mit seinen zwei Schwertern den physischen Preis für seine Sache. Zhan-Yo versuchte nicht, die taumelnde Drohne zu zerschneiden – ein Zug, der seine Klingen an der gepanzerten Hülle hätte zerbrechen können –, sondern arbeitete wie ein Chirurg, stach zwischen die Gelenke und durchtrennte Verbindungen. Erst das eine Bein, dann das andere flammte auf, funkte und brach zusammen, als die Fähigkeit der Drohne, ihre Haltung zu kontrollieren, versagte.

Von oben hatte Aegis einen herrlichen Blick, als Zhan-Yo seine Klingen an den Kopf der gefallenen Drohne setzte und den Gnadenstoß mit lässiger Finesse vollendete. Aegis hätte applaudiert, wenn er nicht auf sein eigenes Ziel eingedroschen hätte, wobei er die leichtere Panzerung oben beiseite schlug. Jetzt zeigten sich Drähte und Metall, bereit, gegriffen, zerrissen und weggeworfen zu werden.

Der Gladiator schoss nach oben, ein dröhnendes Aufsteigen, das Aegis zwang, sich am zerbrochenen Kopf der Drohne festzuhalten. Genau wie die Drohne auf dem Ziran-Boot nahm der Gladiator an, dass Aegis einen Sturz aus großer Höhe nicht überleben würde, und diesmal hatte er kein Wasser, in das er fallen konnte.

Toll.

Aegis, der hoffte, dass seine taube rechte Hand ihren Griff behalten konnte, schlug mit der linken zu. Er spürte, wie seine Finger Drähte umfassten und zog, ignorierte die Schnitte, als Metallfragmente beim Herausziehen schnitten. Der Gladiator zitterte, aber die Raketen brannten weiter. Unter ihm verschwanden Zhan-Yo und seine Beute. Celice und Particle beobachteten ihn vom Rand aus und hielten ihre eigenen Schüsse zurück. Die Arbeiter hatten endlich ihre Kapseln zum Laufen gebracht, die drei Fahrzeuge entfernten sich rumpelnd mit hoher Geschwindigkeit von der Fabrik.

Die Brise frischte wieder auf, die untergehende Sonne, frei

von jeglichem Schatten, fühlte sich warm auf Aegis' Rücken an, während der Gladiator aufstieg. Aegis schlug erneut zu, diesmal brachen die Gelenke des Kopfes sauber ab. Der Metallschädel der Drohne fiel weg und ließ Aegis auf den Schultern einer Maschine zurück, die zu den Sternen flog.

Was für ein Abgang das wäre, der ursprüngliche Champion, der immer höher und höher steigt, bis er in der Atmosphäre verglüht? Oder würde er zuerst ersticken, bewusstlos werden und in einen unzeremoniellen Aufprall stürzen?

Das war ein Risiko, das Aegis nicht eingehen konnte. Er hatte ein Vermächtnis zu bewahren, eine Legende zu schützen.

Also löste er seinen rechten Arm, spannte seine Beine an und stieß sich von der Drohne in die Luft ab.

KAPITEL 18
SUCHEN UND FINDEN

SIE MUSSTE CALVIN FINDEN, bevor Ziran sie fand.

Kat richtete sich vom Display auf und warf einen weiteren Blick hinter sich auf den Körper am Boden, dann auf die fabrizierte Tür, die genauso silbern glänzte wie alles andere in dem hastig errichteten Gebäude. Sie hatte sie beim Eintreten verriegelt und einen Schieberiegel vorgelegt. Analoge Sicherheit erwies sich überall als Bonus, da Kat dem Mann mit der Brille nichts Nützliches hatte entlocken können.

Sie hatte ihn zuerst zu Fall gebracht, dann seinen Hals mit ihrem Ellbogen fixiert, während sie ihn mit ihrem Gewicht zu Boden drückte. Wäre der Mann ein Bodybuilder gewesen, hätte Kat vielleicht Probleme bekommen, aber seine Büroarbeit bedeutete, dass er nicht den nötigen Hebel aufbringen konnte. Als er erschlaffte, traf Kat eine schwierige Entscheidung.

Den Mann bewusstlos liegenlassen und riskieren, dass er wieder zu sich kommt und Alarm schlägt. Ihn töten und sich vielleicht etwas Zeit erkaufen, aber dafür eine weitere Leiche zu ihrer Liste und ein weiteres Leben auf ihr Gewissen nehmen. In der Hitze des Gefechts, wie damals, als sie

Wexleys Söldner auf dem zugefrorenen See niedergeschossen hatte, konnte Kat den tödlichen Schritt ohne Reue gehen.

Aber hier? In dieser Zelle mit einer Drohne, die sie schweigend mit einer Spritze anstarrte?

Sie nahm die Injektion von der Maschine und verabreichte sie stattdessen dem Mann. Er hatte es ein Beruhigungsmittel genannt, vielleicht würde es ihn länger außer Gefecht setzen. Nachdem sie die Spritze gesetzt hatte, durchsuchte Kat seine Taschen und nahm den Ausweis von seinem Hemd. Sein Tama war bereits dunkel geworden und tat sein Bestes, um die Geheimnisse seines Besitzers zu bewahren.

Dann floh Kat und verbrachte die nächsten zwei Stunden damit, sich auf der Basis umherzubewegen und zu versuchen herauszufinden, was zum Teufel hier draußen vor sich ging. Die fluoreszierenden, schmucklosen Gänge verschmolzen ineinander, aufgeklebte Schilder gaben vage Hinweise auf Orte wie »Technik« und »Probenanalyse«. Jedes Mal, wenn sie auf eine Tür stieß, die mit einem Tama-Scan-Schloss gesichert war, ging Kat in die andere Richtung.

Wenn die Trackerin jemandem begegnete, der vorbeiging, hielten beide den Kopf gesenkt. Für Kaffeeklatsch war an diesem Ort kein Platz, was Kat nicht störte. Irgendwann stolperte sie über die Cafeteria, sechs karge Tische, die von mehreren Verkaufsautomaten bedient wurden. An der Rückwand des Raums?

Schreibtischnischen für die fleißigen Arbeitsbienen.

Und eine war besetzt, die Tür leicht angelehnt. In der Nähe holte sich eine einsame Seele etwas aus einem Automaten auf der rechten Seite. Kat ging zu dem Automaten auf der gegenüberliegenden Seite und las die deprimierenden Optionen für jeden Energieriegel-Geschmack, den man sich wünschen konnte. Sie wartete, bis der andere Esser seine Beute geschnappt hatte und gegangen war.

Auf leisen Sohlen und mucksmäuschenstill ging Kat schnell zur offenen Bürotür. Sie lauschte und hörte eine

Stimme, die vor sich hin summte. Kat spähte hinein und sah jemanden, der durch etwas scrollte, das wie ein beängstigender Nachrichteneingang aussah. So viele ungelesene Nachrichten mit hoher Priorität übersäten den Bildschirm. Ziran hielt seine Bienen auf Trab.

Mit ihrer rechten Hand übte Kat leichten Druck auf die Tür aus, deren dünner Rahmen sich wie Luft bewegte. Ein gleitender Schritt hinein, ihre Beute summte immer noch, Kats Annäherung blieb unbemerkt. Zumindest bis Kat die Tür schloss und den Riegel vorschob.

Die Frau drehte sich um, ihr Gesichtsausdruck zeigte nur unschuldige Neugier. Als ob hier in diesem verdrehten Heiligtum nichts Schlimmes passieren könnte.

»Hi«, sagte Kat, »und tut mir leid.«

Kat schlug der Frau mit der Handfläche nach oben direkt auf die Nase. Der Kopf der Frau flog zurück, und Kat, die den Stuhl der Frau vom Schreibtisch wegzog, packte die nun freiliegende Kehle und hielt fest. Nach zu vielen Sekunden des Kampfes, in denen Kat die ganze Zeit der Frau sagte, sie solle aufhören und sie würde leben, wurde die Dame endlich bewusstlos.

Kat lehnte den Körper der Frau ans Ende des Büros, wo jeder, der die Tür aufstieß, feststellen würde, dass er sie in eine Kollegin gerammt hatte, und setzte sich in den Stuhl und begann zu tippen.

»Buchhaltung«, Kat verzog das Gesicht, als sie die Nachrichten und Tabellen voller Zahlen und Formeln wegwischte. »Nein danke.«

Ungeachtet Kats Meinung zur Buchhaltung hatte die Frau ihr elektronisches Leben tadellos organisiert. Nachdem Kat die offenen Programme geschlossen hatte, starrte sie auf saubere, beschriftete Optionen, die sie zu den Mitarbeitern des Lagers, seinen Dienstplänen, Versuchszeitplänen und anderen verlockenden Auswahlmöglichkeiten führten, die Kat erkundet hätte, wenn sie Zeit gehabt hätte.

Sie ging zuerst zum Dienstplan, einer dynamischen Datenbank, die jede Anomalie hier in Variablen verwandelte. Größe, Gewicht, genetischer Hintergrund, gepaart mit Namen und keiner weiteren Beschreibung, ergaben eine unpersönliche Auflistung. Vielleicht machte das übersichtliche Blatt es für die Mitarbeiter des Labors einfacher, ihre Tests durchzuführen, aber für Kat sah es allzu vertraut aus.

Als Trackerin hatte Kat lange Zeit eine Datenbank betrachtet, die sich nicht sehr von dieser unterschied. Namen, gepaart nicht mit physischen, sondern mit finanziellen Statistiken. Aufträge und Verträge, einer nach dem anderen aufgelistet, damit Kat sich auf ihre produktivsten Anomalien konzentrieren konnte. Um den Fang ähnlich begabter Flüchtlinge zu priorisieren und ihre Einnahmen zu steigern.

Nirgendwo fügte die Trackerdatenbank des Paragons irgendwelche Farbe hinzu, nirgendwo beschrieb sie den mentalen Zustand einer Anomalie, ihr häusliches Leben oder ob sie die Verträge genossen, die ihnen von einer allmächtigen Einheit aufgezwungen wurden.

Kat schloss ihre Augen, rieb sich die Stirn und versuchte, das schleimige, üble Gefühl zu ignorieren, das sich in ihrem Bauch ausbreitete. Es gab offensichtliche Verbindungen, aber sie würde sie nicht herstellen. Sie würde nicht versuchen, die Kluft zwischen den Paragons und Ziran zu überbrücken.

Eine Brücke schien nicht mehr so weit entfernt wie noch vor einer Minute.

Schluckend und sich wünschend, sie hätte sich etwas zu trinken aus den Automaten draußen geholt, tippte Kat in die Suchleiste und gab Calvins Namen ein. Sie tippte auf das kleine Lupensymbol, ein Icon, das es schon gab, bevor Kat existierte und das sich nie geändert hatte, und starrte auf die Nachricht, die in der Mitte erschien:

Keine Ergebnisse.

Was?

Kat versuchte es erneut und las ihre Eingabe, um nach Fehlern zu suchen.

Keine Ergebnisse.

Sie lehnte sich im Stuhl zurück und versuchte nachzudenken. Vielleicht zielte die Suche nicht auf die Anomalien ab, vielleicht war sie kaputt. Vielleicht war die Liste veraltet.

»Sie ist nicht kaputt«, sagte eine leise Stimme hinter ihr, und Kat zuckte im Stuhl herum und fiel in eine Hocke. Mit einem Stoß konnte Kat den Stuhl in die Frau zurückschleudern, die sich mit dem Hintern auf dem Boden an die Rückwand des Büros lehnte. »Die Kopfschmerzen sind viel schlimmer.«

Die Buchhalterin tastete mit einer Hand ihre Nase ab, während die andere ihren Hals massierte. Ihre Augen fanden Kat, und Kat erkannte dieselbe Neugier, die sie gesehen hatte, als die Trackerin zum ersten Mal in den Raum eingebrochen war.

»Ich nehme an, du solltest nicht hier sein?«, sagte die Buchhalterin.

»Deine Nase ist nicht gebrochen, weil ich es nicht nötig hatte«, antwortete Kat und verschaffte sich Zeit, um nach einer Erklärung zu suchen oder einen Weg zu finden, die Buchhalterin davon abzuhalten, Hilfe zu rufen. Sie waren zu weit voneinander entfernt für einen schnellen K.O., und Kat hatte keine Waffen. »Ich versuche hier niemanden zu töten.«

»Das ist eine Erleichterung«, erwiderte die Frau und ließ ihre Hände an die Seiten fallen. »Die meisten Anomalien, die ausbrechen, verursachen Verluste, bevor sie niedergestreckt werden.« Bei Kats Blinzeln zuckte die Frau mit den Schultern. »Nicht, dass ich dich einlade, ihren Rekord zu brechen.«

Kat schätzte die Entfernung von den Händen der Frau zur Tür ab. Sie müsste sich aufrichten, den Riegel öffnen, dann die Tür aufziehen und um sie herumkommen, um zu fliehen. Zu viel Zeit, zu viel Distanz. Die Buchhalterin würde Hilfe brauchen, aber ...

»Du schreist nicht. Warum?«, fragte Kat.

»Weil wir das nicht sollen«, antwortete die Buchhalterin. »Es gehört zum Training, das Adriana uns allen gegeben hat. Studien zeigen, dass Begegnungen mit Anomalien häufiger tödlich enden, wenn die Anomalie aufgebracht ist.« Die Buchhalterin lehnte sich vor und legte einen Finger an ihre eigene Wange. »Du bist doch nicht aufgebracht, oder?«

Hier gab es zwei Möglichkeiten. Kat konnte den Ansatz der flüchtigen Anomalie weiterspielen, an den die Buchhalterin bereits glaubte, oder sie konnte schnell zu etwas anderem wechseln. Vielleicht eine Geschichte über eine Spionin erfinden oder eine Paragon-Soldatin auf Rachefeldzug. Oder die Wahrheit?

Nein, niemals das.

»Aufgebracht genug.« Kat bewegte ihre linke Hand vom Stuhl weg und hielt sie hoch, als ob sie einen Zauber wirken wollte. »Wähle: Hilf mir oder ich schalte dich aus, und beim zweiten Mal wird es nicht so nett sein.«

»Was willst du?«

Keine Zögerung. Das konnte Kat schätzen.

»Ich versuche, einen Freund zu finden. Er kam mit mir hierher, aber ich sehe ihn nicht auf der Liste.«

Die Buchhalterin blickte zum Bildschirm, »Darf ich?«

»Langsam.«

Kat stand auf, bewegte sich mit dem Rücken zur Wand in Richtung Tür, während die Buchhalterin an ihr vorbeiging und den Stuhl nahm. Sie sah zu Kat zurück und wartete, hilfsbereit und aufrichtig. Die Trackerin musste sich wieder neu orientieren. Sie hatte noch nie eine so kooperative Geisel getroffen.

Entweder liebte Ziran seine Angestellten sehr und würde Geheimnisse preisgeben, um auch nur ein Leben zu retten, oder Adriana und Wexley hatten nie gedacht, dass jemand es wagen würde, ihre Leute anzugreifen.

Andererseits, war diese ganze Situation nicht entstanden,

weil Wexley Mynx als Geisel genommen hatte und dafür zum Drohnenkönig wurde?

Kat gab der Buchhalterin Calvins Namen, und zunächst tat die Buchhalterin dasselbe wie Kat.

»Das habe ich schon versucht«, sagte Kat, als das gleiche Pop-up erschien.

Anstatt frustriert zu sein, nickte die Buchhalterin einfach und wechselte zu einer anderen Datenbank, die viel kleiner war und andere Werte neben jedem Anomalie-Namen anzeigte. Die Spalten listeten Fortschritte, Behandlungen und nächste Injektionen auf. Ohne Kat Zeit zu geben, das neue Panorama zu verarbeiten, führte die Buchhalterin eine weitere Suche nach Calvins Namen durch.

Bingo.

»Er?«, fragte die Buchhalterin, als die Datenbank sich auf Calvin zentrierte und zeigte, dass er heute seinen dritten Zyklus beginnen würde. »Du sagtest, ihr seid zur gleichen Zeit hergekommen?«

»Wo ist er?«, konterte Kat.

Die Buchhalterin war die Geisel, sie würde die Fragen beantworten.

»Oberste Etage«, antwortete die Buchhalterin, drehte sich zu Kat und faltete die Hände in ihrem Schoß. »Er ist in der letzten Phase. Es ist immer eine Show. Wirst du mich jetzt töten?«

Kat rümpfte die Nase, »Nein. Zähl bis hundert, dann kannst du gehen.«

»Und wohin?« Die Buchhalterin lächelte wieder, ein sanftes Lächeln, das von null Beschwerden sprach, nur von sanfter Akzeptanz. »Das ist mein Job und, für jetzt, mein Zuhause.«

»Dann solltest du dir einen neuen suchen«, erwiderte Kat. Sie schob den Riegel mit ihrer rechten Hand zurück und öffnete vorsichtig die Tür. »Und zwar bald.«

Die Buchhalterin sagte nichts, als Kat ging und die Tür

hinter sich schloss. Die Cafeteria hatte jetzt mehr Menschen, da der Nachmittag hart in den Abend überging. Kat bemerkte die Schlangen für die Energieriegel, die Energydrinks, die salzigen Snacks und erkannte, dass sie keine Ahnung hatte, woher diese Leute kamen, wo sie lebten. Ihre Uniformen waren eine Mischung aus Wissenschaft und Technik, wobei einige in trübgrünen Wartungsanzügen einen Kontrast zu den Ziran-Bürostandards der anderen bildeten. Ein gepanzerter Wachmann nippte durch einen Strohhalm an einem Softdrink in der Nähe des Ausgangs und beobachtete beiläufig ihre Tama.

Nicht einer war in Richtung von Kats gestohlenem Büro gegangen. Alle könnten der Buchhalterin zu Hilfe eilen, wenn die Frau einen Laut von sich gäbe.

Mit anderen Worten, Zeit zu gehen.

Kat eilte schnellen Schrittes aus der Cafeteria, ihre Tracker-Ausrüstung zog Blicke auf sich. Auch der Wachmann kniff die Augen zusammen, als sie vorbeiging, aber die Pause musste Vorrang haben, und Kat schaffte es unbehelligt hinaus.

Das Gebäude, so fabriziert wie es war, hatte nur einen einzigen Aufzug, und der war auch noch wackelig. Der Schacht verlief durch die Mitte des Gebäudes - soweit Kat das beurteilen konnte - und teilte sich seinen Weg mit einem doppelt breiten Treppenhaus. Kat schätzte den Aufzug ab, als sie näher kam, und sah den leuchtenden Abwärtsknopf, während ein anderer Wartungstechniker wartete, die Augen auf sein Tama gerichtet.

Zu viel Risiko in der Maschine. Aufzüge konnten aus der Ferne gestoppt werden, konnten in Todeskäfige verwandelt werden. Besser frei zu sein.

Die Treppe erwies sich als laut, aber sauber, mit dünnen Metallstufen, die zur silbernen Ästhetik passten und bei jedem Schritt federten. Kats eigener Lärm vermischte sich mit vielen anderen, die in einem ständigen Ping-Pong-Hagel auf und ab gingen. Die Gespräche der Mitarbeiter murmelten unter dem Getrommel, was Kat erneut dazu brachte, sich zu fragen, wie zum Teufel Menschen an einem Ort wie diesem so normal sein konnten.

Konnte sich jemand wirklich so schnell anpassen? Entscheiden, dass ein Gehaltsscheck es wert sein könnte, Anomalien aufzunehmen und sie wer weiß was zu unterziehen?

Empathie drohte, Fortschritte zu machen, die Menschen in diesem Gebäude mit Kat zu vermenschlichen, aber sie erreichte das oberste Stockwerk, bevor etwas wirklich Gefährliches ihren Plan entgleisen ließ: Calvin befreien und dann verschwinden, vorzugsweise diesen Ort dabei bis auf die Grundmauern niederbrennen.

Das oberste Stockwerk machte keinen Penthouse-Eindruck. Kat verließ das Treppenhaus langsam, öffnete die Tür einen Spalt und warf einen Blick hinein, bevor sie ganz in einen Flur trat, der Meter für Meter dem entsprach, den sie unten verlassen hatte. Der einzige Unterschied? Weniger Türen.

Toiletten lagen zu Kats Linken und Rechten, und dahinter setzte sich der Flur ohne weitere Merkmale fort, bis er am Gebäuderand abrupt endete. Mit Tama verschlossene Türen, bedeckt mit roten Warnschildern, schlossen diese Seiten ab, und Kat ließ sie in Ruhe, um sich auf die Haupttüren vor ihr zu konzentrieren.

Quer über den Flur befand sich ein undurchsichtiges Doppelset. Anders als der dünne, verchromte Mist anderswo im Gebäude, hatten diese Türen Gewicht, waren weiß lackiert mit dem orangefarbenen Ziran-Logo in der Mitte. Sie hatten auch ein Tama-Schloss. Schilder mit der Aufschrift »Nur für autorisiertes Personal« kennzeichneten jede Tür und bestätigten den Zweck des Schlosses.

Kat ging zur Tür und legte ihr Ohr dicht daran. Sie hörte nichts, konnte aber nicht sagen, ob die Türen den Schall blockierten oder ob die Buchhalterin über Calvins Aufenthaltsort gelogen hatte.

Eine weitere schwierige Entscheidung. Die Türen aufbrechen und ihre Tarnung aufgeben, oder versuchen, sich zu verstecken und zu warten, sagen wir, in einer dieser Toiletten für eine weitere Geiselnahme-Gelegenheit?

Der langsame Weg hatte seinen Reiz, aber Kats Nerven brannten bereits. Die Buchhalterin würde nicht ewig warten, selbst wenn sie tatsächlich im langsamsten Tempo, das die Menschheit kannte, bis hundert zählen würde. Und wenn Calvin da drin war, wenn sie ihm etwas antaten, dann könnte jede Sekunde, die Kat draußen wartete, seine letzte sein.

Kat holte tief Luft und machte einen langen Schritt zurück vom Tama-Schloss, schätzte ihre Füße, ihre Beine und diese Türen ein. Sie könnte ein Gadget benutzen, um durchzubrechen, aber vielleicht ...

Kat nahm einen langen Atemzug und trat blitzschnell zu, wobei sie ihre Stiefelabsätze direkt in das Tama-Schloss krachen ließ. Der kleine Bildschirm und Scanner hatten keine Chance und zerbarsten in schwarzes Plastik und Glas. Ein Alarm ertönte, bevor Kats Fuß den Boden wieder berührte, ein blechernes Ding, das die hastige Konstruktion des Gebäudes bestätigte. Nicht einmal die Lichter änderten sich: kein düsteres Rot, keine schnellen Verriegelungen.

Die Trackerin wartete nicht, sondern glitt nach rechts, den Rücken zur Wand und die Doppeltüren zu ihrer Linken. Ein weiterer tiefer Atemzug, eine weitere Wette.

Etwas klickte in den Türen, und Kat spürte ein Pochen, als sich ein Riegel bewegte. Ein zweiter Knall folgte und die Türen schwangen auf. Kat sah nichts, als sie nach links blickte, und unterdrückte einen leisen Fluch. Sie hatte gehofft, die Leute, die die Experimente leiteten, wären dumm und würden in den Flur stürmen, reif für einen überraschenden Knockout.

Stattdessen hatten diese Typen Taktik.

»Wer auch immer da draußen ist, gib auf«, bellte ein Mann, seine Stimme moduliert. Ein Helm also. »Verstärkung ist unterwegs. Ihr seid in der Unterzahl.«

Was für ein Verhandler, dieser Typ.

»Okay«, sagte Kat, ohne sich zu bewegen. »Okay. Tut mir nicht weh. Ich ergebe mich.«

»Dann komm rum mit erhobenen Händen, dein Gesicht deutlich sichtbar.«

»Ich glaube nicht, dass ich laufen kann. Ich habe mir beim Treten gegen den Scanner das Bein verletzt.«

Der Verhandler oder sein Wachkollege warteten nicht, sondern kamen um die Türseite herum, als Kat zu Ende gesprochen hatte. Der Mann hatte eine Elektroschockpistole erhoben und schussbereit, hätte abgedrückt, außer dass Kat sich auf seine Knöchel stürzte, bevor er den Türrahmen passiert hatte.

Kats Sprung traf die Waden des Mannes und trieb ihn zurück, ein Stolpern, das ihn vielleicht noch stehend gelassen hätte, wenn Kat nicht mit ihrer linken Hand sein rechtes Bein nach vorne gerissen hätte. Als der Mann fiel, als Stimmen zu rufen begannen - Kat zuckte innerlich zusammen, als sie mehrere Drohnen ihre mechanischen Forderungen ausspucken hörte - hielt Kat ihre Beine in Bewegung und drängte sich an den gefallenen Mann.

Deckung war Deckung, auch wenn sie lebte.

Das Penthouse wurde endlich dem Ziran-Versprechen gerecht: Der weite Raum hatte keinen Fliesenboden, sondern beherbergte stattdessen eine weiß-orange Matte von einem Ende zum anderen. Fenster reihten sich vom Boden bis zur Decke um den Raum und gewährten einen spektakulären Sonnenuntergang. Eine bunte Anordnung von Drohnen, Wissenschaftlern und Soldaten genoss diesen Anblick, und Kat vermutete, dass selbst die fünf Anomalien, die in der Mitte standen, den Anblick als letzten Blick vor ihrer langen Dunkelheit geschätzt hätten.

Mit ihrer rechten Hand kämpfte Kat mit dem sich wehrenden Wächter um seine Elektroschockpistole. Sein Kumpel, seine Stimme verriet den Verhandler, rannte mit seiner eigenen Elektroschockpistole herbei und zielte auf einen Punkt für einen Nahschuss. Einer, der getroffen hätte, wenn die Trackerin sich nicht gerollt hätte. Kats linker Arm trug die Hauptlast, als sie den angegriffenen Wächter über ihre Brust rollte und hoffte, das Aufprallen der Elektroschockpistole auf dem Mann zu spüren.

Der Verhandler hielt sein Feuer zurück. Wartete, bis der angegriffene Wächter, auf Kat liegend, die Rolle über sie beendet hatte. Auf dem Rücken liegend, exponiert, starrte Kat auf den Lauf der Elektroschockpistole und das völlig entschlossene Gesicht des Mannes, der sie hielt.

Hinter ihm, in ihre Richtung blickend, mit einem Kiefer, der fast den Boden berührte, stand Calvin. Eine Drohne summte neben ihm, eine Spritze, die sich Calvins linkem Arm näherte. Ein Arm, der zu einer Hand führte, die sich auf dem Boden ausbreitete.

Und Calvins rechte Hand?

Als die Tracker-Drohnen, diese metallischen Tausendfüßler, die Wache standen, ihre Deckung aufgaben, als die anderen Anomalien ihrer Verzweiflung nachgaben und sich zu bewegen begannen, streckte Calvin die Hand nach ihr aus.

KAPITEL 19

WIEDER ZU HAUSE

DAS HAUS, windgepeitscht und verwittert, trug Chicagos Frühling in Form von alten Blättern, Schmutz und Zweigen in seinen verstopften Dachrinnen. Überbleibsel des Winters klammerten sich an die Ecken und trotzten der Nachmittagsbrise und dem bedeckten Himmel, so gut sie konnten. Ein zweistöckiges Gebäude, das eher an eine Ostküstenpromenade als an eine Vorstadtstraße gehörte. Rhimes schätzte diese Eigenart. Er nahm die Vorderstufen langsam, die Hand am weißen, regennassen Geländer, und spürte, wie die Holzstufen unter seinen Stiefeln knarrten.

Jahrelang hatte er hier gewohnt, während er für Ziran arbeitete und zwischen Zhan-Yo und Wexley in Rollen wechselte, die immer dunkler und undurchsichtiger wurden. Jetzt war er von Wexley verstoßen worden und hatte Zhan-Yo ein Update geschickt, auf das Z mit einem einzigen Wort geantwortet hatte:

Geh

Z würde noch einen Moment warten müssen. Hinter Rhimes kam Regina den Weg herauf, mit den umherwandernden Augen einer Touristin. Weiter hinten rollte die geliehene Kapsel zurück auf die Straße, um einen anderen

Passagier abzuholen. Rhimes hatte sich von der Ziran einen Kilometer nördlich hierher durchgeschlagen, ein verzweifelter Zug, der die Notfallprogrammierung der Kapsel aktiviert und das Paar an der Autobahnausfahrt abgesetzt hatte.

Sie waren durch feuchte Nachbarschaften geschlichen, bevor sie nacheinander zwei weitere Kapseln bestiegen hatten. Rhimes grub alte Aliasse und deren verstaubte Reputationskonten aus, um seine Spuren zu verwischen. Zuletzt hatte er diese benutzt, um Söldner anzuheuern, Waffen zu kaufen und Wexleys kleine Elementar-Mordserie so zu managen, dass die Paragons sie nicht zu ihrem Auftraggeber zurückverfolgen konnten.

Witzig, wie manche Dinge sich wiederholen.

»Ist das dein Haus?«, fragte Regina, als Rhimes die Tür versuchte.

Ein manuelles Schloss, und immer noch verriegelt. Er musste davon ausgehen, dass der Schlüssel ... Rhimes ging drei Meter nach rechts, bückte sich und hob die dünne Verkleidung an. Dort, eingebettet in etwas Isolierung, lag der angelaufene Gegenstand. Genau dort, wo Rhimes ihn vor Monaten zurückgelassen hatte, bevor er mit Wexley aufgebrochen war, um eine Gladiatorendrohne zu fangen.

»Ich habe dich etwas gefragt«, sagte Regina, als Rhimes sich aufrichtete.

Sie hatte die Arme verschränkt, als wäre Rhimes, der schätzte, ein paar Jahre älter als sie zu sein, ihr Kind.

»Hab dich gehört«, sagte Rhimes, steckte den Schlüssel ins Schloss und drehte ihn. »Es ist nicht meins.«

»Wem gehört es dann?«

Rhimes stieß die Tür auf. Er roch den Staub, die schwere Luft, die hier gestanden hatte. Dunkle Holzböden, Stuckleisten und eine Treppe, die nach oben führte. Keine Bilder an den hellblauen Wänden. Drinnen war es auch kühl, die Heizung war entweder tot oder von Zirans peniblen Buchhaltern abgestellt worden: Warum für einen Ort zahlen, der nicht mehr genutzt wurde?

»Es gehört Ziran«, sagte Rhimes, als Regina ihm hinein folgte. Er ließ sie an ihm vorbei in den Flur gehen, bevor er die Tür schloss und hinter ihr abschloss. »Ich hoffe, sie haben es vergessen.«

»Bei meinem Bruder ist das ein schlechter Plan.«

»Manchmal sind alle Pläne schlecht.«

Rhimes ging an Regina vorbei, warf einen Blick auf die Kellertür im Flur. Das Arsenal war geleert worden, verteilt an die angeheuerten Schläger, die diese Drohne zu Fall gebracht hatten. Bis auf ein paar ausgewählte Stücke, die zurückgelassen wurden, nutzlos gegen Maschinen, aber gut genug für Fleisch und Blut.

»Also deshalb sind wir hergekommen«, sagte Regina in der Küche, als Rhimes den Schrank über dem Kühlschrank öffnete und einen Koffer mit Keramikmessern herauszog. Zerbrechlich, aber fast nicht zu entdecken. »Du denkst, ein paar Messer werden uns in Wexleys Büro bringen?«

»Letzte Möglichkeit«, sagte Rhimes, nahm drei und steckte sie in seine Jacke, eines in seine Socke. Er hielt das letzte Regina entgegen und drehte es in seiner Hand, sodass der schwarze Ledergriff zu ihr zeigte. »Hier.«

»Ich weiß nicht, wie man mit einem Messer kämpft«, sagte Regina, verzog die Lippe und starrte auf die Klinge.

»Wenn du verzweifelt bist, wirst du es schon rausfinden.« Rhimes schob den Griff noch einmal in Reginas Richtung, und als sie sich nicht bewegte, seufzte er, drehte die Klinge um und legte den Griff in seine Handfläche. Schob es in seinen Ärmel und fixierte es dort. »Oder auch nicht.«

»Werkzeuge sind für diejenigen, die sie brauchen.« Reginas Blick wanderte zur Speisekammer. »Sag mir, stattet Ziran seine Verstecke mit Nahrung aus?«

»Solange frisch keine Voraussetzung ist, bedien dich. Dann ziehen wir weiter.«

Regina fand steinhartes Müsli, zementfesten Erdnussbutter und ein paar essbare Energieriegel. Letzteres schien verlockend, bis Rhimes den Wasserhahn aufdrehte und feststellte, dass auch das Wasser abgestellt war.

»Dein Bruder ist geizig«, sagte Rhimes und drehte den Wasserhahn wieder zu.

»Er gibt alles für mich aus«, witzelte Regina, knabberte aber trotzdem an der schokoladigen Müspliplatte.

Rhimes' Tama piepste: Die Kapsel, die er gerufen hatte, wartete draußen, bereit, sie in die Innenstadt zu bringen. Die beiden gingen zur Haustür, Rhimes voraus, die Hand nach dem Schloss ausgestreckt.

Die Tür flog auf. Die Schockwelle schleuderte Rhimes zurück auf Regina, warf sie beide auf den Flurboden, während Splitter um sie herum regneten. Mit klingenden Ohren und brennenden Augen setzte Rhimes sich auf und blickte in die kleine, schwebende Kugel einer Unterdrückungsdrohne. Nicht tödlich, aber durchaus gefährlich, schwebte der Ball über der Veranda, während seine gewählte Waffe sich zurückzog.

»Beweg dich«, sagte Rhimes, seine Stimme klang durch sein betäubtes Gehör klein und blechern. »Hinterhof.«

Regina schien zu verstehen, stand auf und ging in Richtung Küche. Rhimes folgte ihr, machte zwei lange Schritte, bevor die Glasschiebetür zur Terrasse in der Küche es ihrem Bruder an der Vorderseite gleichtat und mit einem ohrenbetäubenden Knall zersplitterte. Rhimes packte Regina, als die Scherben auf sie zuflogen, und stürmte nach rechts, durch die Tür und in einem stolpernden Lauf die Kellertreppe hinunter.

Als sie unten ankamen, tastete Rhimes nach einem Lichtschalter, der sich ebenfalls als nutzlos erwies. Mit nur einem blauen Lichtstreifen, der durch die offene Tür fiel, spürte Rhimes mehr, als dass er sah, wie Regina sich von ihm wegschob und in die Mitte des Raumes zurückwich.

»Wie haben sie uns gefunden?«, fragte Regina.

»Du weißt doch, was dein Bruder macht, oder?«, fragte Rhimes und ignorierte seinen schmerzenden Knöchel, während er sich Glassplitter von den Schultern klopfte.

»Ich dachte, du hättest einen Weg gefunden, um zu verschwinden?«

Rhimes wedelte mit seinem leuchtenden Tama in Reginas Richtung, während er zur Tür hinaufblickte. Diese Drohnen waren zwar nicht tödlich, aber das hieß nicht, dass sie Rhimes nicht höllisch wehtun konnten. Ganz zu schweigen davon, dass Zhan-Yos Plan keine Chance hätte, wenn er und Regina nicht bald losmachten.

Und wenn Zhan-Yo scheiterte, würde Rhimes als Verräter behandelt werden.

»Ich hoffte, er würde uns nicht so schnell finden«, sagte Rhimes. »Falsch gedacht.«

Regina wich zurück und lehnte sich gegen eine Wand, die vom Licht von Rhimes' Tama erhellt wurde. Um sie herum erzählten Haken die Geschichte des verschwundenen Arsenals.

»Bleib weg von mir«, sagte Regina, während Rhimes zusah. »Das Schlimmste, was mir passieren wird, ist eine Fahrt nach Hause.«

Das tat weh, aber Rhimes konnte es der Frau nicht verübeln. Selbsterhaltungstrieb und so. Stattdessen duckte er sich zurück zum Treppenaufgang. Unter den Holzstufen standen alte Kisten und Kartons, die zum Versand der Waffen verwendet worden waren, und obwohl die Kisten selbst leer waren, hing die Brechstange, mit der sie geöffnet worden waren, noch genau an ihrem Platz. Rhimes hob die schwarze, staubige Stange hoch und versuchte, sich wie ein Badass zu fühlen.

Die Tracker-Drohnen raubten ihm dieses Gefühl, ihre scharfen Stahlbeine klackerten, als sie die Aufgabe ihrer schwebenden Unterdrückerbrüder übernahmen. Rhimes hörte das Klicken über sich, als sie von den hellen Fliesen auf das dicke Holz wechselten. Der Mann griff nach seinem Tama, um das Licht auszuschalten, hielt dann aber inne.

Die Drohnen konnten im Dunkeln sehen.

»Was sind das für Dinger?«, fragte Regina, ihre Augen folgten etwas über Rhimes' Kopf.

Rhimes hörte die Frage, lauschte aber stattdessen auf die Krallen der Tracker-Drohne, die das Ende der Treppe erreichten. Er hob die Brechstange und begann, sich in diese Richtung zu bewegen, mit dem Plan, einen Überkopfschlag zu landen, bevor die Drohne reagieren konnte. Er holte mit der Brechstange aus, senkte die linke Schulter und spürte, wie etwas seine Waffe packte.

»Da sind zwei von ihnen!«, schrie Regina und erklärte damit die Panik, als Rhimes sich von der Treppe weg zur Raummitte bewegte und an der Brechstange zerrte.

Die Drohne konnte die Waffe nicht mit ihren Klauen festhalten, und Rhimes riss sie frei, stolperte zurück und machte sich bereit, als die beiden Tracker-Drohnen mit ihren silbernen Tausendfüßler-Panzern von beiden Seiten auf ihn zukrochen. Beide bäumten sich wie Kobras auf, die kleinen Schlitze, die ihre Pfeilabschussvorrichtungen verbargen, öffneten sich.

Rhimes würde sich nicht so leicht geschlagen geben.

Er entschied sich für rechts, machte einen Schritt und schwang die Stange wie einen Baseballschläger. Der Schlag krachte in die Mitte der Drohne, prallte von der Panzerung ab und hinterließ nur eine winzige Delle und einen lauten Klang. Die Pfeile wurden abgefeuert. Einer bohrte sich in seinen Rücken, ein zweiter in seine linke Schulter.

Sie brannten, und Rhimes verlor die Kontrolle über seine linke Hand, als er die Brechstange ein zweites Mal schwang. Er ging von oben herab und zielte auf das Auge der Tracker-Drohne, traf aber nie. Die Maschine bog ihr Rückgrat und wich außerhalb von Rhimes' Reichweite zurück. Wieder wie eine Kobra schnellte die Drohne nach dem Schwung nach vorn und stieß Rhimes zu Boden. Ein Bein schlug die Brechstange weg und ließ sie über den Boden rollen.

Mit den Metallmandibeln über seinem Kopf schwebend, zuckte Rhimes vor dem stählernen Maul zusammen, während sein Körper taub wurde. Zumindest würde er mit zwei Pfeilen vielleicht das Bewusstsein verlieren. Er würde definitiv keinen Schmerz spüren, wenn diese Dinger beschlossen, ihn in Stücke zu reißen.

Hinter ihm hörte Rhimes Reginas Stimme, die immer wieder *bitte nicht* murmelte. Schien, als hätte er doch etwas richtig gemacht, wenn sie ihn nicht tot sehen wollte.

Rhimes konnte nicht spüren, wie sein Tama vibrierte, aber er sah den Bildschirm aufleuchten. Ein eingehender Anruf von der Person, mit der er in diesem Moment wirklich, wirklich nicht sprechen wollte. Zum Glück konnte er den Tama nicht einmal abnehmen, wenn er es gewollt hätte.

Die Tracker-Drohne senkte sich und ließ zwei scharfe Beine auf Rhimes' Brust ruhen. Mit einem anderen streckte die Maschine eine Stahlklaue aus und tippte auf den Tama, um den Anruf anzunehmen. Wexleys Gesicht, sonnengebräunt und mit Sonnenbrille, füllte den Bildschirm.

»Rhimes, du ahnst nicht, wie sehr es mich schmerzt, dich so zu sehen«, sagte Wexley. Zu seiner Ehre klang Wexley tatsächlich verletzt, klang müde. »Du stößt mir genau dann ein Messer in den Rücken, wenn ich dich am meisten brauche?«

»Du wolltest nicht zuhören.«

Rhimes hatte nicht genug Luft, um mehr als zu flüstern. Er versuchte trotzdem, irgendwie Kraft zu finden, um nicht so schwach auszusehen und zu klingen. Die Drohne drückte ihre Klaue tiefer, zerriss Rhimes' Hemd und hinterließ eine Markierung auf seiner Brust.

»Zuhören wofür?«, fragte Wexley. »Was ist das Problem, Rhimes? Was ist so schlimm, dass du meine Schwester von mir wegnehmen musst?« Wexley hob die Hand, nahm seine

Brille ab und rieb sich die Augen. »Ich verstehe nicht einmal, was du vorhast, sie in dieses alte Lagerhaus zu bringen.«

»Das ist nicht-«

»Hey, Drohne«, sagte Wexley, »ist meine Schwester da?«

Die Drohne neigte sich, schlängelte eine Klaue in Rhimes' Arm und schnitt tief ein. Rhimes konnte nichts spüren, aber er sah den roten Tropfen im Licht des Tamas, als die Drohne Rhimes' Arm über seinen Kopf zog und dem Tama eine gute Sicht bot.

»Ich bin hier, Wexley.« Regina hatte irgendwo ihr Rückgrat gefunden: Rhimes hörte keine Spur mehr von dem Wimmern. »Lass den armen Mann in Ruhe. Er wusste nicht, was er tat.«

»Das glaube ich keine Sekunde. Hat er dir wehgetan?«

»Nein. Ich glaube, er wollte mich für irgendwas.«

Sie sagte nicht wofür. Regina gab nicht sofort auf. Rhimes konnte zwar keinen Ausweg aus diesem Desaster erkennen, aber zu wissen, dass er nicht ganz allein war, fühlte sich ein bisschen besser an. Nicht, dass er noch lange irgendetwas fühlen würde.

»Was er will, spielt keine Rolle. Bleib von ihm weg«, sagte Wexley. »Ich schicke eine Kapsel, um dich zurückzuholen.« Etwas knisterte durch den Tama, das stetige Rauschen eines Alarms. Wexley fluchte. »Muss los, Regina. Ich liebe dich.«

Der Tama-Anruf blinkte aus, was Rhimes nur daran erkannte, dass die Drohne ihre Klaue aus seinem Arm zog. Befreit fiel Rhimes' tauber Arm zurück auf den Boden, der Bildschirm des Tamas war leer vor seinen Augen.

Jetzt kam die Hinrichtung.

Die Drohne, die über ihm stand, richtete sich auf und hielt Rhimes fest, ging aber nicht gerade zum Zerfleischen über. Ihr Partner raste ohne Vorwarnung davon, die Metallbeine huschten die Seite des Treppenaufgangs zur Tür hinauf. Rhimes wusste genug über Drohnentaktiken, um diesen Zug seltsam zu finden: Tracker-Drohnen nutzten ihre Anzahl, um

Tötungen zu bestätigen. Der Partner hätte nicht gehen sollen, bis Rhimes eine kalte Leiche war.

Nicht dass die verbliebene Drohne den Job nicht hätte erledigen können. Rhimes sah, wie sich ein Bein, dessen scharfe Spitze im matten Schein der Tama sichtbar war, nach seiner Kehle ausrichtete. Rhimes konnte seine Beine nicht spüren, seine Arme nicht, überhaupt nichts, also versuchte er, ein unbewegtes Gesicht zu bewahren. Entschlossen, furchtlos. Regina würde Wexley zumindest das berichten können.

Die Brechstange zerschmetterte das gläserne linke Auge der Drohne. Splitter flogen umher, als die Maschine zu Rhimes' Linken fiel und den Kämpfer aus ihrem Klauengriff befreite – nicht dass Rhimes mit dieser Freiheit viel anfangen konnte. Regina ging vor, schwang die Brechstange erneut und traf ein stählernes Bein. Der Schlag richtete nicht viel aus, aber die Drohne griff auch die Frau nicht an.

Wexleys eigene Befehle. Rhimes versuchte zu lachen, hustete stattdessen, als seine Lungen darum kämpften, genug Luft zu bekommen. Zirans Drohnen würden es nicht wagen, der Schwester des Mannes oder dem Mann selbst zu schaden, Vorgaben, die Rhimes sichergestellt hatte, dass Zirans Personal sie in einem frühen Update nach der Übernahme der Fabrik hinzugefügt hatte.

»Verschwinde«, sagte Regina, als ob die Drohne auf sie hören würde. »Lass ihn in Ruhe!«

Zwischen den Anweisungen gefangen, zögerte die Drohne. Regina schlug erneut zu, Rhimes beobachtete die Treffer aus dem Augenwinkel seines linken Auges. Die Maschine wollte sich um Regina herumschlängeln, zu Rhimes gelangen und die Mission beenden, aber jedes Mal, wenn sie sich bewegte, schlug Regina wieder zu.

Über ihnen bebte das Haus. Rufe und Knalle hallten durch die Gänge. Mehr Glas zersplitterte. Rhimes glaubte, taktische Befehle zu hören, aber wer zum Teufel sollte sonst hier sein? Jeder, mit dem er zusammengearbeitet hatte, war jetzt in

Zirans Missionen verstrickt, und keiner würde die Loyalität zu ihm der Sicherheit bei Zirans-

»Würdest du dich beeilen und aufstehen?«, bellte Regina und versetzte dem sich nähernden Kopf der Drohne einen weiteren golfartigen Schlag. »Das ist nicht mein Stil!«

»Ich versuche es«, erwiderte Rhimes mit schwerer Zunge. »Zwei Pfeile sind 'ne Menge Drogen.«

Rhimes brauchte Zeit, und die Drohne war nicht dumm genug, ihm diese zu geben. Sie bewegte sich nach rechts und zog Regina mit sich, und als sie erneut eine Finte in Richtung Rhimes machte, holte sie mit der Brechstange zu einem weiteren Rundumschlag aus. Die Drohne huschte unter dem Schlag hindurch, legte sich fast flach auf diese glänzenden Beine und rannte Rhimes' Brust entlang.

»Nicht, du hässlicher Bastard!«, schrie Regina und stürmte der Maschine hinterher.

»Na toll«, sagte Rhimes, als sich die Drohne aufrichtete und mit ihren Klauen nach unten schlug.

Selbst mit den Pfeilen spürte Rhimes diese Schnitte.

KAPITEL 20
ERHEBT EUCH

CASSIDY SCHÄTZTE DREISSIG KÖRPER, die sich in der fensterlosen Zelle drängten, eingepfercht von billigem Zaun und Gladiatorendrohnen, die nur allzu bereit waren, ihre Waffen auf die Gefangenen gerichtet zu halten.

Dreißig Körper, und jeder einzelne zuckte zusammen, als die Anomalie, ein Mädchen, das in der Ecke kauerte, schrie.

Nicht vor Entsetzen, sondern mit heller, energiegeladener Wut.

Unter einem breiten Zelt, das in sechs dieser großen Pferche aufgeteilt war, ein Raum nahe der Basismitte, wo, wie Cassidy vermutete, Anomalie-Lieferungen gesammelt und sortiert würden, elektrisierte der Schrei die Gefangenen. Cassidy konnte es nicht erklären: In der einen Sekunde hatte sie noch zu den beigefarbenen Hügeln gestarrt und sich gefragt, wie Vick so schnell gestorben war, und in der nächsten? Stürmte sie mit den anderen Anomalien auf den Zaun zu.

Nein, sie konnte es erklären: eine weitere Fähigkeit, die die Welt aus den Angeln hob.

Die Leeren sprangen an ihre Fingerspitzen, bereit abgefeuert zu werden, als Cassidy sich zwischen Körpern hindurchzwängte, die ein physikalisches Gesetz nach dem anderen brachen. Einige Anomalien sprangen in die Luft, schossen durch das Zelt oder stürzten sich ohne Rücksicht auf Taktik auf einen Wächter. Andere gingen in Flammen auf, warfen fantastische Lichtkugeln oder schmolzen in den Boden, nur um neben einer Gladiatorendrohne wieder aufzutauchen und mit nutzlosen Fäusten auf sie einzuschlagen.

Die Drohnen taten, wofür sie konstruiert waren: Alle vier Arme brachen in gezieltes Feuer aus, Kugeln strömten in die Menge. Irgendwo in Cassidys Hinterkopf wurde ihr klar, dass sie sterben würde, sie alle würden sterben, aber dieselbe Anomalie schrie erneut und dieser Zweifel verschwand. Stattdessen sprang Cassidy auf einen verwundeten, fallenden Körper vor ihr und nutzte diese Höhe, um eine Leere auf den nächsten Gladiator zu werfen.

Das unsichtbare Messer schnitt durch die Luft, fand sein Ziel und verschlang den metallenen Schädel der Drohne. Drähte rissen nach oben und weg von dem Körper des Dings, seine Armkanonen stoppten, brachen zusammen. Eine andere Anomalie folgte Cassidys Angriff, rannte zur Drohne und schrumpfte den Gladiator mit einer Berührung auf menschliche Größe, während er selbst wuchs.

Die große Anomalie brüllte, die Menge brüllte mit, und als Cassidys Stimme von dem Ruf herabkam, verwandelte ein punktgenauer Laser die neu riesenhafte Anomalie in ein Opfer. Der Aufruhr schrie auf, wandte seine Aufmerksamkeit dem Mörder der Anomalie zu.

Cassidy drehte sich ebenfalls um, die Leeren bereit, Zirans Monster und ihre Basis zu zerfetzen, bis nichts übrig bliebe außer Glut und Asche. Cassidy stieg von ihrer menschlichen Plattform und begann, in dem Gedränge aufzugehen, bis eine andere riesige Anomalie, die mit einem Kriegslied auf den Lippen vorbeidonnerte, Cassidys Kopf mit ihrer Schulter traf.

Sie drehte sich, fiel und wäre zertrampelt worden, wenn ihr kleiner Ausflug, ihr Leeren-Werfen, sie nicht ans Ende des

Rudels gebracht hätte. Ein paar nackte Füße zerquetschten ihre Beine, einer presste ihr Haar in den Schmutz, aber sie atmete. Lebte.

Fand ihren Verstand wieder.

Vom Boden aus, die festgetretene Erde kühl an ihrer Wange, sah Cassidy unter den Zäunen hindurch, aus dem Zelt heraus und in Richtung des Gebäudekomplexes. Was ein behelfsmäßiger Metallglanz gewesen war, war nun von Staub, Feuer und einem Drohnen-Mensch-Morast getrübt. Harte Geschosse knallten durch die Luft, übertönten Rufe, die zur Ruhe mahnten, und eine tiefere sonische Mischung, die sich jeder Beschreibung entzog: Anomalien und ihre Fähigkeiten, die brachen, knackten, dröhnten und widerhallten.

Cassidy fühlte sich, als wäre sie in ihre Teenagerjahre zurückversetzt worden, eingepfercht in einem überfüllten Keller, wo sie kunterbunten Bands zuhörte, die auf zufälligen Instrumenten herumkratzten.

Im Chaos jedoch lag eine Chance. So viel hatte Cassidy auf der Insel gelernt.

Sie rappelte sich auf, fügte die Kämpfe, die sie sah, die lodernden Kräfte und die feuernden Waffen zusammen und versuchte, eine Strategie zu entwickeln. Celice hatte gesagt, Cassidys Kommen hierher sei Teil irgendeines Plans. Hatten Thane oder Aegis die Explosion, den Aufstand orchestriert? Und wenn ja, was war das Ziel?

Zu Cassidys Linken stand die jüngere Frau, die Schreiende, die den tobenden Ansturm in Gang gesetzt hatte. Die Frau schrie wieder, formte ihre Hände zu einem Trichter um ihrem Mund, um dem Befehl, dem Aufruf, Zirans Maschinen und ihre mörderischen Betreuer zu zermalmen, extra Nachdruck zu verleihen. Cassidy spürte den Drang, aber er prallte an ihrer Logik, ihrer Selbstbeherrschung ab. Wie bei der Herzogin zurück auf der Insel beseitigte das Wissen um eine Anomalie als Quelle die Bedrohung.

»Was machst du da?«, sagte Cassidy zu der Frau und erhob ihre Stimme, um gehört zu werden.

»Ich ergreife eine Chance«, antwortete die Frau und musterte Cassidy. Ein Stirnrunzeln verriet, dass sie nicht beeindruckt war. »Warum hilfst du nicht?«

Die Antwort auf diese Frage kam durch ihre Füße, kam mit einer anderen, wärmeren Brise, die vorbeiwehte. Eine, die nicht nach Meer oder verstreutem Gestrüpp roch, sondern nach ionisierten Gasen, elektrischer Energie, die aus einem Motor geschleudert wurde. Cassidy packte den Arm der Frau, zog sie weg von der kämpfenden Meute. Mit einem Wurf einer Leere zerschnitt Cassidy den Zaun und ließ die beiden aus der Rückseite des Zeltes und unter den offenen Himmel treten.

»Deshalb«, sagte Cassidy und zeigte zum südlichen Horizont.

Eine dunkle, sich bewegende Wolke raste auf das Lager zu. Drohnen aller Art, die auf den Ausbruch der Anomalien zusteuerten.

»Sie werden nicht versuchen, uns zu betäuben«, fuhr Cassidy fort. »Sie werden über uns schweben, uns massakrieren, und Ziran kann von vorne anfangen, wenn wir tot im Dreck liegen.«

Die Frau schüttelte Cassidys Hand ab, starrte, als die Wolke näherkam, »Also willst du aufgeben? Weglaufen? Das wird nicht funktionieren.«

»Kämpfen wie ein Mob auch nicht.«

Cassidy sah eine Bewegung, ein Aufblitzen in der Sonne, als eine Verfolgerdrohne, ganz aus glänzendem Metall, vom Dach des Zeltes fiel und auf das Paar zuschnellte. Die Leere schob die Frau beiseite – sie fiel mit einem Fluch in den Staub – und schleuderte zwei kleine schwarze Löcher auf die Maschine. Sie rissen die Drohne auseinander und schickten funkende Hälften zu beiden Seiten.

Mit einem Nicken zur kaputten Drohne streckte Cassidy

der Frau eine Hand entgegen, die sie ergriff und dann mit einem Zischen wieder losließ.

»Ich glaube, du hast mich verbrannt«, sagte die Frau.

»Tut mir leid«, erwiderte Cassidy. »Aber genau davon rede ich. Wir brauchen einen Plan, und wir müssen all diese Leute schnell dafür gewinnen.«

Die Frau blickte von Cassidy zu der zerstörten Drohne, rappelte sich aus dem Dreck auf und sagte: »Na gut, aber bring mich nicht um.«

Eine geborene Anführerin, diese hier.

»Ich verspreche nichts«, erwiderte Cassidy.

Lissy, die Schreierin, hatte ein paar gute Tricks auf Lager. Mit Cassidys Strategien, die sie aus monatelangem Verstecken in Thailand und jahrelanger Führung von Anomalien auf der Insel gewonnen hatte, manipulierte Lissy die Emotionen des Lagers mit jedem Schrei. Während Cassidy Leeren erschuf, um Lissys Vormarsch zum Zentrum zu decken, stimmte Lissy eine schrillen Rhythmus an.

Der zerstörte Ring, der sich natürlich gebildet hatte, als die Anomalien und die Drohnen an einem immer größer werdenden Umkreis kämpften, ermöglichte es Lissy, sich zu drehen und mit ihren Schreien die verschiedenen Teile der Schlacht zu erfassen. Lissys erster Ruf fiel in das tobende, schießende, schlagende Getümmel wie Wasser auf ein Lauffeuer: Sie dämpfte die Wut und flößte Vorsicht ein. Schon dieser erste Schritt bewirkte einen sofortigen Unterschied, als die Anomalien sich umsahen und Lissys Anweisungen folgten, zusammenzuarbeiten und Wege zu finden, sich gleichermaßen zu verteidigen und anzugreifen.

Cassidy hörte zu, wie Lissy den Schrei in die anderen Richtungen wiederholte, ihre Stimme hallte über Köpfe aus Metall und Fleisch hinweg. Am Rand ragten Gladiatorendrohnen auf, einige fielen, während andere weiterhin unaufhörlich auf schutzlose oder, wenn sie die richtigen Kräfte hatten, verteidigte Anomalien feuerten. Oben in der Luft kämpften flugfähige Anomalien mit Unterdrückungsdrohnen, Fäuste und zufällige Gegenstände trafen auf geschweißte Kugeln, die nicht zögerten, zurückzuschießen.

Körper fielen, Splitter gesellten sich zu ihnen.

Und diese dunkle Wolke kam immer näher. Davor, jetzt orange, als die Sonne im Westen unterging, brodelte das Ziran-Gebäude an seiner Spitze. Fenster zerbrachen, als Anomalien, Wachen und Drohnen in einem Kampf verwickelt waren, den Cassidy nicht erkennen, nicht verstehen konnte. Lissy hätte es vielleicht als Chance gesehen, aber die kleine Gruppe dort oben würde dem Krieg hier unten nicht helfen.

»Phase zwei!«, rief Cassidy, als Lissy den ersten Ruf beendete.

»Ich muss Luft holen«, antwortete Lissy und versuchte genau das.

Cassidy schleuderte eine Leere an der Schreierin vorbei, ein spiralförmiges schwarzes Loch, das eintreffendes Feuer von einer abtrünnigen Gladiatorendrohne verschlang. Die Maschine versuchte, das Ziel zu wechseln, nur um von einer neonblauen Klinge, die wie ein verlorener Stachel aus dem Boden erschien, in zwei Teile zerschnitten zu werden. Cassidy konnte nicht erkennen, wer das Ding hervorgebracht hatte, das nach seinem Angriff in azurblaue Funken zerstob.

»Komm schon, Lissy, jetzt ist nicht die Zeit dafür«, sagte Cassidy und versuchte, überall gleichzeitig hinzuschauen.

»Okay, okay.« Lissy richtete sich auf, holte mehr Luft, als Cassidy für möglich gehalten hätte, wie ein Vogel, der sich vor einem Lied aufplustert, und schmetterte den Befehl heraus.

Wenn der erste Ruf Vorsicht und Solidarität inspiriert hatte, dann trug Lissys nächster den Fokus auf ihre Worte: zurückfallen und formieren. Die Kampflinien um das Lager fransten aus, als Anomalien mit besseren Fähigkeiten nach vorne stürmten, während schwächere starben oder zurückfielen. Allein durch die Beobachtung der Gladiatorendrohnen und das Sehen, welche explodierten und welche näher kamen, konnte Cassidy den Konflikt ablesen. Das Lager selbst bot auch eine eigene Seite zum Lesen, als die Zelte fielen und unter den wilden Angriffen von Anomalien und Drohnen zusammenbrachen.

Als Lissys Ruf, immer und immer wieder wiederholt, ihre Ohren erreichte, zogen sich die superkräftigen Gefangenen zurück. Einige Anomalien errichteten einfarbige oder schimmernde Schilde, während andere Schatten projizierten oder Licht beugten, was dazu führte, dass Drohnen in die Luft oder auf leere Bodenflächen feuerten. Allmählich fügte sich das Chaos zusammen, und die Anomalien fanden sich nicht mehr von tödlichem Metall, sondern von Verbündeten umgeben. Explosionen verstummten, obwohl die Drohnen weiterhin Sperrfeuer auf die Verteidigungsanlagen der Anomalien richteten, Feuer, das sein Ziel verfehlte.

Das war es, was Thane wollte, warum er Cassidy hierher geschickt hatte. Er wusste, dass sie eine Truppe abtrünniger Anomalien befehligen konnte, wusste, dass sie verstehen würde, wie man sie am Leben hält, weil sie es jahrelang auf dieser Insel getan hatte. Er wusste, er sah, dass Cassidy sich um diese Kinder in Thailand sorgte, sich um ihre Familie hier kümmerte.

Er wusste, sie würde alles versuchen, um diese Anomalien sicher herauszubringen.

Und verdammt, Thane hatte Recht.

Jetzt hatte Cassidy immer noch keine Ahnung, wie Thane hätte erraten können, dass eine Schlacht ausbrechen würde, aber das wäre eine Frage für eine andere Zeit. Vorzugsweise eine, in der der Abendhimmel sich nicht mit Metallmonstern füllte.

»Was jetzt?«, fragte Lissy zwischen langen Atemzügen. »Falls du's nicht bemerkt hast, die Drohnen kommen immer noch.«

Cassidy beobachtete jedoch die Drohnen nicht mehr. Sie

hielt ihren Fokus auf die Spitze des Gebäudes gerichtet, wo der Kampf unvermindert weiterging. Gelegentlich fielen Körper durch zerbrochene Fenster und landeten auf dem Boden darunter, und ein Flammenschein sprach von schlimmen Zeiten im Inneren. Auch die ankommenden Drohnen schienen sich mehr auf diesen Konflikt zu konzentrieren als auf die Anomalien-Truppe, die sich draußen sammelte.

Die Anomalien brauchten zwei Dinge zum Überleben: einen Fluchtweg und eine Ablenkung, um die Drohnen fernzuhalten. Cassidy hatte eine Idee für Ersteres, vielleicht konnte das Gebäude als Letzteres dienen.

»Lady?«, wiederholte Lissy.

»Bahnhof«, sagte Cassidy. »Das ist unser einziges Ticket nach draußen. Bring alle dorthin.«

»Und du?«

»Ich werde uns etwas Deckung verschaffen.«

»Passt mir.«

Lissys lustloses Heldentum zauberte ein Lächeln auf Cassidys Gesicht, als sie sich geradeaus auf den Weg machte. Die Anomalien, als Lissy sie mit einem weiteren Befehl traf, einem, bei dem Cassidy das Gefühl hatte, sie müsse zum Bahnhof gehen, wenn sie überleben wolle, gingen nach links. Sie ploppten, flogen, rannten oder teleportierten sich geradewegs an Cassidy vorbei. Diejenigen, die die Schilde aufrechterhielten, behielten sie während des gesamten Zuges bei, die mehrfarbige Anzeige bewegte sich mit der Menge.

Die Drohnen am Boden, die Ziran-Wachen folgten, ihre Waffen verstummt.

Sie waren gut trainiert, gut programmiert worden. Cassidy brannte aus, wenn sie zu viele Leeren warf, die meisten Anomalien hatten ähnliche Kosten für ihre Kräfte. All diese Leute würden müde werden, würden irgendwann feststellen, dass ihre Fähigkeiten nicht mehr reagierten.

Dann wäre es nur noch Aufräumarbeit.

Es sei denn, Cassidy könnte die Gleichung ändern.

Während sie gingen, murrten und knurrten die Anomalien, machten einander Vorschläge. Kampfstrategien mischten sich mit Sprüchen darüber, lebendig herauszukommen. Soldaten, die in eine sofortige Armee eingezogen wurden, und die Szene passte dazu: Cassidy roch den Schweiß, die Angst, die durch Lissys Manipulation gedämpft wurde. Zerrissene Kleidung, Asche trieb in der Brise vorbei. Dumpfe Schläge ließen den Boden vibrieren, als die mehrere Tonnen schweren Drohnen ihre Masse verschoben. Über allem hinweg ertönte weiterhin der Alarm des Gebäudes, eine Warnung, die viel zu schwach für die Situation war.

Als sie sich dem Ende der Reihe näherte, spürte Cassidy, wie die Leeren in ihre Fingerspitzen kamen. Sie würde vielleicht eine Sekunde haben, bevor die Drohnen merkten, dass sie nicht geschützt war. Das musste genug Zeit sein.

Ihre Stirn wurde warm, ihre Arme heiß, als Cassidys Herz immer schneller schlug. Die letzten beiden Anomalien quetschten sich mit besorgten Blicken an ihr vorbei, gingen rückwärts, während ihre seltsamen Barrieren – die eine ein milchig weißes Oval, die andere ein kaskadierendes statisches Quadrat wie bei einem alten Fernseher – weiterhin die Bewegung abdeckten. Cassidy duckte sich zwischen ihnen hindurch, blickte auf das Gebäude und das, was dazwischen stand.

Acht Gladiatoren hier, mit doppelt so vielen Ziran-Wachen. Maschinen und Menschen gleichermaßen stoppten ihre knarrende Verfolgung, als Cassidy die Barrieren überwand. Mit erhobenen Gewehren neigten die Gladiatoren ihre Kanonenarm-Waffen. Die letzten Anstrengungen der Sonne färbten ihre weiße Farbe lila, das Orange in ein trübes Schwarz.

Der Schwarm näherte sich, flog über den Turm, um ihn herum. Ein herannahender, unaufhaltsamer Sturm.

»Ich ergebe mich«, verkündete Cassidy und hob ihre Arme.

Die Energie floss aus ihren Händen, schoss direkt durch ihre Fingerspitzen und raste in die Luft. All diese Leeren flüsterten Cassidy zu, dass jetzt der richtige Moment sei, dass sie herausrasen und den Feind zerstören könnten.

Es war ein heller Tag gewesen, ein früher Morgen. Sie hatte einen Kaffee in den Händen gehalten und von der Einfahrt aus zugesehen, wie ihr Sohn einen Basketball auf den Korb an der Einfahrt warf, während der Rucksack des Kindes im Rasen wartete. Der Ball flog hoch, traf den Ring und prallte in Richtung Straße ab. Hinter ihr öffnete sich die Tür, als ihr Mann Cassidys Tochter hinausbegleitete, bereit für ihren eigenen Schulweg.

Das Auto, ein großer SUV wie so viele auf der Straße, raste auf den Ball zu, auf ihren Sohn, der ihm nachjagte. Cassidy dachte nicht nach, tat nichts außer den Leeren und ihren Instinkten zu folgen. Sie streckte ihre Hand aus und schickte ein wirbelndes schwarzes Loch auf das herannahende Auto zu. Die Leere verschlang die Vorderräder, riss die Stoßstange ab und brachte den SUV mit quietschenden Bremsen zum Stehen, als seine Front auf den Asphalt krachte.

Ihr Sohn und ihre Tochter starrten auf das Auto. Cassidys Mann sah nur sie an.

Gemeinsam verbanden sich die Leeren, flogen als eine wirbelnde Scheibe, breit genug, um einen Turm zu durchtrennen. Die Drohnen, die Wachen, Cassidy sah zu, wie sie über ihre Köpfe hinwegflog. Als ihre Hände sich hoben, kam die Hitze mit ihnen, verbrannte Cassidy wie ein Fieber, das alle Fieber beendete. Ihre Sicht verschwamm, ihre Knie gaben nach, und bevor die erste Kugel in ihre Richtung abgefeuert wurde, schlug Cassidy auf dem Boden auf, bereits bewusstlos.

LÄUTE DIE GLOCKE

AEGIS STIESS sich in der Luft schwebend ab, als sein Aufwärtsmoment gegen die Schwerkraft kämpfte und verlor. Um ihn herum blendete der Sonnenuntergang seine Augen mit Lila und Orange. Die Raketen der Drohne, die endlos nach oben schossen, überschütteten Aegis mit Hitze. Nicht allzu weit unter ihm breitete sich Los Angeles wie eine urbane Decke aus, und rechts erblickte Aegis den funkelnden Ozean.

Seine Ohren erkannten den Fall noch vor seinem Magen, der Wind heulte, als Aegis seinen Sturz begann. Er begann und stoppte, als sein seitlicher Tritt ihn in den Hang schleuderte. Eine hohe Kiefer fing den Champion auf, ihre Äste bildeten ein krallenartiges Kissen, als Aegis taumelte, brach, spaltete und zersplitterte und zu viele Stockwerke hinunter auf die schmutzige, staubige, nadelbedeckte Decke am Boden fiel. Zwischen seinen Gelenken ertönten zahlreiche Risse und Knalle, sein Gehirn schlug in seinem Schädel wie eine klingelnde Rassel hin und her, aber der Mann starb nicht, als er schließlich den Boden erreichte.

Durch das Blätterdach konnte Aegis die ersten, wenigen Sterne erkennen, die mutig genug waren, die Stadtlichter von

LA zu durchdringen. Er atmete flach, wackelte mit den Zehen, blinzelte ein paar Mal. Ein winziger Feuerball, weit oben, zeugte vom Ende der Drohne.

Aegis lachte. Noch einer für seine Bilanz.

Er rollte sich zusammen, stand auf, klopfte sich an seiner zerfetzten Uniform ab. Seine Ohren fanden den Weg aus der betäubten Stille zurück zu den Rufen, den Stimmen seiner Tochter und Particle, die seinen Namen riefen. Seinen Hals hin und her drehend, um die Verspannungen zu lösen, setzte Aegis seine Füße wieder in Bewegung.

Es war eine Höllenrunde gewesen, aber das Team hatte es in die zweite geschafft.

Der Wind blies stärker, als Aegis den Wald verließ und den Hang hinunter zum großen Eingang der Fabrik rutschte und glitt. Zhan-Yo stand wie ein erobernder König über dem gefallenen Gladiator, sein Tachi in Richtung Beton geneigt. Celice und Particle, die sahen, dass Aegis nicht zu einem weiteren Opfer geworden war, suchten Deckung hinter der Drohne, die Waffen im Anschlag.

»Bin ich zu spät?«, rief Aegis, während er auf den Schauplatz zulief.

»Ausnahmsweise bist du früh dran«, erwiderte Zhan-Yo.

Celice verdrehte die Augen, aber Aegis bemerkte den kleinsten Hauch eines Lächelns, das ihm die Welt bedeutete.

»Worauf wartet er?«, fragte Aegis und blickte zur großen, geschlossenen Tür. »Hat er Angst?«

»Wexley ist vorsichtig. Er beobachtet uns, versucht uns zu durchschauen. Fragt sich, was ich hier mache.«

»Dann werde ich es ihm sagen.«

Der Wind peitschte, als Aegis zur Laderampe ging, verfing sich in den Betonwänden und wehte hin und her, begierig zu entkommen und nicht wissend wie. Die große Tür trug das Paragon-Logo, eine goldene Version, die bei näherer Betrachtung mit den geätzten Linien einer Leiterplatte versehen war. Es gab keinen Türklopfer, keine Möglichkeit, das Ding von außen zu öffnen.

»Wexley!«, rief Aegis. Er konnte die Kamera nicht sehen, aber Mynx hatte ihm vor Jahren gezeigt, dass sie genau im versetzten Kreis des P lag. Der Champion setzte seine beste Heldenmiene auf und starrte in das unsichtbare Auge. »Du hast eine Freundin von mir da drin. Lass sie raus, oder ich komme rein. Du hast die Wahl.«

Niemand antwortete.

»Tolle Arbeit, Dad«, rief Celice. »Wirklich beängstigend.«

Aegis hob einen einzelnen, besonderen Finger. Zhan-Yo seufzte laut. Particle behielt klugerweise ihre Gedanken für sich.

»Aegis!«, übertönte Wexleys Stimme, laut und deutlich aus der Kamera, den peitschenden Wind. »Danke, dass du mir die Zeit ersparst, dich zu jagen. Die Welt ist bereit, über deine Fehler hinwegzusehen, und ich auch. Bitte warte noch einen Moment, und du wirst bekommen, wonach du suchst.«

Nicht ganz der Monolog, den Aegis erwartet hatte. Die meisten Schurken würden in ihrem Triumph viel zu lange über diese oder jene großartige Ambition reden, ein Rätsel, bis Apinya in einem aufschlussreichen Gespräch in den frühen Tagen von Paragon enthüllte, dass Schurken Anerkennung wollten. Sie wollten, dass ihre größten Feinde ihre Ziele verstanden, das Wer, Was, Wo und Warum, das ihr Schicksal war.

Danach tat Aegis alles, um sie niederzuschlagen, bevor die Idioten zu reden begannen. Sparte Zeit, und keiner verdiente etwas Besseres.

Wexley hielt sein Wort. Nachdem er Aegis einen weiteren Atemzug Zeit gegeben hatte, damit sein Körper sich erholen konnte, öffnete sich die Laderampe knurrend. Ein allmählicher Anstieg, Zentimeter für Zentimeter, gab einen Blick auf die Drohnen frei, die auf der anderen Seite Wache hielten.

Gladiatoren, Tracker, Unterdrücker und wer weiß was noch lag in diesem metallischen Morast.

Aegis pfiff. Knackte mit den Knöcheln.

Seine Augen schweiften umher, fixierten einen Punkt hinter den Drohnen. Ein Aufzug-Bedienfeld, kaum sichtbar zwischen all diesen Waffen, dem glänzenden Silber und Stahl. Typisch für Particle, den Fokus auf das Ziel zu behalten.

Drei Gladiatoren bildeten die vorderste Linie, als die Tür sich vollständig geöffnet hatte. Zwölf todbringende Arme fuhren hoch. Unter ihnen rückten die Tracker-Drohnen vor, ihre Stachel gruben sich in den Beton.

Aegis grinste, spürte den Wind in seinem Rücken, der um ihn herum und in den nun offenen Durchgang strömte. Die Schulter senkend, machte Aegis einen großen Schritt nach vorne, allein.

Und im nächsten Augenblick alles andere als das.

Links vor Aegis materialisierte sich eine riesige, mit den Fäusten schwingende Gestalt. Thanes muskelbepacktes, speichelndes Wutmonster war fast so groß wie eine Gladiator-Drohne. Sein Schwinger kam aus dem Wind, traf mit einem Knirschen und schickte sein vier Meter großes Ziel zurück in die Drohnenmasse stürzend.

Zu Aegis' Rechten kauerte ein junger Paragon, die Hände nach außen gestreckt. Der Champion spürte nichts, aber die Drohnen auf der rechten Seite der Formation knautschten sich zusammen, ihre Metallteile prallten aufeinander und verklebten fest. Aus dem Wind nach dem Mann rollte einer von Apinyas Rekruten, Kamnan, und der ältere Mann blitzte die gesammelten Drohnen mit einem heißen Licht an, schmolz den Klumpen zu einer hellen, brennenden Kugel.

Dennoch hatte Aegis seinen eigenen Gladiator direkt vor sich. Er wandte sich ihm zu, starrte auf diese Waffen und stürmte los. Er sprang ab, als zwei Hände ihn von hinten an den Schultern packten. Aegis spürte, wie seine Kleidung, sein Körper, alles einfror. Ein sitzendes Ziel.

Bis eine zweite Anomalie Aegis und seinen Reiter nach vorne katapultierte. Der Gladiator hob seine Waffen, nur um festzustellen, dass Aegis nicht mehr mehrere Meter entfernt war, sondern ihm direkt ins Gesicht sprang. Der Schwung des Champions trug seinen unverwundbaren Körper wie eine Kanonenkugel in den Gladiator. Aegis krachte in die Brust der Maschine, sein Schutz erlitt keinen Schaden, seine Geschwindigkeit ließ die Panzerung der Drohne bersten und trieb die Maschine zurück.

Aegis schnellte in Bewegung, als die beiden Hände losließen, Samir stürzte sich auf die beschädigte Drohne. Mit einer Berührung versetzte der Paragon den verbeulten Gladiator in einen unverwundbaren Stasezustand, was Aegis vor Beschuss bewahrte, aber Samir in Reichweite zu Füßen des Gladiators hielt.

Perfekt für diese Trackerdrohnen und ihre schneidenden Klauen.

»Celice!«, rief Aegis, als er sich auf eine rechts stürzte.

Die silberne Drohne umrundete den Gladiator und ging mit ihren vorderen Mandibeln auf Samir los. Aegis schlug nach unten und lenkte die Drohne mit genug Kraft in den Beton. Funken flogen, Aegis spürte, wie der Schlag einen Knöchel brach.

Als sein zweiter Schlag traf und das Rückgrat der Trackerdrohne zerbrach, war der Knöchel bereits wieder geheilt.

Hinter Aegis ertönten Schüsse in einem Stakkato. Eine zweite Trackerdrohne nahm die Treffer hin und änderte ihre Taktik, sprang auf Aegis' Rücken und krabbelte zum Kopf des Champions. Die Klauen der Maschine zerschnitten seine Uniform, schnitten tief in die Haut des Champions, und obwohl Aegis seine Arme nach hinten warf, sagte ihm sein Instinkt, dass er niemals rechtzeitig zugreifen würde, um sein eigenes Leben zu retten.

Schmerz durchzuckte ihn blitzartig und Aegis schrie auf, erwartete einen tödlichen Schnitt. Stattdessen verschwand der Druck auf seinem Körper. Aegis wirbelte herum und sah, während weitere Drohnen und Anomalien aufeinanderprallten, wie Thane die Trackerdrohne hochhielt. Die Klauen des Dings kratzten über Thanes Haut und zogen rote Linien auf seiner straffen, gefleckten Haut.

Thane riss die Trackerdrohne auseinander. Das Metall und die schneidenden Klauen festhaltend, machte sich Thane an die Arbeit und zerfetzte Drohnen, wo immer er zuschlug.

Es war lange her, seit Aegis mit Thane gekämpft hatte, lange her, seit diese Anomalie die Liebe des Champions für sich beansprucht hatte. Aegis würde dem Monster diesen Moment nie verzeihen, aber jetzt, wo alles auf dem Spiel stand, konnte er es schätzen, die Kreatur auf seiner Seite zu haben.

»Ich lasse los!«, rief Samir.

Die große Drohne erwachte zum Leben, fand ihr Ziel, nur um von einer Kaskade von EMP-Geschossen getroffen zu werden. Zhan-Yos angeheuerte Schützen, Mathieus Kommandos, rollten in mehreren Kapseln heran und formierten sich mit Celice und Particle, um Deckungsfeuer zu geben, während sich die Anomalien für einen Vorstoß aufstellten.

Und sie schlugen jetzt zu.

Als die Paragon-Truppe aus dem Wind auftauchte, überwältigten die kombinierten Fähigkeiten der Anomalien Wexleys Begrüßungskomitee. Blitze, Explosionen und Angriffe trafen kleinere Drohnen aus der Luft und übersäten größere mit Feuer, Säurebällen und elektrischen Kurzschlüssen. Maschinen zerbarsten, fielen tot zu Boden oder wandten sich in einem wahnsinnigen Bruch mit ihrer Programmierung gegen ihre Drohnenkameraden.

Aegis sprang mitten hinein, folgte Thane und fand einen Rhythmus mit der größeren Anomalie. Während Thane hoch ging, ging Aegis tief, duckte sich unter den weiten Schwüngen des Monsters weg, um eine Trackerdrohne aufzuheben und sie in Thanes klauenzerfetzenden Rückhandschlag zu werfen. Eine Unterdrückungsdrohne durchsiebte Thanes rechte Seite mit betäubenden Pfeilen, die von seiner Haut abprallten, und Aegis nutzte den Fokus der Drohne zu seinem Vorteil: Der Champion packte die kugelartige Maschine und schleuderte sie in die Hüfte eines anderen Gladiators, zerschmetterte sie und schlug ein Loch in die Panzerung des Gladiators.

Dieser Gladiator drehte sich um, um seinen Angreifer zu sehen, nur um EMP-Treffer genau in dem kleinen Loch zu kassieren.

»Danke für die Öffnung«, sagte Particle, deren Stimme durch Aegis' Ohrstück knisterte. »Der Fortschritt liegt im Zeitplan.«

»Welcher Zeitplan?«, fragte Aegis und rollte weg, als Thane einen weiteren Gladiator angriff, der Tanz wurde ihm zu heiß.

»Meiner«, antwortete Zhan-Yo. »Ich lasse unseren Wind-reiter Verstärkung holen, aber sie wird nicht sofort eintreffen. Wir müssen in die Fabrik gelangen, wo wir uns verteidigen können.«

»Hier draußen kommen wir ganz gut zurecht«, erwiderte Aegis und stürzte sich auf eine weitere Trackerdrohne, um sie zu zerschmettern.

Ihr Vorstoß brachte die Anomalie-Normal-Angriffstruppe über die Laderampen hinaus und führte sie direkt ins Innere des Gebäudes. Ohne die engen Betonwände nahm Aegis die riesigen Ebenen der Fabrik wahr, alle in hellem Weiß auf schwarzblauen Metallböden beleuchtet, die von noch mehr Drohnen sauber gehalten wurden. Hier, selbst bei dem stän-digen Lärm des Kampfes, konnte Aegis spüren, wie die Produktionslinien der Fabrik weitere Maschinen ausspuckten, die möglicherweise direkt vom Fließband in den Kampf sprangen.

Mit offenem Raum über und unter ihnen, mit jeder Drohne fähig zu fliegen oder zu klettern, konnte Aegis'

Gruppe aus jedem, aus allen Winkeln getroffen werden. Obwohl sie jetzt mehrere Dutzend zählten, würden diese Zahlen schnell fallen, wenn sie nicht mehr den Überraschungseffekt auf ihrer Seite hatten.

»Weiter!«, rief Aegis, seine Stimme drang durch das Ohrstück und hallte über den Kampf. »Sobald wir drin sind, teilt euch auf eure Ziele auf! Wartet nicht!«

Die Drohnen schienen die Wende zu spüren. Entweder das, oder irgendein Ziran-Aufseher beschloss, ihre Maschinen für ein besseres Schlachtfeld aufzusparen. Die wenigen verbliebenen Gladiatoren zogen sich zurück, aktivierten ihre Düsen, als sie die Fabrik erreichten, und schossen nach oben und außer Sichtweite. Trackerdrohnen und ihre fliegenden Unterdrückungsbrüder flohen ebenfalls, die meisten wurden dabei in Stücke gesprengt.

Aegis' Gruppe rannte vorwärts, die normalen Kommandos gaben standardmäßig Deckungsfeuer. Thane, der bereits die Führung übernommen hatte, ignorierte jegliche Planung und brach stattdessen nach links aus, um entlang der breiten Hauptebene der Fabrik zu stürmen. Aegis formierte sich mit Zhan-Yo, Celice und Mathieu direkt am Eingang, der Champion beobachtete den Hauptaufzug.

»Was ist mit dem Verrückten?«, fragte Celice und zeigte auf Thane.

»Er wird Aufmerksamkeit auf sich ziehen«, sagte Zhan-Yo.

»Und wenn er dabei draufgeht, umso besser«, fügte Aegis hinzu. »Ich kümmere mich um Mynx. Ihr drei geht zur Kommandozentrale.«

»Du gehst nicht allein«, sagte Celice.

Aegis hätte Hilfe akzeptiert, hätte einen oder sieben Verbündete mitgenommen, doch neue Geräusche zogen ihre Aufmerksamkeit auf sich. Particle, der die Laderampen beobachtete, riss die Augen auf. Draußen landeten neue Drohnen, Gladiatoren zertrümmerten die Kapseln, mit denen die

Kommandos herangefahren waren. Hinter ihnen ertönten auch neue Alarme in der Fabrik, als Sicherheitssysteme online gingen.

Celice riss ihr Gewehr hoch, drückte ab und schickte eine Kugel über Aegis' Schulter. Sie traf eine sich öffnende Platte und durchlöcherte eine Geschützturm auf der anderen Seite. Funken regneten herab. Kommandos und Anomalien riefen gleichermaßen andere Waffen aus, die in Sicht kamen, als die Fabrik sich gegen die Eindringlinge erhob.

»Du kannst keine Seele entbehren«, sagte Aegis und rannte zum Aufzug, während alle um ihn herum in lebensrettende Aktionen ausbrachen. »Ich hole Mynx, ihr bleibt am Leben.«

»Sei einfach schnell!«, rief Celice zurück, bereits zielend und auf ein weiteres Ziel feuernd.

Kugeln flogen, Laser blitzten, anomale Kräfte flackerten von jeder Oberfläche, als ihre Reflexionen auf der polierten Haut der Fabrik aufblitzten. Wunderschönes Chaos, eine Mission, bei der alles auf dem Spiel stand. Aegis spürte, wie sein Adrenalin genauso schnell pumpte wie seine Beine, als er den Aufzug erreichte und den Knopf drückte, der ihn nach unten schickte. Schrecklich, tödlich und zu lange aus seinem Leben verschwunden.

Die Champions hatten sich einst mit solchen Schlägen einen Namen gemacht, Teamwork triumphierte über unmögliche Widerstände. Jetzt war er wieder dabei, ein letztes Mal die Welt zu retten.

Konnte es besser werden als das?

KAPITEL 22
BÜRO-RUMMEL

DER TOD STAND VOR IHR, verkleidet als Ziran-Wächter in orange-weißer Rüstung. Sein Gewehr, schussbereit, auf Kat gerichtet, ihre Füße rutschten auf den Fliesen. Keine Deckung, nirgendwo hin. Sie hob eine Hand, um ihr Gesicht zu schützen, als der Wächter den Abzug betätigte.

Kat hatte dem Tod schon früher ins Auge geblickt. War ihm verdammt nahe gewesen, und nie war ihr Leben an ihr vorbeigezogen. Nie hatte sich der Moment verlangsamt, um Raum für eine letzte Selbstreflexion zu schaffen. Diesmal war es nicht anders, obwohl es sicher seltsam schien: In einem Augenblick hatte der Mann seine Waffe auf sie gerichtet. Im nächsten flog ein reflektierender Kreis zwischen sie.

Der Wächter drückte ab, die Waffe feuerte ihr Inneres in den geworfenen Kreis, der aus demselben Boden gemacht war, auf dem Kat saß. In einem weiteren Sekundenbruchteil flog der Kreis vorbei und polterte im Flur. Der Mann hatte immer noch seine Waffe, immer noch die Hand am Abzug.

Aber Kat hatte einen Moment.

Sie zuckte mit ihrem linken Handgelenk und zwei silberne Kugeln flogen heraus, prallten gegen das Visier des Wächters. Er taumelte zurück, als Kat sich umdrehte und ihre Augen bedeckte. Der helle Blitz ging los, unter Kats Augenlidern als violett-grünes Aufleuchten sichtbar. Die Trackerin stemmte sich mit beiden Armen hoch, während Rufe, Schreie und Befehle durch den Raum hallten.

Etwas schnitt in ihren Knöchel, zerriss ihren Stiefel, aber Kat behielt ihr Gleichgewicht, als sie weiter in den Raum vordrang. Alles, um Abstand zwischen sich und das Gewehr des Wächters zu bringen. Etwas Heißes zischte an ihrem rechten Ohr vorbei, und Kat öffnete die Augen, um zu sehen, was wie ein Schwarm orange glühender Bienen in ihrer Nähe schwirrte. Der Schwarm schoss hinter ihr zurück, als Kat sich wirbelte, und die anomalen Insekten erwischten eine anstürmende Trackerdrohne.

Die Bienen stießen ein und aus und *hindurch*, jede glühende Markierung fraß die Drohne auf. Die Maschine geriet ins Stocken, als ihre Drähte durchschnitten wurden, ihre Prozessoren zerfielen. Nach einigen Sekunden schlug die Drohne auf dem Boden auf, eine perforierte Hülle. Die Bienen schwirrten davon auf der Suche nach neuer Beute.

Kat wäre glücklich, diese Anomalie nie aufspüren zu müssen.

Nicht dass das Aufspüren das größte Problem des Moments war: Das oberste Stockwerk des Turms versank um Kat herum in Chaos, Drohnen und Ziran-Wächter verwickelten sich in Kämpfe mit Anomalien, die eine Chance auf Freiheit witterten. Quer durch den langen, breiten Raum mit Fenstern rundherum, außer auf der linken Seite, wo der Flur verlief, brach der Konflikt schnell und brutal aus. Wächter und Drohnen schossen Betäubungspfeile auf Anomalien ab, einige trafen, andere wurden abgeblockt, als Calvin, der den Boden aufriss, dünne, steife Barrieren hochzog.

Die Bienen schwärmten die Linie hinunter. Ihre Anführerin, eine Frau mit zerzaustem Haar von Kopf bis Fuß und mehr Tinte auf der Haut als jeder andere, den Kat je gesehen hatte, dirigierte sie mit wedelnden Händen.

Auf der anderen Seite des Raums scharten sich mehrere Wächter um jemanden, den Kat nicht ausmachen konnte, obwohl sie die laute Stimme der Frau hören konnte, die Befehle rief. Verteidigen, lebendig fangen, den Eindringling töten, all der gute Kram.

Es gab einen Plan: Zur Dame hinter den Wächtern gelangen, und Kat könnte vielleicht einen Waffenstillstand aushandeln, den Wahnsinn beenden. Lebend rauskommen, und nicht allein.

Kat fand Calvin, fing seinen Blick für eine lange Sekunde ein, bis seine Augen sich weiteten und die Anomalie durch die einstürzende Decke verschwand. Kat wäre nach vorne gegangen, außer dass der Wächter, der eine Fliese davon entfernt gewesen war, sie zu erschießen, eine zweite Runde wollte.

Erholt von Kats Betäubungskugeln, hatte der Wächter seine Waffe wieder erhoben und auf sie gerichtet. Kat, diesmal auf den Füßen, schnippte mit ihrem linken Handgelenk, um den Enterhaken zurückzuholen. Sie feuerte nach oben und sprang gleichzeitig, als der Wächter schoss. Der Betäubungspfeil schnappte an ihren Beinen vorbei, ein dünneres Ziel als ihr Körper. Der Enterhaken fand Halt an der Decke, den Kat hielt, bis der Pfeil vorbeigeflogen war.

Den Enterhaken loslassend, landete Kat im Lauf und näherte sich dem Wächter, als er das Gewehr in einem Schwung auf Kats Kopf zubewegte. Ein vorhersehbarer Schwinger. Kat beugte sich in der Taille, ließ ihren Kopf zur Seite fallen und das Gewehr durch den Raum sausen. Mit ihrer linken Hand landete Kat einen rechten Aufwärtshaken mit Handschuh, der das Kinn des Wächters traf. Sein Kopf schnappte zurück, die Arme des Mannes fielen zur Seite, als der Wächter zurücktaumelte.

Direkt in die perfekte Trittdistanz.

In die Praxis verfallend, die so viele Kneipenprügeleien in *Carver's* geschärft hatten, versetzte Kat dem Wächter einen flachen Tritt in den Magen. Die Rüstung des Mannes ließ es sich anfühlen, als hätte Kat eine Wand getreten, aber der Wächter selbst war nicht so stabil. Der Mann fiel auf seinen Hintern und saß aufrecht für einen schönen Nachschlag.

Kat wechselte die Füße, stabilisierte sich auf ihrem linken und brachte ihren rechten für das, was der Schlussschlag hätte sein sollen, wäre da nicht ein lauter Knall gewesen, ein Pfeifen, das direkt an Kats Ohr vorbeiging. Die Kugel traf und durchschlug das Fenster hinter Kat und bestätigte ihren Status als scharfe und tödliche Munition. Kat gab den Tritt auf und ging nach links, brachte den Raumeingang und seine schmale Deckung zwischen sich und die Dreier-Wächter-Phalanx am anderen Ende des Raums.

Entweder wusste Ziran, dass Kat keine Anomalie war, oder sie hatten beschlossen, nicht mehr herumzuspielen.

Der Sprung in Deckung gab Kat eine Sekunde, um den Kampf neu einzuschätzen, und sie bemerkte eine gewaltige Stille, sowohl in Geräuschen als auch in Bewegungen. Der brennende Bienenangriff endete, als eine Drohne von der Decke fiel und die Frau zu Boden drückte, sie mit irgendeinem Betäubungsmittel stechend. Die anderen Anomalien, die eben noch gekämpft hatten, schienen jetzt ruhig zu sein, obwohl der Raum summte, als ein peitschender Wind durch zerbrochene Fenster wehte. Drohnenteile lagen verstreut in Kats Blickfeld, dazwischen verschiedene Körper.

Die Anführerin gab nun andere Befehle, ordnete die Drohnen zur Aufräumarbeit an, befahl ihren Wachen vorzurücken und, in einer interessanten Wendung, jemanden, schnell Verstärkung aus der Fabrik hochzuschicken.

Verstärkung wofür?

Der Wächter, mit dem Kat gekämpft hatte, begann aufzustehen, also streckte Kat die Hand aus und legte sie auf die Schulter des Wächters. Der Mann erstarrte. Vorsichtig darauf bedacht, hinter dem Türrahmen verborgen zu bleiben, sprach Kat leise und langsam.

»Versuch was und ich brech dir das Genick«, sagte Kat.

»Die werden dir deins in einer Minute brechen«, erwiderte der Wächter. »Ich warte.«

Dem konnte Kat nicht widersprechen. Sie hörte die Drohnen und die Wachen, die durch den Raum auf ihre Position vorrückten. Sie hätten sie überrennen können, aber ihr Zögern ergab Sinn, als der Aufzug hinter Kat einen neuen Ankömmling ankündigte. Warum etwas oder jemanden riskieren, wenn sie ihr Ziel in der Falle hatten?

Sie musste die Situation ändern.

»Steh auf«, sagte Kat. »Sofort.«

Der Wächter stellte glücklicherweise keine Fragen. Mit Kats Hilfe stand der Mann schnell auf. Sobald seine Sohlen flach auf den Fliesen standen, schob Kat ihn um die Ecke. Hinter ihr polterten mehrere weitere Wachen aus dem Aufzug, einer rief Kat zur Aufgabe auf.

»Nicht schießen!«, rief Kats Gefangener, als die Verfolgerin ihn mit sich selbst dicht dahinter um die Ecke schob.

Als die Kameraden des Wächters nicht feuerten, schob Kat ihre Geisel vorwärts und steuerte ganz leicht zur Raummitte.

»Schafft ihn aus dem Weg«, befahl die Frau.

Kat hörte die Verfolgerdrohnen, hörte die Wachen hinter sich, wie sie ihre Waffen in Anschlag brachten. Sie stieß ihre Geisel von sich, schickte ihn taumelnd in Richtung des Schutzes der Frau. Zu Kats Rechten fiel eine Verfolgerdrohne von der Decke, die Klauen auf sie zuschwingend. Ein scharfer Stich blühte an Kats rechtem Arm und Bein auf.

Die Drohne stürzte sich auf sie.

Calvins Loch bot nicht viel Spielraum, aber Kat hatte nicht die Größe des Mannes. Sie flog kopfüber hindurch, quetschte sich zwischen zwei hängenden Lampen hindurch und fiel auf einen verbeulten Schreibtisch. Der Aufprall presste ihr die Luft aus den Lungen und verwirrte ihr Gehirn. Glas, das bereits auf der Tischoberfläche zersplittert war, ritzte ihre Stirn.

Bevor Kat begreifen konnte, wo sie gelandet war, packten sie Hände und warfen sie vom Tisch. Kugeln schlugen in den Raum ein, wo sie gerade noch gewesen war, und durchlöcherten das Möbelstück. Kat fluchte, ein gehacktes Flüstern eines Fluchs, und versuchte, weiter zurückzuweichen. Versuchte es jedenfalls, bis sie Holz- und Metalllinien sah, die sich über ihr nach oben schlängelten und ein straff gespanntes Netz über dem Loch in der Decke bildeten.

»Sie haben ein Dutzend Wege, um hier runterzukommen, also lass uns verschwinden«, sagte Calvin. »Wenn du in Ordnung bist?«

Der gläserne Glanz der oberen Etage hatte seinen Stil gegen die Macht eines Verarbeitungszentrums eingetauscht, wenn auch immer noch mit Fenstern an den Rändern. Schreibtische und Arbeitsstationen bedeckten Kats Landeraum von einem Ende zum anderen, Monitore leuchteten mit Aufforderungen nach Benutzernamen und Passwörtern. Neben den Bildschirmen hatten die meisten Schreibtische Behälter mit Fläschchen, viele davon in einem vertrauten Dunkelrot. Von der Art, die Kat gerade selbst den Arm herunterlief.

»Ich bin so weit davon entfernt, in Ordnung zu sein«, sagte Kat.

Calvin sah unversehrt vom Kampf aus, sein Ziran-T-Shirt und die dünne Hose ließen den Mann eher wie einen Secondhand-Mönch als einen Anomalie-Gefangenen aussehen. Er hatte sich von einem Paragon-Anhänger zu einer hageren Erscheinung gewandelt, seine Augen waren geschwollen und ein neuer schwarzhaariger Bart umrahmte sein Kinn. Dennoch sah Kat den Mann, den sie gejagt hatte, genau vor sich und konnte nicht widerstehen, ihn fest zu umarmen.

Eine feste Umarmung, die Calvin unterbrach, sich löste und sie ansah.

»Hätte das Gleiche gesagt, bis du mein Leben gerettet hast«, sagte Calvin.

Diesmal trafen sich ihre Lippen, ein schneller Druck, der von reißenden, zerfetzenden Geräuschen unterbrochen wurde. Eine furchtbare Art, einen Moment zu ruinieren, der verdammt glückselig hätte sein sollen. Kats eigener Schmerz, ihre Frustration und Erschöpfung schlugen in weiße Hitze um.

»Wir werden später mehr darüber reden, was gerade passiert ist«, sagte Kat, als sie sich dem Fortschritt der Verfolgerdrohne zuwandten. »Wer ist die Frau oben? Sie scheint der Schlüssel zu dieser ganzen Sache zu sein.«

»Adriana«, sagte Calvin. »Das ist-«

»Einen Moment«, sagte Kat, als die Verfolgerdrohne durch ihr Loch fiel.

Die Schneide-und-Würfel-Maschine traf auf denselben Schreibtisch, den Kat und Calvin als Landeplatz benutzt hatten, und richtete sich gerade auf, als Kats Greifhaken die Drohne durch ihre vorderen Mandibeln spießte. Der Stahlhaken drang tief in die Maschine ein, und Kat zuckte nicht mit dem Handgelenk, als sie ihn mit beiden Händen zurückzog. Widerhakig riss der Greifhaken Drähte heraus und durchtrennte Schaltkreise, als Kat zog, und kam schließlich aus dem Loch, durch das er eingedrungen war, mit einer funkenschlagenden Katastrophe im Schlepptau.

Die Verfolgerdrohne taumelte auf sie zu, unsicher, immer noch versuchend, ihre Mission zu erfüllen. Versuchend jedenfalls, bis Calvin sie mit mehreren Metallsplittern durchbohrte, die er von einem anderen Schreibtisch gerissen hatte.

Jeder Triumph starb, als ein Schloss an den Türen des Raums piepte. Kat und Calvin tauchten beide hinter einem anderen Schreibtisch ab, kauerten Schulter an Schulter, als die Wachen lärmend eindrangen.

»Sag mir, dass du einen Plan hast«, sagte Calvin.

»Klar, wir schnappen uns Adriana, dann bringen wir sie dazu, uns rauszulassen«, sagte Kat. »Ganz einfach.«

»So einfach.«

Trotz ihrer Zuversicht wusste Kat wirklich nicht, was zum Teufel sie tun sollten. Calvin könnte vielleicht ein weiteres Loch durch die Decke saugen, aber sie würden irgendwann erwischt werden. Durch die Fenster zu brechen bedeutete einen Sprung in einen harten Aufprall. Drei Stockwerke hinunter auf den Boden würde bedeuten, dass sie vielleicht nicht sterben würden, aber ein gebrochenes Bein wäre genauso schlimm. Ein Feuergefecht ohne Waffen – abgesehen von Kats Greifhaken – würde auch nicht zu ihren Gunsten ausgehen.

Sie mochte Adriana als Geisel nehmen wollen, aber Kat konnte das nicht Wirklichkeit werden lassen.

Die Beleuchtung über Kat veränderte sich, wurde gedämpft, als ein tiefblaues Gitter um die beiden herum wuchs. Calvin rückte näher, seine Schulter streifte Kats, die rechte Hand der Anomalie hoch erhoben, die linke auf einem zurückweichenden Boden gepflanzt. Zirans Wachen schrien, einer feuerte einen harmlosen, abprallenden Schuss ab.

»Ich kaufe uns Zeit«, sagte Calvin, »bis du diesen einfachen Plan von dir ausgearbeitet hast.«

Mit dem Rücken zum Gitter bemerkte Kat ein interessantes Detail außerhalb der Fenster: Drohnen, die auf das Gebäude zuflogen. Der Himmel färbte sich weiß und orange im verbleibenden Glühen des Sonnenuntergangs, Lichtreflexe blitzten von polierten Panzern.

Waren all diese Roboter hier wegen ihr? Wegen Calvin?

Kats Hand fand Calvins aufgestützte Handfläche. All diese Gladiatoren würden sie zerstören, egal wie viele Kacheln Calvin zu einem Schild verwob. Die Anomalie bemerkte die Drohnen ebenfalls, fluchte, ließ aber ihre Barriere weiter wachsen. Jetzt streifte die saphirblaue Kugel Kats Rücken und webte ihre Versiegelung um den Schreibtisch. Ihre äußersten Stränge erstreckten sich über ihren Kopf und tropften in ihr Blickfeld wie Schneeflocken, die sich an einem Chicagoer Morgen ausbreiten.

»Ich bin froh, dass ich dich gefunden habe«, sagte Kat.

»Tut mir leid, dass ich dich umbringen lasse.«

»Wäre sowieso passiert.«

Die Trackerin zuckte zusammen, als die Drohnen sich dem Turm näherten, ihre Düsen aufflammten. In einer Sekunde würden sie durch die Fenster krachen, in einer Sekunde würden sie ihre Kanonen heben und feuern. In einer Sekunde würden sie-

»Was?«, sagte Calvin, als die Drohnen auseinanderstoben und wie ein Vogelschwarm um den Turm herumflogen.

Sie kamen doch nicht wegen Kat und Calvin. Kat ließ den Atem los, den sie angehalten hatte, und schnappte nach Luft, als die Maschinen sie am Leben ließen, sie in Ruhe ließen.

Ein Wächter schlüpfte um Calvins Gitter herum, die Waffe erhoben. Kat dachte nicht nach, sprang einfach vor Calvin und griff nach der Waffe des Wächters. Sie war einmal erschossen worden, hatte es zweimal gefühlt. Wie viel schlimmer würde ein drittes Mal sein?

Die Welt schwankte, der Wächter fiel zurück, seine Kugel ging zur Decke hoch. Die kreischenden Alarme verstummten, als Kats schützender Sprung sich in einen Vorwärtssalto verwandelte. Calvins Schild zerfiel, als die Anomalie sich Kat in einem rumpelnden Sturz zu den Fenstern hin anschloss. Diese großen Scheiben knackten und zerbrachen, als der Turm, der ganze verdammte Turm, nach hinten kippte.

Es gibt Momente zum Verlangsamen, um über die nächste Aktion nachzudenken und die beste Wahl zu treffen. Kat hatte nicht viele davon erlebt. Stattdessen hatte sie auf Schnellurteile gesetzt, auf Überlebensinstinkt, und jetzt sagte ihr dieser Instinkt, sich zu drehen und ihren Greifhaken nach oben abzufeuern.

»Halt dich an mir fest!«, schrie Kat, als Fläschchen, Büromaterial, Schreibtische und die hilflosen Wächter auf sie und Calvin zurollten.

Der Greifhaken der Trackerin flog geradeaus, traf die

hintere, fensterlose Wand des Raums und biss sich ein. Calvin umklammerte Kats Beine in einer Bärenumarmung und schwang seine eigenen hoch, um Platz für die vorbeifliegenden Trümmer zu schaffen. Ihre Aufhängung hielt nicht lange: Die Turmspitze folgte seinem Boden und rutschte zu Boden.

Kat schnippte mit dem Handgelenk und befahl dem Greifhaken, sie einzuziehen. Das Gerät ratterte und zog Kat hoch, während sie nach unten fielen. Calvin fluchte erneut. Die Wächter, immer noch am Leben, schrien. Unter und hinter ihnen grollte ein monströses Brüllen, malmend und reißend, als würde irgendein riesiges Wesen Zirans Konstrukt verschlingen. Eine Kraft zerrte an Kats Outfit, ein leichter Druck, der es zurück zur Mitte des Gebäudes zog.

Was zum Teufel ging hier vor?

»Mach dich bereit!«, sagte Kat.

Es war keine Zeit zu erklären, wofür. Als der Greifhaken sich festbiss, schwang Kat sich, nutzte ihren Schwung, um Calvin Auftrieb zu geben. Die Anomalie erreichte die Decke, der felsige Boden der Wüste näherte sich schnell unter ihnen. Kabel baumelten, zerbrochener Boden trieb um sie herum nach unten, und Kat schlang ihre Arme um Calvins Brust, ihr Greifhaken hielt immer noch fest.

Die Trackerin spürte, wie Calvins Arm herabsank, seine Hand ausgestreckt, während Kat ihre Beine anzog.

Der Instinkt gab ihr eine Chance.

Calvin gab ihr Hoffnung.

KAPITEL 23

INNENSTADT

RHIMES SAH FÜNF GESICHTER, die auf ihn herabblickten. Eines erkannte er; die intensive, aber irgendwie gleichgültige Regina, die immer so wirkte, als wären die Ereignisse nicht cool genug für sie. Ein anderes gehörte zu einem Mann ohne Hemd mit einem frischen Vogel-Tattoo, das sich über seine Brust schlängelte.

Die anderen drei waren gleich. Genau der gleiche verdammte Mann mittleren Alters, der ihn dreimal anstarrte.

»Entweder bin ich in der merkwürdigsten Hölle, oder ihr seid Anomalien«, sagte Rhimes.

Während er sprach, verschaffte sich Rhimes einen Überblick über sich selbst und die Situation. Über ihm befand sich die Kellerdecke des Hauses genau dort, wo Rhimes sie zurückgelassen hatte. Unter ihm fühlte sich der Zementboden so hart an wie eh und je. Was sich allerdings nicht gleich anfühlte, war ehrlich gesagt Rhimes selbst.

Sein Körper *sang*. Schmerzen und Wehwehchen waren verschwunden. Die dämpfenden Auswirkungen des Betäubungspfeils waren weg. Ein lästiger Halsschmerz vom Flug nach Chicago?

Weg.

»Hölle? Das wünschst du dir wohl.« Regina zeigte auf den Typen ohne Hemd. »Dieser Mann hat dir das Leben gerettet, damit du seines retten kannst. Steh auf.«

»Jawohl, Fräulein«, lachte Rhimes und nahm die Hand eines der drei Klone an, um auf die Beine zu kommen.

»Das hier«, sagte die shirtlose Anomalie, als Rhimes aufstand, und fuhr mit der Hand über das wunderschöne, fliegende Falken-Tattoo, »bist du. Der einzige Grund, warum ich dafür Platz hatte, ist, dass deine Firma alle getötet hat, die ich vorher gerettet habe.« Der Mann fixierte Rhimes mit seinen Augen. »Sie sagt, du kannst uns all den Schmerz zurückzahlen. Wenn nicht, gebe ich ihn dir zurück.«

Manch einer wäre vielleicht eingeschüchtert gewesen, wenn er in die Augen dieses Mannes blickte und den Zorn und den Verlust darin sah. Rhimes hatte ähnliche Blicke von seinen Söldnern gesehen, von seinen Soldaten davor. Bei genauerem Hinsehen konnte Rhimes die seltsamen, sauberen Stellen auf der Haut des Mannes erkennen, Flecken, die perfekte Tintenmuster ergeben hätten. Jeder, der jemanden verloren hatte, trug die Spuren auf eine andere Art.

»Ich kann nicht ändern, was passiert ist«, sagte Rhimes. Mitleid oder Ausreden wären für diesen Mann beleidigend gewesen. »Aber ich kann dafür sorgen, dass es aufhört.«

Mit einem Nicken drehte sich Rhimes um, um sich bei dem Drilling zu bedanken, der ihm aufgeholfen hatte, nur um zu sehen, wie der Mann samt seiner hautengen Uniform zu braunem, verschrumpeltem Staub zerfiel. Rhimes trat zurück, doch Regina fing ihn mit ihrem Arm auf.

»Tut mir leid«, sagte die einzige verbliebene Kopie mit einem Achselzucken. »Gehört zum Spiel. Sie wachsen, sie sterben. Ich heiße Weed, und ich nehme an, du wirst uns reinbringen?«

»Reinbringen?«

»In Zirans Hauptquartier«, sagte Weed und nickte Regina zu. »Sie sagte, sie hätte einen Zugangscode, um die Drohnen zu deaktivieren, aber sie braucht dafür einen bestimmten Computer?«

»Nicht ein Computer, ein Ort«, wiederholte Rhimes für die Gruppe, die sich Minuten später in der Küche versammelt hatte. »Ziran hat nur zwei Stellen mit Zugang zum gesamten Netzwerk. Eine ist in der Fabrik in LA, eingerichtet, nachdem wir«, Rhimes hustete, »ich meine Ziran, sie übernommen hat. Die andere ist hier in Chicago, in Zhan-Yos altem Büro.«

»Warum?«, fragte Beth, die örtliche Elemental-Anführerin, eine Frau, die Rhimes öfter gejagt hatte, als er sich erinnern mochte.

»Weil Zhan-Yo nicht wollte, dass ihm jemand im Weg steht, wenn es Zeit war, die Revolution auszurufen. Wenn wir Regina in dieses Büro bringen, kann sie einen Code eingeben, der jede Drohne auf dem Planeten trifft und sie ausschaltet, zumindest für eine Weile.«

»Kennst du diesen Code?«, fragte Beth Regina, und alle Gesichter in der Küche drehten sich zu ihr.

»Ja«, sagte Regina. »Zumindest habe ich eine gute Vorstellung davon, was es sein könnte.«

»Dann sag ihn uns. Wenn alles von diesem Code abhängt, sollten wir ihn alle kennen.«

Regina schüttelte den Kopf. »Ich will nicht, dass mein Bruder stirbt, und ich will auch nicht, dass die Welt wieder so wird, wie sie war. Bringt mich in den Turm, und ich werde Wexley anrufen. Wenn mir nicht gefällt, was er sagt, gebe ich den Code ein.«

Beth streckte die Hand aus und legte sie auf Regina. Weed, auf der anderen Seite des improvisierten Kreises in der engen Küche, runzelte die Stirn. Zwei andere Elementals veränderten ihre Haltung und machten ihre Hände frei. Die Paragons taten es ihnen gleich.

»Hey«, sagte eine neue Stimme, die sich in den Kreis drängte, ein Mann, den Rhimes erst nach einer Minute erkannte. Er hatte während seiner Ziran-Karriere zu viele

Akten angestarrt, zu viele Ziele, um Gordon Holyoak auf den ersten Blick zu erkennen. »Sie greifen bereits die Fabrik an. Wir haben keine Zeit für Spielchen. Hör auf damit, Beth.«

Die Elemental-Anführerin warf Gordon den eisigsten Blick zu, den Rhimes je gesehen hatte - und das wollte angesichts Wexleys schon etwas heißen -, ließ dann Regina los, die seufzte und ihrerseits Beth einen eigenen Blick zuwarf.

»Manipuliere mich noch einmal«, warnte Regina, »und du wirst nicht mögen, was passiert.«

»Also gut«, sagte Rhimes und trat in die Mitte des Kreises. »Regina behält den Code für sich. Ich verstehe, dass ihr alle helfen wollt, und ich bin dankbar dafür, aber wir sind spät dran. Ich begleite Regina auf die Spitze des Turms, und zwar jetzt. Wenn ihr mitspielen wollt, steigt in eine Kapsel und trefft uns dort.«

»Rhimes, Regina«, sagte Gordon. »Ich habe schon eine bereit, wenn ihr soweit seid?«

Diesmal versuchte niemand, sie aufzuhalten. Rhimes verließ das Haus als ein von den Toten Auferstandener, und Chicagos frühe Frühlingsluft, ihre nächtliche Kühle, hatte sich noch nie so wunderbar angefühlt.

Gordons Kapsel raste in die Innenstadt, die abendlichen Straßen waren ruhiger, als Rhimes es erwartet hätte. Andererseits, da sich jede Nachrichtensendung auf den Konflikt konzentrierte, der in LA ausbrach, sowohl in der Fabrik als auch in einer Ziran-Einrichtung etwas weiter nördlich, hatten die Leute vielleicht keine Lust auszugehen. Auch Drohnen schienen Mangelware zu sein: Chicagos Himmel war klar, Stadtlichter und der Mond duellierten sich um die Vorherrschaft.

»Das ist das Krisenprotokoll«, sagte Rhimes, als Gordon nach den fehlenden Maschinen fragte. »Ziran wird die Drohnen nicht für zufällige Patrouillen einsetzen, sondern sie zur Verteidigung kritischer Infrastruktur aufsparen. Menschen.«

»Gefällt dir der Ort, zu dem wir fahren?«

»Eigentlich nicht«, lachte Rhimes. »Uns gefielen die Aussichten nicht. Die Drohnen werden Brücken, Kraftwerke und das Rathaus überwachen. Das Ziran-Hauptquartier sollte heute Nacht schwach besetzt sein.«

»Du scheinst ziemlich selbstsicher«, sagte Regina, die sich auf der rechten Seite der Kapsel ausstreckte.

»Hatte heute schon genug Angst«, erwiderte Rhimes und verschränkte die Hände hinter dem Kopf in der Mitte der Kapsel. Vorne verließ das Fahrzeug die Autobahn und fuhr in die Innenstadt. »Jetzt, wo wir unterwegs sind, ist es besser, sich auf das zu konzentrieren, was vor uns liegt.«

»Das kann ich verstehen«, sagte Gordon.

»Kannst du?«, fragte Rhimes. »Verstehst du nicht, was ein Tracker hier zu suchen hat?«

»Sagen wir einfach, ich habe ein Interesse daran, dass das hier gut für meine Seite ausgeht.«

»Parasiten«, murmelte Regina.

»Wie bitte?«, fragte Gordon und schaffte es beeindruckend, jeglichen Ärger aus seinem Ton herauszuhalten.

»Tracker, ihr zapft Anomalien für euer Geld an. Alles, was ihr wollt, ist, dass die Gans weiter goldene Eier legt.«

Rhimes hatte seine Hand auf Gordon gelegt, noch bevor Regina fertig war. Sein leichtes Kopfschütteln traf auf Gordons amüsiertes Gesicht. Der Tracker schüttelte Rhimes' Hand ab und lachte.

»Ich bin schon viel Schlimmeres genannt worden«, sagte Gordon. »Du musst dir schon mehr Mühe geben, um unter meine Haut zu kommen.«

Regina hielt jedoch den Mund, bis die Kapsel wie zu einem wichtigen Termin vor dem Eingang des Ziran-Turms vorfuhr. Eine Türwand begrüßte sie, erhöht vom breiten Bürgersteig und jenseits eines zwanglosen Innenhofs mit Bänken, die feuerorangefarbene Z's auf Sockeln umgaben. Bombastisch, genau wie Zhan-Yo und Wexley.

Rhimes folgte Regina aus der Kapsel, seine Augen glitten die Stockwerke hinauf, während er auf dem Bürgersteig Fuß fasste. Gordon gesellte sich zu ihnen. Auf ein Zeichen von Rhimes hin rückten die drei vor und überquerten den nassen Beton. Weiße Lampen zu ihren Füßen tauchten die orangefarbenen Statuen in ein sanftes Licht, während sich die Leuchten, die das den Eingang überspannende Vordach säumten, mit Chicagos diffuser Beleuchtung vermischten und ihnen den Weg wiesen.

Da es nach Feierabend war, standen zwei Sicherheitsleute in Ziran-Uniform draußen, ohne sichtbare Waffen. Beide hatten die Köpfe in ihre Tamas gesteckt, blickten aber auf, als sich die drei dem Eingang näherten. Von der ganzen Wand würden nach Feierabend nur die beiden mittleren Türen geöffnet sein.

»Selbstsicherheit«, sagte Rhimes. »Sie werden euch nicht kennen.«

»Ist das nicht gerade das Problem?«, fragte Gordon, hörte aber nicht auf zu gehen, als Rhimes nach dem Türgriff griff.

»Guten Abend«, sagte Rhimes zum nächststehenden Wachmann und erhielt ein Nicken als Antwort, das Gesicht ansonsten ausdruckslos und vom Stoffhut des Mannes beschattet.

Gordon ging zuerst hinein, Regina folgte. Rhimes, der eine Reaktion von beiden Wachmännern erwartet, aber nicht bekommen hatte, ließ die Tür hinter sich zufallen.

Und zuckte zusammen.

Eine große Statue dominierte Zirans Lobby, eine, die Zhan-Yos Familie zeigte, oder zumindest die Vorstellung eines Bildhauers davon. Die Brunnen an ihrer Basis plätscherten ununterbrochen, das wechselnde Leuchten der Lichter im Wasserbecken vermischte sich mit den hineingeworfenen Münzen und erzeugte einen funkelnden Effekt. Rhimes bemerkte es tagsüber nie, wenn natürliches Licht und der ständige Trubel der Angestellten sich verbanden, um die

Magie des Brunnens zu übertönen und verschwinden zu lassen. Nachts jedoch, bei gedämpfter Beleuchtung, wirkte das Ganze wie verzaubert.

Was Brielle, Rhimes' beste Soldatin, und die Söldner, die mit ihr in der Lobby standen, umso enttäuschender machte. Dies hätte ein wunderschöner Marsch zum Sieg sein können.

Stattdessen würde es ein blutiger Kampf bis zum Ende werden.

Brielle, ihr langes Gewehr über die Schultern geschlungen, während sie eine kürzere Nahkampfwaffe in den Händen hielt, begann langsam zu klatschen. Rhimes zählte acht weitere Kämpfer bei ihr in der Lobby, alle trugen abgenutzte Ziran-Ausrüstung, die für Anomalie-Konflikte gedacht war. Sie folgten ihrer Anführerin, ließen ihre Gewehre, Messer und Granaten hängen, um eine spöttische Begrüßung zu liefern.

»Bleibt zurück«, flüsterte Rhimes, legte eine Hand auf Reginas Schulter und zog sich nach vorne. »Wir haben das eingeplant.«

»Ein schlechter Plan«, erwiderte Regina.

»Rhimes!«, unterbrach Brielle, ihr Klatschen verstummte, die Finger kehrten zum Abzug zurück. »Als Wexley mir sagte, ich solle dir folgen, dachte ich, sie wäre paranoid.« Sie deutete mit ihrer Waffe auf Regina und Gordon. »Aber du hast uns alle getäuscht. Jeden Einzelnen, der bei Ziran ange-heuert hat, um mit dir zu arbeiten, der an die Mission geglaubt hat, du hast uns reingelegt, Rhimes. Gratulation!«

Es gab Entscheidungen zu treffen. Rhimes wollte sich mit Brielle hinsetzen, irgendwo in einer Bar all die kleinen Dinge skizzieren, die zu diesem Moment geführt hatten. Sie hatte den Verstand, das Gespür und die Menschlichkeit, um zu verstehen, woher Rhimes kam. Sie würde es begreifen, könnte sich ihm sogar bei der Mission anschließen.

Aber nicht hier, nicht wenn sie die Gruppe anführte, die ihnen im Weg stand. Jeder dieser Männer und Frauen hatte ein Leben, das er mit Ziran-Gehältern unterstützte, und

Brielle würde das nicht einfach wegwerfen, nur weil Rhimes sie darum bat.

Verflucht, er würde es an ihrer Stelle auch nicht tun.

Was eine andere Taktik erforderte.

»Hast du gesehen, was da draußen los ist?«, fragte Rhimes und breitete die Arme weit aus, ohne anzudeuten, dass er eine Waffe bereithielt. »Siehst du, was Wexley tut, was Adriana tut?«

»Ich sehe, dass sie uns beschützen«, antwortete Brielle. »Du hast gegen die Paragons gekämpft. Du hast Anomalien für Adrianas Experimente gefangen-«

»Experimente?«, hörte Rhimes Gordon fragen, aber Brielle redete einfach weiter, schichtete Beweise und Anschuldigungen zu einem Tortendiagramm der Heuchelei.

»Du tust so, als hättest du Gott gefunden oder so was.« Brielle schüttelte den Kopf. »Wir sind nicht sauber, Rhimes. Dieses Geschäft ist schmutzig. Es ist gewalttätig. Aber es ist auch notwendig. Wir geben den Menschen ihre Wahlmöglichkeit zurück.«

»Nee«, erwiderte Rhimes, obwohl Brielles Worte nicht leicht abzuschütteln waren. Rhimes war klar, dass er sich mit seinen eigenen Entscheidungen und wo genau die Grenzen überschritten worden waren, auseinandersetzen musste, aber das würde später kommen. Mit Whiskey. »Wir haben sie nur einem Wahnsinnigen weggenommen und einem anderen gegeben.«

Brielle riss ihre Waffe hoch, schaltete das Laservisier ein. Sein roter Punkt fand Rhimes' Brust, schwebte über seinem Herzen.

»Letzte Chance«, sagte Brielle. »Gib auf, und ich werde Wexley sagen, du hattest einen psychotischen Anfall. Du kannst dich ihr im Heim anschließen.«

Ein Mann, der links von Brielle stand, groß und intensiv, hob seine eigene Waffe und zielte mit der Maschinenpistole über Rhimes' Kopf hinweg. Brielle bemerkte es nicht, bis der

Mann den Abzug gedrückt hielt und Kugeln durch die hohen Lobbyfenster jagte. Glas zerbrach, regnete auf die Fliesen. Der Mann drehte sich wie auf einem Drehgestell und eröffnete das Feuer auf den Aufzugschacht, zerschmetterte auch dessen Glashülle.

Regina gab das Signal, setzte diesen schlechten Plan genau zur richtigen Zeit in Gang.

Während Brielle den Soldaten anschrie und dessen Waffe wegschlug, flog eine Gestalt durch die zerschossenen Fenster. Ein Mann und eine Frau, beide in taktischer Paragon-Ausrüstung. Der Mann, seine Gestalt zusammengeballt, federte die Landung ab und ließ die Frau los. Mit einem Vape-Pen in der Hand blies die Frau Rauch in Richtung von Brielles Team, als sie endlich bemerkten, dass dem Spiel einige neue Spieler hinzugefügt worden waren.

Brielles Team verschwamm, verwandelte sich in formlose Farbkleckse. Hinter Rhimes krachten die beiden Wachleute gegen die Türrahmen und fielen bewusstlos zu Boden. Einen Augenblick später stürmten die Angreifer durch die unverschlossenen Türen, Weeds zahlreiche Kopien ergossen sich wie eine Flut kleiner Männer hindurch. Die Klone machten weder bei Regina, Gordon noch bei Rhimes halt: Sie zogen einfach weiter, durch diesen verschwommenen Bereich und auf der anderen Seite wieder hinaus.

»Ihr solltet euch besser bewegen«, sagte Smoke und ging nach rechts, vorwärts.

In Richtung der Aufzüge.

»Kommt schon.« Rhimes ging mit gutem Beispiel voran, Regina und Gordon schlossen sich schnell an.

Der Plan sah vor, dass hier unten ein Krieg tobte, um die Drohnen und das Ziran-Personal beschäftigt zu halten, bis Regina und Rhimes den Abschaltcode eingeben konnten. Der Plan sah nur das vor und nichts anderes, denn die Zeit drängte sie, weiterzumachen.

»Hier«, sagte Rhimes, als Smoke sie zu den Aufzügen

eskortierte. Er hielt seinen Tama an den Scanner und hoffte, dass Wexley seinen Zugang noch nicht gesperrt hatte.

Der Scanner blinkte wütend rot auf. Nichts.

»Toll«, sagte Gordon. »Das fängt ja gut an.«

»Du hilfst nicht gerade«, erwiderte Regina.

»Rückt zusammen«, sagte Lob, der die Nachhut bildete. »Ich kann nicht mehr als zwei auf einmal mitnehmen.«

Rhimes und Regina passten als Erste hinein und drängten sich eng zusammen, als Lob seine Arme um sie schlang. Gewehrfeuer hallte weiterhin durch die Lobby, Weeds Klone griffen an. Rhimes glaubte auch zu hören, dass sich einige andere Elementale dem Kampf anschlossen. Mindestens ein greller grüner Blitz deutete darauf hin, dass eine weitere Anomalie eingetroffen war.

Hoffentlich würde Brielle überleben. Sie war eine gute Soldatin gewesen und hatte es nicht verdient, für die Wahl des falschen Jobs zu sterben.

»Das ist alles deine Schuld«, sagte Regina, als Lob sie aufforderte, in die Hocke zu gehen.

»Ich weiß«, antwortete Rhimes. »Ich weiß es wirklich.«

Ohne Vorwarnung sprang Lob und trug das Trio mehrere Stockwerke hinauf zum Zwischengeschoss, genau dorthin, wo Reginas gestohlener Soldat eine Öffnung geschaffen hatte.

»Haltet euch gut fest«, sagte Lob, »Das wird ein paar Sprünge brauchen.«

»Mach es einfach schnell.« Rhimes blickte auf seinen Tama, als Lob sie wieder umarmte.

Eine weitere Nachricht von Zhan-Yo:

Beeilt euch.

KAPITEL 24

SANFTE WAHRHEIT

DIE DIREKTORIN RIEF sie aus dem Klassenzimmer. Cassidy schaltete ein Lernvideo für die Schüler ein und ließ die Assistenzdrohne übernehmen, während sie den Raum verließ. Für die Zeit nach dem Mittagessen waren die Flure ruhig, kein Quietschen von Turnschuhen auf dem laminierten Boden zu hören. An einem normalen Tag hätte Cassidy den Gang zum Büro ohne Sorge entlanggeschlendert, in der Gewissheit, dass es in dem Gespräch um einen schwierigen Schüler, eine Lehrplanänderung oder die Bitte, eine Veranstaltung zu begleiten, gehen würde.

Heute spürte Cassidy die Leeren. Sie tauchten zusammen mit ihrer Nervosität auf und waren, genau wie am Morgen, bereit. Der kaputte SUV bedeutete, dass ihr Sohn überlebt hatte, und auch wenn der Junge die Verbindung nicht hergestellt hatte, sah Cassidy den Blick ihres Mannes und wusste, dass er den Moment klar genug zusammengesetzt hatte.

Er hatte den ganzen Tag über ihre Anrufe nicht entgegengenommen.

Die Direktorin saß am Schreibtisch, eine erschöpfte Frau mit einem entschuldigenden Stirnrunzeln. Der Grund für dieses Stirnrunzeln waren die beiden Männer in blauschwarzen Uniformen, die im Raum standen. Sie nickten Cassidy zu, als sie eintrat, und einer streckte seine behandschuhte Hand aus. Sie schüttelte sie und spürte das starke Leder und den Griff darunter.

Sie versuchte, sich selbst in der gleichen Aufmachung vorzustellen, scheiterte aber.

»Weißt du, warum sie hier sind?«, fragte die Direktorin.

Sie konnte es ahnen, aber Cassidy hoffte stattdessen auf ein Wunder.

»Dein Mann«, begann der linke und klang dabei genauso entschuldigend, wie die Direktorin aussah, »hat uns heute Morgen eine Nachricht geschickt, einschließlich einiger Fotos von einem beschädigten Fahrzeug. Er sagte, du hättest das Auto beschädigt und behauptet, du hättest deine Anomalie-Fähigkeiten verheimlicht.« Der Paragon richtete seinen Blick auf Cassidy. »Es wird keine Konsequenzen geben, wenn du uns die Wahrheit sagst, Frau-«

Die Bürotür der Direktorin öffnete sich erneut, diesmal so laut, dass Cassidy zusammenzuckte. Sie drehte sich um und sah jemanden, den sie nicht erwartet hatte, jemanden, der nicht hierher gehörte.

Kein Champion kam für sie. Zumindest nicht so früh. Die Erinnerung verschwamm, der Traum wurde luzide, als Cassidy versuchte, sich damit abzufinden, dass Apinya, der Champion, den sie in Thailand kennengelernt hatte, dort stand. Der Champion trug das unscheinbare weiße Gewand, das Cassidy schon bei anderen Ziran-Gefangenen gesehen hatte, schien aber ansonsten nicht anders zu sein. Apinya seinerseits schenkte ihr sein typisches, nervtötendes, endlos geduldiges Grinsen.

»Also hier hat alles begonnen«, sagte Apinya und nickte an Cassidy vorbei zu den beiden Paragons. »Ein Gespräch in einem Büro erschafft die Leere, und sie wiederum rettet genau die Dinge, die sie hasst.«

»Rettet?«, fragte Cassidy.

Apinya winkte mit der Hand und das Büro verschwand, ersetzt durch einen Inselstrand. Brandende Wellen, Palmen, salzige Meeresluft. Der Sand fühlte sich warm an ihren nackten Füßen an, die Körner kitzelten ihre Zehen. Blauer Himmel, keine Wolken, die Sonne irgendwo hinter ihr.

»Atme tief durch, Cassidy«, sagte Apinya, der neben ihr stand. »Dann muss ich dich bitten aufzuwachen. Es gibt noch viel zu tun.«

»Ich dachte, ich würde sterben«, antwortete Cassidy. »Diese Leere hätte mich verbrennen müssen.«

»Vielleicht, aber wenn es einen Zeitpunkt gibt, an dem du dich selbst übertriffst, dann ist es, wenn du von Anomalien umgeben bist.« Apinya lachte leicht. »Sie werden dich immer überraschen.«

Cassidys Augen öffneten sich ruckartig im Dreck. Ihr Körper schmerzte, Schweiß sammelte sich in ihrer durchnässten Kleidung, und Cassidy hätte alles für etwas Wasser getan. Stattdessen sah sie ein Gesicht, das von einem Ziran-Visier bedeckt war, und spürte eine gepanzerte Hand auf ihrer Schulter.

»Sie ist wach«, sagte der Wächter zu jemandem, den Cassidy nicht sehen konnte. »Was jetzt, Sir?«

»Hilf ihr auf, wenn du so freundlich wärst«, Apinyas Stimme, nicht ganz der klare und ruhige Sprecher, der er in Cassidys Kopf gewesen war. Hier draußen klang er heiser, leise.

Apinyas Worte erhoben sich über die anhaltenden Kämpfe, Schreie, das samtige Brüllen, als Drohnenjets ihre Maschinenkörper in die Luft katapultierten. Cassidy roch Blut, das reiche Eisen, auf ihrer Zunge. Sie spürte, wie der Wächter ihre Schulter nahm und die Anomalie langsam und vorsichtig auf die Füße stellte. Cassidys Knie gaben nach, als wären die Knochen noch nicht ganz bereit, sie zu tragen, also lehnte sie sich an den Wächter. Der Mann hatte zum Glück genug Stabilität, um ihr ohne Beschwerde zu helfen.

Aufgerichtet machte das Schlachtfeld einen schlechten ersten Eindruck. Cassidy sah das Gebäude, den Turm, und starrte mit offenem Mund. Das obere Drittel war eingestürzt und ließ Bewehrungsstäbe in den Himmel ragen. Rauch quoll von innen heraus, seine schwarze, wogende Schlange stieg hoch empor, während Drohnen wie Bienen um die Trümmer schwirrten. Zirans Maschinen lagen auch zu Cassidys Linken, trieben Anomalien in Richtung Bahnhof in eine sich schließende Falle, die von Gewehrfeuer und sterbenden Blitzen markiert wurde, als die wenigen Anomalien mit gefährlichen Fähigkeiten diese ausspielten.

Ihr Wagnis, der Versuch, den Anführer zu töten, war offenbar gescheitert.

»Nicht ganz«, sagte Apinya und stellte sich neben sie. Cassidy sah niemanden sonst bei dem Champion, der wie zuvor in das gleiche weiße Ziran-Gewand gekleidet war - dieses hier schmutziger, mit einem Blutfleck um Apinyas Knie. »Dein kühner Schlag hat mich befreit und bereits mehrere andere gerettet, die daran arbeiten, diesen Ausgang zu ändern.«

»Andere?« Cassidy blickte zurück zum Turm. Es lagen zwar Körper im Dreck, aber niemand marschierte mit dem Sieg in der Hand auf sie zu. »Welche anderen?«

»Diejenigen, denen wir jetzt helfen werden«, sagte Apinya. »Kannst du laufen?«

»Mehr oder weniger.«

»Dann lass uns gehen.« Apinya wandte sich von den Drohnen ab, den Anomalien, die gegen sie kämpften. »Die Zeit läuft.«

Der Ziran-Wächter drehte Cassidy, damit sie Apinya folgte, aber sie widersetzte sich. Sie versuchte, sich zu konzentrieren, einige Leeren zu finden. Sie waren da, diese kleinen schwarzen Löcher, die ihre Fingerspitzen streiften, aber ganz leise. Ein Kitzeln, kein Drang. Die letzte musste sie fast umgebracht haben und zum ersten Mal schienen Cassidys Leeren etwas Zurückhaltung zu zeigen.

»Du lässt sie im Stich?«, sagte Cassidy und stieß den Wächter weg. Diesmal hielten ihre Knie stand, obwohl wiederholte Stiche sie davor warnten, sie weiter zu strapazieren. »Die Anomalien da drüben?«

»Wir werden ihnen auf diese Weise mehr helfen, wenn wir uns beeilen«, sagte Apinya. »Du kannst dich wieder in diese Drohnen stürzen und sehen, wie lange du überlebst, aber es wäre so eine Verschwendung, wenn du das tätest.«

Apinyas Enttäuschung über diese Idee warf einen eisigen Schatten über Cassidy. Auf diese Drohnen zuzumarschieren, fühlte sich jetzt wie der dümmste Gedanke der Welt an. Sie würde in Sekunden erschossen werden und hätte keine Chance mehr, ihre Familie zu sehen oder mitzuerleben, ob dieses ganze große Durcheinander die Welt auf den Kopf stellen würde.

Eine Verschwendung, in der Tat.

Cassidy, Apinya und der Wächter hatten den Turm fast erreicht, bevor die Leere realisierte, was sie tat, wohin sie gingen. Ihre Füße bewegten sich ohne ihr aktives Einverständnis, schlurften neben Apinya her, während Cassidy darum kämpfte, einen klaren Kopf zu bekommen. Dieser Traum war so real gewesen: dieses Büro, diese Paragons.

Sie hatte dieses Büro als Gefangene verlassen, am Boden zerstört und kurz davor, ein Jahrzehnt und mehr zu verlieren.

»Wir sind da«, verkündete Apinya.

Als der Champion sprach, verschwanden die Schrecken aus Cassidys Geist, wie ein fallender Schleier. Die Einmischung wurde deutlich.

»Du Bastard«, zischte Cassidy und schüttelte den Kopf. »Dring nie wieder in meinen Geist ein.«

»Dann gib mir keinen Grund dazu«, Apinya nickte dem Wächter zu, der Cassidy festhielt. »Dieser arme Mann beschloss, ich sollte tot sein. Ich bin nicht sicher, ob er je wieder selbstständig denken wird.«

Der Ziran-Wächter starrte verloren und betäubt. Cassidy ballte ihre Fäuste.

»Siehst du, genau das ist das Problem mit den Paragons«, begann Cassidy, nur um zu sehen, wie Apinya einen einzelnen Finger hob und hinter sie zeigte.

Cassidys Stimme verstummte, als sie den Satz beendete und die Champions als die Schlimmsten der Schlimmen bezeichnete.

Aus der Lobby des beschädigten Turms kam eine seltsame Gruppe. Drei Ziran-Wächter stützten eine Frau, die Cassidy erkannte, eine der höhergestellten Personen von Ziran, deren modische Kleidung nicht gut auf ein um sie herum zusammenbrechendes Gebäude reagiert hatte. Hinter ihnen, ebenso lädiert, aber aus eigener Kraft stehend, kamen zwei andere, die Cassidy nicht zuordnen konnte. Sie hielten ihre eigenen Waffen auf die Ziran-Wächter und deren Rücken gerichtet.

»Calvin, Kat«, sagte Apinya, als die Gruppe sich näherte. »Ich möchte euch Cassidy vorstellen, die Frau, die ein Gebäude unter euch weggesprengt hat.«

»Nichts für ungut, Apinya«, sagte Kat, eine junge Frau auf der linken Seite, die sehr vertraut mit dem Halten dieser Waffe aussah und selbst eine Art seltsame Rüstung zu tragen schien, »aber da drüben findet ein großer Kampf statt, den wir, wie ich meine, beenden könnten.«

»Einverstanden«, sagte Calvin. »Wir haben Adriana hier.« Calvin wedelte mit seiner Waffe in Richtung der Ziran-Wächter. »Ihr drei haltet sie schön ruhig. Keine schnellen Bewegungen. Wir sind fast fertig.«

Zumindest diese beiden hatten die richtige Idee. Adriana sah allerdings nicht so aus, als wäre sie der Aufgabe gewachsen. Ein Schnitt zog sich über ihre Stirn, einer ihrer Arme hing in einem seltsamen Winkel. Die Ziran-Wächter sahen nicht viel besser aus, ihre Rüstungen zerbeult und zerbrochen. Visiere gesprungen.

»Wie du meinst.« Apinya trat zu Adriana und legte eine Hand auf ihre verletzte Stirn.

Adrianas Augen öffneten sich schlagartig, ihr Fokus fiel auf den Tama an ihrem Handgelenk. Die Geräte waren nahezu unzerstörbar, und dieses schaltete sich ein, sobald es Adrianas Blick auffing. Cassidy konnte den Bildschirm nicht sehen, als Adriana ihn nah an ihr Gesicht hielt, aber die Frau zuckte zusammen, stöhnte, als sie versuchte, ihren gebrochenen rechten Arm zu bewegen, um auf den Bildschirm zu tippen. Apinya hielt seine Handfläche auf ihrer Stirn, wie ein ernster Krankenpfleger.

Die drei Ziran-Wächter taten, was Calvin befohlen hatte, und blieben still. Apinyas eigener Leibwächter tat es ihnen gleich. Kat und Calvin, selbst zerschlagen und blutig, begnügten sich damit, ihre Waffen bereit zu halten.

»Cassidy, würdest du ihr helfen?«, fragte Apinya. »Adriana, bitte sag Cassidy die Schritte.«

Mit dem Gefühl, wie eine Lehrerin zu sein, die einer strauchelnden Schülerin hilft, drängte sich Cassidy in Adrianas Raum. Dabei hörte Cassidy Adrianas Flüstern. Kaum lauter als der Wind, fing Cassidy die schwachen Botschaften auf und gehorchte, wählte eine Ziran-Anwendung auf dem Tama der Frau aus und tippte ihren Code ein.

Der erste Befehl ergab Sinn, eine Anordnung, die alle Drohnen in der Gegend zur Fabrik zurückrief. Mit Adrianas Unterschrift versehen, wurde die Anweisung schnell übermittelt. Die Drohnen, die die Anomalien umkreisten, erstarrten, dann schossen sie in die Luft. Verfolgerdrohnen schlängelten sich davon, flogen nach Süden, während Gladiatoren und Unterdrücker, diese nervigen Kugeln, davonflogen. Einige Anomalien gaben noch Abschiedsschüsse ab, trafen, was die Drohnen ignorierten.

Die verbliebenen Ziran-Wächter, ohne ihre mechanisierten Beschützer zurückgelassen, trafen die richtige Entscheidung: Waffen fielen, Jubelrufe erhoben sich.

»War gar nicht so schwer«, sagte Kat. »Mussten nur ein Gebäude zum Einsturz bringen, um zu gewinnen.«

»Du hast nicht monatelang hier gelebt«, erwiderte Calvin. »Es war verdammt schwer.«

Cassidy dachte darüber nach, mit einer spitzen Bemerkung über das jahrelange Leben in einem Paragon-Gefängnis einzuwerfen, aber Adriana begann wieder zu sprechen. Diesmal erfasste Cassidy den Vorgang, während sie wischte und tippte: Adriana ließ Cassidy alle Labordaten aus Zirans Servern zusammenziehen. All diese Tests, all diese Experimente, alles in einem großen Datenhaufen zusammengefasst.

»Lösch alles«, sagte Adriana.

Cassidy zögerte, die Hand über dem Tama-Bildschirm schwebend. Alles löschen? Cassidy war zwar nicht gerade eine Polizistin, aber all diese Namen, all diese Opfer über Monate des Stocherns und Prüfens, um zu sehen, was eine mögliche Heilung für den Zustand der Anomalie sein könnte, schienen wie Beweise.

»Du hast sie gehört«, sprach Apinya sanft. »Lösch die Daten.«

»Warum?«, fragte Cassidy. »Das beweist, dass sie eine Verbrecherin ist, das beweist all das Schreckliche-«

»Wenn sie etwas darin gefunden hat«, unterbrach Apinya, »etwas, das verwendet werden könnte, um Anomalien zu erschaffen oder zu sterilisieren, dann würde die Freigabe in die Welt weit größeren Schaden anrichten. Anomalien sollten Wunder sein, keine Produkte.«

Kat hustete, übertrieben. Wedelte mit ihrer Waffe in Apinyas Richtung, eine Bewegung, die Cassidy aus dem Augenwinkel wahrnahm.

»Ich verstehe, worauf du hinaus willst, Apinya, aber da

muss ich dir widersprechen«, sagte Kat. »Ich weiß nicht, ob du in letzter Zeit aufgepasst hast, aber mir scheint, dass eine Menge Konflikte gelöst werden könnten, wenn wir das Geheimnis lüften würden.« Kat nickte in Calvins Richtung. »Niemand wird ihn wieder in ein Labor wie dieses stecken, wenn wir die Daten öffentlich machen. Und, persönlich gesprochen, je näher wir daran kommen, diese Anomalie-Bomben zu entschärfen, bevor sie explodieren, desto besser.«

»Die alten Wege sind vorbei, Mann«, fügte Calvin hinzu.

Apinya betrachtete das Paar, seine Prüfung schwand zu stiller Wertschätzung. Der Champion holte tief Luft. Cassidy spürte den Anstoß in ihrem Geist, ein Flüstern, das ihr sagte, dass das Löschen der Daten am sinnvollsten wäre, dass der Status quo ideal wäre, verschwinde. Wie beim Auftauchen aus dem Wasser fühlte sich die Welt schärfer an, ihr Gefühl, ihre Gedanken waren wieder ganz ihre eigenen.

»Aegis sagte, er plane in den Ruhestand zu gehen, bevor all das auseinanderfiel«, sagte Apinya. »Vielleicht ist es Zeit, sich zurückzuziehen.«

»Gute Idee«, sagte Kat. »Jetzt, was zum Teufel machen wir hier?«

Niemand hatte eine gute Antwort. Cassidy war die letzte von ihnen gewesen, die mit Aegis und den anderen planenden Paragons interagiert hatte, aber sie hatten sie im Dunkeln gelassen. Apinya war direkt vom abgestürzten Jet in Adrianas Laborgefängnis gegangen, während Kat und Calvin keine Ahnung hatten.

Mit dem Champion, der alle Ziran-Wachen in mentaler Stasis hielt, schloss sich die Gruppe den befreiten Anomalien an. Die Gruppe mit Kräften nutzte die fliehenden Drohnen aus, um Zirans verbliebenes Personal in die alten Pferche zu werfen. Andere Anomalien gingen in die Trümmer, um medizinische Vorräte, Essen und Wasser für alle, die es wollten, zu plündern.

Für Cassidy fühlte es sich ein wenig wie die Städte auf Mynx' Insel an. Behelfsmäßige Lager mit begrenzten Ressourcen, jeder bastelte sich ein Leben unter Umständen zusammen, die sie sich nicht hätten vorstellen können. Staubig, schmutzig, aber Hoffnung hing in der Luft, als Gespräche aufkamen. Die Aufmerksamkeit richtete sich auf den Bahnhof, auf die nächste Stadt.

Ziran zu vermeiden, sobald sie in die Gesellschaft zurückkehrten.

Cassidy hatte eine erbeutete Wasserflasche und einen Energieriegel – Kat behauptete, die Dinger wären grauenhaft, aber Cassidys knurrender Magen würde nicht wählerisch sein – als eine neue Anomalie wie aus dem Nichts auftauchte. Cassidy erkannte den Paragon auf Anhieb, sie hatte die Frau damals in Thailand gesehen.

Damals war sie verschwiegen gewesen und hatte versucht, Apinyas Gruppe in einen Jet nach Pacifica zu bringen. Jetzt rannte sie auf den Champion und die Menge der Anomalien zu. Sie rief etwas über einen Angriff, darüber, dass jede Anomalie, die kämpfen konnte, mit ihr zur Fabrik kommen müsse.

Thanes Plan, den Celice nicht weitergeben wollte. Cassidy hier hochschicken, um einige Anomalien zu befreien?

Lächerlich.

»Ist das nicht der Ort, wohin du gerade all diese Drohnen geschickt hast?«, fragte Kat Apinya und unterbrach Cassidys Gedanken, als sie aufstanden, um den Paragon zu begrüßen.

»Ich dachte, ich würde uns Zeit verschaffen, um zu entkommen«, sinnierte Apinya und legte einen langen, verwitterten Finger ans Kinn. »Anscheinend habe ich mich geirrt.«

»Ein Champion, der einen Fehler zugibt?«, sagte Cassidy. »Ich hätte nie gedacht, dass ich das erleben würde.«

»Du erlebst vielleicht keinen weiteren Tag, wenn wir nicht

sofort aufbrechen«, sagte der windlaufende Paragon und streckte ihre Hände aus. »Der Wind weht heute stark. Wenn wir jetzt losgehen, sind wir nicht weit zurück.«

»Worauf warten wir dann noch?«, fragte Kat und blickte auf die versammelten, kampferprobten Anomalien. »Lasst uns ein paar Drohnen zerlegen.«

KAPITEL 25
KLAUEN UND MÄULER

DIE FABRIK WURDE zu einer verhassten Notwendigkeit. Mynx schlug sie vor, nachdem die Champions ihre Weltherrschaft gefestigt hatten, nur um festzustellen, dass es schwierig war, Milliarden mit ein paar Millionen Anomalien zu regieren. Die Möglichkeiten waren begrenzt: Entweder normale Menschen rekrutieren – etwas, was die Paragons sowieso taten, wenn auch eher in standardmäßigen Polizeirollen – oder ihre Anomalien durch mechanische Armeen ergänzen.

Aegis beobachtete, wie die ersten Drohnen seine Paragons bei Patrouillen und Missionen begleiteten. Anfangs hielt Mynx sie passiv und ließ sie lediglich Beobachtungen an die Paragons vor Ort liefern oder bevorstehende Verbrechen melden, damit die Paragons die Verantwortlichen schnappen konnten. Von da an wurde es zu einem mathematischen Problem: Zwei Paragons, unterstützt von Drohnen, konnten so effektiv sein wie fünf.

Dann zehn.

Dann zwanzig.

Bald brauchten sie die Paragons überhaupt nicht mehr für die Patrouillen, die kleineren Aufgaben. Die Drohnen gewannen an Macht, und mit dieser Macht kamen neue

Bedenken. Schurken, Anomalien und normale Menschen mit großen Träumen und schlechten Ambitionen übernahmen die frühen Fabriken, die von Fertigungsunternehmen aus der Zeit vor den Paragons betrieben wurden. Nach zu vielen Krisen, die von möchtegern Königen ausgelöst wurden, die eine Art robotische Revolution ausriefen, verlegte Mynx die Drohnenproduktion ins eigene Haus.

Baute diesen verdammten Ort und behielt alles für sich.

»Hättest ein paar mehr Fenster einbauen können, Mynx«, murmelte Aegis, als der Aufzug zum Hauptgeschoss der Fabrik hinabfuhr.

Der Lift bewegte sich mit einer langsamen Geschwindigkeit, die für schwerfälliges Metall gedacht war, und gab Aegis Zeit, die Drohnen zu beobachten, wie die Verteidigungsanlagen um die Paragons herum oben zum Leben erwachten. Während die bereits in der Fabrik befindlichen Drohnen in chaotischen Wellen anrückten, als die Ziran-Techniker sie in vermeintlicher Panik aktivierten, boten die Geschütztürme effizientere Feuerkraft.

Die messerartigen Kanonen sprangen aus Schlitzen hervor und spuckten Blitze. Mynx hatte die Fabrik nicht so sehr für einen menschlichen Einfall konzipiert, sondern eher für einen Maschinenaufstand, sodass helle, schaltkreiszerstörende Blitze anstelle von Kugeln ausgestoßen wurden. Aegis war zuvor noch nicht von den Schüssen getroffen worden, aber nach den Schmerzenslauten, die durch sein Headset drangen, war es wohl nicht angenehm.

Die Paragons schlugen so schnell wie möglich zurück, und Trümmer regneten um Aegis herum. Die Metallstücke trafen auf den glänzenden schwarzen Boden, prallten von der Drohnenrüstung ab und boten Deckung für die Verfolgerdrohnen, die dem Vorzeige-Champion der Paragons auflauern wollten.

Vier tausendfüßerähnliche Maschinen kletterten über die Ränder um Aegis herum. Der Aufzug bot eine vier mal vier

Meter breite Plattform, die von einer schwarz-gelben Linie umgeben war. Aegis positionierte sich in der Mitte und ging mit lockeren Fersen auf und ab, wartend, welche Drohne den ersten Zug machen würde.

»Kommt schon, ihr Feiglinge«, sagte Aegis. »Sobald dieser Lift unten ankommt, bin ich weg.«

Die Drohnen erhoben sich wie Kobras, stellten sich auf ihre Hinterklauen und klickten mit ihren Mandibeln in Richtung Aegis. Eine seltsame Technik und keine, die Aegis kannte. Verteidiger hatten den Vorteil, wenn sie den Angriff vorhersehen konnten, und diese Gruppe machte es nicht schwer.

Eine fünfte Drohne traf Aegis von oben an den Schultern und drückte ihn auf den Boden des Aufzugs. Die Klauen des Verfolgers bissen sich in Aegis' Weste, und er hörte, wie die anderen vier ihre huschenden Sprünge begannen. Bald würden sie von allen Seiten an ihm kratzen.

Nicht gut.

Aegis stieß seinen linken Ellbogen nach hinten und ließ ihn vom Metallgesicht der Verfolgerdrohne abprallen. Mit dem zusätzlichen Platz schlug Aegis denselben Ellbogen nach vorne, platzierte seine Handfläche auf dem Aufzug und drückte sich ab. Aegis rollte sich, nahm die Drohne, die seinen Rücken aufschlitzte, mit und zerquetschte sie unter sich. Die vier Freunde der Maschine schienen sich nicht daran zu stören, dass Aegis' Bauch freigelegt wurde, ihre schneidenden Klauen zielten auf Aegis' Unterleib.

Sie hätten ihn vielleicht auch getroffen, wenn Aegis nicht seine Bauchmuskelübungen trainiert hätte. Er zog die Knie hoch – und kassierte dabei ein paar fiese Kratzer – und machte einen umgekehrten Salto, wobei er seine Handflächen hinter seinem Kopf aufsetzte, um von der zerquetschten Drohne wegzurollen und sich etwas Platz zu verschaffen.

Seine Gegner, unermüdlich und hungrig, schwenkten mit der Bewegung und verfolgten ihn. Die Viergruppe schwärmte aus, als Aegis zum Rand des Aufzugs zurückwich. Der Champion hatte keine Waffen, geschweige denn Zeit, sie zu ziehen, wenn er welche gehabt hätte. Seine Fäuste würden gegen diese Stahlkreationen auch nicht viel ausrichten.

Also betrog Aegis und sprang.

Der Aufzug hatte noch gut zehn Meter bis zum Hauptgeschoss, aber verglichen mit dem Sturz von der Gladiatorendrohne vor wenigen Minuten fühlte sich das wie ein Kaninchenhüpfer an. Aegis rollte sich ab, als er das weitläufige Stockwerk erreichte, das für Drohnenwaffendemonstrationen offen gehalten wurde. Um ihn herum gingen die Seiten des Hauptgeschosses in Testgelände über, große Arenen, die in die Hügel rund um die Fabrik geschnitten waren, damit Mynx ihre Kreationen testen konnte, ohne zivilen Aufruhr zu verursachen.

Aegis' eigentliches Ziel lag hinter ihm, ein unscheinbarer Fleck an der Seite, der für einen kleineren Aufzug zum wahren Keller der Fabrik vorgesehen war. Als Aegis sich in diese Richtung drehte, ließen sich die vier verbliebenen Verfolgerdrohnen herab und klackerten über den Boden auf ihn zu. Er konnte ihnen nicht davonlaufen, aber hier, mit all diesem Platz, änderte sich die Berechnung.

»Dad?«, erklang Celices Stimme über das Headset.

»Ich bin beschäftigt.«

Aegis täuschte nach links an, stieß sich nach rechts ab. Er spielte ein Winkelspiel in der Hoffnung, dass er eine Drohne etwas schneller erreichen würde, als die anderen ihn erwischen konnten. Die Finte brachte ihm genug Zögern ein, da die Drohnenalgorithmen eine Art Tanz aufführten, um herauszufinden, wohin der Mensch gehen könnte. Es stellte sich heraus, dass er sich für die ganz rechts entschied, während die käferartigen Dinger zuckten, um seiner neuen Flugbahn zu folgen.

»Wir werden in die Enge getrieben«, sprach Celice,

während um sie herum Schüsse und Flüche zu hören waren. »Es kommen mehr Drohnen von außen. Zu viele. Wir brauchen Hilfe.«

Aegis erreichte die Drohne und hatte noch eine Sekunde, bis die anderen aufholten. Das metallene Monster schnappte nach ihm, die Mandibeln zielten auf seine Kehle. Aegis blockte den Schlag mit seinem linken Arm ab, während er mit dem rechten zuschlug. Die Wucht schleuderte die Drohne zu ihren Kumpanen. Die anderen drei Tracker kletterten über ihren Gefährten, und die Verzögerung gab Aegis Zeit, loszurennen.

Währenddessen wies Aegis seinen Tama an, den Kommunikationskanal zu wechseln.

»Thane?«, fragte Aegis.

Ein wortloses Brüllen drang als Antwort durch.

Noch drei Sekunden, bis die Tracker-Drohnen ihn einholten. Fünf Sekunden, bis Aegis den Aufzug erreichte.

»Beweg deinen Hintern hierher und hilf meiner Tochter«, sagte Aegis. »Das bist du ihr schuldig.«

Thane antwortete mit zufälligen Knurrlauten, wie ein Radio, das durch die Frequenzen zappte.

Bevor Aegis sich entscheiden konnte, welche Beleidigung er Thane an den Kopf werfen sollte, zog etwas an seinem linken Bein. Aegis rollte sich mit dem Fall nach vorne ab, eine Vorwärtsrolle, die endete, als zwei weitere Klauen seine Fußgelenke durchbohrten. Der Schwung des Champions befreite ihn aus dem Griff der Drohne, ließ ihn aber auf dem Rücken landen, wo er in ein klapperndes Trio blickte, während die vierte nicht weit dahinter war.

In seinem Kämpferleben hatte Aegis mehr und unterschiedlichere Schmerzen erlebt, als sich die meisten Menschen vorstellen konnten. Er war erschossen, geschlagen, erstochen und geschockt worden. Verbrannt und verprügelt. Von Höhen gestürzt und von Hunden, Hyänen und einem besonders störrischen Esel gebissen worden. Auf dieser langen Liste rangierten zwei messerartige Treffer von den Tracker-Drohnen nicht allzu hoch.

»Zurück zum Squad-Allgemein«, sagte Aegis und hielt seine Stimme ruhig. Zwei Drohnen stürzten sich auf seine Beine, während die dritte nach rechts ausscherte und auf Aegis' Kopf zielte. Sein Tama piepste, der Wechsel war vollzogen. Aegis trat hart nach den Drohnen, während er sich mit den Händen zurückschob. »Deckungsfeuer Fabrikebene!«

Der Befehl klang verzweifelt, die Worte fast unglaubwürdig. Seit der Trennung der Champions vor allzu langer Zeit bevorzugte Aegis es bei weitem, seine Missionen allein durchzuführen. So musste er niemanden retten, musste sich auf niemanden verlassen, der seinen Job erledigte.

Und wohin hatte ihn das geführt?

In eine Welt, in der seine größten Verbündeten einander ignorierten. All diese ehemaligen Champions, die mit ihm gekämpft hatten, um die Paragon-Zukunft aufzubauen, steckten in ihren eigenen Regionen fest und kämpften um ihr Leben. Nicht zusammen, nicht vereint.

So viele Fehler.

Aegis zog seine Beine unter sich, als die Tracker-Drohnen erneut angriffen. Die Bewegung rettete ihn vor den Bissen der beiden hinteren, aber die dritte, die auf Aegis' Hals zielte, kam in einem fliegenden Sprung von rechts. Aegis drehte sich, hob seine Arme, um sein Gesicht zu schützen, als die Klauen, bereits feucht von seinem Blut, auf ihn zuschossen.

Keine Kugeln kamen. Aegis' Hilferuf ging in einem Kanal unter, der bereits mit ähnlichen Bitten überfüllt war. Verzerrte Schreie nach Unterstützung, Zhan-Yos scharfe Befehle, die diese oder jene Gruppe zum Vorrücken aufforderten, Particles Zielansagen.

Aegis fing die Klauen der Tracker-Drohne an seinen Handgelenken ab, spürte, wie sie tief eindrangen. Er starrte in diese knirschenden Silberklingen im Maul des Trackers, die dazu gemacht waren, durch die dickste Anomaliehaut zu brechen und, wenn möglich, einen Peilsender zu platzieren.

Stattdessen gab die Reflexion auf all dem Metall Aegis eine Idee.

Mit einem Ruck riss Aegis seine Arme weit auseinander und kreuzte die Klauen übereinander, wobei die Kante, die nicht in seine Haut schnitt, dazu diente, die Klauen vom Körper des Trackers abzutrennen. Seines Hebels beraubt, fiel die Drohne Aegis vor die Füße und krabbelte bereits auf die Waden des Champions zu. Eine zweite Drohne setzte zum Sprung an, ein Blitzen in Aegis' Augenwinkel.

Als er spürte, wie sich diese Klauen in ihn bohrten, schlug Aegis mit seinem linken Arm nach unten und winkelte den Schlag so an, dass das abgebrochene Ende der Klaue, das aus seinem Handgelenk ragte, als gezackter Speer diente. Gleichzeitig schwang Aegis, wie in einer grauenerregenden Yoga-Pose, seinen rechten Arm nach oben und brachte diese scharfe Kante dorthin, wo sein Kopf sein sollte.

Die Drohne zu seinen Füßen fand sich mit einem neuen Loch in ihrem Stahlschädel wieder. Aegis' durchbohrender Schlag trieb die Maschine in den Boden, Funken flogen. Die verbliebenen Klauen der Drohne versuchten immer noch, die Maschine vorwärts zu treiben, und Aegis hätte seinen Schlag wiederholt, wenn sein rechter Arm nicht gezuckt und dann den ganzen Körper des Champions in einer muskelverdrehenden Drehung mitgerissen hätte.

Er hatte eine Drohne erwischt, sie an seinem Arm aufgespießt. Das Drehmoment schleuderte ihn herum und zog Aegis auf seine rechte Seite. Von seinem Schlag befreit, spürte Aegis, wie sein linker Arm über den Boden gezogen wurde und eine silberne Linie hinterließ, als er die schwarze Metallfliese zerkratzte. Die dritte Drohne folgte ihren Freunden – hatten Drohnen Freunde? Hatte Mynx das eingebaut? – und schnappte nach Aegis' Füßen.

Das Aufprallen auf die Fliese hatte einen unerwarteten

Vorteil: Der Rückprall befreite Aegis' rechten Arm. Die Klaue der Drohne hielt immer noch sein rechtes Handgelenk fest, kam aber mit herausgerissenen Drähten ab, getränkt in Kühlmittel. Elektrische Schocks verbrannten den Champion, als der Haken sich durch die Mitte der Drohne riss. Aegis drehte sich beim Fallen, brachte seine mit Klauen bestückten Arme quer über seinen Körper, als sein Rücken auf den Boden traf.

Die dritte Drohne kopierte ihren früheren Partner und stürzte sich auf Aegis' Gesicht. Seine Handgelenke fingen die Drohne an beiden Seiten ab, hielten die sich windende Maschine fest und sperrten sie in der Luft ein. Die Maschine streckte sich, Mandibeln schnitten auf Aegis herab.

Die EMP-Runde traf, blaue Blitze zuckten um die Drohne und ließen sie als toten Haufen zurück. Übrige Stromstöße liefen die Klauen hinunter, zappten durch Aegis' Arme und ließen seine Haare zu Berge stehen. Sein Tama piepste protestierend, ein statisches Brüllen drang aus Aegis' Ohrstück.

»Soll ich dir die letzte übrig lassen?«, fragte Particle, als das Brüllen abklang.

»Nein«, sagte Aegis.

»Erledigt.«

Eine weitere EMP-Runde blitzte auf. Aegis konnte nicht sehen, wo sie traf, aber die Drohne musste sich schnell bewegt haben, denn ihr toter Körper kollidierte mit Aegis' Füßen.

»Was hat so lange gedauert?«, fragte Aegis und warf die zu Boden gegangene Drohne zur Seite.

Seine Sicht schnappte von selbst nach oben, Particle zwang den Champion, die oberen Ebenen der Fabrik zu betrachten. Das saubere Aussehen, das bei jedem anderen Mal vorhanden gewesen war, war verschwunden. Rauchende Deckenplatten zeugten von zerstörten Geschütztürmen. Unterdrücker-Drohnen schwebten, feuerten betäubende Pfeile und Schlimmeres auf Paragons, die Aegis nicht sehen konnte. Zwei Gladiatoren standen aufrecht, ihre Klauenfüße feuerten Düsen ab, die sie an Ort und Stelle schweben ließen.

Der einzige Laut, der die Schreie und die gerufenen Befehle übertönte? Ein besonderes Brüllen, eines, das Aegis gut kannte. Jetzt näher als nach Thanes anfänglichem Wegsturm.

Vielleicht hatte das Monster Aegis' Ruf gehört.

Vielleicht.

Aegis wandte sich von Particles Kontrolle ab und blickte an den um ihn herum verstreuten Drohnen vorbei. Für den Moment zumindest ließ ihn der Kampf oben in Ruhe. Nichts stand zwischen ihm und dem Aufzug und dem, was unten lag.

Zhan-Yo hatte seinen Schlüssel, irgendeinen Code, der die Drohnen deaktivieren würde, bis Ziran einen Weg um die Blockade herum fand. Mynx würde das einzige Ende sein, die letzte Chance, ihre eigenen mechanisierten Kreationen endgültig auszuschalten.

Nicht, dass Aegis wusste, wie Mynx das anstellen würde, aber er musste hoffen, musste daran glauben. Wenn Mynx sich nicht als Schlüssel für die Drohnen erweisen konnte, die sie erschaffen hatte, dann müsste Aegis jede einzelne zerstören. Wenn Wexley aufgeben und die Maschinen deaktiviert lassen würde, wäre das großartig.

Aber darauf zu hoffen, sich darauf zu verlassen, war ein zu großer Sprung ins Ungewisse.

Der Aufzug hatte keinen Tama-Scanner, Mynx glaubte offenbar, die externe Sicherheit der Fabrik sei ausreichend, und Wexley stimmte dem zu. Manchmal spielte Torheit Aegis in die Hände, und er drückte den Rufknopf.

»Status?«, fragte Aegis in sein Headset. »Ich bin am Aufzug und werde bald bei Mynx sein.«

»Wir halten den Eingang«, meldete sich Zhan-Yo als Nächstes mit tonloser Stimme. »Wie lange ist ungewiss. Beeilt euch.«

»Wir beeilen uns«, sagte Celice, während Gewehrfeuer und Thanes brüllendes Gebrüll deutlich zu hören waren. »Thane schlägt sich durch alles durch, aber ich glaube nicht, dass Mynx mögen wird, was er mit ihrem Zuhause angestellt hat.«

»Wenn wir das hier überstehen, werde ich selbst für die Reparaturen aufkommen«, sagte Aegis.

Die Aufzugtür klingelte und glitt auf. Der Champion trat rückwärts hinein und widerstand dem Drang, noch einmal nach oben in den Kampf zu blicken. Es fühlte sich schon schlimm genug an, den Knopf für das Kellergeschoss der Fabrik zu drücken, schlimm genug, Freunde und Familie zurückzulassen, die gegen einen endlosen Feind die Stellung hielten.

Es würde sich noch schlimmer anfühlen, sie alle für nichts zu verlieren.

KAPITEL 26

AUF DER JAGD

KAT TRAF CALVIN, der zuerst auf den Boden aufschlug. Die Anomalie *prallte* vom rauen, trümmerübersäten Gras ab, nur damit Kat ihn wieder in den Dreck drückte. Sie rollte sich in dem Moment ab, der Instinkt übernahm, als ihre Knochen und Muskeln knackten. Als sie von Calvin abließ, warf sie der Schwung immer noch nach unten, und Kat landete auf einem Kissen. Einem unsichtbaren Kissen, das sie sanft auf das safranfarbene Gras gleiten ließ.

Als sie aufblickte, regneten Glas und brechende Balken herab. Sie verbogen sich, flossen um Kat und Calvin herum, als würden sie auf ein Dach treffen. Wäre da nicht die ganze Todesgefahr gewesen, hätte Kat den Zerfall vielleicht schön gefunden, wie sich der Schutt wie industrieller Schneefall ausbreitete und gegen die Anomalie-Barriere prallte.

»Calvin, sag mir, dass du das bist«, sagte Kat.

»Ich«, keuchte Calvin.

»Tut mir leid, dass ich dich zerquetscht habe.«

»Ist«, noch ein Keuchen, »schon okay.«

Kat rollte sich nach rechts und sah Calvin an, der inmitten der Trümmer im Gras vergraben lag. Unter ihr bebte die Erde, als sich der in der Mitte durchtrennte Turm setzte. Hilferufe erhoben sich, als das Krachen und Knurren des Einsturzes verstummte und der Staub zu Boden fiel. Der Nachthimmel kam zum Vorschein, Sterne übersäten das Schwarz auf eine Weise, wie Kat es nicht mehr gesehen hatte, seit, nun ja, seit sie diesen nächtlichen Marsch durch den Schnee nach dieser abtrünnigen Anomalie, dem Illusionisten, unternommen hatte.

»Lebst du da drüben noch?«, fragte Kat.

Sie konnte Calvin atmen hören, sonst wäre sie vielleicht etwas alarmierter gewesen. Die meisten Anomalie-Fähigkeiten zehrten ihre Energie auf wie ein Sprint, also brauchte der Kerl vielleicht eine Minute. Andererseits konnte sie selbst auch eine Minute gebrauchen.

Die Dinge waren in den letzten paar Tagen ziemlich seltsam geworden.

Kat zog Selbstreflexion bei einem Drink vor, vorzugsweise mehreren. Mit einem gut bezahlten Barkeeper als offenes Ohr konnte sie jemandem ihre Sorgen ausschütten, von dem sie wusste, dass er sich nach Ende der Nacht einen Dreck darum scheren würde, jemand, der, wenn überhaupt, ungefilterten Rat geben würde.

Calvin stöhnte zur Antwort.

»Weißt du«, sagte Kat, »ich hatte nicht viel Glück mit Beziehungen, aber seit ich dich kenne, bin ich mehrmals fast gestorben. Hatte eine Kugel durch meinen Bauch. Habe einen Milchshake getrunken, während ich an einen Stuhl gefesselt war ...«

»Was?«, hustete Calvin. »Einen Milchshake?«

Hundert oder mehr Drohnen schwebten jenseits der Turmüberreste. Überlebende Ziran-Wachen könnten sich durch die Trümmer kämpfen, auf der Suche nach Überlebenden. Anomalien, die darauf aus waren, beide und alles, was dazwischen geriet, zu zerstören, könnten Verwüstung anrichten.

All das stimmte, aber für eine Minute, vielleicht zehn,

wollte Kat einfach nur reden. Die Sterne betrachten. Atmen. Sich daran erfreuen, am Leben zu sein, denn, verdammt noch mal, es schien, als müsste ihr Glück bald ausgehen.

Sie erzählte Calvin davon, wie sie versucht hatte, ihn zu finden. Wie sie monatelang Chicago auf den Kopf gestellt hatte, auf der Suche nach irgendeinem Hinweis. Sie hatte entführt, sich den Ziran-Baum hinauf verhört. Hatte in Bars gewartet, wo Angestellte abhingen, und sich die Einzelgänger geschnappt. Alle sagten, sie hätten nie von der Anomalie gehört, wüssten nicht, wohin Ziran sie bringen könnte. Bis …

»Gordon hat mich gefunden?« Calvin streckte eine Hand aus, ergriff Kats. »Dieser Typ. Kommt im entscheidenden Moment durch.«

»Hätte ihn fast umgebracht«, erwiderte Kat. »Du schuldest ihm ein Bier, wenn wir zurück sind.«

»Abgemacht.«

Kat lächelte und spürte das Gras in ihren Haaren. »Wie hast du das gemacht? Uns am Leben erhalten?«

»Hab die Luft von einer Seite zur anderen gedrückt. Große Tasche, wie in einen Windtunnel zu laufen.« Calvin seufzte. »Das hab ich früher als Kind öfter gemacht. Zum Spaß von Gebäuden gesprungen.«

»Deine Kindheit war seltsam.«

»Sagt das Mädchen, das-« Calvin unterbrach sich. »Vergiss es. Will da nicht hin.«

Die Anomalie musste es nicht. Ein Rascheln im Gras zog ihre Aufmerksamkeit auf sich, besonders als sich dieses Rascheln als angeschlagener Ziran-Wächter entpuppte. Der Mann hielt eine Waffe und zielte damit auf das Paar.

»Ergebt euch«, sagte der Wächter.

Kat blickte nach rechts, bemerkte Calvins kleines Lächeln, wie die Anomalie seine rechte Hand auf den Knöchel des Wächters richtete.

»Sicher«, sagte Kat, und Calvin blies dem Mann das Bein unter dem Körper weg.

Kat rollte sich zurück, entwaffnete den Wächter, nahm die Waffe an sich und tastete nach dem Abzug. Der Blick von den Sternen weg offenbarte eine grimmige Szene mit verstreuten Leichen, zerbrochenen Drohnen und Trümmern, die Löcher in die Landschaft brannten. Eine Gruppe fiel ihr auf, ein Duo, das einer Frau auf die Beine half. Sie achteten nicht auf Kat, nicht auf Calvin.

»Das könnte unser Ticket sein«, sagte Kat, als die Anomalie neben ihr aufstand. »Bereit?«

»Niemals«, erwiderte Calvin. »Lass uns gehen.«

Jetzt hielt Kat wieder Calvins Hand. Sie hatten die Sterne gegen ein Kollektiv eingetauscht, ein paar Dutzend Anomalien mit nützlichen Kräften und genug Ausdauer, um weiterzumachen. Sie hatten alle einen Kreis gebildet, die neue Paragon an einem Ende schloss die Augen und begann einen Countdown. Der Wind, den die Paragon zu wollen schien, frischte auf und wehte durch die Menge. Hinter der ganzen Gruppe sammelten sich die Anomalien, die zu verletzt oder im Kampf nutzlos waren, in der Nähe des Bahnhofs. Einige Mutige setzten ihre Expeditionen in den Turm fort, um Vorräte zu holen.

Ob Ziran in dieser Katastrophe einen normalen Zugfahrplan einhalten würde, schien zweifelhaft, aber Kat wollte nicht zu viel Zeit damit verschwenden, sich um die Flüchtlinge zu sorgen. Sie hatte gerade ihren ersten Champion, Apinya, getroffen, und er war aus der Legende herausgetreten, um die Spurensucherin zu rekrutieren.

Kat mochte zynisch sein, aber dazu konnte sie nicht Nein sagen.

Das Fliegen in einem Flugzeug war nichts im Vergleich dazu, buchstäblich der *Wind* zu sein. In einem Augenblick stand Kat noch mit den Füßen auf dem Boden. Im nächsten war sie verschwunden, ihr Körper und ihr Geist erhoben sich in den Himmel über dem Ziran-Lager. Sie sah die Zelte, die

Planen, alle abgerissen. Der Turm, dessen Ruine noch schwelte, schrumpfte gegen die Klippen der Hügel.

Die Brise trug Kat hinaus über den Ozean. Wellen glitzerten silbern unter dem aufgehenden Mond in einer wolkenlosen Nacht. Die Richtung und das Ziel im Pazifik ließen sie sich fragen, ob die Anomalie die volle Kontrolle über den Wind hatte, in den sie alle hineingezogen worden waren, aber es war schwer, sich allzu große Sorgen zu machen.

Vielleicht konnten Kat und Calvin den Windstoß den ganzen Weg bis nach Hawaii reiten. Sie könnten ein paar Cocktails am Strand genießen und sich zurückmelden, wenn die Champions die Welt gerettet hätten. Oder, falls die Schlacht schief gehen sollte, sich in einer hübschen Dschungelhütte verstecken. Der Greifhaken an ihrem Handgelenk könnte beim Speerfischen recht nützlich sein ...

Eine sanfte Schwingung drückte Kat – und die anderen? Kat konnte niemanden sonst sehen, also musste sie es annehmen – nach Süden. LAs riesige Metropole beherrschte bereits den Horizont in dieser Richtung, ihr helleres, lebloses Leuchten übertönte das Mondlicht. Die Hügel hatten jedoch ihre Schönheit. Bäume und Schluchten, durch die sich der Küstenhighway schlängelte, die Scheinwerfer der Autos bildeten bewegliche Lichtpunkte.

Der Tagtraum von Hawaii warf eine weitere, größere Frage auf. Was würde als Nächstes passieren, wenn Kat und Calvin überlebten? Nicht so sehr für die Welt im Großen und Ganzen – Kat ging davon aus, dass die Leute, die diese Entscheidungen trafen, keine Trackerin und einen zufälligen Paragon niedriger Stufe einbeziehen würden –, sondern für sie, für ihn. Und natürlich für Seeker, der in Chicago festsaß und sich zweifellos fragte, wo alle geblieben waren.

Zunächst würde sie nichts ändern. Sie würde ihre Wohnung behalten, bis Kat sah, wie sich die Dinge entwickeln würden. Sehen, ob Tracking ein Job blieb, den es noch gab. Wie ihre

Reputationsaussichten sein könnten. Calvin würde sie vielleicht ein- oder zweimal zum Essen ausführen. Zu einem Baseballspiel. Sie würden Kämpfe im *Carver's* sehen. Herausfinden, ob es zwischen ihnen beiden mehr gab als nur Krisenintervention.

Und wenn es so wäre, nun, dann würde Kat diese Entscheidung und die folgenden nicht allein treffen müssen. Zum ersten Mal seit langer Zeit.

Der Gedanke war nicht so beängstigend, wie Kat erwartet hatte: Im Vergleich zu Killerdrohnen und monströsen Unternehmen schien es nicht so schlimm, mit jemand anderem zusammenarbeiten zu müssen.

Die Brise nahm an Geschwindigkeit zu, als sie viel zu schnell abstieg und in eine andere Rinne eintauchte. Diese führte zu einem dominierenden Beton- und Solarplatten-Gebäude. Riesige scharfe Winkel ragten aus der Erde empor, und Kat schlängelte sich mühelos um sie herum.

Jetzt sah sie die Drohnen. All die Maschinen, die aus dem Lager geflohen waren, landeten und verteilten sich in dem, was Kat für die Fabrik hielt. Eine mechanisierte Horde, die durch riesige offene Tore stürmte. Der Wind wirbelte im Eingang und gab den Blick frei auf einen verzweifelten Kampf im Inneren. Paragons und Normale, die feuerten und gegrillt wurden, während sie hinter behelfsmäßigen Drohnenkörper-Barrikaden im Eingangsbereich standen.

Aus der windverwehten, körperlosen Perspektive sah der Kampf aus wie ein Film. Aus Kats rationalerer Seite betrachtet, sah die Schlacht wie ein Ort aus, an den sie wirklich, wirklich nicht gehörte.

Der Paragon ließ sie trotzdem dort fallen.

Etwa dreißig Anomalien und eine gehetzte Trackerin füllten den physischen Raum inmitten des Chaos. Kat warf sich in einen Hechtsprung, sobald ihre Füße den einst glatten, jetzt mit Schmutz, Staub und Blut bedeckten Fliesenboden der Fabrik berührten. Anomalien schlugen um sie herum auf dem Boden auf, von Drohnen und ihrer Präzisionszielerfassung getroffen, sobald sie auftauchten. Andere stützten sich auf ihre Fähigkeiten, Kats Ohren und Augen wurden durch schockierende Geräusche und Blendungen betäubt, als genetische Mutationen die Gesetze der Physik beugten.

Sie kroch auf ihren Ellbogen vorwärts. Vor ihr sah sie verschwommen, wie die Paragon-Linie hinter dem Eingang stand. Die Windläuferin, wie auch immer sie hieß, hatte auf Schock und Ehrfurcht gesetzt, indem sie die Neuankömmlinge inmitten der Drohnen abgesetzt hatte. Großartig für einige Anomalien vielleicht, aber nicht für sie.

Sie musste hier raus.

Sofort.

Etwas packte ihren Fuß, zog daran. Kat trat, schüttelte den greifenden Halt ab. Als die Hand mit einem doppelten Schlag zurückkehrte, gab Kat ihr Kriechen auf und schaute zurück. Ihr linkes Handgelenk mit dem stets bereiten Greifhaken war bereit, während ihre rechte Hand zu ihrem Hüftholster glitt, wo die Ziran-Waffe, die sie gestohlen hatte, einen Platz in ihrer improvisierten Armada einnahm.

Calvin blickte zu ihr auf, der Mann und sein zerfetzter Laborkittel irgendwie noch mehr ramponiert in den Sekunden seit ihrem Abwurf. Der Mund des Anomalen bewegte sich, aber Kat konnte kein verdammtes Wort hören.

Sie konnte seine Hand ergreifen.

Gemeinsam krochen sie zur Anomalie-Linie, gekennzeichnet durch eine fluktuierende, dünne Barriere, die eintreffende Projektile zu verlangsamen schien, als sie durch die Laderampen-Tore der Fabrik drangen. Als Kat hindurchging, fühlte sie, wie ihr eigenes Tempo für eine lange Sekunde träge wurde, als würde sie durch Honig schwimmen.

»Geht zurück und aus dem Weg«, forderte eine scharfe Stimme.

Kat erkannte den Besitzer, musste zweimal hinsehen. Das war verdammt nochmal Zhan-Yo, gesuchter Terrorist und der Typ, der das alles angefangen hatte. Was zum

Teufel machte er hier, half den Paragons? Der meistgesuchte Mann der Welt nahm keinen Anstoß an Kats staunendem Gesicht, sondern nutzte zwei Kommandos und ihr Deckungsfeuer, um durchzuschlüpfen und Kat und damit auch Calvin hinter die Deckung aus Drohnenkörpern zu ziehen.

Zhan-Yo nahm sich keine Zeit, sie zu informieren, sondern wandte sich von seinem geretteten Paar ab, um zur Front zurückzukehren. Kat beobachtete und bemerkte, dass der Mann keine Waffe hatte. Stattdessen konzentrierte sich Zhan-Yo darauf, Befehle zu erteilen und die Truppen zu dirigieren. Ein CEO, der zum Schlachtfeld-General wurde.

»Alles in Ordnung bei dir?«, schrie Calvin ihr ins Ohr, Worte, die es kaum über ihr schockiertes Gehör schafften.

»Nein!«

Kat wollte sich zusammenrollen, wollte von der oberen Etage springen, auf der sie sich befanden, und sich irgendwo in den tiefsten Räumen der Fabrik verstecken. Sie wollte auch Seeker, seine bellende, fröhliche Energie, um sie zurück auf den Boden der Tatsachen zu bringen.

Stattdessen befand sich Kat mitten in einem Kampf mit höheren Einsätzen, als sie je Teil sein wollte. Gewinnen und Verlieren bedeutete mehr als Reputation, mehr als das Aufspüren einer weiteren abtrünnigen Anomalie. Verdammt, es bedeutete, den Anomalien, die Kat aufgespürt hatte, eine Chance auf ein besseres Leben zu geben. Diese schrecklichen Maschinen, die durchmarschierten und nach Lust und Laune den Tod brachten ...

Calvin stand auf, setzte eine entschlossene Miene auf: »Ich gehe rein!«

Kat packte seinen Arm, benutzte ihn, um sich hochzuziehen. Ein Kommando drei Meter von ihnen entfernt verschwand, als eine von einer Drohne abgefeuerte Rakete ihr Ziel traf, die Hitze versengte Kats Augenbrauen. Hinter dem Blitz stampften weitere Gladiatoren auf die Barriere zu, mehr

Unterdrückungsdrohnen schwebten in den Dachbalken. Viel zu viele.

»Wir müssen die Quelle stoppen!«, rief Kat. »Nicht die Drohnen, sondern die Hand, die sie steuert!«

Calvin sah verwirrt aus, als Kat ihn die Paragon-Linie entlang schob, zur Seite des Flurs. Zhan-Yo hinter ihnen rief andere herbei, um die Lücke zu füllen. Jemand rückte nach, ein weiterer fast sicherer Tod.

Einer, den Kat vielleicht verhindern könnte, wenn sie Wexley rechtzeitig erreichen würden.

Den ganzen Tag über hatte Kat mit Situationen zu tun gehabt, für die sie eindeutig *nicht* ausgebildet war. Offene Kämpfe mit Drohnen? Einstürzende Gebäude? Durch die Luft fliegen in einer Verschmelzung mit dem Wind selbst?

Nicht gerade nach Lehrbuch für Tracker.

Aber jemanden in unbekannter Umgebung aufspüren? Das konnte Kat. Die Analyse lief schnell ab, während Calvin die Trackerin fragte, wo Wexley sein könnte, wie sie ihn in der Fabrik finden könnten. Der Ort hatte etliche Stockwerke, riesige Höhlen, gesäumt von Drohnen, die darauf warteten, wie ein Horrorwesen hervorzuspringen und sie in Stücke zu schneiden. Wexley könnte tief im Inneren des Gebäudes sein, in einem sicheren Raum sitzen und darauf warten, dass die Drohnen ihre blutige Arbeit erledigen.

»Aber er wusste es nicht«, sagte Kat, während sie sich weiter von den Ladetoren entfernte. Nicht in Richtung des großen Aufzugs der Fabrik, der bereits im Erdgeschoss und weit weg war, sondern eher zum Hauptgang, der vom Kern der Fabrik wegführte. »Die Paragons wären hier nicht reinge-kommen, wenn Wexley Zeit gehabt hätte, sich vorzu-bereiten.«

»Also ist er überrascht?«, drängte Calvin Kat nach rechts, gegen das Geländer, das über das geräumige Zentrum der Fabrik blickte, während mehrere weitere Kommandos in die entgegengesetzte Richtung zurückkehrten, um die Front zu verstärken. »Würde er nicht trotzdem, keine Ahnung, in den Büros sein? Irgendwo hier drin?«

Sie erreichten eine Abzweigung, der Fabriksteg teilte sich. Von der Route zu ihrer Rechten kamen üble Geräusche, Gewehrfeuer, übertönt von fast ständigem Gebrüll. Als ob ein riesiger Tiger losgelassen worden wäre. Dieser Weg schien tiefer in die Fabrik zu führen, aber Kat zögerte.

»Hörst du das?«, sagte Kat. »Wir haben da unten schon Leute, die kämpfen. Wenn Wexley in der Richtung wäre, wüssten wir es. Wir würden wahrscheinlich diese Tür aufgeben und alles auf den Kerl setzen.«

Geradeaus hingegen herrschte relative Ruhe. Die Wände trugen Dellen und Kratzer, als ob etwas Großes in diese Richtung gewütet hätte und dann, wenn Kat die Markierungen im fluoreszierenden blau-weißen Licht richtig deutete, zurückgekommen wäre. Seltsam, aber die Stille zog sie an.

»Du willst also dahin gehen, wo nichts passiert?«, sagte Calvin und warf Kat einen skeptischen Blick zu. »Ich verstehe, dass du am Leben bleiben willst, Kat, aber selbst ich bin nicht so feige.«

»Dann kannst du hier bleiben, oder du kannst mir folgen«, erwiderte Kat, schob sich an der Anomalie vorbei und rannte los. »Wenn ich dich gefangen habe, kann ich auch diesen Kerl fangen.«

Mynx pflegte alle Tracker ein paar Mal im Jahr zu briefen. Große Videositzungen, in die Kat sich aus ihrer Wohnung in Chicago einklickte. Jedes Mal nahm Mynx von einem idyllischen Meerblick aus teil. Sie sagte, es sei ihr Zuhause, und jeder wusste, dass Mynx in der Fabrik lebte. Der Blick auf die Brandung gab einen klaren Überblick über das Gelände der Fabrik, einschließlich der Lage des Ozeans relativ zu den Ladetoren.

Mit anderen Worten, der ruhige Flur sollte direkt zu Mynx' Wohnsitz führen. Und wenn Wexley Mynx' Zuhause als sein eigenes übernommen hatte, wo sonst sollte er während eines Angriffs zur Essenszeit sein?

Calvin holte Kat ein, als der Flur in eine aufwärts führende Treppe überging, die an einer geschlossenen, normaleren Tür endete. Schiefergrau, mit einem goldenen Paragon-P in der Mitte eingraviert. Eine große Delle in diesem P zeigte den einzigen Einbruchsversuch.

Die beiden starrten auf die Tür, während Kat Calvin ihre Überlegungen mitteilte. Die Anomalie widersprach diesmal nicht, tat nichts weiter als mit den Schultern zu zucken.

»Wir sind hier, und es ist besser als beschossen zu werden«, sagte Calvin. »Lass uns reingehen.«

»Das ist die Sache«, erwiderte Kat. »Ich sehe keinen Tama-Scanner.«

»Mynx macht wahrscheinlich was Ausgefallenes. Ich hab's aber im Griff. Deck mich.«

Die Anomalie trat vor, legte seine linke Hand auf die Tür. Er streckte seine rechte Hand hinter sich aus, und Kat wich zurück, als graue und goldene Klumpen wie aus einem Zementschlauch aus Calvins Fingerspitzen sprühten. Die Flüssigkeit spritzte die Stufen hinunter, traf auf und verhärtete sich augenblicklich. Interessanter war jedoch die Tür: Wo Calvin seine linke Hand hatte, erweiterte sich eine konkave Kuhle, die sich nach wenigen Sekunden auf die andere Seite durchdrückte.

»Du arbeitest schnell«, sagte Kat und richtete ihre Waffe durch das sich vergrößernde Loch.

»Geht schnell, wenn ich nichts mit dem Material machen will«, antwortete Calvin und glitt mit seiner linken Hand am Rand des Lochs entlang, um es weiter wachsen zu lassen. »Sieht richtig schick da drin aus.«

Das effiziente Dekor der Fabrik endete hinter der Tür. Während Kat die Residenz nicht als gemütlich bezeichnen würde, drang zuerst weicheres Licht durch Calvins Loch. Als es sich verbreitete, erkannte Kat Marmorfliesen, die in einen

Eingangsbereich mit Kleiderhaken und einer Schuhbank führten. Hellere Stellen an den cremefarbenen, gewellten Wänden deuteten darauf hin, dass Kunstwerke fehlten.

Wexleys Umgestaltung steckte noch in den Anfängen.

Und keine Drohnen in Sicht.

»Bereit?«, sagte Calvin, als das Loch groß genug war, dass sich die beiden hindurchzwängen konnten.

»Niemals«, witzelte Kat, als Calvin von der Öffnung zurücktrat. »Lass uns gehen.«

Die Trackerin schlüpfte hindurch, die Anomalie folgte.

Drinnen öffnete sich Mynx' Zuhause. Hinter dem Eingangsbereich kam die Küche, mit der großen Veranda auf der rechten Seite und Mynx' Schlafzimmer – jetzt Wexleys – auf der linken Seite. Eine Innentreppe führte in ein unteres Stockwerk, das Kat vorerst ignorierte, ignorierte, weil sie etwas auf dieser Veranda sah, auf dem großen Glastisch, der sie dominierte.

Eine offene Weinflasche, dem Anschein nach weiß. Mit einem Finger an den Lippen rollte Kat ihre Füße durch die Küche und richtete die Waffe auf die Terrasse. Keine Menschenseele darauf. Die Schiebetür jedoch war weit offen gelassen worden. Mit Calvin auf den Fersen trat Kat nach draußen, schwenkte nach rechts und links, sah niemanden auf der Terrasse.

Aber unten am Strand stand ein Schatten, gefangen im Außenlicht des Hauses. Die Wellen spülten an die Füße des Mannes. Er hatte einen Arm weit ausgestreckt, genau da, wo man ein Weinglas halten würde.

»Verdammt«, flüsterte Calvin. »Sieht so aus, als hätten wir ihn gefunden. Wie gehen wir das an?«

Kat richtete die Waffe auf den Schatten. Sie wollte abdrücken, aber Wexley zu töten, würde wahrscheinlich nicht all diese Drohnen davon abhalten, die Paragons abzuschlachten. Sie brauchten den Mann lebendig, verängstigt und zur Kapitulation bereit.

»Hart und schnell zuschlagen«, antwortete Kat. »Lass nicht zu, dass er jemanden ruft, es sei denn, es ist, um diese Drohnen zu stoppen. Versuch, ihn nicht zu töten.«

»Leicht.«

Kat nickte, obwohl ihr Instinkt ihr, als sie die Stufen zum Strand hinuntergingen, etwas anderes sagte. Wexley hatte die Welt in seinem eisernen Griff.

Sie würden sie ihm entreißen müssen.

KAPITEL 27

ÜBERTRAGUNG

LOB SPRANG von Stockwerk zu Stockwerk, hielt bei jedem Halt nur kurz inne, um seine Füße aufzusetzen, in die Hocke zu gehen und zum nächsten zu springen. Für einen Mann, der nicht aussah, als würde er im Fitnessstudio leben, schien es Lob dennoch nicht zu kümmern, dass er Rhimes, selbst kein Leichtgewicht, und Regina, zierlicher, aber auch kein Fliegengewicht, trug. Erst als Lob das zweitoberste Stockwerk erreichte – Ziran behielt das oberste Stockwerk für eine Aussichtsplattform vor – ließ er Regina und Rhimes mit einem schweren Seufzer los. Mit freien Armen taumelte Lob zu einem nahegelegenen Stuhl und ließ sich hineinfallen.

»Du bist dran«, sagte Lob.

»Ich bin dabei«, antwortete Rhimes, der sich bereits durch die Lobby in Richtung von Zhan-Yos, nein, Wexleys Büro bewegte.

Das Stockwerk hatte einen einfachen Grundriss: Der zentrale Aufzug öffnete sich in einen gesicherten Wartebereich, eine Glaswand mit einem leuchtend orangefarbenen Z trennte die Besucher von den drei Büros auf der anderen Seite. Der CEO von Ziran hatte das größte, während die flankierenden Räume links und rechts für die Mitarbeiter reserviert waren, die der CEO für würdig befand.

Der Legende nach hatte Zhan-Yo einmal eines der Büros dem Leiter der Gebäudereinigung als Anerkennung für deren harte Arbeit gegeben. Dieser Direktor hatte den Ausblick einen Monat lang behalten, bevor er ihn aufgab und erklärte, die Aufzugfahrten nach oben und unten seien zu lästig. Dennoch war der Punkt klar: Allein der Titel gab keinen Zugang zur Spitze.

Und Rhimes hatte überhaupt keinen Titel.

Normalerweise hätte eine Sekretärin auf der anderen Seite der Glaswand gesessen, bereit, qualifizierte Besucher einzulassen. Jetzt stand dieser Schreibtisch leer, die Lichter des Stockwerks flackerten auf, als Rhimes und Regina die Lobby betraten.

»Wir haben keine weitere Maschinenpistole, um dieses Glas zu zerbrechen«, sagte Regina.

»Brauchen wir nicht«, sagte Rhimes und griff nach einem Stuhl. Lob beobachtete, wie Rhimes den großen Holzstuhl anhob und schleuderte.

Das Möbelstück krachte gegen das Glas und trieb große Risse die zentrale Scheibe hinauf und hinunter.

»Wirklich primitiv«, sagte Regina, während sie zusah, wie Rhimes den Stuhl erneut gegen das Glas rammte. »Echter Höhlenmensch-Stil.«

»Ich bin ein einfacher Mann.«

Rhimes wuchtete den Stuhl ein drittes Mal.

Die Scheibe zersplitterte und übersäte die schönen Fliesen mit Scherben. Rhimes winkte Regina mit und zerknirschte dieselben Scherben, als sie hindurchgingen. Dort vorne lag Wexleys Büro. Eine kühne weiße Tür mit einem in die Mitte geätzten Glas-Z. Kein Tama-Scanner, keine Sicherheitsschlösser.

Wenn man es bis hierher geschafft hatte, so schien die Denkweise zu sein, gehörte man hierher.

Rhimes griff nach dem Türgriff, öffnete die Tür mit einem Klick und schwang sie weit auf. Dahinter befand sich ein karges, riesiges Büro. Ein Projektor hing in der Mitte der Decke, bereit, Bilder auf die vom Boden bis zur Decke reichenden Fenster zu werfen, die den Raum umgaben. Die Lichter von Chicago schimmerten jetzt hindurch, ihr Glanz vermischte sich mit der sanften gelben Beleuchtung des Büros.

Die dedizierte Workstation musste dort drin sein, bereit zum Einsatz.

Der Aufzug klingelte.

»Geh«, sagte Rhimes und ließ Regina an ihm vorbei ins Büro schlüpfen. »Find den Computer, gib den Code ein.«

»Als ob ich wüsste, wie man das macht«, sagte Regina, ging aber trotzdem hinein.

Der Aufzug öffnete sich und enthüllte eine angeschlagene, wütende Ziran-Soldatin. Sie hatte ihre große Waffe im Kampf unten verloren, aber Brielle hatte immer noch eine Nahbereichspistole, und sie hob sie, als sie den Aufzug verließ. Lob richtete sich ruckartig von seinem Sitz auf und sprang auf sie zu, doch Brielle drehte sich, feuerte und streckte die Anomalie mit einem schnellen Schuss in die Brust nieder. Stöhnend fiel Lob zurück in einen Stuhl.

»Brielle«, sagte Rhimes, hob die Hände und trat aus dem Büro. »Hör auf.«

»Aufhören?«, fragte Brielle, während sie langsam näher kam, die Pistole unerschütterlich in ihren Händen. »Aufhören? Ist das wirklich das, was du mir gerade sagst?«

»Was willst du, dass ich sage?«

»Ich habe da unten einen Trupp verloren, Rhimes. Weiß nicht, wie viele tot sind, aber mehr als einer«, Brielles Stimme blieb gleichmäßig, keine Panik, keine Hysterie. Eine Soldatin. »Wir sind alle wegen dir hierhergekommen, einem Verräter, und sie werden nicht zurückkehren. Also fang mal mit einer Entschuldigung an.«

Die Lobby und der Büroeingang gaben Rhimes nicht viel Spielraum. Einen weiteren Stuhl zu werfen oder hinter den Schreibtisch der Sekretärin zu tauchen, würde bei Brielles treffsicherem Schießen nicht funktionieren. Rhimes konnte sich nicht umdrehen und wegrennen, und Brielle stoppte ihren eigenen Vormarsch weit außerhalb der physischen Reichweite. Jeder Versuch eines Faust-, Tritt- oder Schulterangriffs würde mit einem tödlichen Schuss beantwortet werden.

Wenn er schon sterben musste, konnte Rhimes Regina wenigstens so viel Zeit wie möglich erkaufen.

»Dann tut es mir leid«, sagte Rhimes und hielt die Hände weit ausgebreitet. Er schaute nicht auf die Waffe, sondern direkt auf Brielle. Er war ehrlich und sie musste das sehen. »Ich bin allein hierhergekommen, um zu verhindern, dass noch jemand verletzt wird.«

»Erzähl das meinem Team.«

»Das kannst du. Und du kannst ihnen sagen, warum ich das tue.«

»Weil du nicht mit Wexley übereinstimmst. Schön. Du hättest kündigen können.«

»Das bin ich nicht«, erwiderte Rhimes. »Ich laufe nicht vor dem davon, woran ich glaube.«

»Ach ja? Was ist das denn genau? Denn für mich sieht es so aus, als würdest du schon lange nur hinter Ruhm und nichts anderem herjagen.«

Okay, keine gute Richtung. Rhimes hatte Brielle zum Reden gebracht, was bedeutete, dass sie wirklich neugierig war, wirklich wissen wollte, warum alles so schiefgelaufen war. Jetzt musste er sie auf eine Spur bringen, die ihren Finger vom Abzug nehmen würde.

»Ich war es, ich habe es getan«, sagte Rhimes. »Aber zuerst war ich Soldat. Ich diente meinem Land und seinen Zielen. Als die Paragons mir das wegnahmen, war ich verloren. Ziran stellte mich ein, private Sicherheit.« Rhimes holte Luft und sah, dass Brielle nicht gewankt hatte. Sie hatte ihn auch nicht unterbrochen. »Wexley ist effizient, stark. Zhan-Yo ist hoffnungsvoll, eher ein Prophet als ein Manager. Beide wollten dasselbe, gingen aber unterschiedlich vor. Als Wexley die Kontrolle übernahm, folgte ich ihm, denn hey, es macht Spaß, auf der Gewinnerseite zu stehen. Profitabel ist es auch.«

»Bis?«

»Bis du merkst, dass all diese Wiederholungen nichts bedeuten werden, wenn wir den ganzen Tag unter dem eisernen Auge einer Drohne sitzen.« Rhimes schüttelte den Kopf. »Wie lange, glaubst du, wirst du noch einen Job haben, Brielle? Wie lange, bis wir alle nur noch das tun, was die Maschinen von uns wollen?«

»Ja, nun, das hatten wir mit den Paragons«, sagte Brielle. »Zumindest hat dies eine Chance, anders zu sein. Leb wohl, Rhimes.«

Brielle zielte, Rhimes duckte sich nach vorn. Er streckte die Hand aus, wissend, dass er es nicht rechtzeitig schaffen würde. Brielle drückte ab. Die Waffe blitzte auf, die Kugel ging über Rhimes' Schulter hinweg. Ein Fehlschuss, der es Rhimes ermöglichte, Brielle frontal zu tackeln. Rhimes warf sie zu Boden, schlug Brielles Handgelenk gegen den Teppich und schlug ihr die Waffe aus der Hand.

Brielle rammte Rhimes ihr Knie in den Magen und nutzte sein Zurückzucken, um sich unter dem Mann hervorzuschieben. Rhimes rollte sich, griff aus und fand Brielles Pistole mit seiner linken Hand. Seine rechte Seite explodierte vor Schmerz, als Brielle zutrat, was Rhimes zwang, seinen Kopf mit der rechten Hand zu schützen, während er versuchte, die Pistole in Anschlag zu bringen.

Seine Schülerin nahm Rhimes' Verteidigung als Gelegenheit wahr, ihr rechtes Bein in einem klatschenden Tritt gegen Rhimes' linken Arm zu schwingen, der seine Schusshand betäubte und erneut die Waffe über die Fliesen in Richtung Aufzug schlittern ließ.

Sah so aus, als würden sie das mit Händen und Füßen regeln müssen.

Mit seiner rechten Hand zog Rhimes an Brielles linkem Bein, brachte sie aus dem Gleichgewicht, während er sich zu einem Kopfstoß erhob und Brielle zurück in einen Stuhl drängte. Sie fiel quer über das Möbelstück, dann darüber hinaus und rollte sich nach hinten ab. Sie fing sich an der übrig gebliebenen Glasscheibe und kam gerade rechtzeitig auf die Füße, um Rhimes' Schulterangriff abzufangen.

Die beiden krachten durch das geschwächte Glas und landeten auf den Fliesen dahinter, während Scherben um sie herum regneten. Rhimes holte mit der Faust aus, sah Brielles Gesicht als Ziel mit Schnitten vom Glas und zögerte.

Er hatte früh mit ihr gearbeitet, in einer schwindenden Polizeitruppe, die ihre am wenigsten effektiven Beamten durch Drohnen ersetzte. Sie hatte die Nische mit den Langstreckenwaffen gefunden, die Lücke des Scharfschützen mit Nahkampftraining gefüllt, um nicht aussortiert zu werden. Sie und Rhimes hatten in den letzten Jahren in Chicago oft miteinander gekämpft, und während sie auf Matten in der ganzen Stadt geboxt, geblockt, getreten und geworfen hatten, war dies ...

Brielle knurrte, zog ihre Beine unter Rhimes zusammen und kickte ihn weg. Rhimes krachte auf das Glas, als er landete, und sah, wie Brielle an ihm vorbei zum Aufzug rannte, zur Waffe.

Ein weiterer Schuss. Rhimes setzte sich auf und sah, wie Brielle einen Schritt zurücktaumelte. Lob, der am Aufzug lehnte, hielt die Pistole in der Hand. Das Zielen des Mannes war tief, unsicher, aber Brielles Bewegung machte offensichtlich, dass sie getroffen worden war. Lob hob die Waffe erneut.

»Halt!«, schrie Rhimes und stand auf. »Es ist vorbei. Nicht schießen.«

Lob hustete, glasige Augen blickten in Rhimes' Richtung, schüttelten den Kopf. Konzentriert auf die Waffe. Rhimes bewegte sich, stellte sich zwischen Brielle, die ihre Hände um ihren Bauch gelegt hatte, und Lob.

»Die Zahl der Toten ist schon hoch genug«, sagte Rhimes. »Tu's nicht, Mann. Bitte.«

»Sie wird nicht aufhören«, keuchte Lob. »Sie wird es weiter versuchen.«

Rhimes warf einen Blick zurück auf Brielle. Schmerz zeichnete sich auf einem Gesicht ab, das bereits blass wurde. Ihre Augen trafen seine, und Rhimes sah dort keinen Hass mehr, sah keinen soldatischen Antrieb. Er sah, was er bei allen am Ende sah: Angst und Einsamkeit.

»Es ist vorbei«, wiederholte Rhimes laut. »Sie wird nichts mehr versuchen. Benutze deine Tama, Lob, und hol medizinische Hilfe hier hoch.«

Brielle zugewandt und hinter sie blickend, beantwortete Rhimes eine anhaltende Frage. Brielle hätte diesen ersten Schuss aus nächster Nähe unmöglich verfehlen können. Rhimes hätte jetzt unmöglich nicht in seinem eigenen Blut liegen sollen.

Regina füllte die Lücke.

Wexleys Schwester saß am Boden im Büroeingang, eine Hand an der offenen weißen Tür und die andere auf eine sehr rote, sehr nasse linke Schulter drückend. Ihr Kopf hing tief. Rhimes fluchte, half Brielle, sich in einen Stuhl zu setzen, und rannte dann zu Regina.

Ohne sie, ohne diesen Code, war all das bedeutungslos.

»Hey«, sagte Rhimes, als er sich neben Wexleys Schwester kniete. Bei einer normalen Mission, ausgerüstet mit Ausrüstung, hätte er Erste-Hilfe-Sets, etwas, das die Blutung stoppen oder den Schock verzögern könnte. Hier, mit all der Eile, hatte er einen Scheiß. »Bist du bei mir?«

»Es tut so weh.«

»Ja, angeschossen zu werden macht keinen Spaß.« Rhimes verzog das Gesicht bei der Verletzung. Ein Schuss so hoch sollte nicht tödlich sein, aber es hing alles davon ab, was die

Kugel angerichtet hatte, wie Regina reagierte. »Wir müssen uns konzentrieren, Regina. Hast du den Code eingegeben?«

»Konnte ich nicht.«

»Warum?«

»Kein Zugang.«

Eine Variable. Rhimes hatte sie nicht vergessen, genau genommen, aber er hatte gehofft, Regina hätte ihren eigenen Weg hinein. Oder dass Wexleys persönliche Arbeitsstation nicht die Sicherheit hätte. Oder dass sein eigener Zugang nicht so schnell eingeschränkt worden wäre.

Stattdessen würde er improvisieren müssen.

Rhimes blickte zurück zu Brielle, »Sag mir den Code, Regina. Ich werde ihn öffnen.«

Wexleys Schwester blickte zu Rhimes auf, blass, sanft atmend, »Ich versuchte, sie zu packen, sie davon abzuhalten, auf dich zu schießen, aber sie ist stark. Sie kämpfte gegen mich, wollte diesen Abzug so sehr drücken. Aber sie wollte dich nicht töten, Rhimes. Deshalb habe ich das Ziel verschoben.« Regina zitterte, Rhimes' Hand auf ihrer unverletzten Schulter. »Ich will nicht, dass noch jemand so verletzt wird.«

Regina nannte den Code, eine Mischung aus Datum und Name, die Rhimes nichts sagte. Er wiederholte ihn, Regina nickte zur Bestätigung, und Rhimes drehte sich um, stürzte zu Brielle. Am Ende des Raumes fuhr der Aufzug schnell nach unten. Entweder für medizinische Hilfe, Verstärkung oder Feinde. Rhimes konnte auf nichts davon warten.

Lob sah aus, als wäre er ohnmächtig geworden. Oder gestorben.

»Komm schon«, sagte Rhimes und hob Brielle hoch. Sie schrie auf, biss dann den Schrei ab und vergrub ihren Kopf in Rhimes' Schulter. »Ich weiß, es tut weh, aber ich brauche deine Tama.«

Brielle wehrte sich nicht und ließ Rhimes sie über Regina hinweg in Wexleys Büro tragen. Während er sich bewegte, spürte Rhimes warmes, klebriges Blut über sein eigenes

Hemd laufen. Sie war schwer getroffen worden, vielleicht blieben nur noch Minuten, bevor es zu spät war, um sie zu retten. Er würde es trotzdem versuchen.

Im Büro steuerte Rhimes direkt nach links, wo Regina das Terminal auf Wexleys Schreibtisch hochgefahren hatte. Der Bildschirm blinkte mit einer Login-Aufforderung und wartete darauf, dass ein Tama gescannt wurde.

»Ich muss mir nur kurz deinen linken Arm ausleihen«, sagte Rhimes, während er Brielle in den weißen Ledersessel setzte.

»Du zerstörst alles, wofür du so hart gekämpft hast«, flüsterte Brielle angespannt und abgehackt.

»Ich brenne es nieder, damit etwas Besseres wachsen kann«, erwiderte Rhimes, als der Scanner piepste.

Das Terminal wurde entsperrt und zeigte Rhimes eine Vielzahl von Symbolen zur Auswahl. Nur eines davon war wichtig: das Notfallsignal, eine Nachricht, die an alle Drohnen in der Umgebung mit einem Antwortcode gesendet würde. Rhimes klickte darauf und verstärkte den Bereich, um den gesamten Globus abzudecken. Die meisten Leute hatten keinen Zugang zu einer solchen Übertragung, aber Brielle schon, dank Rhimes' Beförderung.

»Wexley«, kam Reginas Stimme von der Bürotür, während Rhimes die Übertragung einrichtete. »Es tut mir leid, aber einer deiner Leute hat auf mich geschossen.«

Rhimes tippte den Code ein und überprüfte die Worte und Zahlen noch einmal.

»Es ist nicht ihre Schuld«, antwortete Regina. »Sie hat nur den Job gemacht, den du ihr gegeben hast.«

Er konnte Wexleys Antwort nicht hören und wollte es auch nicht. Der Code war eingestellt, Rhimes startete die Übertragung. Er sah zurück zu Brielle. Sie war zusammengesackt, genau wie Lob. Rhimes legte einen Finger an ihren Hals und fühlte einen Puls. Schwach, aber vorhanden.

Draußen in der Lobby klingelte der Aufzug.

»Ich weiß nicht, ob ich in Ordnung sein werde«, sagte Regina. »Deshalb habe ich dich angerufen. Um dir zu sagen, dass ich dich liebe und es mir leid tut.«

Zirans Programm bestätigte die Übertragung. Sendetürme würden das Signal über den gesamten Globus ausstrahlen, überall einschlagen und jede gefundene Drohne in den Ruhezustand versetzen. Rhimes vermutete, dass Ziran sie reaktivieren könnte, aber in diesen kostbaren Minuten hätten die Paragons eine Chance.

Zhan-Yo würde seine Chance bekommen.

»Er hat aufgelegt«, sagte Regina, als Rhimes an ihre Seite trat. »Aber nicht bevor er sagte, dass er mich trotzdem liebt.«

Draußen sah Rhimes Weed, der einen Erste-Hilfe-Kasten trug, und diesen tätowierten Elemental zusammen mit einer schwebenden medizinischen Notfalldrohne über Lob. Der Mann würde jetzt ein paar weitere hochkarätige Namen zu seiner Sammlung hinzufügen, mehr Fäden, an denen er ziehen konnte.

»Dein Bruder hat sich verirrt, Regina«, sagte Rhimes und riss ein Stück seines eigenen Hemdes ab, um es auf ihre Wunde zu drücken. »Ich hoffe, sie finden ihn.«

»Ich auch.« Regina hustete. »Der Code? Weißt du, was es ist?«

Rhimes schüttelte den Kopf.

»Mein Geburtstag, durcheinandergewürfelt. Von allen Dingen hat sich Wexley immer um seine Familie gesorgt.«

Regina lehnte sich in Rhimes' Griff zurück, und der Mann rief dem medizinischen Trio zu, dass hier drinnen zwei weitere Personen Hilfe benötigten. Dann blickte er nach rechts, vorbei an Wexleys Schreibtisch auf die Skyline von Chicago.

Helle Lichter, die erneut auf eine sich verändernde Welt schienen.

KAPITEL 28

SCHADENSBEGRENZUNG

DER WIND SETZTE Cassidy in der Mitte der Laderampe ab, ihr Körper materialisierte sich aus der Luft unter der turmhohen Gestalt eines Gladiators. Der gleitende Anflug gab Cassidy die Chance, die Schlacht zu überblicken und das Chaos zu erfassen, bevor sie mitten hineingeworfen wurde. In dem Moment, als ihre Finger wieder Gefühl bekamen, waren diese Leeren bereit.

Cassidy schleuderte eine tellergroße Leere direkt nach oben, deren wirbelnder Nexus den zentralen Kern des Gladiators zerschnitt und verdampfte. Kleinere Explosionen breiteten sich aus, als Batteriepakete ihre Kohärenz verloren und Kabel und Rohre plötzlich ohne Mitte dastanden. Schmierstoffe, Splitter und Hitze fielen auf Cassidy herab, verklebten ihr Haar und überzogen ihr ohnehin schon ramponiertes Outfit mit Schmutz.

Andererseits war es einen Moment zuvor schon mit Staub und Dreck bedeckt gewesen, also c'est la vie.

Die schwereren Komponenten der Drohne schwankten nach Cassidys Schuss, also warf sie in Gedanken eine Münze und rannte ins Innere der Fabrik. Von dort schienen die Angriffe der Anomalien zu kommen, dort riefen Stimmen in menschlichem Tonfall. Die Drohnen wiederholten inmitten all der Strahlen, des Gewehrfeuers und der statischen Schocks stetig ihre eigenen Befehle zur Kapitulation, ein beständiger Unterton des Wahnsinns, der sich mit dem Moment verband.

Eine Hand packte Cassidys Schulter, als sie den Schatten des fallenden Gladiators verließ. Ein Stoß, und Cassidy fand sich an die Seite der Laderampe gedrängt, Apinya kauerte neben ihr. Mehrere Betäubungspfeile prallten vom Boden ab, wo Cassidy gerade noch gestanden hatte und ohne das Eingreifen des Champions weiter gestanden hätte. Cassidy folgte der Flugbahn zu einer schwebenden Unterdrückerdrohne und ließ eine weitere Leere aufblitzen, während sie spürte, wie sich Schweißperlen auf ihrer Stirn bildeten.

Die tellergroße Leere fegte durch die Seite der Unterdrückerdrohne, die Maschine schwankte und stabilisierte sich wieder – ein perfektes Ziel, das reglos in der Luft schwebte. Drei harte Schüsse krachten aus der Paragon-Linie in die Kugel, die Kugeln zerfetzten die dünne Hülle der Drohne und schickten den Ball auf den mit Trümmern übersäten Boden.

»Danke für die Rettung«, sagte Cassidy, als sie beide wieder auf die Paragon-Linie zugingen.

»Gleichfalls«, erwiderte Apinya, sein Kopf zuckte schnell zwischen ihrem Ziel und den Feinden um sie herum hin und her. »Diese Szenen sind nicht meine Stärke.«

»Keine Gedanken zu kontrollieren?«

»Keine Chance, sich zu konzentrieren, selbst wenn es welche gäbe. Mein Platz ist am Verhandlungstisch, nicht auf dem Schlachtfeld.«

Zu ihrer Rechten stürmte ein Paragon, der wie eine kochende Sonne aussah, auf einen Gladiator zu. Der kleine Mann wich den ausholenden Klauen der größeren Drohne aus, bei jedem Tanz hinterließ er einen feurigen Schwall. Die Explosionen versengten die Drohne, schienen sie aber nicht mehr als zu irritieren. Da Apinya sie mitzerrte, hatte Cassidy keine Chance, ihre Leeren wieder zu aktivieren, keine Chance zu helfen, als der Paragon in die falsche Richtung auswich.

Die Flamme schoss hoch, der Gladiator ignorierte sie, und sein schwingender Tritt erwischte den Paragon mitten im Schritt. Der Schlag schleuderte den Paragon in die Luft, wo der Gladiator, dessen waffentragende Arme der Anomalie folgten, ihn mit zu vielen Schüssen traf, um zu überleben. Als der Paragon auf dem Boden aufschlug, war sein Feuer bereits erloschen.

»Warum bist du dann mitgekommen?«, sagte Cassidy und schluckte. Rückblenden an die Flucht von der Insel tanzten vor ihren Augen, all diese Drohnen, die um ihr provisorisches Boot schwärmten, Anomalien, die eine nach der anderen starben. »Wenn du nicht helfen kannst-«

»Ich bin wegen Wexley hier, nicht wegen seiner Maschinen«, sagte Apinya. »Wir brauchen jetzt Deckung.«

Cassidy erkannte einen Befehl, wenn sie einen hörte. Sie hatten das Ende der Laderampe erreicht, wo sich die Fabrik zu einem breiten Gang öffnete. Die Paragon-Linie befand sich auf halber Strecke, Drohnenkörper bildeten Bollwerke für die Kämpfer auf der anderen Seite. Die Überquerung dieses Ganges bedeutete einen meterweiten Sprint unter Beschuss, eine Strecke, die einige schafften – Cassidy sah, wie dieser Fährtenleser und sein Anomalie-Freund auf dem Bauch hinüberkrochen –, während andere starben, festgenagelt von dem allzu präzisen Drohnenfeuer.

Als sie die wachsende Hitze spürte, berührte Cassidy ihre Fingerspitzen und erschuf eine mehrere Meter breite Leere. Andere Anomalien kämpften immer noch hinter ihnen, teleportierten sich, schlugen und hieben inmitten der herannahenden Drohnenarmee. Sie konnte nicht einfach eine Leere über die gesamte Breite der Laderampe wirbeln lassen, ohne dabei zehn oder fünfzehn Paragons zu töten.

Obwohl, wenn sich die Dinge genug zuspitzten, würde

Cassidy es vielleicht trotzdem tun. Für die Chance, ihre Familie zu sehen, überschritt nur sehr wenig die Grenze.

Stattdessen ließ sie die Leere aufpoppen und hielt sie zwischen sich, Apinya und den Drohnen. Die wenigen Maschinen, die sich um das Paar kümmerten, feuerten Kugeln, einen Laserstrahl und einen Betäubungspfeil in ihre Richtung. Alles verschwand in der Leere.

»Lass uns gehen, bevor ich ohnmächtig werde«, sagte Cassidy. Eine Leere aufrechtzuerhalten fühlte sich nur wie leichtes Fieber an, nicht wie der schreckliche, verschwommene Zusammenbruch, den sie auf dem Boot der Insel oder in Apinyas Halle in Bangkok erlebt hatte. Trotzdem sah dieser Kampf nicht gerade so aus, als würde er bald enden. Hier und jetzt ihre Energie zu verlieren, schien wie ein schneller Sprint ins nächste Leben. »Jetzt!«

Apinya hinterfragte Cassidys Befehl nicht. In einer Bewegung, der es an der üblichen Vornehmheit des Champions mangelte, rannte Apinya geduckt über den Gang. Sein Ziran-Laborkittel verfing sich in Trümmern und riss, sodass er noch mehr wie ein zerlumptes Katastrophenopfer aussah. Cassidy folgte ihm und zog die Leere hinter sich her.

Die Paragon-Linie bot provisorischen Schutz. Auf sie zuzugehen fühlte sich ein wenig an, als würde man in eine Filmszene sprinten. Bewaffnete Menschen – wer waren sie? – lugten zwischen aufgetürmtem Metall hervor, um Schüsse abzufeuern, die Kugeln zischten über Cassidys Kopf hinweg. Anomalien tauschten sich aus, wann immer die Schützen nachladen mussten, fügten ihre Hände zusammen, um Strahlen zu senden, blau glühende Granaten zu werfen oder knirschende, neonfarbene Schwärme in das Getümmel wirbeln zu lassen.

Trotz aller Panik, allem Tod, kam auch der Rausch. Wenn die Flucht von der Insel verzweifelt gewesen war, so war dies eine echte Schlacht. Die Zukunft der Welt hing von diesem kleinen Korridor ab, Anomalien taten alles, um sich gegen ein

Unternehmen, eine Macht zu verteidigen, die sie tot sehen wollte.

Und Cassidy war *hier*, im Moment, im Zentrum des Geschehens. Nicht an irgendeinem Strand, nicht in einem Gefängnis eingesperrt oder einfach nur zu Hause bei einem guten Cabernet ihre Steuern machend. Sie fluchte, mehr vor Verwunderung als aus irgendeinem anderen Grund.

Ein Arm streckte sich aus, packte Cassidys Handgelenk und zog sie über die Drohnenmauer. Die Leere ließ ihre Leere verschwinden. Sie wollte sich schon aufrichten, bis derselbe Arm, der zu einem der bewaffneten Normalen gehörte, sie wieder nach unten drückte.

»Wenn du aufstehst, bist du tot«, schrie der Mann, dann schwenkte er zurück auf seinen Posten, die Finger bereits am Abzug.

Richtig. Es hatte keinen Sinn, sich so von der Sache mitreißen zu lassen, dass sie starb, bevor sie irgendetwas tun konnte.

»Cassidy«, rief Apinya, »hier rüber!«

Der Champion hockte mit einem Gesicht, das Cassidy aus dem Internet kannte. Zhan-Yo, der Terrorist, der LA bombardiert und diese ganze Revolution begonnen hatte. Irgendwie sah Apinya nicht wütend aus, irgendwie versuchte Apinya nicht, dem Mann den Hals umzudrehen. Als Cassidy näher kam, schnappte sie Wörter wie Position, Stoßtrupp und Ziele auf.

War Zhan-Yo jetzt auf ihrer Seite? Und trug er *Schwerter*?

»Hör zu«, sagte Apinya, als Cassidy sich zu ihnen hockte. »Zhan-Yo sagt, eine Gruppe sei zum Kontrollraum der Fabrik gegangen. Sie versuchen, den Ort einzunehmen, damit Ziran die Drohnen nicht so schnell zurücksetzen kann, wenn unser Ass durchkommt.«

»Unser Ass?«

Zhan-Yo winkte die Frage ab. »Keine Zeit. Wir brauchen

dich auf dem Laufsteg, nimm die erste Rechte. Folge den Kämpfen. Los.«

»Tut mir leid, seit wann hast du mir Befehle zu erteilen?«, fauchte Cassidy zurück.

»Cassidy«, sagte Apinya, und die Leere spürte diesen ruhigen Druck auf ihren Geist, das sanfte Streichen, das ihre scharfen Kanten abmilderte. »Wir brauchen dich dafür. Thane ist da unten.«

Der wahre Grund also. Thane mitten in einem Feuergefecht zu stecken, war ein gefährliches Spiel. Die Anomalie war wie eine Abrissbirne, je mehr Treffer er einsteckte, desto wütender würde er werden, bis alles zum Ziel wurde.

»Wollt ihr, dass ich ihn besänftige oder so?«, fragte Cassidy.

»Nein«, antwortete Zhan-Yo, und Apinya erwiderte den grimmigen Blick des Mannes. »Thane kannte das Risiko, als er mitkam. Wenn er nicht aufgehalten werden kann, wenn er anfängt, seine eigenen Leute zu töten, brauchen wir dich, um ihn auszuschalten.«

Erstaunlich, wie schnell heroisches Selbstvertrauen sterben konnte. Teil der Weltrettung zu sein, fühlte sich plötzlich weniger wie ein großes Abenteuer an und mehr wie ein widerlicher Auftragsmord.

»Bitte«, sagte Apinya, und dieser Druck verstärkte sich. Das Gegenteil eines Kopfschmerzes, Cassidys Wut pulsierte weg in Gelassenheit, im Frieden mit der Bitte. Trotz all der Gewalt um sie herum fühlte Cassidy, dass sie atmen konnte, nicken konnte, verstehen konnte, dass die Bitte völlig Sinn ergab. »Wir brauchen dich jetzt.«

Sie konnte nicht Nein sagen, auch wenn sie es wollte.

Cassidy bahnte sich ihren Weg entlang des Laufstegs zur Kreuzung. Sie war dem Tracker und dieser Anomalie in diese Richtung gefolgt, aber die waren geradeaus weitergegangen. Stattdessen schaute sie nach rechts, wo der Laufsteg in einen normalen Flur überging, sein offenes Geländer einem zweiwandigen Korridor mit Gefälle wich. Leichen, Drohnen und andere, verunstalteten den Weg. Rauchende Deckenplatten zeigten Geschütztürme, die ihr Ende gefunden hatten.

Apinyas besänftigende Wirkung ließ nach und Cassidys Frustration kam gedämpft zurück. Die Begründung ergab Sinn: Die Drohnen zu zerstören, würde nichts bringen, wenn ein unbesiegbarer, geistloser Thane die Paragonen gleich mit ermordete.

Nicht dass sie Thane töten würde. Auf keinen Fall. Besser, wenn sie zuerst alle ausschaltete, die ihn wütend machten.

Sie lief los, rennend.

Der Korridor senkte sich, dann bog er scharf nach links. Mehrere zerschmetterte Wandplatten zeigten ruinierte Geschütztürme. Eine zerbrochene Tür hatte ihre Mitte eingeschlagen. Dann eine weitere Tür dahinter und eine dritte, jede verstärkt durch funkende, zerstörte Geschütze.

Mynx nahm ihre Sicherheit ernst, oder vielleicht hatte Ziran die Änderungen vorgenommen.

Am Ende des Korridors öffnete sich der Flur zu einem breiteren, schwarz gefliesten Raum. Cassidy nahm die Kämpfe wahr, als sie sich näherte, hörte das Gewehrfeuer, Drohnenbefehle aufzuhören und sich zu ergeben. Und am deutlichsten die hallenden Brüllen, als eine bestimmte Anomalie ihren Amoklauf fortsetzte. Anders als im Ladebereich war dieser große Raum vollgestopft mit Reihen über Reihen von Servern.

Schwarze Würfel auf Metallregalen, die surrenden Computer und die schneidende Kälte, die den Raum durchdrang, boten einen anderen Hintergrund für den Kampf. Tracker-Drohnen, Kommandos und ein paar Anomalien schienen zwischen den Regalen zu tanzen, aufeinander feuernd und einschlagend. Quer durch die Mitte des Raumes, vor dem einzigen anderen Eingang, den Cassidy sehen konnte, stand Thane. Die große Anomalie stand drei Gladiatoren gegenüber, die Drohnen kombinierten ihre Feuerkraft, um Thane unter einem Hagel aus Kugeln und betäubenden Pfeilen zurückzudrängen.

Cassidy konnte das ändern. Sie schritt vorwärts und spürte, wie die Leeren in ihre Fingerspitzen kamen. Sie holte mit dem Arm aus, bereit, eine Leere zu werfen, die breit genug war, um alle drei Gladiatorenköpfe abzutrennen. Und Cassidy hätte sie auch abgefeuert, wäre nicht ein Gewehrlauf gegen ihre Schläfe gedrückt worden.

»Cassidy, nicht«, sagte Celice, »wir dürfen hier nichts zerstören.«

Der Lauf wurde weggezogen und Cassidy blickte nach links, bereits dabei, ihre Leeren zu verschieben, um die beleidigende Person in Stücke zu schneiden. Eine junge Frau, eisig und selbstsicher, stand da. Sie hatte kleine Pistolen in beiden Händen, eine verfolgte eine schlangenartige Tracker-Drohne, die auf sie zukroch.

»Tut mir leid, musste deine Aufmerksamkeit bekommen«, sagte Celice und schwenkte beide Pistolen, um auf die Drohne zu zielen. In einer präzisen Schnellfeuer-Salve schickte die Frau sechs Schüsse in das Gesicht der Drohne, zerschmetterte ihre Kameras und ließ die Maschine gegen die hintere Wand des Raumes prallen. »Wir brauchen Thane, um diese Gladiatoren beschäftigt zu halten.«

»Ich kann sie zerstören«, sagte Cassidy, trat an Celice vorbei und schleuderte eine kleine Leere auf den verletzten Tracker.

Die Leere teilte die Drohne in zwei Hälften und grub eine schöne Linie in die Wand hinter der Maschine.

»Nett, aber nicht der Punkt«, erwiderte Celice. »Hinter diesen Drohnen sind eine Menge Ziran-Techniker, die Computer bedienen, zu denen wir Zugang brauchen. Wenn Thane an diesen Gladiatoren vorbeikommt, sind diese Techniker als Nächstes dran.«

Cassidy begriff: »Und die Computer werden Kollateralschaden.«

In dem Moment, als Celices Argument sich zusammenfügte, verstummten die Schüsse im Raum. Das Klappern der Drohnen hörte auf, stattdessen hallten andere Schläge wider, als Tracker-Drohnen von den Wänden, der Decke und den Serverregalen zu Boden stürzten. Eine landete zu Celices Füßen, die Klauen ausgefahren und scheinbar bereit für einen tödlichen Schlag.

Stattdessen lag die Maschine dort, regungslos.

»Nein«, murmelte Celice. »Er hat es tatsächlich getan.«

»Was getan?«

Ein Brüllen unterbrach Celices Antwort und beide schauten zu den Gladiatoren, die Thane gegenüberstanden. Die großen Maschinen standen stocksteif da, und Thanes siegreiches Geheul ging in sein Zerreißen und Zerreißen über. Mit jeder Hand riss er eine andere Drohne auseinander und zerschmetterte mit seinem Kopf die dritte. Die Anomalie setzte ihre Berserkerwut fort. Die Gladiatoren zeigten keine Reaktion, taten nichts, während Thane Gliedmaßen abriss und im Raum herumwarf, was die aus der Deckung auftauchenden Kommandos dazu veranlasste, wieder in Deckung zu gehen.

»Wir müssen ihn beruhigen«, sagte Celice und ging an Cassidy vorbei.

»Leichter gesagt als getan«, erwiderte Cassidy und folgte ihr.

Sie hatte Thane schon früher aus solchen Wutanfällen herauskommen sehen, wenn auch nicht aus einem so intensiven. Das letzte Mal, als die Anomalie so verzweifelt, so tief in ihrer eigenen Monstrosität versunken war, war Cassidy bewusstlos gewesen. Thane war mit ihr kilometerweit geschwommen und hatte Cassidy den ganzen Weg bis zu einem weit entfernten Strand geschleppt. Wie Thane es erzählte, war er schließlich vor Erschöpfung zusammengebrochen.

Die Anomalie sah jetzt nicht müde aus.

Jenseits von Thane, in dem Raum, den diese Gladiatoren beschützt hatten, riefen neue Stimmen. Verwirrt, um Hilfe schreiend, als ihr metallener Schutz zerfiel und Zirans Personal zum ersten Mal aus nächster Nähe einen spuckenden, brüllenden Thane zu sehen bekam. Der Anblick der zerstückelten Drohnen, der zu Kleinholz verarbeiteten Stahlglieder, gab ihnen wahrscheinlich eine gute Vorstellung davon, was als Nächstes passieren würde.

Cassidy, die Zirans Labor und die dortigen Experimente gesehen hatte, fiel es schwer, viel Mitgefühl aufzubringen.

Celice jedoch schrie Thane an. Forderte ihn auf, aufzuhören, sich zu beruhigen.

»Das war der Plan!«, rief Celice, während die Anomalie sie ignorierte und weiter den letzten Gladiator in Stücke riss. »Reinzukommen und Ziran daran zu hindern, die Drohnen zurückzubringen, erinnerst du dich?«

»Er wird dich nicht hören«, sagte Cassidy, verschränkte die Arme und beobachtete, wie die Frau sich weiter näherte. »Er muss sich erst abreagieren.«

»Was, wenn die Leute in diesem Raum etwas wissen, das wir brauchen? Das ist größer als deine Wut, Thane! Größer als diese Drohnen!«

Mit einem letzten, lachenden Schrei schleuderte Thane die aufgerissene Brust des letzten Gladiators in den Kontrollraum. Ein Ziran-Techniker stieß einen schrillen Schrei aus. Ein anderer flehte laut, Thane möge Gnade zeigen, es sei nicht ihre Schuld.

Sie hätten nur Befehle befolgt.

Cassidy presste die Lippen zusammen und schüttelte den Kopf. Diese Techniker hatten sich für die falsche Seite entschieden, und sie hätten ohne das hier weiter hier gesessen und Tag für Tag, Jahr für Jahr den Tod und die Gefangennahme von Anomalien bewirkt. Thane machte einen donnernden Schritt in den zentralen Raum, dann noch einen. Er brachte Folter zu den Folterknechten.

Der Schuss übertönte die Schreie. Übertönte die sich sammelnden, verbliebenen Kommandos, als sie sich gegenseitig aufhalfen und sich am Rande hielten. Übertönte Thanes knurrendes, raues Näherkommen.

Celice feuerte erneut, dann ein drittes Mal. Cassidy sah, wie die Kugeln ihr Ziel trafen, von Thanes dicker Haut abprallten und kleine rote Schwellungen hinterließen, wo sie einschlugen. Die letzte traf Thanes Kopf und hinterließ einen winzigen Schnitt in dem spärlichen Haar des Mannes.

Und erregte Thanes Aufmerksamkeit.

Celice ließ eine Waffe fallen, umfasste die andere mit beiden Händen und zielte mit der Pistole, als Thane sich vollständig umdrehte. Das alte und verhärtete Gesicht des Mannes bot einen wahnsinnigen Anblick. Weit aufgerissene, blutunterlaufene Augen, faltige und gespannte Haut, Muskeln, die nicht nur an den üblichen Stellen hervortraten, sondern auch an seinen Wangen und seinem Hals. Die wenige Kleidung, die Thane noch trug, war zerrissen und verbrannt, von Drohnenkrallen zerfetzt und gleichermaßen mit Einschusslöchern übersät. Celices Schüsse fügten der völligen Vernarbung nur noch mehr hinzu, so sehr, dass Cassidy ein Keuchen nicht unterdrücken konnte.

Lebendig oder nicht, Thanes Körper sah über der Brust schwarz aus. Beine und Arme bluteten, wo die Schläge der Gladiatorendrohnen stark genug gewesen waren, um die Haut zu durchdringen. Der Beinstachel einer Trackerdrohne steckte tief in Thanes linkem Oberschenkel, tief in die Anomalie eingebettet.

So viel Schaden, so viel Wut. Das, das würde nicht mit einer Warnung enden.

»Celice«, sagte Cassidy und ließ ihre Arme fallen. »Wir müssen rennen. Jetzt. Er wird nicht aufhören.«

»Dann müssen wir ihn aufhalten.« Celice drückte erneut ab. Der Schuss traf Thane direkt in die Stirn, eine perfekte Platzierung. Die Kugel prallte ab. Thanes Augen verengten sich. »Thane! Du hast meine Mutter getötet! Es ist mir scheißegal, ob du stirbst!«

Seine Mutter getötet?

Cassidy starrte mit offenem Mund. Thane brüllte. Celice feuerte erneut.

Die Anomalie stürmte los. Ein einziger langer Sprung. Celice schoss ein drittes Mal, als Thane auf sie zustürzte. Sie wäre plattgewalzt worden, hätte es sein sollen, wäre nicht ein Kommando von der Seite herangesprungen und hätte Celice aus dem Weg gerammt. Der Mann drückte Celice mit seinem eigenen Körper zu Boden, als Thane auf dem Boden landete, wobei die Fliesen selbst unter seinem Gewicht knackten. Die Anomalie wandte sich um, blickte auf das normale Paar hinab. Sie hatten nirgendwo hin, konnten nirgendwo hin fliehen.

»Thane!«, rief Cassidy, ohne jegliche Reaktion zu erhalten. »Zwing mich nicht, dich zu töten.«

Dieses Wort, dieses eine Wort wirkte. Thanes Augen zuckten in Cassidys Richtung, sahen ihre ausgebreiteten Arme und Hände. Leeren warteten, bereit, in die Anomalie zu schneiden. Er hatte sie einmal gerettet, zweimal, dreimal. Konnte sie ihn vor sich selbst retten?

»Bitte«, sagte Cassidy. »Erinnere dich an mich, erinnere dich, wer du bist.«

Thane knurrte, seine riesigen Hände ballten sich zu Fäusten, lösten sich wieder. Tiefe Atemzüge ließen seine Brust auf und ab gehen. Jedes Blutgefäß trat hervor.

Cassidy wusste, wohin sie diese Leeren werfen würde, ihre eigenen Muskeln waren angespannt.

»Das bist nicht du«, sagte Cassidy, diesmal leiser. Sie machte einen Schritt, klein und langsam, auf Thane zu.

Die Bewegung brach den Bann. Thane trat zu, traf Celice und ihren schützenden Kommando und schleuderte sie durch die Luft. Dann wandte er seine wahnsinnigen Augen Cassidy zu, heulte auf und stürmte los.

KAPITEL 29
RETTUNG

WÄHREND DER FAHRSTUHL HINABFUHR, riss Aegis die Krallen der Drohne von seinen Unterarmen. Er ließ die Metallstücke fallen und schüttelte seine Handgelenke. Der Champion spürte das kribbelnde Gefühl, als seine Zellen sich an die Arbeit machten. Vor seiner Gefangenschaft in Mynx' Tank und bevor Mila Aegis praktisch komplett wiederhergestellt hatte, hätte die Heilung solcher Schnitte fast einen ganzen Tag gedauert.

Jetzt? Als sich die Aufzugstüren öffneten, trat Aegis als vollständig geheilter Mensch heraus, bereit loszulegen.

Das Gleiche konnte man von seiner taktischen Uniform nicht behaupten, die aussah, als gehöre sie in den Müll. Die zerrissenen und löchrigen Fragmente flatterten um Aegis' Haut. Eher ein gothischer Schal als ein Paragon-taugliches Outfit, aber wen kümmerte das schon. Er hatte den Keller der Fabrik erreicht, denselben langen Korridor, der zu Mynx und Mila führte.

Zur Entkopplung Zirans von seinen Drohnen.

Sechs Ziran-Wachen – Menschen in diesen weiß-orangenen Kampfanzügen – warteten im Korridor. Ihre Waffen, Gewehre und was wie elektrische Schlagstöcke aussah, hielten sie bereit in den Händen. Zwei standen direkt vor den Aufzugstüren und zielten, als sich der Lift öffnete. Aegis sah die anderen vier weiter hinten, verschanzt hinter improvisierten Barrieren, ausgehängten Türen, einem umgekippten Schreibtisch.

»Guten Abend, meine Herren«, verkündete Aegis, als sich die Aufzugstür zur Seite schwang.

Er schnellte nach vorne und links, als die Wachen zögerten. Die übliche Reaktion, wenn ein echter Champion vor einem auftaucht.

Aegis packte das Gewehr der linken Wache und riss es aus seinem Griff, schlug es der rechten Wache ins Gesicht und schickte diese nach hinten taumelnd. Die linke Wache griff nach ihrem Schlagstock, nur um sich vom Boden gehoben und nach hinten geschleudert wiederzufinden. Aegis benutzte den Mann als Schutzschild und stürmte vorwärts.

Zirans Angestellte waren nicht völlig mordlüstern. Sie hielten das Feuer zurück, als Aegis rannte, während in seinem Kopf ein Countdown lief, bis die Wache, die er am Aufzug niedergeschlagen hatte, wieder auf die Beine kam und auf Aegis' Rücken schießen würde. Als er sich dem zweiten Ziran-Paar näherte, die beide zur rechten Seite des Korridors auswichen, um dem Ansturm zu entgehen, stieß Aegis seine Geisel von sich und warf den Wachmann auf seine beiden Kumpel.

Die drei Körper kollabierten hinter einem umgestürzten Tisch, der noch vor einer Sekunde als Deckung gedient hatte, und Aegis folgte, indem er auf den Haufen sprang, als die Wache am Aufzug ein paar Schüsse abfeuerte. Die Kugeln flogen über ihn hinweg, als Aegis auf den Haufen prallte. Die beiden hinteren Wachen hielten ihr eigenes Feuer zurück, wieder aus Respekt vor dem Leben ihrer Kameraden.

Eine nette Abwechslung zu einigen Schurken, die Aegis in den guten alten Zeiten verprügelt hatte, die ihre Handlanger als Kanonenfutter betrachteten. Vielleicht war Ziran nicht völlig böse.

Vielleicht.

Mit seiner rechten Hand verteilte Aegis schnelle K.O.-Schläge auf die sich windenden Wachen und schlug ihre Schädel in den Helmen, bis die Körper erschlafften. Mit seiner Linken riss er eine Waffe frei und hielt den Abzug in einem ziellosen Feuerstoß auf die letzten beiden Wachen gerichtet, zwang sie so hinter ihre eigene Deckung. Aegis rollte sich vom Haufen frei, sprang auf, drehte sich und feuerte zurück in Richtung Aufzug. Die Wache dort geriet in Panik, sprang in den Aufzug und schlug auf die Knöpfe, um die Aufzugstür zu schließen.

Damit konnte Aegis leben.

Eine Kugel traf seine Schulter und wirbelte Aegis nach rechts. Das Metallgeschoss grub sich ein, ein scharfer Schmerz blieb zurück. Ein zweiter Schuss ging daneben, und bis dahin hatte Aegis bereits seinen Finger am Abzug und feuerte Salven in Richtung der zertrümmerten Türen, hinter denen sich die beiden Wachen verschanzt hatten. Sie duckten sich zurück und gaben Aegis freie Bahn zum Vorrücken.

»Kommt schon, Jungs«, rief Aegis und hielt das erbeutete Gewehr bereit. »Zwei gegen einen Champion? Schlechte Chancen. Werft die Waffen weg, und ich lass euch hier raus-spazieren. Behaltet sie, und ihr bekommt die schnelle und tödliche Art der Paragon-Gerechtigkeit.«

Stille folgte auf Aegis' Worte, während der Champion weiter vorrückte. Vor ihm und rechts konnte er den Kapsel-raum sehen, die Tanks, in denen Mynx und Mila gehalten wurden. Fast da.

»Versprichst du, uns gehen zu lassen?«, fragte die Wache links. »Ich hab 'ne Familie zuhause. Zwei Kinder. Eins heiratet in einem Monat.«

»Versprochen.« Aegis war ein wenig überrascht festzustel-len, dass er es ernst meinte, aber nach der Gewalt des Tages und den weiteren Kämpfen, die sicher noch kommen würden? Er konnte diese Stempeluhrdrücker gehen lassen. »Aber ihr kündigt nach heute.«

»Abgemacht«, kam es von derselben Wache, und sein Gewehr flog zurück, als er die Worte sagte, und klapperte auf den Flurboden. »Sie zahlen uns sowieso nicht genug.«

»Das tun sie nie«, erwiderte Aegis und verlagerte sein Ziel. »Jetzt dein Kumpel.«

Ein Fluch, ein Seufzen, und Gewehr Nummer zwei gesellte sich zu seinem Bruder auf dem Flurboden. Hände hoch, erhoben sich beide Wachen hinter ihren Barrieren. Aegis nickte zurück Richtung Aufzug.

»Nehmt eure Kumpels mit«, befahl Aegis. »Sagt den Leuten oben, ich hätte gesagt, ihr dürft gehen. Wenn ihr nett seid und sie nicht zu sauer sind, kommt ihr vielleicht noch heute Nacht nach Hause.«

Drei Kapseln leuchteten im Raum. Zwei, gefüllt mit unheimlicher Flüssigkeit, beherbergten Mynx und Mila. Eine Drohne, die mit ihren allzu vielen Armen zum Überwachen der Kapseln bestimmt war, saß links. Die Maschine aktivierte sich nicht, als Aegis den Raum betrat, ein Zeichen, das Aegis positiv zu deuten beschloss. Jetzt musste er nur noch herausfinden, wie er diese Kapseln entleeren und die beiden Champions befreien konnte.

Jede Kapsel hatte einen Tama-Bildschirm, der die Vitalfunktionen anzeigte. Beide zeigten durchweg helles Grün, während sie schwebten, die Augen geschlossen und Sauerstoffmasken auf. Ebenfalls auf diesen Bildschirmen befand sich ein einfacher Knopf mit der Aufschrift »Freilassen«.

»Einfach genug«, murmelte Aegis und tippte ihn an Mynx' Kapsel an.

Die Sauerstoffmaske und die geschmeidigen mechanischen Arme, die Mynx stabil und schwebend hielten, lösten sich. Die Champion sank, ihre Augen öffneten sich schlagartig, als sie erwachte, völlig untergetaucht in einem Glasgefäß.

Aegis fluchte, blickte auf den Tama und sah nur blinkendes Rot. Keine Antworten.

Er würde sich selbst helfen müssen.

Aegis holte aus und schlug mit voller Kraft geradeaus gegen das Glas der Kapsel. Der Schlag traf, verursachte einen Riss und beim zweiten Hieb zersprang es. Glas und Wasser ergossen sich überall, gefolgt von Mynx. Aegis fing die hustende Champion auf und hielt sie aus dem Glas heraus.

»Was zum Teufel machst du da?«, keuchte Mynx blinzelnd.

»Ich rette dich«, erwiderte Aegis.

»Wie ein Idiot«, sagte Mynx, ihr Haar durchnässt und an den Seiten ihres Kopfes klebend.

»Es gibt ja keine Anleitung für diese Dinger.«

Mynx warf ihm einen bösen Blick zu, schüttelte ihn dann ab. »Wenn du hier bist und ich draußen, nehme ich an, dass etwas Dummes vor sich geht?«

Aegis erklärte und ging auf die Übernahme durch Ziran und den aktuellen Angriff ein. Die Notwendigkeit, die Drohnen von Ziran abzuschneiden, bevor sie reaktiviert werden konnten. Mynx wischte und tippte währenddessen auf dem Tama, der an Milas Kapsel befestigt war. Diesmal lief das Wasser ab, die Arme setzten Mila sanft auf dem Boden der Kapsel ab.

Erst dann löste Mynx sie von der Sauerstoffmaske und den Armen.

»Siehst du?«, sagte Mynx und unterbrach Aegis' Abschweifung über die vielen Fabrik-Angriffe. »Es ist nicht so schwer.«

Als die Kapsel zischte und sich öffnete, schaltete Aegis auf sein Funkgerät um, hob seinen Tama und bestätigte auf dem Breitbandkanal, dass er die Rettung durchgeführt hatte. Zwei Champions im Sack, bereit, nach oben zu gehen und zu helfen.

»Drohnen sind gerade ausgefallen«, meldete sich Zhan-Yo

schnell. »Bring sie zum Kontrollzentrum. Celice, haben wir es schon?«

Rauschen.

Mynx half Mila auf die Beine und rieb die Arme der Champion, um ihr beim Aufwachen zu helfen. Mila blinzelte und schüttelte den Kopf.

»Wir sind zurück«, flüsterte Mynx. »Aber es ist keine Zeit zum Ausruhen. Dies ist keine Schnapp-und-Weg-Aktion, sondern eine vollständige Übernahme.«

»Übernahme?«, fragte Mila. »Von was?«

Aegis nickte in Richtung Ausgang. »Ich erkläre es unterwegs. Kannst du laufen?«

»Langsam.«

Jeder Fortschritt war besser als gar keiner, also ging Aegis zum Ausgang des Raumes. Zhan-Yo füllte die Stille, indem er erklärte, wie sie so viele Drohnen wie möglich demontierten, während die Maschinen wie eingefroren dastanden. Die Paragons und die Kommandos hatten zahlreiche Verluste erlitten, und Rettungskapseln trafen ein, um so viele wie möglich in die Krankenhäuser zu bringen.

Interessanter war, dass Ziran keine Menschen oder Polizei zur Unterstützung geschickt hatte. Stattdessen hatten sie einen Sicherheitskordon errichtet und ließen ihre Roboter die Arbeit erledigen, ohne andere Leben zu riskieren. Eine glückliche Haltung für die Paragons, eine sichere für Ziran.

Loyale Leichen machten sich nie gut in den Nachrichten.

Der Gang zum Aufzug blieb leer, die Wachen hatten Aegis' Rat befolgt und waren weit geflohen. Das ließ genug Zeit, um Mynx und Mila auf den neuesten Stand zu bringen, während die beiden frisch erwachten Champions ihre Muskeln wieder zum Leben erweckten.

Als das Beben begann, wurde Aegis nicht einmal alarmiert. Es hatte so viel Gewalt gegeben, vielleicht war irgendein System in der Fabrik, die Klimaanlage oder der

Wasserdruck, geplatzt. Die Vibrationen kamen von oben, als Aegis den Aufzug erreichte und den Rufknopf drückte.

Das Rumpeln wurde stärker. Mynx und Mila blickten nach oben, erstere mit gerunzelter Stirn.

»Nichts fällt herunter«, sagte Mynx.

»Was?« Aegis schaute nach oben und sah Risse in der Decke, die aber eher wie Falten aussahen, als würde etwas über ihnen die Erde zusammenkneifen.

Das Beben wuchs zu einem knackenden, reißenden Brüllen an. Der Aufzug piepte einen Instabilitätsalarm und schaltete sich ab, bevor er ankam. Die Risse breiteten sich aus, und Aegis bewegte sich. Er sagte Mynx und Mila, sie sollten sich ducken, und zog sich über sie, umarmte das kleinere Paar. Kein perfekter Schutz vor dem, was zu passieren schien, aber besser, als die beiden einen Einsturz ohne den geringsten Schutz erleben zu lassen.

»Ich kann nicht glauben, dass ich aufgewacht bin, nur um zu sterben«, sagte Mynx. »Dein Timing ist miserabel, Aegis.«

»Immerhin hat er es versucht«, erwiderte Mila. »Das ist doch etwas, oder?«

»Alles, was ich weiß, ist, dass ich ein paar großartige Träume hatte.«

»Wenn dieser Gang auf uns einstürzt«, sagte Aegis und schrie über den Lärm hinweg, »wirst du alle Träume bekommen, die du willst.«

Eine kurze Stille. Das Brüllen verschwand, das Reißen hörte auf, und Aegis hatte diesen hoffnungsvollen Schimmer, dass die Dinge gut ausgehen könnten.

Bis er den ersten Stein auf seinem Rücken spürte. Sah, wie ein zweiter rechts neben ihm auf den Boden schlug.

Hörte eine andere Art von Brüllen, die Art, die von einer wütenden Kreatur statt von industriellen Prozessen, die schiefgegangen waren, verursacht wurde. Ein knirschendes, wütendes Geräusch, das Aegis erkannte.

Und damit fiel die Decke ein.

Fliesen, Gestein, Rohre und Metall rieselten nicht, regneten nicht, sondern stürzten einfach ein. Sofort spürte Aegis, wie der Schutt ihn zu Boden drückte. Er stemmte seine Handgelenke auf, tat, was er konnte, um die Masse von Mynx und Mila fernzuhalten. Selbst mit all dem Krafttraining, all den Übungen, wusste Aegis, dass sie begraben werden würden.

Aber nach der ersten Welle folgte nur wenig. Als hätte jemand den Boden der Fabrik ausgehöhlt und nur ein bisschen zurückgelassen. Aegis richtete sich auf, schüttelte den Schutt von sich ab und sah Leuchtstofflicht durch einen schrägen, sauberen Schacht scheinen. Als ob ein perfekter Bohrer ein Loch gebohrt hätte.

Durch dieses Loch kämpfte sich eine vertraute Gestalt. Ganz hässlicher Knochen und Knorpel, Muskel und Masse, heulte Thane in Richtung des Schachts. Trümmer sammelten sich bis zu Thanes Taille, aber Aegis konnte die Schäden der Anomalie erkennen, die Narben und Verbrennungen und blutenden Stellen. Der Angriff des Mannes auf den Feind war nicht perfekt verlaufen, obwohl Aegis nicht wissen wollte, was Ziran fähig war, diesen Schacht zu erschaffen.

»Bleibt da unten!«, ertönte ein Ruf, eine Stimme, die Aegis bekannt vorkam, aber die er nicht zuordnen konnte. »Komm nicht zurück, Thane, oder … bitte, tu es einfach nicht.«

Thane brüllte als Antwort. Aegis spürte, wie Mynx und Mila sich unter ihm hervorquetschten und sich selbst aufrichteten. Gestein und Kacheln bröckelten um sie herum, und Thanes Wut verstummte, seine blutunterlaufenen Augen wandten sich ihnen zu.

»Na, hallo«, sagte Aegis und knackte mit den Knöcheln. Nach all dem stand der Kampf gegen Thane nicht ganz oben auf seiner Liste, aber wie oft konnte der Champion seine Schlachten wählen? »Wirst du dich beruhigen?«

»Aegis«, sagte Mynx. »Jetzt ist nicht der richtige Zeitpunkt.«

»Dann würde ich etwas Abstand gewinnen.« Aegis stellte sich mitten in den Gang. »Ich glaube nicht, dass er in der Verfassung ist, zuzuhören.« Der Champion wandte seine Aufmerksamkeit wieder dem Monster zu. »Komm schon, Kumpel. Das war alles dein Plan, erinnerst du dich? Es läuft, wie du gesagt hast. Ruinier es nicht, indem du dich wie ein Arschloch benimmst.«

Thane hämmerte mit seinen Fäusten in die Trümmer, räumte sie beiseite und zwang Aegis, sein eigenes Gesicht zu schützen, um die Steine abzuwehren. Die große Anomalie befreite sich, Thanes Größe zwang ihn in eine halbe Hocke, als er Aegis anknurrte. Seine Augen zuckten, erfassten Mynx und Mila, die sich zurückzogen.

»Nein, nein«, sagte Aegis und machte einen weiteren Schritt nach vorne. »Die beiden sind tabu. Wenn du jemanden bekämpfen willst, dann mich.« Er breitete die Arme aus. »Schließlich bin ich derjenige, der dich all diese Jahre in diesen Käfig gesteckt hat. Du hast mir meine Frau genommen, und ich habe dir deine Jahre genommen. Du solltest mich hassen, Thane, denn ich hasse dich ganz sicher.«

Etwas in diesem Monster funktionierte noch. Thane richtete seinen Fokus wieder auf Aegis, öffnete seinen Mund, um zackige Zähne zu zeigen. Und sprang vorwärts.

Die niedrige, aufgebrochene Decke bedeutete, dass Thanes Sprung ihn in den Fels und die Kacheln trieb. Mehr Trümmer regneten herab. Aegis duckte sich nach vorne, wich Thanes linkem und rechtem Schwinger aus, um selbst einen zu landen. Kein blinder Schlag, sondern einer, der direkt auf eine schwarze Brandnarbe zielte. Aegis spürte, wie Thanes Haut unter dem Treffer knackte, die Anomalie heulte auf.

Aegis warf einen zweiten Jab, traf tief und trieb Thane einen Schritt zurück. Der dritte Schlag in der Kombination ging auf Thanes rechtes Knie und bog es weit aus. Aegis spürte, wie Thanes Pranken sich für eine Umarmung schlossen, die er ganz und gar nicht wollte, und tauchte unter diesem gebeugten Knie durch, rollte über die zerbrochenen Balken und den gesprungenen Zement und kam in seiner eigenen Hocke wieder hoch.

Thane drehte sich zu Aegis, diese Hände griffen nach Trümmern und schleuderten sie auf den Champion. Bewehrungsstahl traf Aegis wie der Homerun-Schlag eines Starspielers und warf den Champion auf den Rücken. Kies landete in Aegis' Gesicht, in seinen Augen und seinem Mund. Gestein steckte zwischen seinen Zähnen.

Nicht, dass er Zeit zum Zähneputzen gehabt hätte.

»Haut ab!«, schrie Aegis in Richtung Mynx und Mila, oder wo sie gewesen waren, als er zur Seite rollte, einem Schlag von Thane auswich, während die Anomalie sich näherte, und einen anderen auf seiner Schulter abbekam.

Die Ausrenkung schmerzte. Der Folgeschlag, der Aegis in die Seite des Ganges schleuderte, tat ebenfalls weh. Thanes speichelgefüllter Kampfschrei tat nicht allzu weh, aber der Magenschlag, eine knorrige Faust, die Aegis in dieselbe Wand trieb, an die er gerade geschlagen worden war, bevor sie sich zu einem offenen Festhalten ausbreitete, fügte definitiv Schmerzen zu Aegis' wachsender Schmerzsymphonie hinzu.

Der Champion blinzelte seine Augen auf, verschwommene Sicht blickte in Thanes hässliche Visage. Die Anomalie hatte ihre linke Faust zurückgezogen, zielte direkt auf Aegis' Kopf. Aegis musste das Ding irgendwie verzögern, Mynx und Mila Zeit zum Weglaufen geben.

»Weißt du was«, sagte Aegis, »sie wollte nicht, dass du stirbst. Am Ende, als wir sie aus deinen Klauen befreit hatten, ließ sie mich versprechen.«

Thane steckte sein Gesicht ganz nah heran, atmete üble Luft direkt auf Aegis. Knurrte. Aegis hustete, fuhr fort.

»In diesem Stuhl warst du sicher, waren wir sicher«, sagte Aegis. »Du hättest dort sterben sollen. In Frieden.«

Thane brüllte, holte aus, diese Faust bereit zuzuschlagen.

Aegis konnte die anderen beiden Champions nicht sehen. Hoffentlich waren sie entkommen.

Metallarme schwangen aus den blau gewaschenen Schatten. Tentakel streckten sich aus, packten Thanes ausholenden Arm und hielten ihn fest. Thane warf einen wütenden Blick in diese Richtung, Aegis tat dasselbe, nur um die Kapselwartungsdrohne in vollem Einsatz zu sehen. Mynx stand dahinter, ihre Hand auf dem Korpus der Maschine.

Und um sie herum laufend, auf Aegis zu, auf Thane zu in einem Selbstmordmanöver, kam Mila. Die Championesse hatte ihre Hände ausgestreckt, eine zu Aegis, eine zu Thane. Aegis begann, etwas zu rufen, sie Idioten zu nennen, weil sie geblieben waren, hielt aber inne, als blau-weiße Filamente, kleine Linien die Luft zwischen ihm und dem Monster, das Aegis an die Wand drückte, durchschnitten.

Diese Filamente stachen, ein Druckschmerz wie bei einer Blutabnahme. Immer mehr wirbelten aus Aegis heraus und bohrten sich in Thane. Die Anomalie heulte auf, nicht vor Wut, sondern vor Verwirrung.

»Haltet durch«, sagte Mila, obwohl Aegis nicht sagen konnte, zu wem sie sprach.

Er fühlte, wie sein Körper mit sich selbst kämpfte, Milas Fäden saugten Aegis' Leben ab, während seine Heilung es wieder zusammensetzte. Thane, der Aegis an die Wand drückte, zitterte. Seine geschwärzte Haut schälte sich ab. Blutergüsse schrumpften, verschwanden. Rote Narben, wo Kugeln oder Trümmer ihre Arbeit getan hatten, wurden rosa und frische, gesunde Haut erschien. Falten und Makel verschwanden, und neue, frische weiße Haare sprossen aus Thanes Kopfhaut.

Der Fall kam ohne Vorwarnung. Thanes Griff ließ nach und Aegis schlug auf dem Boden auf, kollabierte auf seine Brust. Der Champion fühlte, dass er kaum atmen konnte, seine Muskeln schienen den Willen, die Fähigkeit zu drücken, sich zu bewegen, verloren zu haben. Aber er war nicht tot, das wusste Aegis.

Und Thane brüllte nicht mehr.

Allmählich verschwanden die Stiche. Einer nach dem anderen ließen die Drücke nach und Aegis' Körper begann, seinen Kampf zu gewinnen, sich selbst wiederherzustellen. Aegis spürte seine Finger, spürte seinen Herzschlag, spürte, wie sich diese schmerzende Schulter wieder einrenkte. Er blickte auf und sah einen Mann, einen normalen, älteren Mann, der seine eigenen Hände anstarrte.

»Thane?«, fragte Mila, und der Mann sah sie an.

Langsam, als könne er nicht glauben, wie er dazu gekommen war, dort zu stehen, nickte Thane.

KAPITEL 30
WASSERFRONT

GEDUCKT WARFEN sich die beiden in den Sand. Wexley stand noch immer dort, wo die Wellen aufliefen, sein Gesicht vom Schein eines Tamas erhellt. Aus dieser Nähe konnten Kat und Calvin Wexleys Stimme hören, aber die Worte wurden vom Rauschen der Wellen übertönt. Unter und jenseits des natürlichen Lärms knallte der Drohnen-Anomalie-Kampf, dessen Erschütterungen den Boden erzittern ließen.

»Ziemlich ruhig für einen Mann, der kurz davor steht, alles zu verlieren«, flüsterte Calvin.

»Er hat es noch nicht verloren«, erwiderte Kat. »Kannst du ihn von hier aus treffen?«

»So ein Ziel? Leicht«, sagte Calvin.

Die Anomalie legte seine rechte Hand an die Klippenwand. Kat rutschte nach vorne, ließ sich auf die Brust fallen und richtete das gestohlene Gewehr aus. Falls Wexley einen Trick auf Lager hatte, würde der Tracker den tödlichen Ruf tätigen. Ein lebendiger Wexley wäre besser für die Welt, aber ein toter Wexley wäre auch in Ordnung.

Über ihre rechte Schulter sah Kat, wie Calvin eine schlanke Nadel aus dem Klippengestein formte. Die Anomalie hatte seine linke Hand darum geschlossen, bereit, das Ding wie einen Pfeil zu schleudern. Ein weiter Wurf, aber Kat hatte Calvin schon oft Feinde aus der Entfernung aufspießen sehen. Diesmal sollte es nicht anders sein.

»Bereit?«, fragte Calvin.

»Für eine Dusche. Lass uns das hinter uns bringen.«

Calvin schleuderte die Kalksteinnadel. Kat beobachtete, wie der Pfeil flog, sah einen dunklen Schemen herabgleiten, um ihn abzufangen. Funken sprühten, und die abfangende Drohne zerschellte im Sand. Anscheinend war Wexley nicht allein.

Plan B.

Kat drückte den Abzug, zielte durch das Visier. Sie hielt sich nicht für eine Scharfschützin, aber ein stillstehendes Ziel, selbst im Dunkeln, sollte machbar sein.

Dann hatte Wexley die Dreistigkeit, sich umzudrehen, die Hände erhoben, und ihnen entgegenzublicken.

»Er ergibt sich?«, fragte Calvin, und Kat bemerkte, dass die Anomalie eine weitere Steinnadel zum Werfen bereit hatte. »Das ist mal was anderes.«

»Kommt raus«, sagte Wexley. »Meine Hände sind oben. Keine Waffen.«

Kat konnte den instinktiven Reiz nicht leugnen, aufzustehen und ihrem einstigen Schützen gegenüberzutreten. Sie hatte jetzt mehr als nur die Oberhand, hatte Wexley mit einem Sturmgewehr in der Schusslinie. Ziran-CEO, Dach-Mörder, hundert andere Namen, die Kat wahrscheinlich ausgraben könnte, wenn sie wollte, und hier stand er nun und blinzelte ihr entgegen, während Kat den Strand hinunter auf ihn zuging.

»Kat?«, rief Calvin ihr hinterher. »Was machst du da?«

»Du?«, sagte Wexley, und sein Gesicht, geisterhaft grau im Licht der Hausbeleuchtung, spiegelte den Schock in seiner Stimme wider. »Wie kann das sein, dass du es bist?«

»Lange Geschichte«, sagte Kat, »und ich hoffe wirklich auf ein schnelles Ende. Schalt das Tama aus.«

Wexley blickte auf sein linkes Handgelenk, als Kat die Mündung ihres Gewehrs in diese Richtung bewegte. Der Mann zuckte mit den Schultern, griff hinüber und tippte auf den Einschaltknopf des Geräts. Der Bildschirm wurde dunkel.

»So. Keine Drohnen mehr.« Wexley sah an Kat vorbei, suchte nach Gestalten, die nicht da waren. »Ich hatte Aegis erwartet. Vielleicht einen der anderen Champions. Leben sie noch?«

»Spielt keine Rolle. Wir werden es in einer Minute herausfinden, und du solltest besser hoffen, dass sie nicht tot sind. Ich kann mir nicht vorstellen, dass die Überlebenden dich sonst freundlich behandeln werden.«

»Wenn du denkst, dass ich irgendwo anders hingehe als ins nächste Leben, bist du naiv«, sagte Wexley. »Ich kannte die Risiken, als ich vor Monaten Mynx mitgenommen habe.«

Die Knalle, die Schüsse, das Rasseln und Brüllen erstarben, während Wexley sprach, ein abklingendes Sterben in der Ferne. Kat erstarrte und fragte sich, ob die Veränderung bedeutete, dass die Anomalie-Linie gefallen war, ob all diese Paragons den Drohnenkugeln und Metallklauen erlegen waren.

Wexley grinste: »Sieht so aus, als wäre das Spiel noch nicht vorbei.«

Calvin blickte nach links, seine Hand streifte Kats Schulter, als wolle er sich darauf vorbereiten, sie herumzudrehen, um Drohnen zu begegnen, die aus der Fabrik strömten. Während sich die Anomalie umdrehte, hielt Kat ihr Gewehr weiterhin auf Wexley gerichtet. Sie musste hoffen, dass die Drohnen verloren hatten und nicht umgekehrt, nicht die Katastrophe.

Sie hatte heute schon gegen eine Drohnenarmee gekämpft. Ihr Glück würde eine weitere nicht überstehen.

Sand flog auf, prasselte gegen Kats Augen. Reflexartig drückte sie den Abzug, aber Wexley duckte sich vor dem

Rückstoß weg und ließ die Kugeln frei über seine Schulter ins Meer fliegen. Kat fing den Angriff des Mannes mit dem Kinn ab, als Wexley gegen ihren Hals rammte und sie nach hinten schleuderte. Sie spürte auch einen Ruck an der Waffe, als sie fiel, ihre Hände hielten fest und behielten die Waffe bei sich, als sie in den Dünen landete.

Ihre Unterlippe brannte, wo Wexleys Attacke sie gegen ihre Zähne geschlagen hatte. Kats Augen tränten, als sie blinzelte und den Sand abwischte. Sie hob die Waffe, sah zwei dunkle Schatten, die einen Meter vor ihr tanzten. Ohne Wexleys Tama bot das Mondlicht nur eine Grauskala. Die aufragenden Klippen um sie herum schnitten den Schein zu schmalen Streifen, Calvin und Wexley schlugen und traten aufeinander ein.

Calvins Fähigkeit mochte erstaunlich sein, aber Wexley ließ die Anomalie keine Möglichkeit finden, sie einzusetzen. Zirans CEO nahm eine Boxerhaltung ein, ging mit engen Jabs vor, die darauf ausgelegt waren, den Mann nahe zu halten. Calvin, wie der Kampf im Keller von *Carver's* Kat vor so langer Zeit gelehrt hatte, hielt den Schlägen stand. Die Anomalie setzte ihre Ellbogen ein, ihre größere Reichweite, um Wexleys Schläge abzuwehren und einige Konter zu landen.

Genug, dass Kat, die den Kampf mit den Fingern am Abzug verfolgte, das Feuer zurückhielt.

»Ist es nicht das, was du wolltest?«, sagte Wexley und begann ein Gespräch, während er eine Dreier-Schlagkombination auf Calvins Rippen versuchte. »Eine Chance, ganz allein ein Star zu sein?«

»Du kennst mich nicht«, erwiderte Calvin und stöhnte, als einer von Wexleys Schlägen traf.

Die Anomalie konterte mit einem bösartigen linken Ellbogen, der Wexley am Kiefer traf, wobei sein stechender Arm zu weit weg war, um sich zu erholen. Wexley stolperte, schaffte es aber, genug Verstand zu behalten, um Calvin zwischen sich und Kat zu bringen.

»Doch, das tue ich«, sagte Wexley und fiel wieder in seine Kampfhaltung zurück. Calvin schüttelte sich, spielte ein vorsichtiges Spiel. »Ich habe Mynx' Daten genommen. Ich weiß alles über dich und dein Leben auf der Flucht.«

»Als ob mich das interessieren würde.«

Die Anomalie schlug mit der rechten Hand zu, weit weg von Wexleys Gesicht. Trotzdem flog Wexley zurück und landete in der Brandung. Kat grinste. Calvin hatte wohl etwas Luft hinter den Schlag gepustet und ihm einen kleinen Hurrikan-Schub verpasst.

Calvin folgte seinem luftgefüllten Schwung mit einem langsamen Gang nach vorne, während Kat aufstand und den Sand abschüttelte.

»Bleib weit weg«, sagte Kat, »ich habe wieder freie Schussbahn.«

Wexley setzte sich im Wasser auf, als Calvin sich näherte. »Willst du sie die Arbeit für dich machen lassen, Anomalie? Eine Normale beendet unseren Kampf?«

»Mann, wo nimmst du das Recht her, so zu reden?«, sagte Calvin, während die Wellen auch seine Schuhe bespritzten. »Du bist erledigt, fertig.«

»Niemals«, knurrte Wexley und stürzte sich mit einem Hechtsprung auf Calvins Beine.

Kat drückte ab. Sie hörte ein Klicken, die Waffe zuckte. Nichts feuerte.

Verklemmt. Zu viel Sand.

Ein Platschen. Kat schaute auf und sah Calvin und Wexley in den Wellen ringen. Sie warf das Gewehr beiseite und sprintete auf das kämpfende Paar zu. Mit einem Zucken ihres linken Handgelenks aktivierte Kat den vertrauenswürdigen Enterhaken. Sie zielte damit, als Wexley sich über Calvin wälzte, die Hände an der Kehle der Anomalie. Der Ziran-

CEO warf ihr einen scharfen Blick zu und bemerkte Kats erhobenes Handgelenk.

Sie feuerte.

Wexley drückte sich flach auf Calvins Brust, der Enterhaken sauste über ihn hinweg und ins Meer.

»Den kenn ich schon«, bellte Wexley und legte seinen linken Arm in einen engen Würgegriff um Calvins Hals.

»Ach ja?«, sagte Kat und zuckte mit ihrem linken Handgelenk, während sie den Arm senkte.

Der Enterhaken zog sich zurück und schoss einen halben Meter tiefer aus dem Ozean, als er hineingegangen war. Wexley hörte das Geräusch nicht, ging nicht in Deckung, und der Enterhaken klatschte gegen seine Brust, verhakte sich und zog Wexley von Calvins röchelnder, keuchender Gestalt.

Kat schloss die Distanz und versetzte Wexley einen Tritt in den Bauch, der den Ziran-Anführer rücklings in den nassen Sand beförderte. Die Trackerin hielt nicht inne, als der Enterhaken in ihr Handgelenk zurückschnappte. Mit einem Zucken schoss sie den Stahlhaken erneut aus, diesmal steckte er in Wexleys Bein.

Genau da, wo sie ihn vor so langer Zeit auf den Dächern Chicagos getroffen hatte.

Er jaulte diesmal wie damals auf, aber der Mann war noch nicht fertig. Wexley zog das Bein mit dem Enterhaken zurück, eine Bewegung, die höllisch schmerzen musste. Die Bewegung zog Kat einen Schritt nach vorne, weit genug, dass Wexley ihren Knöchel packen konnte.

Wie er es eine Minute zuvor bei Calvin getan hatte, zog Wexley, in der Erwartung, dass Kat in den Dreck fallen würde. Stattdessen stürzte sich Kat mit dem Knöchelgriff nach vorne und landete mit einem entschiedenen Aufprall auf Wexley. Mit ihren Gesichtern dicht beieinander starrten Wexleys wilde Augen in ihre eigenen. Kat sah all diese Verzweiflung, all diese Panik, all diese Krankheit, die sie in so vielen Anomalien gesehen hatte, als ihre eigenen Träume mit ihrer Ankunft zerplatzten.

Nur dass diese Anomalien zu neueren, stabileren Leben übergingen. Wexley, nee.

»Es ist vorbei«, sagte Wexley und legte seine Hände um ihren Hals.

»Für dich«, erwiderte Kat und nickte fast unmerklich.

Ihr Anzug registrierte den Druck und ließ ihr Visier, das immer noch die Einschussnarbe von Rhimes' Schuss vor Monaten trug, über Kats Gesicht gleiten. Als Wexleys Hände sich um ihren Hals pressten, rammte Kat ihren Kopf nach vorne und knallte ihn gegen Wexleys.

Einmal lockerte sich sein Griff, seine Augen verdrehten sich. Zweimal rollten sie zurück, und Wexley fiel bewusstlos in den Sand.

»Dieser Typ«, sagte Kat, nach Luft schnappend, und blickte zu Calvin. Die Anomalie saß in der Brandung auf und massierte seinen eigenen Hals. »Alles klar bei dir?«

»Oh ja, verdammt. Mir ging's nie besser.«

Eine Welle traf ihn und begrub die Anomalie unter ihrem schaumigen Weiß.

Das Paar schleifte Wexley den Strand hinauf. Kat hatte keine Betäubungshandschellen dabei, aber Calvin nahm den reichlich vorhandenen Sand und hüllte den Ziran-CEO in eine sphinxartige Ummantelung. Dann, für eine Zeit, die sich zu kurz und zu lang anfühlte, beobachteten Kat und Calvin die Wellen, die Sterne und warteten. Entweder hatten die Paragons gewonnen und die Helden würden gleich herangestürmt kommen, oder Zirans Drohnen hatten den Tag für sich entschieden, in welchem Fall Kat und Calvin entweder tot sein würden oder ...

»Eine Insel«, sagte Calvin. »Hab davon gehört. Ich glaube, sie gehörte Mynx. Wir können Wexleys Leben gegen einen Platz auf der Insel eintauschen, falls die Sache schiefgeht.«

»Du meinst, alles zurücklassen, um am Strand mit einem

Haufen Anomalie-Verbrecher zu leben?« Kat beschäftigte ihre Hände damit, die Waffe zu reinigen und die Sandkörner herauszukratzen. »Was für ein Paradies.«

»Du redest, als würdest du es nicht lieben. Wir hätten keine Miete zu zahlen, keine Steuern. Nur eine Hütte, von der aus wir den Sonnenaufgang beobachten und die Sterne scheinen sehen könnten.«

»Auf einer Insel gibt's keine Comic-Conventions.«

Calvin zuckte mit den Schultern. »Bei all den Anomalien wette ich, dass es genug Unterhaltung gäbe.«

Kat überlegte und legte das Gewehr in ihren Schoß. Wexleys Augen waren noch immer geschlossen, der Mann trug nichts zum Gespräch bei.

»Wenn ich Seeker mitnehmen könnte, nehme ich an.«

»Natürlich würde der Hund mitkommen.« Calvin nickte, als wäre die ganze Idee beschlossene Sache.

Schritte auf Holzbrettern beendeten das Gespräch, und Kat rollte sich auf den Bauch, das Gewehr hoch und ruhig in ihren Händen. Mehrere Gestalten bewegten sich langsam im Mondlicht. Als der Anführer in Sicht kam und Kat sah, hob er die Hände.

In diesem Moment schossen ihr einige Gedanken durch den Kopf. Der erste kam mit Erleichterung: Kat hatte noch nie eine Drohne gesehen, egal wie menschenähnlich, die sich ergab. Der zweite blitzte Wiedererkennung aus Videoanrufen in Chicago auf, der wiederbelebte Anführer der Paragons, der von seinem fleckigen, grauhaarigen Gesicht aus Befehle erteilte. Und der dritte?

Sie hatten gewonnen.

»Hallo«, sagte Aegis, als Kat das Gewehr fallen ließ und der Champion Wexley in seinem Sandgefängnis erblickte. »Wer seid ihr?«

Dem Sieger bleiben die Komplikationen. Trotz all ihrer Arbeit, Wexley zu fangen, fanden sich Kat und Calvin schnell an den Rand gedrängt, als sich Champions und andere

Würdenträger am Strand versammelten. Auf Aegis' Anweisung hin befreite Calvin Wexley, nur damit dem Mann von einem allzu ernsten Zhan-Yo Betäubungshandschellen angelegt wurden.

»Es tut mir leid, mein Freund«, sagte der Revolutionär, als er die Handschellen um Wexleys Handgelenke schloss. »Es hätte nicht so weit kommen sollen.«

»Ich habe die Welt erschaffen, die du wolltest«, erwiderte Wexley, »und dann hast du sie in Stücke gerissen.«

»Du hast die Welt erschaffen, die *du* wolltest«, entgegnete Zhan-Yo, während die anderen entweder zusahen oder beiseite traten und über ihre Tamas laufende Details regelten.

Eine kleine, fliegende Drohne mit einem angebrachten Tablett schwirrte in die Nähe von Calvin und Kat herab. Warme, mit Kaffee gefüllte Tassen zierten ihre Metallhalterungen.

»Möchtet ihr etwas?«, ertönte eine überaus angenehme Stimme, die Kat aus Tracker-Nachrichten und Besprechungen wiedererkannte.

»Reeves?«, fragte Kat. »Ich dachte, Ziran hätte dich gelöscht.«

»Ein Fehler im System, fürchte ich. Sie haben es versucht, sind aber gescheitert.«

»Und das hat sie teuer zu stehen gekommen«, sagte Mynx, die herüberkam und sich die einzige Tasse von der Drohne nahm, die mit Tee gefüllt war. Die Championesse trug etwas, das aussah wie Sportkleidung, die sie aus ihrem Schrank geholt hatte. »Rate mal, wer Aegis die Daten über die Lieferungen gegeben hat, die er ständig überfallen hat?«

Kats Blick wanderte zwischen der Championesse und der Drohne hin und her. »Äh, Reeves?«

»Genau.« Mynx lächelte. »Von all den Maschinen, die ich gebaut habe, ist er, glaube ich, meine beste Schöpfung.«

Calvin hob eine Augenbraue, Kat nickte nur. Als das Nach-Kampf-Adrenalin nachließ, merkte Kat, dass ihr die

Kraft fehlte, um mitzuhalten. Dies waren Machtakteure, die versuchten, zum zweiten Mal innerhalb von Monaten eine neue Welt zu erschaffen. Thane, Aegis und Apinya, jetzt verstärkt durch Mynx und Zhan-Yo, debattierten über globale Strukturen, ihre Tamas leuchteten mit zugeschalteten Anrufern aus der ganzen Welt. Gipfeltreffen würden organisiert, Regierungen aufgebaut werden.

Kat beobachtete die Unterhaltung mit langen Lidschlägen, die Wellen hinter den Gesprächen wirkten einladend.

»Hey«, sagte Calvin und tippte Kat auf die Schulter. »Ich weiß nicht, wie's dir geht, aber ich denke, wir werden hier nicht gebraucht.«

Kat lächelte. »Du glaubst nicht, dass wir wichtig sind?«

»Oh, wir sind verdammt wichtig. Zu wichtig für solchen Mist«, erwiderte Calvin. »Wie wär's, wenn wir diese Typen die Details regeln lassen und du und ich uns ein gutes Frühstück gönnen?«

»Ein gutes Frühstück? Kennst du hier einen Ort?«

»Kat, vertrau mir.«

Es stellte sich heraus, dass Calvin tatsächlich einen Ort kannte. Es stellte sich auch heraus, dass er den Ort kannte, weil es während eines langen Aufenthalts, den Calvin in seiner Jugend in der Stadt verbracht hatte, ein häufiges Versteck gewesen war. Er hatte Schichten in dem geschäftigen, halluzinogenen Hollywood-inspirierten Frühstückslokal zwischen unabhängigen Streifzügen durch die härteren Enklaven von LA zusammengeschustert.

In den frühen Morgenstunden, nach einer Fahrt mit einer Kapsel von einer Fabrik, die von Notfallpersonal, Paragonen und Nachrichtenteams wimmelte, fand sich Kat vor einem Pfannkuchen-Stapel wieder, der vor Butter triefte. Eier und im Labor gezüchteter Speck auf einer Seite. Calvin hatte das Gleiche, Messer und Gabel schon in Aktion.

Ein Fernseher lief für die meist voll besetzten Nischen, Nachtschichtler in der Pause und Herumtreiber, die billige

Mahlzeiten zu sich nahmen. Übermüdete Nachrichtensprecher mit verschmiertem Make-up und schiefen Krawatten lieferten einen fassungslosen Bericht nach dem anderen. Aufnahmen aus der ganzen Welt zogen Kats Blick immer wieder auf den Bildschirm, wo Anomalien und Normale um funktionsunfähige Drohnen herumtanzten. Champions auf anderen Kontinenten hielten feierliche Reden über bessere Zukünfte.

Und, am besten und schlimmsten zugleich, strömten Familien wieder zusammen, als Angehörige aus Zirans Gefängnislabor im Norden auftauchten. Busse brachten mit jeder Fahrt Wiedervereinigungen. Adriana kam mit dem ersten Bus an und gesellte sich zu Wexley in einem besonders gesicherten Gefängnis, das, wie Mynx einer Kamera versprach, trotz Zhan-Yos kürzlichem Ausbruch das Paar problemlos festhalten würde.

»Hey.« Calvin hatte den Mund voller Pfannkuchen, er sah aus wie ein albernes Eichhörnchen, seine Worte kamen matschig heraus. »Du solltest das besser essen, bevor es kalt wird.«

Oh ja, Frühstück. Kat blinzelte, nickte, nahm Gabel und Messer zur Hand.

Der erste Bissen schmeckte verdammt gut.

KAPITEL 31
VERBRECHER

RHIMES BEOBACHTETE die Paragons auf der anderen Seite der Lobby. Die beiden sahen mitgenommen und müde aus, zur offiziellen Pflicht gedrängt, als die Paragons reflexartig die Kontrolle über die Welt übernahmen. Details würden, so hieß es in den Nachrichten, zwischen den Fraktionen ausgearbeitet, und die Zukunft würde etwas anders aussehen. Vorerst jedoch ersetzten die Anomalien die Drohnen und kehrten zum üblichen Ablauf zurück.

Der Soldat zog seinen Mantel enger um sich und hielt die Krempe seiner Baseballkappe tief ins Gesicht gezogen. Er blickte in Richtung des Flurs und der dahinter liegenden Aufzüge. Menschen strömten ein und aus, das Hauptkrankenhaus von Chicago war kein ruhiger Ort.

Rhimes nahm seinen Kaffee vom magenta-versiegelten Holzbeistelltisch und stand langsam auf, wie man es oft an Orten sieht, an denen die Zeit der Menschen nicht ganz ihre eigene ist. Seine Bewegung machte ihm seine leeren Taschen bewusst, seine Handgelenke streiften die losen Schlaufen an seinen Ärmeln. Heute keine Messer oder Waffen hier. In Rhimes' linker Hand hielt er einen kleinen Blumenstrauß, gelbe und weiße Blumen, die einen hellen Frühlingsglanz verbreiteten.

An den Aufzügen gesellte er sich zu einer Ärztin, die in ihr Tama vertieft war, und einer weiteren besorgt aussehenden Familie. Er drückte für jeden die Knöpfe und stieg als Erster in einer chirurgischen Aufwachstation aus. Hier dominierten medizinische Drohnen, die lebende Krankenschwestern und Ärzte unterstützten. Sie trotteten wie verzerrte Familien umher und folgten einander von einem Patientenzimmer zum nächsten.

»Kann ich Ihnen helfen?«, fragte eine Empfangsdame hinter einem Walnuss-Schreibtisch, Computermonitore taten ihr Bestes, um ihren Kopf zu verbergen. Es gelang ihr, ihre Augen darüber hinweg zu strecken, auf der Suche nach Rhimes' Besucherausweis aus Plastik, bis sie ihn fand.

»Regina Porter«, sagte Rhimes.

»Familie?«

»Freund.« Rhimes hob die Blumen. »Ich bringe nur diese vorbei.«

Die Empfangsdame lächelte und sagte Rhimes, es sei Zimmer sieben. Der Soldat nickte und ging weiter. Handdesinfektionsmittel vermischte sich mit dem Geruch von Cafeteria-Frühstück zu einem elenden anästhetischen Duft, während ein Dutzend verschiedener Shows, Filme und Lieder zu einem eklektischen Klanggegensatz verschmolzen. All das gepaart mit vorbeiziehenden Smalltalks und den roboterhaften Vorschlägen der Drohnen, die durch ihre Algorithmen rumpelten.

Fast so geschäftig wie Ziran in den Tagen nach Wexleys Übernahme gewesen war. Jeder rannte herum und übernahm zusätzliche Aufgaben, berauscht von einer Welt, die ihnen in die Hände gefallen war. Es war aufregend gewesen, es war hoffnungsvoll gewesen, aber selbst damals schien niemand zu wissen, was als Nächstes passieren würde. Wie der Hund, der das sprichwörtliche Auto fängt, hatte Ziran sein Ziel erreicht und keine Ahnung, was es damit anfangen sollte.

Jetzt würde das Unternehmen nichts mehr haben. Rhimes kannte nicht alle Einzelheiten, aber Zhan-Yo ließ ab und zu eine Zeile oder zwei fallen. Ziran würde die neu verhandelte Landschaft nicht überleben, ein Schachzug, der sowohl weitere blutige Aufstände entmutigen als auch die Tamas aus der privaten Sphäre in die öffentliche bringen sollte.

Kommunikation war offenbar zu wertvoll, um sie einem einzigen Unternehmen zu überlassen.

Zimmer sieben hatte einen guten Ausblick auf einen Park. Der regnerische Tag tauchte alles im Inneren in einen leicht blauen Schimmer, der sich bis zum Krankenhausbett und der darin liegenden Frau im Krankenhaushemd erstreckte. Regina Porter hatte ihre Augen geschlossen. Ein angeschlossener Monitor zeigte durchweg Grün. Erfolgreiche Operation zur Entfernung der Kugel, ein wenig Anomalie-beschleunigte Heilung, und Rhimes schätzte, dass sie in ein oder zwei Tagen entlassen werden würde.

Er stellte die kleine Vase mit den Blumen auf die Fensterbank. Zog eine winzige Karte aus seiner Tasche und steckte sie zwischen die geschnittenen grünen Stängel. Es war amüsant gewesen, das Ding handschriftlich zu verfassen. Einen Stift in die Hand zu nehmen, kam so selten vor, aber es war gut gewesen, diese Kurven zu ziehen, ihn persönlich mit den Worten zu verbinden.

Er hatte keine Unterschrift hinterlassen, aber Regina wäre schlau genug, es herauszufinden.

Immerhin, wie viele Leben hatte sie gerettet? Konnten nicht so viele sein, oder?

Rhimes verließ das Zimmer und bog nach links ab, weiter weg von den Aufzügen und dem Ausgang. Am anderen Ende der Station saß ein weiterer Paragon auf einem Stuhl vor Zimmer zwölf. Als Rhimes in diese Richtung ging, passierten eine Krankenschwester, eine medizinische Drohne und zwei Ärzte den Paragon und gingen in das Zimmer. Die Anomalie stand auf und folgte.

Genau nach Zeitplan.

Zu Rhimes' Rechter lockte ein Feueralarm als Möglichkeit, aber er ignorierte ihn. Er hatte Wexley nicht den Tisch umgeworfen, um wieder zufällige Menschen zu verletzen, und zu viele auf dieser Station könnten ernsthafte Aufmerksamkeit benötigen, um eine Panik zu rechtfertigen. Und Regina sah so verdammt friedlich auf dieser Liege aus.

Stattdessen ging er weiter, bis er an Zimmer zwölf vorbeikam und das Gespräch auffing. Rhimes postierte sich draußen und tat so, als würde er sein Tama lesen. Seinen Kaffee trinken.

Brielle war, anders als Regina, hellwach. Die Ärzte gingen ihre Behandlung durch, wie sie Reha brauchen würde, wie sie aufgrund der Organe, die die Kugel gestreift hatte, einige bedeutende Nachsorge benötigen würde. Der Paragon sprach dann über die Ärzte hinweg und sagte, Brielle würde genug Behandlung bekommen, um zu überleben, aber sie würde nicht länger hier bleiben.

Auch das hatte Zhan-Yo Rhimes zugeworfen. Aegis und die anderen Champions waren entschlossen, gegen Zirans eifrigere Kämpfer vorzugehen. Diejenigen, die töteten, Anomalien jagten, würden für ihre Taten zur Rechenschaft gezogen, vor Gericht gestellt und verurteilt werden. Rhimes selbst würde dank seiner Bemühungen einen Aufschub bekommen, aber das galt für niemand anderen.

Galt auch nicht für Zhan-Yo, aber als Rhimes den Mann fragte, welchen Zug er machen würde, ignorierte Z die Frage. War komplett vom Radar verschwunden.

Einer, der das nicht getan hatte?

Gordon Holyoak hatte sich als guter Mann und noch besserer Fährtenleser erwiesen. Er hatte Rhimes geholfen, sich in diesem gesichtslosen weißen Haus wieder einzurichten, sich für Rhimes' Befreiung eingesetzt, und als Rhimes vor zwei Tagen darum bat, hatte Gordon Brielles Informationen gefunden und Rhimes über das Entlassungsdatum und die Uhrzeit informiert.

Gordon hatte Rhimes gefragt, wie so viele andere auch, warum er sich gegen Wexley gewandt hatte. Was der letzte Tropfen gewesen sei, und Rhimes hatte keine richtige Antwort. Es war nicht so sehr ein einzelner Moment als vielmehr eine allmähliche Flut, das Wegspülen von Idealen durch Hass, Verzweiflung und Macht. Einige, wie Brielle, waren in diesen Sturm geraten. Nicht, dass sie keine Verantwortung trug, aber sie hatte Talent, sie hatte Potenzial.

Und verdammt, Rhimes hatte sie in Ziran gebracht. Er schuldete ihr einen Ausweg.

Die Ärzte, die Drohne und die Krankenschwester verließen den Raum. Der Paragon folgte ihnen und unterhielt sich weiter mit dem medizinischen Personal. Sie besprachen die Einzelheiten der Verlegung und alles Notwendige, um zu verhindern, dass Brielle auf dem Weg zusammenbrach. Sie bewegten sich den Flur entlang, nicht zu weit, aber der Paragon hatte dem Zimmer den Rücken zugewandt.

Rhimes nutzte die Gelegenheit und schlüpfte hinein. In seinem Kopf startete er eine Uhr.

Brielle, erschöpft und blass, starrte aus dem Fenster. Anders als in Reginas Zimmer blickte Brielles Fenster auf eine mit Pods bedeckte Autobahn. In der Ferne kamen und gingen Flugzeuge vom Flughafen in einer staccatoartigen Linie.

»Was hast du vergessen?«, fragte Brielle, ohne sich umzudrehen.

»Dich«, sagte Rhimes mit leiser Stimme.

Brielle wandte ihr Gesicht zu ihm, die Augenbrauen hochgezogen. Rhimes ignorierte sie für einen Moment und machte eine schnelle Bestandsaufnahme. Ein Infusionsbeutel und ein Monitor hatten ihre Haken in Brielles linkem Arm. Ihr rechter Arm hatte eine Manschette, die Brielle ans Bett fesselte. Keine einfache Extraktion.

»Warum bist du hier?«, fragte Brielle, »und wenn du noch einmal 'dich' sagst, rufe ich die Krankenschwester.«

»Du hast nicht verdient, was hier mit dir passiert.«

»Bist du dir sicher?« Brielle verzog die Lippe. »Wir alle wussten, was wir taten. Für die Sache, für das Geld, aber wir waren nicht dumm. Du kannst mich nicht vor den Entscheidungen retten, die ich getroffen habe. Die Entscheidungen, die du getroffen hast.«

»Ich habe das Gefühl, ich habe dich im Stich gelassen.«

»Oh, das hast du. Du bist ein Verräter, Rhimes. Das wird sich nicht ändern, egal was du jetzt tust.«

Rhimes nickte. Er hatte sich gesagt, dass es zwei Möglichkeiten geben würde. Entweder würde Brielle die Chance zur Flucht ergreifen, sie würden zusammenarbeiten und einen verzweifelten Fluchtversuch unternehmen. Oder sie würde das hier tun. Ihr Schicksal akzeptieren, Rhimes eine bittere Pille zu schlucken geben, und das wär's gewesen.

Außer.

»Haben sie dir gesagt, was sie mit dir vorhaben?«, fragte Rhimes.

Brielle schüttelte den Kopf. »Mich hier rausholen. Das ist alles. Was danach kommt, weiß ich nicht.«

»Ich schon«, Rhimes kam ans Bett und setzte sich auf den Stuhl daneben. Seine laufende Uhr hatte die Marke bereits überschritten. Der Paragon würde jeden Moment zurück sein, eine Flucht war nicht möglich. »Die Welt braucht keine weiteren Hinrichtungen. Es ist kein guter Anfang, also werden sie jeden, den sie können, wegschicken. Sie aus dem Verkehr ziehen und vergessen machen.«

»Wohin schicken sie uns?«, fragte Brielle. »Nach Antarktika?«

»Fast.« Rhimes hob seinen Tama, wischte darüber, um ein Bild aufzurufen, einen Ort. »Mynx, die Heldin-«

»Ich weiß, wer Mynx ist.«

»Sie hat diese Insel. Anscheinend wurden dort früher

Anomalien untergebracht, mit denen die Paragons nichts anzufangen wussten, und jetzt werden wir dorthin gebracht.«

»Wir?«

Bis er die Worte aussprach, hatte Rhimes nicht geplant, sich selbst in die Gruppe einzubeziehen, aber es ergab Sinn. Er war ein Soldat, er hatte seine Kriege gekämpft. Keine Familie, zu der er zurückkehren konnte, außer der, mit der er seit Jahren zusammengearbeitet hatte.

Außerdem klang es nicht schlecht, nach so vielen Chicagoer Wintern die Zehen in die warme Brandung zu tauchen.

»Wexley, Zhan-Yo«, sagte Rhimes. »Alle Ziran-Spieler, alle Verschwörer, und mehr als ein paar Elementals auch. Sie wischen uns von der Tafel.«

»Und stecken uns zusammen? Auf einer Insel?« Brielle schüttelte den Kopf. »Wir werden uns gegenseitig umbringen.«

»Vielleicht. Oder vielleicht werden wir es besser machen als je zuvor hier.«

Der Paragon kam neugierig herein, zu neu, um jemandem in diesem Haus der Heilung böse Absichten zu unterstellen. Rhimes winkte und sagte, er würde mit Brielle mitgehen. Als der Paragon erwähnte, sie sei eine Verbrecherin, zuckte Rhimes mit den Schultern und sagte, er sei es auch.

Das Boot, das sie zur Insel brachte, sah aus wie eine Festung. Paragons und Mathieus Kommandos bedeckten jeden freien Meter, während die Gefangenen sich in einem abgeschlossenen Bereich in der Mitte aufhielten. Rhimes, dessen Augen von einem breitkrempigen Hut beschattet wurden, beobachtete die Wellen, während das Boot dahintuckerte. Es würden weitere folgen, wenn die neuen Regierungen Kriminelle zusammentrieben und entschieden, ob sie sie hinrichten oder auf die Insel schicken sollten.

Als Justizsystem betrachtet, fand Rhimes es etwas barbarisch, einen ganzen Haufen Leute, von denen viele vielleicht Familien hatten, ohne Chance auf Rückkehr auf einer Insel auszusetzen. Andererseits würden sie weder in Zellen verrotten noch vor einem Erschießungskommando stehen. Er drehte sich um und blickte auf die Leute, die sein Schicksal teilten. Die meisten hatten diesen verhärteten Blick, der mit Jahren im Krieg einherging. Einige starrten auf die leeren Stellen an ihren Handgelenken, wo einst Tamas gelegen hatten.

Wexley saß mit Adriana in seiner eigenen Ecke. Ihre Hände lagen aufeinander, die einstigen Führungspersönlichkeiten der Welt nun genauso wie alle anderen. Wexley trug immer noch diese dunkle Sonnenbrille, und als er Rhimes hinter diesen Gläsern bemerkte, nickte Zirans ehemaliger CEO dem Soldaten leicht zu. Rhimes erwiderte die Geste.

Er verstand, wie alle anderen auf dem Boot auch, dass ein Leben auf der Insel einen Neuanfang bedeutete. Frühere Groll würde nur dazu dienen, dass Menschen getötet würden. Eine Idee, die leicht zu sagen, aber schwer festzuhalten war. Wer wusste schon, wie lange der Frieden anhalten würde?

Der andere Mann, allein und Rhimes gegenüber, würde zweifellos darum kämpfen, ihn so lange wie möglich aufrechtzuerhalten. Zhan-Yo teilte Rhimes' Blick über die Wellen. Anstelle von Wexleys nachdenklichem, geradem Starren trugen Zhan-Yos Falten jedoch ein kleines Lächeln zwischen sich.

An diesem Morgen hatten zum ersten Mal seit so vielen Jahrzehnten die ersten Wahlen auf dem Globus begonnen. Führungspersönlichkeiten, Anomalien und Normale gleichermaßen, würden sich an der Macht finden, nicht wegen ihrer Stärke, sondern wegen der Freiheit.

»Ist es das, was du wolltest?«, Brielle, die sich mit einem Stock fortbewegte, während ihre Genesung andauerte, trat neben Rhimes.

»Ich wusste es bis jetzt nicht«, antwortete Rhimes. »Aber es könnte durchaus sein.«

KAPITEL 32
NEUE PLÄNE, ALTE HEIMAT

DIE KAPSEL BOG in eine Straße ein, die zugleich vertraut und fremd war. Die Häuser ähnelten sich, aber die Farben hatten sich verändert. Neue Bäume wuchsen auf Rasen, die mit neuem Spielzeug übersät waren. Kinder, weit entfernt von ihrer eigenen Zeit, genossen den Morgensonnenschein. Cassidy lehnte sich im Sitz zurück und versuchte, nicht daran zu denken, wie schnell ihr Herz schlug.

»Nervös?«, sagte Thane, der fit und gut aussehend neben ihr saß.

Das haarfeine Haar des Anomalus war zu einem dichten Weiß geworden, die Falten und Flecken auf seiner Haut waren zurückgegangen oder unter einem gesunden Glanz verschwunden. Milas Wirkung, wie er sagte.

Dass Thane überhaupt dort saß, kam als Überraschung. Nachdem Cassidy ihre Leere in den Fabrikboden gelenkt hatte und ein Loch unter dem tobenden Anomalus gerissen hatte, erwartete sie, den Mann nie wieder zu sehen. Er würde entweder im Gestein gefangen sein oder etwas anderes in den Tiefen der Fabrik würde ihn töten. Solange sie nicht die endgültige Entscheidung treffen musste.

Sie hatten ihre Meinungsverschiedenheiten gehabt, sie

und Thane, aber ohne seinen endlosen Ehrgeiz wäre sie immer noch auf dieser Insel gefangen.

Nachdem sie Thane im Dreck zurückgelassen hatte, war Cassidy bei Celice und den anderen Kommandos geblieben, während sie das Kontrollzentrum der Fabrik übernahmen. Mathieu, derjenige, der Celice von Thanes mörderischem Vormarsch weggezogen hatte, arbeitete mit Aegis' Tochter an einigen Computerzaubereien, um die verbliebenen Verteidigungsanlagen der Fabrik zu deaktivieren. Von dort aus gaben sie einen Haltebefehl an Zirans menschliche Streitkräfte aus und blockierten alle Versuche, die deaktivierten Drohnen wieder zu aktivieren.

Cassidy stand im hinteren Teil des Raumes und behielt ein halbes Dutzend Ziran-Techniker im Auge, die in eine Ecke gedrängt worden waren. Nach all dem Chaos des Tages fühlte es sich wie eine nette Pause an, eine Gruppe verängstigter Menschen zu bewachen, eine Chance, durchzuatmen.

Dann kam Thane aus diesem Loch zurückgekrochen, gefolgt von Aegis, Mynx und Mila. Der neue Thane, zurück zu seiner vernünftigen Größe. Er hatte Cassidy einen dankbaren Blick zugeworfen, bevor die Gruppe weiterging: Jemand berichtete auf dem Tamas, dass Wexley gefunden und am Strand festgenommen worden war.

Duschen, warme Mahlzeiten, die Möglichkeit, Kleidung zu wechseln. Die Zivilisation kam fast zu schnell zurück. Cassidy fand sich im Paragon-Turm in LA untergebracht, einem großen Gebäude mit mehr als genug Zimmern aufgrund von, nun ja, dem Offensichtlichen. Cassidy verbrachte den nächsten Tag damit, sich zusammenzureißen und endlich mit denen in Kontakt zu treten, die sie am dringendsten sehen musste.

Thane fand sie an diesem Morgen, als Cassidy, mit einem einfachen Paragon-Rucksack beladen mit ihren wenigen Besitztümern, aufbrach, um einen schnellen Flug dank eines neuen, von Paragon ausgestellten Spesenkontos zu erwischen.

Die Rettung der Welt hatte ihre Vorteile.

»Du gehst nicht«, sagte Thane kurz vor der Tür.

»Ich gehe nach Hause«, erwiderte Cassidy und winkte dem ganzen Trubel im Turm zu. »Ich habe meinen Teil gespielt. Das ist jetzt alles dein Spiel.«

»Nein. Ist es nicht.«

Die Kapsel hielt an und Cassidy ging nach draußen, Thane folgte ihr. Als sie die Tür öffnete, ging Thane zur gegenüberliegenden Seite und öffnete seine.

»Ich warte«, sagte Cassidy, als sie sich setzte, Thane tat es ihr gleich.

Die Türen schlossen sich, die Kapsel surrte davon.

»Auf der Insel hatte ich so viele Ideen für die Welt«, sagte Thane. »So viele Möglichkeiten, wie ich sie besser machen könnte, wenn ich nur das Sagen hätte. Ich könnte die Drohnen verbessern, ich könnte die Menschen dazu bringen, mich zu lieben.« Cassidy verdrehte die Augen. Thane kicherte, ein seltsamer Klang, als ob der Mann nicht ganz daran gewöhnt wäre, ihn zu machen. »Siehst du? Das, genau das, hat mich früher so wütend gemacht.«

»Weil ich denke, dass du lächerlich bist?«

»Ich war es. Ich bin es. Und ich habe es erst in Bangkok erkannt. Als Ziran meine Idee aufgriff und damit davonlief.«

»Du sagst, du wolltest ein genozidaler Herrscher sein?«

»In meinem Kopf, nein. In der Realität wäre ich das vielleicht geworden.« Thane zeigte nach draußen auf vorbeiziehende Gebäude, Menschen, die zu Cafés gingen, in Büros traten. »Siehst du, wie wenig sich verändert hat? In einer Nacht hat sich die ganze Weltordnung verschoben, aber für die meisten Menschen ist es etwas, das sie kaum bemerken werden. Solange sie in der Lage sind, ihre Träume, ihre Wünsche zu verfolgen-«

»Moment mal«, sagte Cassidy. »Es ist eine lange Reise bis

zu meinem Ziel, aber so lang auch wieder nicht. Thane, du bist mit mir in diese Kapsel gestiegen. Warum?«

Thane überlegte und Cassidy wartete darauf, dass der Körper des Mannes verkümmerte, dass er schrumpfte, während sein Gehirn in den Galaxiemodus überging. Die Kapsel hatte keinen Stock, keinen Rollator, den der Mann benutzen konnte, also hoffte sie, dass er nicht so weit in ein Kaninchenloch fallen würde, dass sie ihn hinaustragen müsste.

»Ich habe so viel Zeit mit dem großen Ganzen verbracht, sowohl in einer Zelle, auf dieser Insel als auch in Apinyas Lager«, sagte Thane, »und wenn ich Wexley sehe, denke ich, dass ich etwas Wichtigeres übersehen habe.«

»Wie zum Beispiel?«

»Mila hat mir mehr Zeit gegeben, als ich erwartet hatte«, antwortete Thane. »Ich würde sie lieber mit dir verbringen, als mit diesen alten Paragons darüber zu streiten, wer Sibirien regieren darf.«

»Ich *wäre* mehr Spaß als das.« Cassidy verschränkte die Arme. »Aber wer sagt, dass ich dich dabei haben will? Du hast mich in dieses Labor geschickt. Ich wäre getestet, an mir experimentiert worden.«

Thane kratzte sich am Kopf. »Ein Schachzug. Ich sagte den anderen, dass du Apinya retten würdest. Ehrlich gesagt dachte ich, es würde zu lange dauern, bis etwas passiert. Ich wollte dich entfernen, vom Spielfeld nehmen. In Sicherheit bringen.«

»Sicherheit? Du denkst, dieser Ort war sicher?«

»Sicherer als ein Angriff auf die Fabrik? Ja«, antwortete Thane. Die Kapsel schwenkte auf die Autobahn ein, jetzt nur noch eine kurze Fahrt zum Flughafen. »Ziran wollte die Anomalien dort nicht töten. Ich dachte, wir würden innerhalb eines Tages Erfolg haben, lange bevor dir etwas Schlimmes zustoßen würde.«

»Oder du hättest mir sagen können, dass ich mich fernhalten soll.«

Jetzt lächelte Thane. »Aber das hättest du nicht getan.«

Nein, das hätte sie nicht.

Sie kamen an einem leuchtend gelben Haus an. Es hatte dieselbe Farbe wie an jenem Morgen, als Cassidy es zum letzten Mal verlassen hatte. Ein gepflegter Rasen, ein Birnbaum in der Mitte. Das Sonnenlicht blendete auf der cremefarbenen Auffahrt, die zu einer autolosen Garage führte, die offen stand und mit Kisten gefüllt war. Cassidy las die Beschriftungen, während sie hinaufging, Thane hinter ihr.

»Meine Sachen«, sagte Cassidy und fuhr mit den Fingern über den Karton. »Er hat alles eingepackt.«

»Viele Kisten.«

»Nicht nur meine. Die Spielsachen unserer Kinder, ihre alten Kleider. Alles aus unserem gemeinsamen Leben steht hier draußen.«

»Nicht weggeworfen.«

»Vielleicht konnte er nicht so weit gehen.« Cassidy überlegte. »Oder vielleicht dachte er, ich würde zurückkommen, und wollte nicht, dass ich so wütend bin.«

»Bist du es?«

»Nach all dieser Zeit?« Cassidy seufzte. »Ja, und auch nein. Wenn das einen Sinn ergibt.«

»Ich kann das verstehen«, erwiderte Thane, und Cassidy nahm an, dass er das wahrscheinlich konnte.

Die Haustür öffnete sich. Jemand, ein junger Mann, der nur ihr Sohn sein konnte, nannte ihren Namen. Ihren echten Namen.

Mama.

»Bereit?«, fragte Thane und legte eine Hand auf ihre Schulter.

»Weißt du, ich glaube, ich bin dafür bereiter als für alles andere in meinem Leben.«

KAPITEL 33

DIE ZEIT

AUSNAHMSWEISE SPIELTE Aegis keine Rolle in der Revolution. Er hatte sie zwar zusammen mit allen anderen an jenem Abend am Strand in Gang gesetzt, aber abgesehen von ein paar hoffnungsvollen Bemerkungen gegenüber verwirrten Medien hielt sich Aegis aus dem Rampenlicht heraus. Er schloss wichtige Geschäfte im Verborgenen ab, darunter auch solche, die Zhan-Yo, Wexley und ihre Mitstreiter auf Mynx' Insel schickten, und als es darum ging, Namen für eine neue Führung vorzuschlagen, hatte Aegis nur einen einzigen parat.

Celice.

»Deine eigene Tochter hat dich abblitzen lassen«, sagte Mynx, als sie sich zu Aegis auf ihrer weitläufigen Terrasse gesellte. Tee und Kaffee, Brötchen und Eier schwebten dank einiger kleiner Drohnen hinter ihr her. »Wie fühlt sich das an?«

»Ganz gut.« Aegis rückte seine Mütze zurecht, um sich vor der Sonne zu schützen. »Wenn sie ihre eigene Schattenshow leiten will, ist das ihre Entscheidung.«

»Dieser Mathieu ist ein schlechter Einfluss«, sagte Mynx,

aber der Schalk in ihrer Stimme nahm den Worten ihre Schärfe.

»Weißt du, er ist der Erste, der nicht davongelaufen ist, nachdem er mich kennengelernt hat. Das muss doch was heißen.«

Mynx ließ sich mit einem zufriedenen Seufzen neben Aegis in einen Stuhl sinken. Gemeinsam genossen sie einen Moment lang die Wellen und die Brise.

»Reeves meint, es wird ein paar Monate dauern, aber bis zum Ende des Sommers haben wir die Fabrik komplett umgestellt. Gerade rechtzeitig, um richtig Spaß zu haben.«

»Uns die Hände schmutzig machen?«

»Mit echtem Dreck, ja. Ist es nicht das, was du wolltest?«

»Nicht nur ich.« Aegis bewegte seine Finger. »Ich glaube, du hast gesagt, du hättest es satt, Schläge einzustecken?«

Von der Produktion von Gladiatoren zur Erschaffung von Handwerkern, Drohnen, die dafür konzipiert waren, Seite an Seite mit Zimmerleuten, Bauern und Fabrikarbeitern zu arbeiten, um aufzubauen, zu erhalten und zu unterstützen. Mynx wollte ihre Fabrik nicht verschrotten, also war das die nächstbeste Lösung. Sie und Aegis würden mit der ersten Welle aufbrechen und sich in die am stärksten betroffenen Gebiete begeben, um beim Wiederaufbau zu helfen.

Zhan-Yo hatte diese Idee gehabt und sie als etwas vorgeschlagen, das er so oft gesehen hatte, als er Ziran leitete und dessen Wohltätigkeitsorganisationen vorantrieb. Etwas, wofür der ehemalige CEO nie Zeit gehabt hatte, etwas, das die alten Champions vielleicht genießen könnten.

Mynx nickte: »Wenn man so lange in einer Röhre steckt, fängt man an zu denken, dass es vielleicht ganz nett wäre, mal etwas mehr rauszukommen. Die Welt zu sehen, ohne das Gefühl zu haben, man wäre für sie verantwortlich.«

»Ich bin mir nicht sicher, ob ich das je schaffen werde.«

Ein Held zu sein, an vorderster Front zu stehen, das war so

lange Aegis' ganze Identität gewesen. Er konnte es jetzt spüren, den Druck, der ihn drängte, vom Stuhl aufzustehen, sein Tama zu benutzen, um sich in die Datenbank des Paragons einzuloggen, zu sehen, welche Katastrophen es auf dem Planeten gab und wie man am besten damit umgehen konnte. Welche neuen Anomalien und gewöhnlichen Schurken es zu bekämpfen galt, welche Sturm- und Erdbebenopfer Hilfe brauchten.

Er hatte es tatsächlich versucht, bevor Mynx vor einer Minute herauskam. Hatte seinen Finger auf den kleinen Scanner des Tamas gedrückt und war abgewiesen worden. Hatte dessen Kamera sein Gesicht scannen lassen, nur um die gleiche rote Ablehnung zu erhalten.

Celice, die ihr Versprechen einhielt.

Aegis war draußen. Mynx war draußen. Alle alten Champions wurden vertrieben, um Platz für eine neue Gruppe zu machen, sowohl Anomalien als auch Normale, gepaart mit regional gewählten Amtsträgern. Eine massive Umstrukturierung, die sich über Wochen, Monate, Jahre erstrecken würde.

»Ich denke, es wird funktionieren«, sagte Mynx und erriet Aegis' Gedanken. »Besser als das, was wir gemacht haben, jedenfalls.«

»Waren wir so schlecht?«

»Wir haben uns vorgenommen, das zu tun, was wir für das Beste hielten, und wir haben es getan«, Mynx lächelte schief, »Das gab uns mehr Selbstvertrauen, als wir verdient hatten.«

»Wir haben mehr als zwanzig Jahre Frieden erkauft.«

Mynx nickte: »Jedes einzelne dieser Jahre war ein verzweifelter Kampf, um das zu erhalten, was wir geschaffen hatten. Es ist Zeit, sie etwas Neues versuchen zu lassen.« Eine Welle brach sich, Gischt flog auf und fing das Sonnenlicht in einem Mikro-Regenbogen ein. Mynx legte ihre Gabel beiseite und sah zu Aegis hinüber. »Hast du schon mal Surfen probiert?«

»Nie die Zeit dafür gehabt.«

»Rate mal was, alter Mann? Jetzt hast du sie.«

KAPITEL 34
RUHESTAND

VERGEBUNG FIEL IM SIEG LEICHTER. An diesem Strand bat Zhan-Yo um etwas, das er nicht verdiente: eine Chance auf ein anderes, besseres Leben. Er hatte den Weg für Wexley, für Ziran geebnet. Er hatte Bomben in einem überfüllten Stadion gezündet, um einen Punkt zu machen. Nach jeder vernünftigen Maßgabe hätte der Revolutionär irgendwo im Dunkeln, Feuchten und Morschen verrotten sollen.

Stattdessen bat er um Erlösung.

»Es wird keine weitere Chance geben, die Welt so neu zu gestalten, wie wir es jetzt gerade können«, sagte Zhan-Yo in dieser Nacht am Strand. »Wir haben die Zivilisation in den letzten Monaten von einer Seite zur anderen gepeitscht, und es ist an der Zeit, sie sich auf dem besseren Weg einpendeln zu lassen.«

Aegis, Thane, Mynx, Mila, Apinya, Celice und Mathieu beobachteten ihn, während das Tama-Leuchten sich mit dem Sternenlicht vermischte. Die Fährtenleserin und ihr Freund saßen am Strand neben Wexley, entweder gleichgültig oder zu erschöpft, um teilzunehmen. Die Leere-beschwörende Anomalie, diejenige, die Thane in Zirans Gefängnis geschickt hatte, stand abseits und blickte auf die Wellen.

Nicht, dass jede Stimme sich äußern musste. Es war besser, es jetzt klein zu halten, wenn alles sich so zerbrechlich anfühlte.

»Und was ist dieser Weg?«, fragte Apinya, obwohl es mehr nach einer Aufforderung als nach einer Frage klang.

Aegis verschränkte die Arme, Mynx funkelte in Zhan-Yos Richtung. Die anderen schwankten zwischen neugierig und vorsichtig. Sie ahnten, wenn nicht sogar wussten, was Zhan-Yo sagen würde.

Er sagte trotzdem alles. Er legte die Idee dar, mit der er schon so lange lebte, seit damals in Chicago, die er Aegis und den Paragons ohne all das Blutvergießen offenbart hätte, wenn sie nur zugehört hätten. Gleichheit, unabhängig vom Status als Anomalie oder Normal. Die Welt so aufteilen, wie sie es wünschte, mit so vielfältigen Regionen wie gewünscht. Stabilisiert durch eine weltweite Truppe, die, ja, aus Anomalien und Normalen bestand.

»Die Paragons«, sagte Aegis dann. »Wir behalten den gleichen Namen, streichen die nur für Anomalien geltenden Teile. Der Übergang wird leichter sein.«

»Und keine Drohnen«, fügte Thane hinzu. »Nicht mehr, für keine Truppe.«

Mynx zuckte mit den Schultern, »Weniger Arbeit für mich.«

Weitere Details tanzten zwischen den Beteiligten hin und her, ein lockeres Gerüst verfestigte sich, während die Stunden auf die Morgendämmerung zukrochen. Sie naschten während sie redeten, Paragons und Kommandos holten gelegentlich Erfrischungen zwischen den Berichten über erlittene Verletzungen und den weltweit schwindenden Widerstand Zirans.

»Eine letzte Sache«, sagte Zhan-Yo, als sich Rosa hinter den Bergen zeigte. »Wir können kein Teil davon sein. Ich aus offensichtlichen Gründen, aber du.« Zhan-Yo zeigte auf Aegis, dann auf Mynx, »Und du. Thane. Die anderen Champions. Unser Ruf eilt uns voraus, wird überwältigen, was wir hier heute Nacht tun.«

Dass die Champions zustimmten, war ein Schock, dass es mehrere lange Minuten dauerte, diese Zustimmung zu erhalten, war es nicht. Dennoch blieb dieser Moment bei Zhan-Yo hängen, als die Tage vergingen, hing bei ihm auf dem Boot, als es endlich auf Mynx' sonnenüberfluteter Insel ankam.

Um ihn herum am Horizont: klares Wasser und Wolken. Keine Drohnen schwebten mehr am Rand und warteten darauf, Flüchtlinge abzuschlachten. Stattdessen würde ihre Strafe, während die Passagiere an Land gingen, von einer anderen Art Wächter überwacht werden: menschlich, mit regelmäßigen Besuchen, um Nahrung, Frischwasser und Medizin zu bringen.

Ein Gefängnis, ja. Eine Hölle, nein.

Zhan-Yo streckte sich, blickte sich um und sah die sich bereits bildenden Fraktionen. Menschen, die den Strand hinaufzogen, einige in Richtung des aufsteigenden Vulkans im Zentrum der Insel, andere nach Osten, wo noch Anomalien lebten.

»Westen?«, sagte Rhimes, Brielle an seiner Seite, als die beiden neben ihn traten.

»Westen«, antwortete Zhan-Yo.

Eine gewisse Anomalie hatte ihm erzählt, dass sie dort einmal ein Dorf hatte, mit einer schönen Strohhütte und einem perfekten Blick auf den Sonnenuntergang.

KAPITEL 35
DER WEG

MANHATTAN BREITETE sich unter den riesigen Fenstern der Bastion aus. Celice stand in der Nähe des Platzes, an dem ihr Vater oft saß, und scannte die Monitore, während die ersten Wahlergebnisse aus der ganzen Welt eintrafen. Es war ein überstürztes Unterfangen gewesen, überhaupt etwas auf die Beine zu stellen, aber mit Tamas' Allgegenwart hatten sie es geschafft, die Online-Abstimmung ohne allzu große Probleme in Gang zu bringen. Die ersten Kandidaten waren bunt gemischt, aber manchmal musste man den Karren einfach ins Rollen bringen und sich später um den Weg kümmern.

»Das klingt gefährlich«, sagte Mathieu, der zu ihrer Rechten stand und durch seine eigenen Bildschirme scrollte. »Sollte es nicht andersherum sein? Erst den Weg pflastern, dann den Karren losschicken?«

»Werden wir schon sehen«, erwiderte Celice. »Irgendwas Wichtiges für uns?«

»Es gibt hier und da ein paar Anomalie-Ausbrüche, aber die örtlichen Paragons haben sie unter Kontrolle. Ein paar schlaue Köpfe haben ausrangierte Drohnen gestohlen und reaktiviert«, sagte Mathieu, »aber unsere Rekrutierung läuft gut.«

»Die Tracker?«

»Viele springen auf«, antwortete Mathieu. »Ich denke, wir werden keine Probleme haben, unsere Agenten zu finden.«

Celice nickte. Jemand anderes konnte die Hauptshow der Paragons leiten. Sie wäre glücklich, im Hintergrund zu bleiben und das zu tun, was ihr Vater immer wollte: die großen Bedrohungen stoppen, ohne in der Bürokratie zu versinken. Und jetzt, da das Tracker-Programm aufgelöst war, gab es eine ganze Menge geschickter Jäger, die Arbeit suchten.

»So«, sagte Mathieu, »hier ist etwas Interessantes. Bangkok. Es gibt Berichte über Raubüberfälle am helllichten Tag. Die Leute werden taub, blind und verlieren dann ihre Geldbörsen. Eine Minute später haben sie alle ihre Sinne wieder. Die Einheimischen haben keine Spuren.«

Celice sah auf Mathieus Bildschirm und las die Zusammenfassung.

»Etwas zum Delegieren?«, fragte Celice.

Mathieu grinste. »Könnte man. Aber ich wollte schon immer mal nach Thailand.«

»Wir haben ja diesen schicken Jet, den Mynx uns geschenkt hat.« Sie erwiderte sein Lächeln. »Wie schnell kannst du packen?«

———

Die Toten gehören nach Riven. Die Lebenden auf die Erde. Doch während der Krieg Riven zum Bersten füllt, muss Carver einen Weg finden, diese Grenzen klar zu halten, sonst wird es bald kaum noch einen Unterschied zwischen den Welten geben.

Starte ein neues Dark-Fantasy-Abenteuer mit *Riven*:

DANKSAGUNG UND ANMERKUNG DES AUTORS

Leuchtfeuer der Freiheit schließt eine Reihe ab, die aus einigen Ideen entstanden ist, die ich vor Jahren hatte, aber nie die Gelegenheit bekam, sie zu vollständigen Romanen auszubauen, geschweige denn zu einem solchen Handlungsbogen. Die Vorstellung von »miesen« Superhelden klang immer nach Spaß: Was würde mit diesen Vermittlern des leicht Außergewöhnlichen passieren?

Während die Kräfte der unterhaltsame Teil waren, entwickelte sich das menschliche Element zum interessantesten Aspekt. Was würde passieren, wenn Teile der Gesellschaft, die so lange in ihrer Sicherheit verwurzelt waren, sich plötzlich durch genetische Lotteriegewinner ihrer Sicherheit beraubt sähen? Wie würde die Welt auf eine sehr klare Trennung zwischen denen, die Fähigkeiten haben, und denen, die keine haben, reagieren?

Der Kodex des Helden spielte in diesem Sandkasten, und während ich ihn schrieb, stellte ich fest, dass seine Schurken, seine Helden und seine Zuschauer (wie ich es oft tue) weniger schwarz-weiß waren und viel mehr ins Graue gingen. Am Ende wollen wir alle, was wir wollen, und egal ob wir ein Gebäude mit einem Fingerschnippen auslöschen können oder ob wir unseren Morgenkaffee verschütten, wir werden danach streben, es innerhalb der Grenzen zu bekommen, die zu unseren Idealen passen. In diesen Geschichten versuchten Kat, Wexley, Calvin und Aegis das zu tun, was sie für richtig hielten.

Ich hoffe, du fandest ihre Reise genauso interessant zu lesen, wie ich sie zu schreiben fand.

ÜBER DEN AUTOR

A.R. Knight spinnt seine Geschichten in einem frostigen Haus in Madison, WI, das hauptsächlich von einem Katzenpaar bewohnt wird. Nachdem er während der Wirtschaftskrise 2008 in den Arbeitstrott geraten war, fand er sich in langweiligen Meetings wieder, in denen er gedanklich durch den Weltraum schwebte und große Abenteuer erlebte.

Schließlich, nach Ausflügen in Podcasting, Drehbücher, Kurzgeschichten und andere Romane, fand er eine Geschichte, in die er eintauchen konnte, und eine Besetzung von Charakteren, die sowohl unterhaltsam als auch voller Herz waren.

A.R. Knight plant, in andere Welten zu springen und neue Geschichten zu erzählen, innerhalb der grenzenlosen Weiten unserer Vorstellungskraft.

Wie immer, danke fürs Lesen!

Für weitere Informationen:
www.blackkeybooks.com

Für DJ